Ben Westphal

Ich war Bulle

Ein Hamburg-Krimi

vertreten durch
Rechtsanwalt Jan Ontjes Güldenzoph
Lübecker Straße 1
22087 Hamburg

Druck: epubli – ein Service der neopubli GmbH, Berlin

1

Ruud van der Boek umgreift mit festem Griff das Lenkrad seines geliebten silbergrauen Lieferwagens. Er hatte ihm bereits häufig gute Dienste geleistet. Egal bei welchem Wetter und auf welchen Straßen. Immerzu brachte er ihm Glück und er war stets angekommen, wohin er auch gerade fuhr. Auch heute hofft er auf seinen Transporter, während außerhalb des Fahrzeugs ein Orkan die Fichtenwälder entlang der Landstraße zum Biegen bringt. Dessen Böen lehnen sich immer wieder gegen den Wagen. Dicke Tropfen prasseln auf die Scheiben nieder, während die Scheibenwischer quietschend versuchen, das gesammelte Wasser beiseite zu wischen.

Das Pfeifen der Waldgeister dröhnt in Ruuds Ohren, während er konzentriert auf die vom Regen überspülte Straße blickt. Hier kennt er jede Kurve, hier kann ihn nichts uberraschen, denn er nimmt immer genau diesen Weg, immer dieselbe Route, immer im Schutze der Nacht.

Die Glut seiner Zigarette saugt sich ihren Weg zum Filter, während ihr Rauch in Ruuds Augen brennt. Der Gilb setzt sich in seinem schütteren, grau melierten Schnurrbart ab.

Die in der Lüftung tanzende Asche legt sich auf dem bedeckten Armaturenbrett nieder und paart sich dort mit dem Staub der letzten Fahrten.

Nach einem tiefen Zug drückt Ruud die Zigarette in den überfüllten Aschenbecher und greift nervös nach seinem Handy in der Hemdtasche.

Ein kurzer Blick reicht, um zu sehen, dass er bislang keine Nachricht erhalten hat, die ihn zum Umkehren bringen würde.

Leichte Zweige werden über die Straße geweht, während er das Telefon in die Ablage der Mittelkonsole legt. Dorthin, wo er ein

Aufleuchten schnell mitbekommt, auch wenn das Klingeln im Rauschen der Wälder untergehen würde.

Im aufgedrehten Radio läuft deutsche Popmusik, irgendeiner von den immer gleich klingenden deutschen Singersongwritern, die Ruud nicht auseinanderhalten kann. Er ist kein Freund von deutschem Radio, lieber hört er die internationale Rockmusik, die er früher noch in seinem Club aufgelegt hatte. Doch er braucht das deutsche Radio, denn gerade bei einem solchen Sturm muss er den Verkehrsfunk hören.

Jeder Umweg würde seine Fahrt und ihn selbst gefährden. Das kann er sich nicht erlauben, viel zu viel hängt an seiner Verlässlichkeit, die so selten geworden ist in diesem Geschäft.

Das Ruckeln der Räder sticht immer wieder in seinen schmerzenden Rücken, doch an eine Rast ist nicht zu denken. Nicht hier in diesem Bereich und auch nicht innerhalb der nächsten drei Stunden. Das schlechte Wetter hat ihn bereits Zeit gekostet, die er auch nicht mehr aufholen würde. Wenigstens braucht er sich nicht an Lenkzeiten zu halten wie die Lasterfahrer. Er kann immer fahren und so lange wie er will. Genug Arbeit gibt es zum Glück auch für ihn. Er könnte jeden Tag fahren, aber dafür fühlt er sich mit Ende Fünfzig zu alt. Mehr als drei Mal die Woche will er nicht mehr unterwegs sein und sonntags fährt er generell nicht.

Auch wenn die Schulden aus der Pleite seines Clubs drängen, was sollte man ihm schon antun. Zumindest solange er verlässlich seine Arbeit erledigt, würde man ihm sein Bemühen anerkennen. Immerhin dürfte er seine Schulden schon erheblich getilgt haben in den letzten Monaten. Zumindest hofft er es, denn einen richtigen Überblick hat er nicht mehr. Zu unklar sind die Ansprüche seiner Geldgeber, die ihm im rechten Moment zur Seite standen, als die Banken nur noch die Insolvenz für ihn und seinen Club sahen. Den Club musste er am Ende doch aufgeben. Seine Geldgeber übernahmen die Konzession und erließen ihm einen Teil seiner Schulden. Den Job als Fahrer boten sie ihm ebenfalls an, um die Schulden tilgen zu können. In seinem Club sollte er nicht mehr arbeiten. Das Publikum hatte sich nach dem erfolgten Umbau wesentlich geändert. Die Leute waren jünger geworden, aggressiver, Ruuds Stammgäste blieben fern, es war nicht mehr der richtige Ort für ihn gewesen. Auch wenn die Zinsen und Schulden bei den Leuten hoch blieben, irgendwann werden sie getilgt sein und dann würde er sich noch einmal mit einem kleinen Bistro oder Kiosk versuchen. Nichts für Reichtümer, aber das will er auch gar nicht mehr. Einfach selbstständig seinen Lebensunterhalt verdienen können und niemandem mehr Rechenschaft schuldig sein. Diesem ständigen Druck weichen, nichts mehr tun müssen, was man nicht will, sondern nur von dem leben, was am Abend in der Kasse ist und nie wieder Schulden machen. Einen Fehler darf man immer nur einmal machen, das hatte sein Vater ihm schon immer eingetrichtert und diesem Ziel will er in Zukunft Folge leisten.

2

«Am besten Sie suchen sich ein schönes Hobby und genießen ihre arbeitsfreie Zeit. Machen Sie doch mal eine schöne Reise, Herr Dehling.» Die Schlussworte der Rede der jungen Kriminaldirektorin, die auf dem Fest erschien, ohne hierzu eingeladen gewesen zu sein, klingen Gerhard Sehling, den alle nur Gerd nennen, noch immer in den Ohren.

Die Feier war eigentlich so gelaufen, wie er sie sich vorgestellt hatte. Diejenigen, die er bei seiner Feier zur verdienten Pensionierung bei sich haben wollte, die waren eingeladen und auch in seinem Dorf kurz vor Hamburg erschienen. Dazu gehört Frau Baake mit Sicherheit nicht. Das schien die Dame des höheren Dienstes jedoch nicht davon abzuhalten, in ihrem viel zu großen Hosenanzug zu erscheinen und sich dann noch in den Mittelpunkt seiner eigenen Feier zu stellen. Hätte sie sich wenigstens mal vor oder nach ihrer geschwollenen Rede zur Mannschaft gesetzt und sich mal gehörig einen hinter ihre breit gebundene Krawatte gegossen. Aber stattdessen dackelte sie nach einem kräftigen Händedruck wieder davon und ließ Gerd in seinem Groll zurück. Nicht nur, dass sie seine zweite freiwillige Verlängerung der Dienstzeit ablehnt hatte, um «jüngeren, hungrigen Kollegen» den Weg freizumachen. Nun erschien sie auch noch auf seinem eigenen Stück Land, um ihm die Urkunde des Abschieds in die Hand zu drücken und so das Ende von fünfundvierzig gelebten und geliebten Dienstjahren zu besiegeln.

Die ehemaligen Kollegen verhalfen ihm wenigstens ein bisschen zur Aufheiterung. Sie, die ihm alle am Herzen liegen, hatten ihm aus Schnapsgläsern eine Harley-Davidson gebastelt, den Tank mit Währungen aus aller Welt gefüllt und einen guten Tropfen für einsame Stunden aus einer österreichischen Destillerie als Zylinder in das Gebilde integriert. Sie wissen ihn zu nehmen, wie er ist und kennen seine Vorlieben. Ein wenig ruppig ist er, gerade wenn es mal wieder nicht so läuft, wie er es sich vorstellt, aber immer mit dem Herz am rechten Fleck. Ein Typ halt, den man in so einer verrückten Truppe brauchte, um die jungen und wilden Nachwuchsfahnder zusammenzuhalten und ihnen die alten Werte nahezubringen, damit der ganze Laden läuft. Gerd ist nicht mehr der

Schnellste, weder im Kopf, noch auf den Beinen, aber er war immer mit Leib und Seele für jeden da, der ihn brauchte und stand mit seiner Erfahrung stets dort, wo er gebraucht wurde.

Zwei Tage lang hatte Gerd seinen Garten geschmückt mit Dekoration, die ihm Dörte, seine Ehefrau, besorgt hatte. Er hatte das Essen vorbereitet, Getränke herangeschafft und die Biergarnitur der Freiwilligen Feuerwehr aufgebaut. Es waren 60 geladene Gäste, die ihm zugesagt hatten. Alte und aktuelle Wegbegleiter, längst pensionierte Ausbilder, Vorgesetzte und liebgewonnene Auszubildende, die zum Teil schon selbst im mittleren Alter angelangt sind. Und zuletzt dann wider Erwarten der Drachen der Abteilung, bei dem jeder Mitarbeiter eine Nummer ist, die es nach Leistungsbereitschaft auszutauschen gilt.

Am liebsten hätte er sie in den Boden gerammt. Doch er ist ruhiger geworden in seinen letzten Jahren. So machte sie sich nach ihrer undurchdachten und unpersönlichen Pensionsrede, die sie auch auf jeder anderen Feier hätte halten können, unbeschadet von dannen, während Gerd ihr zähneknirschend nachblickte. Zischend murmelte er dabei «Ich heiße Sehling, merken Sie sich das!», in seinen struppigen Bart.

Nachdem Direktorin Baake das Gelände verlassen hatte, kam die Stimmung der Gäste wieder aus dem Froster. Die Feier nahm wieder Fahrt auf und ging bei Livemusik der "Drug Inspectors" mit Discofox auf der großen Holzterrasse bis in die späte Nacht.

Inzwischen sitzt Gerd alleine in seinem Partykeller. Draußen zieht von Westen her ein Unwetter auf. Die letzten Gäste hatten ihm noch schnell beim Aufräumen geholfen, bevor sie sich auf ihre mitgebrachten Luftmatratzen fallen ließen oder sich in ihre Wohnmobile zurückzogen.

Alleine sitzt er nun auf seinem Fernsehsessel mit dem guten Tropfen für einsame Stunden, den er immer wieder in ein kleines Schnapsglas füllt und mit leichtem Schnalzen die Kehle hinab brennen lässt.

Neben der Flasche auf dem antiken Edelholztisch liegt seine Pensionsurkunde und sein verloren gemeldeter Dienstausweis, den er beim besten Willen nicht hätte abgeben können.

Schon bei seinen übrigen Ausrüstungsgegenständen tat er sich schwer, verteilte sie der Tradition entsprechend an geschätzte Kollegen, aber sein letztes Stück Polizei wollte er nicht verlieren. Und wem sollte er schon damit schaden. Mit der Verlustmeldung wurden der Chipkarte sämtliche Berechtigungen entzogen. Sie war nicht mehr als eine weiße Telefonkarte mit Polizeiaufdruck, seinem Foto, Namen und seinem Dienstgrad des Kriminalhauptkommissars. Nicht einmal zum Telefonieren in einer Telefonzelle hätte man die Karte noch gebrauchen können. Es war nicht mehr als eine Erinnerung, ein Andenken an die alten Zeiten, die so nicht wiederkehren würden.

«Allein' trink'n mach'einsam, Gerd», hört er seine traurige raue Stimme zu sich selbst sagen. Er füllt das Glas wieder und betrachtet sich dabei im Johnny Walker-Spiegel an der mit Holzplanken vertäfelten Kellerwand. Er schaut sich in die kleinen Augen, die direkt an der großen knolligen Nase ansetzen. Seine halblangen Haare sind zurückgekämmt. Der Bart kaschiert den leichten Doppelkinnansatz und lässt ihn jünger wirken, als er ist.

«Alt biss'u gewodden, mien Jung', such Dir mal 'n Hobby, dass 'ich jung hält», ruft er, prostet seinem eigenen Antlitz zu. Er kippt das letzte Glas des Abends in sich hinein, bevor er in die weichen Polster des Sessels fällt und seine verquollenen Augen schließt.

3

Schummriges Licht fällt auf die Tische des Café International e.V. in der Wilstorfer Straße in Hamburg-Harburg. Trotz später Stunde in der Nacht ist das Café noch gut besucht. Südländische Männer sitzen auf einfachen Holzstühlen an mehreren im Café verteilten Tischen. Manche trinken miteinander Tee, sprechen über Politik, Alltag und Geschäfte, andere spielen Karten oder mit dominoähnlichen Steinchen.

An jedem Tisch wird geraucht, der Qualm steht in der Luft und verschleiert zusätzlich den spärlich beleuchteten Raum. Die Luft atmet sich schwer und stickig. Ein wenig Licht fällt von den Straßenlaternen der gut befahrenen Straße durch die großflächig mit Milchglasfolie beklebten Fensterscheiben. Doch es verleiht dem Raum kaum mehr Freundlichkeit. Ebenso wenig wie die bunt blinkenden Spielautomaten im hinteren Bereich, wo stets jemand sitzt, von ungeahnten Gewinnsummen träumend sein letztes Geld verspielt.

Vor dem Café parken mehrere hochmotorisierte Luxuswagen auf dem Gehweg, doch ein Ticket wegen falschen Parkens, hatte hier schon lange niemand mehr erhalten.

Ein älterer Kurde bedient die Kundschaft, soweit er nicht gerade anders beschäftigt ist. Es springen ihm offenbar zugehörige Personen zur Seite und bedienen die Anwesenden.

Gelegentlich betreten kleine Gruppen hintere Räumlichkeiten. Einzelne verlassen die Lokalität kurzzeitig, um sich dann wieder mit Anderen an einen Tisch zu setzen.

Es wird überwiegend lautstark und gestenreich kommuniziert, manchmal aber auch wortkarg und leise, fast flüsternd.

Es ist Türkisch, Kurdisch und Albanisch zu hören, gelegentlich wird auch untereinander in gebrochenem Deutsch gesprochen.

Personen, die den Laden betreten, werden beobachtet, begutachtet und verlieren sogleich wieder die Aufmerksamkeit, sobald sie der Kundschaft zugerechnet werden. Einige Wenige, die sich hier eher zufällig hin verirren, werden freundlich rauskomplimentiert und an passendere Lokalitäten verwiesen.

Die Geräusche der verschiedenen Sprachen und die Lautstärke ihrer Redner, die klimpernden Teetassen, die ratschenden Karten und klackernden Spielsteine gepaart mit der düsteren Beleuchtung geben dem Café seine Atmosphäre. In jeder Ecke sitzen Männer, die hierhergehören und hier sein wollen, jeder aus eigenen Gründen.

An einem der Tische sitzen Cemal und Faruk. Sie sind heute einfach nur hier. Sie spielen keine Karten oder trinken Tee, lachen oder diskutieren. Sie sitzen beharrlich auf ihren Stühlen und schauen durch den Raum. Gelegentlich zündet sich einer von ihnen eine Zigarette an und bläst den Rauch durch Nase und Mund in den vor ihnen wabernden, dunstigen Schleier. Sie sitzen alleine an ihrem Tisch. Niemand setzt sich einfach zu ihnen, ohne hierzu aufgefordert zu werden. Beide wirken innerlich angespannt, trotz der zur Schau gestellten Ruhe.

Während Faruk ungläubig Perle für Perle an seiner Gebetskette weiter schiebt und einen Zahnstocher zwischen seinen Backenzähnen zerkaut, schaut und schreibt Cemal immer wieder auf seinem dunklen Smartphone, welches er im Anschluss sofort wieder im Innern seiner Jackentasche verschwinden lässt.

Faruk sucht nach jeder Nachricht den kurzen Blickkontakt zu Cemal. Dann fährt er sich wieder mit der verbleibenden Hand durch die langen nach hinten gegelten Haare. Anschließend streicht er den Vollbart von der Wange bis zum Kinn, wo er mehrfach den Bart in die Länge zieht und zwischen den Fingern zwirbelt.

Cemal bleibt ruhig sitzen, scheint seine Aufmerksamkeit zu bündeln und zeigt keinerlei Reaktion. Die breiten Augenbrauen unter der blanken Glatze verleihen seinen dunklen Augen etwas gewollt Düsteres. Daran ändert auch das weiße Hemd nichts, welches er unter seiner dunklen Lederjacke trägt.

Erneut vibriert das Smartphone in seiner Jacke. Er nimmt es aus der Tasche und liest die erhaltene Nachricht, nachdem er das gewohnte Passwort in die digitale Tastatur eingegeben hat. Seine Augen flackern über den Bildschirm, während sich in seinem Gesicht keinerlei Mimik abzeichnet. Er blickt einmal zu Faruk, seine Augen verengen sich unmerklich und er beginnt wieder auf der Tastatur zu schreiben.

Faruk steckt seine Kette in die Hose, nimmt seine glimmende Zigarette zwischen die trockenen Lippen, streicht sich mit beiden Händen über den Bart und zwirbelt die Spitze, während er sich langsam von seinem Stuhl erhebt und in Richtung Ausgang schlendert. Die goldene Panzerkette um seinen Hals schlägt von links nach rechts, während sie immer wieder unter der leicht geöffneten roten Trainingsjacke aufblitzt. Seine rote Hose fällt leicht auf die teuren, hellen Sneaker, die mit jedem Schritt auf dem klebrigen Boden schnalzen.

Im Gang befindliche Personen weichen ohne ihn anzublicken spürbar zur Seite. Er selber schenkt niemanden Beachtung und fährt sich mit beiden Händen durch die Haare. Er passiert die geöffnete Tür und bewegt sich aufreizend langsam zu seiner vor der Tür stehenden matt-schwarzen Limousine. Mehrfach blickt er die Straße entlang, doch in der Stille der Nacht hatte sich der Verkehr bereits eingestellt. Keinerlei Fahrzeuge passierten den dunklen Asphalt. Seine Zentralverriegelung blinkt auf, während er noch einmal einen tiefen Zug aus seiner Zigarette nimmt. Er blickt zu den umliegenden Parkbuchten, doch in der unmittelbaren Nähe parken nur ihm bekannte Fahrzeuge. Den Rest der Zigarette schnippt er auf die Fahrbahn, während er gemächlich mit der anderen Hand die Fahrertür öffnet. Er hält die Tür an der Scheibe fest, atmet den Rauch aus und lässt sich in seinen hellen Ledersitz fallen. Nachdem er die Zündung betätigt, ertönt deutsche Rapmusik mit tiefen Bässen aus seinen Boxen. Mit aufheulendem Motor fährt er in Richtung Wilstorf davon und taucht in das Dunkel der Nacht.

4

Auf dem Nachttisch beginnt das Diensthandy kurzzeitig zu vibrieren und hierzu erklingt ein bewundernder Pfiff aus dessen Lautsprecher. Auf dem Display blinkt fortan kaum merklich ein blaues LED als Zeichen der erhaltenen SMS-Nachricht.

Tim Dombrowski zeigt keinerlei Regung auf das pfeifende Geräusch. Sein Kopf liegt direkt auf der Matratze und drückt die vom Dreitagebart gezierte Wange in Richtung Nase, während das Kopfkissen unter dem Bauch liegt und den Hintern gen Decke schiebt. Sein Mund ist leicht geöffnet und präsentiert die leicht schiefen, aber dennoch gepflegten Schneidezähne.

Der draußen aufkommende Orkan pfeift durch den Schornstein und Regen prasselt immer stärker gegen die Fensterscheiben.

Wieder ertönt das Pfeifen des Handys und das surrende Geräusch der Vibration.

Es ist noch immer dunkel im Zimmer. Beim zweiten Pfeifen öffnet Dombrowski kurzzeitig die Augen. Das rote Licht des Radioweckers erscheint verschwommen vor den müden Augen des Kriminalkommissars. Diese schließen sich sogleich wieder, ohne Erkennbares registriert zu haben.

Erneut pfeift und brummt das Handy und Dombrowski öffnet kurzweilig das rechte Auge, welches von den davor fallenden Haaren verdeckt wird, so dass er auch das zweite Auge öffnet, um den Grund der Störung zu lokalisieren. Der Blick auf den Radiowecker klärt sich und dieser zeigt 04:52 Uhr. Dombrowski sieht keinerlei Grund sich um diese Zeit aus dem Bett zu bewegen und schließt erneut die Augen.

Das Bier von Gerds Pensionsfeier zeigt noch leichte Nachwirkung beim aufwachenden Verstand, der sich zunehmend den Grund der Störung erarbeitet. Hatte er sich nicht wegen einer Rufbereitschaft nach Hause bringen lassen?

Noch vor dem nächsten Pfeifen drückt sich Dombrowski ruckartig aus der waagerechten und ergreift mit der zweiten Hand das leuchtende Diensthandy, dessen Klingelton er nun trotz kurzer Nachtruhe und dezentem Kater zuordnen kann.

Wenn es sich um diese Zeit meldet, dann kann es sich nur um etwas Wichtiges handeln.

Mehrfach reibt er sich die Augen, um den erhaltenen Text endlich entziffern zu können. Als die verschwommenen Wörter eine Einheit bilden, wird ihm die Bedeutung sofort klar. Er schwingt die Füße aus dem Bett und läuft mit dem Handy zunächst ins Badezimmer, wo er sich mit kaltem Wasser die restliche Müdigkeit aus dem Gesicht spült.

Adrenalin macht sich in seinem Körper breit und während er schnellstmöglich seine Zähne putzt, sucht er in seinen Kontaktdaten nach der Rufnummer von seinem Observationsgruppenführer und wählt diesen an.

Auf Lautsprecher hört er das Klingelzeichen und spült sich zugleich den weißen Schaum aus dem Mund.

Immer wieder klingelt es, bis letztendlich abgenommen wird.

«Dumbo, watt willst Du?», tönt es aus der Leitung.

«Fred, er ist da! Er kommt! Wach auf und ruf die Anderen an. Ich melde mich in 15 Minuten mit Näherem», antwortet Dombrowski mit immer schneller werdenden Worten und Nachdruck in der Stimme, der kaum eine Widerrede zu dulden scheint.

«Hab's verstanden. Aber gib mir bitte 30 Minuten. Ich versuche alles, aber ich kann nichts versprechen. Ich melde mich bei Dir», zeigt sich Fred einsichtig.

Dombrowski springt unter die kalte Dusche, um auch die letzten ruhenden Zellen zu reaktivieren, rubbelt sich gleich wieder trocken und läuft ins Schlafzimmer zum Kleiderschrank.

Auf dem Weg dorthin startet er schon einmal das Dienstlaptop, welches ohnehin ein paar Minuten zum Hochfahren der Systeme benötigt.

Mit Jeans und T-Shirt bekleidet sowie einem Sockenknäuel in der Hand begibt er sich zu seinem Küchentisch, wo er das startende Laptop kurzzeitig betrachtet. Es lässt ihm offenbar noch ausreichend Zeit, um sich ein Müsli zuzubereiten und einen Kakao anzurühren.

Eigentlich wäre wohl ein starker Kaffee zur Erweckung der Lebensgeister angebracht, jedoch konnte Dombrowski sich noch nie für das dunkle Heißgetränk erwärmen.

Die Außenrollos klappern im Sturm, während die Eingangsmelodie zum Betriebssystem blechern aus den Lautsprechern des Notebooks ertönt. Dombrowski setzt sich an den Küchentisch und aktiviert einen verschlüsselten Kanal über den er sich ins Polizeinetz einwählen kann.

Er öffnet das Programm mit dem er die Telefone überwacht und wählt die Rufnummer aus, dessen Alarmierung seine Nachtruhe vor kurzem beendet hatte. «Bist Du also endlich nach Deutschland eingereist. Mal schauen wo Du bist», spricht Dombrowski zu sich selbst, während er in dem Programm herumklickt.

Ein roter, sich fortbewegender Kreis erscheint auf dem Display, der sich erstmalig an diesem Tag um 04:42 Uhr auf der A280 kurz vor Bunde an der deutsch-niederländischen Grenze eingewählt hat.

«Noch zweieinhalb Stunden, mein Freund, dann haben wir dich.» Dombrowski grinst und nimmt einen genüsslichen Schluck aus seiner Becher.

5

Der silberne Transporter von Ruud van der Boek fährt inzwischen auf der Autobahn zwischen Oldenburg und Bremen und hat den grenznahen Bereich verlassen. An der Autobahn wechseln sich die vielen braunen Äcker, auf denen sich im Sommer immer endlos gelbe Rapsfelder befinden, kurzzeitig mit grauen Industriegebieten ab. Der Verkehr ist noch sehr überschaubar. Wenige Lastkraftwagen befinden sich bereits wieder auf dem Weg zu ihrem Ziel. Gelegentlich zischen Fahrzeuge mit hoher Geschwindigkeit, trotz der widrigen Umstände, auf der linken Fahrbahn der zweispurigen Autobahn an Ruud vorbei. Die meisten scheinen jedoch, das schlechte Wetter zu meiden und sich noch nicht auf die Schnellstraße zu begeben.

Ruud versucht, sich gerade Kaffee aus seiner silbernen Thermoskanne in einen großen Pappbecher zu gießen, der perfekt in den Getränkehalter seines Transporters passt.

Aus seinem Rucksack zieht er zusätzlich eine Tüte mit zwei backfrischen Buttercroissants heraus, die er vor jeder Fahrt bei seinem Kumpel Luuk an der Hintertür von dessen Bäckerei in Groningen rausholt. Ruud liebt es, ein Frühstück einzunehmen, sobald er auf der deutschen Autobahn angekommen ist. Mit ruhiger Geschwindigkeit begibt er sich dann auf den rechten Fahrstreifen, trinkt seinen zu Hause noch selbst gebrauten Kaffee aus Guatemala und reißt sich Stück für Stück vom Croissant ab.

Hierbei gerät er nie in Eile, denn er weiß um die bevorstehenden zweieinhalb Stunden Restzeit, die es noch mit Unterhaltung zu füllen gilt. Er hatte es ab diesem Zeitpunkt auch mal mit Hörbüchern versucht, aber das stört seine Konzentration zu sehr und macht ihn deutlich nervöser, als dass es die Aufregung vertreibt. Während sich die ersten Krümel des Croissants in seinem Schnurrbart verfangen, greift Ruud zu seinem einfachen Tastentelefon und schreibt eine Nachricht an den darin abgespeicherten Kontakt "Aaa" mit dem Inhalt "2,5h".

Er legt das Telefon wieder zurück und trinkt einen kurzen Schluck Kaffee, der ihm noch ein wenig zu heiß ist, schaut in den Spiegel und lächelt sich selbst zufrieden zu.

Zum vollendeten Glück fehlt ihm nur noch der Sonnenaufgang im Osten, der den Himmel über dem flachen, grünen Niedersachsen bis zum Horizont in die schönsten orange-roten Töne taucht. Vor allem, wenn leichte Wolken am Himmel stehen und sich von weiß in zartes rosa färben, dann fühlt er sich dem Paradies näher denn je.

Heute soll ihm der Sonnenaufgang jedoch nicht vergönnt sein. Mit peitschenden Hieben schlagen die Böen mit Regenwasser gegen seine Frontscheibe. Der Wind drückt auch weiterhin gegen seinen großflächigen Transporter, so dass er sich voll auf die Fahrt konzentrieren muss und das Frühstück eher nebenbei einnimmt.

Zusätzlich brummt und piept nun sein Handy in der Ablage. Ruud überlegt kurz, erst nach seiner Frühstückszeremonie nachzuschauen, aber er zögert lieber nicht.

Aaa hat ihm "ok" geschrieben. Mehr braucht es in diesem Moment auch nicht und so legt er das Handy zurück an seinen Platz, schnippt die Krümel von seiner hellen Discounterjeans und beißt herzhaft ins Croissant, so dass die nächsten Krümel fliegen.

Zufrieden schaut er auf den dunklen Asphalt, denn trotz des Wetters bleibt Ruud zuverlässig wie gewohnt.

Gedankenverloren träumt er von seiner ruhigen Zukunft in Ruud's Bistro, trinkt seinen geliebten Kaffee und isst genüsslich seine Croissants. Hierbei vernimmt er nicht die im Radio gemeldeten aktuellen Verkehrsmeldungen für den Großraum Hamburg.

6

Mitten in Dalldorf kurz vor Hamburg steht ein weißes Haus, mit einem großen Garten, in dem bis in die Nacht noch gefeiert wurde. Inzwischen hat der Sturm mit Regen das Sagen übernommen. In den Straßen des kleinen Dorfes, in dem sich ein jeder kennt, ist kein Mensch zu solch früher Uhrzeit unterwegs.

Vor dem Haus stehen drei Wohnmobile, die im Wind geschaukelt werden. Die mühsam aufgehängte Dekoration der Feier fliegt über die Straße und verfängt sich in den gepflegten Hecken und Gärten der Umgebung. Der im Boden verankerte Pavillon kämpft mit aller Kraft gegen den Wind und kann sich bislang dessen erwehren.

Über eine kleine Treppe gelangt man aus dem Vorgarten in das Haus, aus dessen gefliesten Flur eine Steintreppe in den Keller führt. An den Wänden des Treppenhauses hängen auf Leinwand gedruckte Fotos von Nordlichtern und verschneiten Landschaften. Im Keller angekommen beginnen großflächige, graue Steinfliesen, die dem Keller ein edles Ambiente verleihen. An der Wand befinden sich Plaketten und Abzeichen verschiedener Polizeidienststellen sowie mehrere Filmplakate von Filmklassikern. Durch eine Holztür gelangt man in den größten Raum des Kellers, in dem sich der Steinboden fortsetzt. Der Raum teilt sich auf in einen Schankbereich mit Tresen, drei Barhockern, einem großen, amerikanischen Kühlschrank mit Eiswürfelspender sowie einer bunten Jukebox mit alten Schallplatten der 60er- und 70er-Jahre. Auf der anderen Seite befindet sich ein gemütlicher Fernsehbereich mit Couch, Sessel, einem großen Fernseher sowie einem Hochflorteppich zwischen den Möbeln.

Laut schnarchend liegt Gerd noch immer in seinem Fernsehsessel. Er hält das Schnapsglas des letzten Schluckes in der Hand, zumindest liegt es noch auf seiner Handfläche. Gelegentlich läuft ein Tropfen Amarillenschnaps aus dem Glas über seine kräftigen Finger und fällt von der Spitze des kleinen Fingers auf das blaue Velours des Sessels.

Durch den Sturm ist es draußen erheblich abgekühlt, was sich auch auf den Keller niederschlägt, dessen Fenster auf Kipp stehen und der frischen Luft Zugang gewähren.

Gerd liegt in seinem Sessel noch mit kurzer Cargohose und seinem auf der Feier erhaltenen schwarzen T-Shirt, auf dem in weißen Lettern "Ich war Bulle" geschrieben steht.

Die Größe XL ist knapp gewählt und so grüßt ein wenig vom behaarten Bauch zwischen Hosenbund und T-Shirt.

Die sonst so exakt nach hinten gekämmten Haare fallen langsam zur Seite, weil auch der Kopf sich seitlich gelegt hat und sich passend zur Schlafakkustik auf und ab bewegt.

Plötzlich rührt sich nichts mehr bei Gerd. Der Brustkorb bewegt sich weder auf noch nieder, es sind auch keine Atemgeräusche mehr zu vernehmen.

Letzte körperliche Anspannung entzieht sich aus Gerds Fingern, wodurch auch das Schnapsglas leicht abwärts rollt. Der Kopf sinkt tiefer gen Brust, die Wangen erschlaffen zunehmend.

Leichtes Gurgeln, als würde ein letzter Tropfen Orangensaft von einem Kind mit dem Strohhalm aus einem Glas gesogen werden, ist zu hören. Stille.

Das Schnapsglas rollt aus den Fingern und zerspringt am Steinfußboden. Mit einem erschreckend lauten Schnarcher weckt Gerd sich selbst und saugt die frische Herbstluft in seine Lungen, während er sich langsam aufrichtet.

Mit der rechten Hand greift er sich an den überdehnten Nacken, während er sich wortlos mit der Linken aus seinem Fernsehsessel drückt und im Anschluss den Dienstausweis in seine Hosentasche steckt.

Mit schleppenden Schritten bewegt er sich zur Kellertreppe und schleicht die Stufen hinauf. Sein Kopf pulsiert unter den zugefügten Promillen und schreit nach frischem Wasser. Er ignoriert die Rufe und steigt willenlos in das Obergeschoss, wo er bereits von dem Schnarchen seiner Dörte in Empfang genommen wird. Heute stört es ihn nicht. Er ist froh, dass er sie hat und legt sich zu ihr ins Bett, wo er direkt wieder einschläft.

7

In der Winsener Straße im beschaulichen Hamburg-Wilstorf beginnt langsam der erste Berufsverkehr. Kastenwagen von Handwerksbetrieben, Klein- und Mittelklassewagen bewegen sich im schleichenden Tempo stadteinwärts in Richtung Hamburg.

In Harburg bezeichnet sich niemand als Hamburger. Man fährt höchstens nach Hamburg oder in die Stadt. Ebenso geht es den Hamburgern, die alles südlich der Elbe nicht mehr als Hansestadt anerkennen.

Harburg besitzt ein eigenes Stadtzentrum, ein eigenes Rathaus und Gericht, ein Einkaufszentrum und ein großes Erlebnisbad.

Viele Hamburger sind auf Grund der Hamburger Mieten allerdings inzwischen gezwungen in die Randgebiete und somit auch nach Wilstorf zu ziehen.

Mitten im Berufsverkehr ertönt das laute Grollen der tiefliegenden Sportlimousine von Faruk Simsek. Er fährt allerdings stadtauswärts und somit den meisten Berufspendlern entgegen. Auf seiner Straßenseite fahren kaum Fahrzeuge. Mal gibt er Gas und lässt den Motor schwer aufstöhnen und jede Pferdestärke in die Fahrbahn greifen, um dann wieder das Tempo zu reduzieren, kurzzeitig vor einer Ampel in eine Parklücke zu biegen, um so den nachfließenden Verkehr zu beobachten.

Sobald die Ampel auf Rot springt, fährt er noch über die Haltelinie und biegt ohne zu blinken direkt ab. Zumeist blickt er in den Rückspiegel, während er wie von Sinnen mit Vollgas durch das angrenzende Wohngebiet fährt, mehrfach abbiegt und dann wieder abbremst und in einer Parklücke in einer verkehrsberuhigten Zone zum Stehen kommt.

Er schaltet den Motor aus und steigt aus dem Fahrzeug. Faruk zündet sich eine Zigarette an und zieht mehrfach stark am Filter, so dass die Glut an ihrem Ende stark aufglüht. Der Blick wandert immer wieder zu der Richtung aus der er kam. Der Wind zerrt an seiner Kleidung und der immer stärker werdende Regen treibt ihn zurück in sein Fahrzeug.

Den Rest seiner Zigarette lässt er noch auf den Gehweg fallen, wo sie in eine Pfütze fällt und erlischt.

Faruk startet wieder den Motor und die weißlich-blaue Beleuchtung seines Armaturenbretts hüllt sein Gesicht in einen leichten Schimmer.

Mit aufbrausendem Motor und quietschenden Reifen setzt er sein Fahrzeug wieder in Bewegung, so dass einzelne Anwohner aus ihren Fenstern schauen, was dort draußen vor sich hergeht. Die mattschwarze Limousine ist zu diesem Zeitpunkt jedoch längst in die nächstliegende Straße abgebogen.

Faruk nimmt das Gelb der Ampel gerade noch mit und biegt links auf die kreuzende Hauptstraße, wo er zunächst drei Autos auf der linken Fahrspur überholt, um sogleich mit Vollgas eine Lücke zwischen zwei Fahrzeugen zu nutzen und auf die Auffahrt zur Bundesstraße zu fahren.

Der Fahrer des riskant geschnittenen Kleinwagens bedient vehement die Hupe. Er pöbelt dem dunklen Gefährt und dessen Fahrer mit rüdem Fahrverhalten nach, doch das nimmt Faruk nicht wahr. Er treibt sein Fahrzeug auf immer höhere Geschwindigkeiten und reduziert diese erst wieder auf eine normale Geschwindigkeit, als er auf die Wlhelmsburger Reichsstraße gelangt. Zu oft wurde er hier bereits geblitzt und verursachte dem Halter seines Autos immer wieder Probleme bei eingehenden Bußgeldbescheiden.

Der wird dafür ausreichend entlohnt, sich nicht zum Fahrer zu äußern. Faruk selber dürfte gar kein Auto besitzen, weil die Sozialbehörde ihm ansonsten seine Bezüge kürzen oder gar streichen würde, wenn sie davon wüssten, dass er ein solches Fahrzeug erworben hat. Über den Halter läuft auch die Finanzierung. Er hat einen Job und konnte als Geselle in einem Handwerksbetrieb die Bonitätsprüfung der Bank ohne Beanstandung überstehen. Hierfür bekommt er jeden Monat die Rate in bar und ein wenig zum Feiern und Chillen. Es war praktisch eine Win-Win-Win-Situation für Faruk, seinen Halter und den Verkäufer von der Luxuslimousine, denn alle hatten, was sie wollten.

Selbst wenn Faruk seine Wohnung nicht vom Amt bezahlen lassen würde, wäre es problematisch, wenn er das Fahrzeug auf seinen Namen anmeldet, denn so kämen die Bullen ja auf ihn als Fahrer im Abgleich mit den zahlreichen Blitzerfotos und wenn er einen

Führerschein hätte, dann wäre dieser sicherlich schon längst in Flensburg.

So spart er sich diese Sorgen und fährt gleich ohne Führerschein munter mit seinem matt-schwarzen Sportboliden durch Hamburg, ohne sich Sorgen zu machen, dass ihm oder seinem Auto was passieren könnte.

Und wenn er doch mal wegen Fahren ohne Führerschein erwischt werden sollte, dann zahlt er halt die paar hundert Euro an die Staatskasse. Als Sozialhilfeempfänger liegt der Tagessatz sowieso nur bei fünf Euro pro Tag und von Bekannten weiß er, dass bei den ersten Malen nur Geldstrafen verhängt werden. Und wann wird man heutzutage schon von den Bullen kontrolliert, die haben ganz andere Sorgen, als sich um ihn zu kümmern.

Die niedrige Geschwindigkeit auf der Wilhelmsburger Reichsstraße veranlasst Faruk sein Smartphone aus der Hosentasche zu ziehen und seine Freundin Charleen anzurufen. Zumal er gerade mitten durch ihren Stadtteil fährt.

Faruk sucht nach dem Namen "Canim" in seinen Kontakten und wählt den Anruf. Es klingelt mehrfach, bis ein leichtes Klicken in der Leitung zu vernehmen ist.

Müdes Schnaufen ist zu hören. Charleen stöhnt leicht auf und säuselt ein gequältes „Schatz“ in die Leitung.

«Baby, was machst Du?», fragt Faruk irritiert.

«Schlafen….», antwortet Charleen nüchtern ehrlich.

«Was ist los mit Dir? Du hörst Dich total fertig an.»

«Schatz, ich schlafe noch. Was willst Du?», antwortet Charleen.

«Baby, wie redest Du mit mir?», regt sich Faruk auf. «Ich wollte deine Stimme hören, dies das, und du kommst mir so, Baby.»

«Schatz, ich bin noch müde. Es ist mitten in der Nacht, Schatz. Was machst Du?»

«Scheiß mal drauf, Baby. Leg Dich hin und penn' weiter, Baby, statt mit mir zu sprechen. Tss», schnalzt Faruk, während er kräftig die Nase hochzieht. Seine Augen treten vor Wut hervor, während er verächtlich auf das Display seines Telefons blickt.

«Was ist denn? Was habe ich denn getan, Schatz. Was machst Du?», fragt Charleen irritiert, aber Faruk schreit nur noch «Halt's Maul, du dreckige Schlampe. Den ganzen Tag stalkst Du mich mit deinen Anrufen und jetzt willst Du lieber pennen, wenn ich anrufe, digger. Ich hab' zu tun. Vergiss es. Tschüss!» Er beendet das Gespräch und streicht sich anschließend mit der Hand durch die Haare und beginnt seinen Bart nach vorne zu streichen.

Charleen liegt im Bett ihrer Einzimmerwohnung im zwölften Stock eines Mehrfamilienhauses im Karl-Arnold-Ring in Hamburg-Kirchdorf. Sie versteht nicht, warum sie Faruk schon wieder so provozieren musste, dass er sein Temperament nicht mehr im Griff haben kann, aber sie nimmt sich fest vor, dass sie das nächste Mal besser gelaunt ans Telefon gehen würde, um ihn nicht wieder zu verärgern. Nun will sie sich aber noch einmal hinlegen, denn in einer Stunde muss sie aufstehen, um sich für die Arbeit in einer nahe gelegenen Kindertagesstätte fertig zu machen. Dort hat sie vor kurzem ein Ausbildung begonnen. Eventuell meldet sie sich aber auch krank, falls Faruk anruft und sich mit ihr treffen will.

Faruk selbst hat das Telefonat bereits wieder vergessen und fährt von der Wilhelmsburger Reichsstraße direkt auf die A1, um sich langsam dem eigentlichen Ziel der Fahrt zu nähern.

Er hat aber noch Zeit, viel Zeit bis zu dem Treffen, für das er vor Ort sein muss. Er beobachtet aufmerksam den Verkehr hinter sich. Seit Wilhelmsburg befindet sich ein grauer Familienwagen hinter ihm, der stets den gleichbleibenden Abstand zu ihm hält, immer ein, zwei Autos zwischen sich und der Limousine von Faruk lässt. Faruk reduziert seine Geschwindigkeit auf 80 Kilometer pro Stunde und beobachtet den Mittelklassewagen, während er sich langsam der nächsten Autobahnabfahrt nähert. Auf einer blauen Tafel steht sie mit 2000 Metern angeschlagen.

Der Verfolger reduziert zunächst die Geschwindigkeit, fährt jedoch weiterhin schneller als Faruk und der zwischen ihnen befindliche silberne Kleinwagen und wechselt auf die linke Spur. Faruk beobachtet abwechselnd den grauen Wagen und die näherkommende Abfahrt.

Als das verfolgende Fahrzeug auf seine Höhe kommt, blickt Faruk zu dem Fahrer des grauen Familienwagens hinüber. Er hat braune Haare und einen klar gekämmten Scheitel zur linken Seite. Er trägt ein Hemd und darüber eine Allwetterjacke in schwarz. Während er an dem Fahrzeug von Faruk vorbeifährt, würdigt er der auffälligen schwarz matten Limousine keines Blickes, sondern konzentriert sich auf die nasse Fahrbahn und den seitlichen Sturm, der die Fahrzeuge immer wieder mit seinen Böen leicht aus der Spur drängt.

Im letzten Moment vor dem Ende der Ausfahrt zieht Faruk seine Limousine auf die rechte Spur der Abfahrt und schaut gleich wieder zu dem Fahrer hinüber, der dem riskanten Manöver sichtlich irritiert nachsieht, bevor er sich wieder auf die eigene Fahrbahn konzentriert.

«Hab ich dich, du Arschloch», freut sich Faruk lautstark zu seinem gelungenen Manöver, um den leidigen Verfolger los zu werden. «Dreckiger Bullenbastard!», schimpft er, streicht sich mit der rechten Hand über den Bart und beginnt ihn an der Spitze zu zwirbeln.

Zufrieden und mit selbstherrlicher Miene fährt er weiter auf die Ringstraße, die ihn über den Horner Kreisel wieder auf die A24 bringen soll. um sich ohne hartnäckige Verfolger dem eigentlichen Ziel zu nähern.

8

Der Sturm peitscht mit scharfen Böen durch die Straßen in Hamburg. Die Bäume im Eichtalpark biegen sich im Wind und niemand nutzt die frühen Morgenstunden, um sich durch Walken oder Jogging körperlich zu ertüchtigen. Die Wege sind vom starken Regen aufgeweicht und in jeder Mulde sammelt sich das herabfallende Wasser zu großen Pfützen. Selbst die Enten haben sich zurückgezogen und kauern unter Bäumen und Büschen in der Hoffnung auf baldige Verbesserung der Wetterlage. Sie stecken den Kopf einfach in ihr Gefieder.

In einer Dreizimmerwohnung mit Blick auf den Eichtalpark sitzt vor einer leeren Müslischale, einer leeren Tasse und seinem dienstlichen Laptop der Kriminalkommissar Tim Dombrowski. Er verfolgt gebannt die Bewegung der überwachten Rufnummer auf dem Bildschirm.

Der Nutzer befindet sich inzwischen schon hinter Oldenburg in Richtung Delmenhorst und wird bald Bremen erreichen, wo er auf die A1 in Richtung Hamburg fahren dürfte.

Dombrowski wollte eigentlich schon längst ins Büro aufbrechen, aber noch lauert er auf den Rückruf von Fred, der ihm die Unterstützung seiner Gruppe zusagen muss.

Ohne unterstützende Kräfte braucht er gar nicht ins Büro fahren, sondern kann den Laptop gleich wieder zuklappen, denn er weiß bislang weder, wer der Nutzer ist, noch was er für ein Auto fährt.

Eine erste Weg-Zeit-Berechnung der Geschwindigkeit ergab, dass der Nutzer der Rufnummer zwischen 110 und 120 Kilometer pro Stunde fahren dürfte. Einen Lastkraftwagen konnte er somit bereits als genutztes Fahrzeug ausschließen. Ansonsten ist alles möglich.

Mehrfach nahm Dombrowski bereits sein Smartphone in die Hand und suchte in der Rufliste den Kontakt von Fred raus, aber er zügelt stets seine Ungeduld und beachtet die von Fred gewünschte Frist.

Er legt gerade wieder sein Smartphone auf den Tisch zurück, nachdem er geschaut hat, wie lange das letzte Telefonat her ist.

Vor 25 Minuten hatten die beiden miteinander telefoniert. In fünf Minuten würde er also Fred ohne schlechtes Gewissen anrufen und nachhaken können.

Er hätte schon längst die Kollegen seiner Dienststelle alarmiert. Aber die liegen vermutlich noch alle mit dickem Kopf nach dem großen Fest von Gerd am Vorabend in ihren Betten und schlafen ihren Rausch aus.

Bei dem Gedanken an Gerds Pensionierung wird Dombrowski gleich nachdenklich. Sie werden einen solchen Typen schwer an ihrer Dienststelle ersetzen können. So wie er kann man nicht werden. So ist man oder ist es eben meistens nicht.

Die Warterei macht Dombrowski wahnsinnig. Er verwirft schnellstmöglich die sentimentalen Gedanken, klemmt das Laptop halb geöffnet unter den Arm, schnappt sich seine Jacke und die Autoschlüssel und läuft die drei Etagen hinab bis in den Keller.

Durch den Keller kommt er auf die Rückseite des Hauses, wo sein Wagen geparkt steht.

Dombrowski beugt sich vor das Laptop, um es nicht dem Wetter auszusetzen und rennt zu seinem Fahrzeug, wo er es auf dem Beifahrersitz stellt und schnellstmöglich auf der Fahrerseite von seinem kleinen Zweisitzer einsteigt.

«So ein Dreckswetter», flucht er noch, bevor er den Motor startet und rückwärts aus seiner Parklücke hinausfährt.

Er gibt Vollgas und der kleine Wagen röhrt die Walddörferstraße hinab in Richtung Hamburger Ringstraße, über die er schnellstmöglich zum Präsidium gelangen will.

In diesem Moment klingelt sein Telefon. Endlich der ersehnte Anruf von Fred. Auf dem Display erscheint dessen Name und Dombrowski streicht über die grünen Pfeile, um den Anruf entgegen zu nehmen.

«Fred, mein liebster Freund, ich akzeptiere nur gute Nachrichten», begrüßt er frohlockend seinen Hoffnungsträger.

«Ja, das habe ich nicht anders erwartet. Ich konnte bereits sechs Leute mobilisieren, vielleicht kommen noch ein, zwei hinzu, die ich bislang nicht erreichen konnte. Es kann also losgehen. Wo ist denn unser unbekannter Freund gerade?», antwortet ein spürbar motivierter Fahnder.

Dombrowski verlangsamt seine Geschwindigkeit und aktualisiert seine Übersicht auf dem Laptop. Das Handy stellt er auf Lautsprecher und steckt es in seine Schublade unterhalb des Radios.

«Er ist im Moment ungefähr 20 Kilometer vor Delmenhorst. Die bisherige Strecke ist er mit 110 bis 120 Stundenkilometern gefahren.

Ich bin in 15 Minuten im Büro und komme dann zu euch auf den Kanal. Ich rechne gleich nochmal nach, ob er die Geschwindigkeit inzwischen geändert hat. Auf gutes Gelingen, mein Bester!»

«Hör auf mir zu schmeicheln. Wir fahren ihm entgegen soweit wir kommen und versuchen dann die Nadel im Heuhaufen zu finden. Bis gleich dann.»

Fred beendet das Gespräch und Dombrowski konzentriert sich wieder voll auf die Fahrt zu seinem Arbeitsplatz.

Die Baustellen auf den Straßen in Hamburg verengen die Wege, aber um halb sechs sind sie zum Glück auch ausreichend frei. Dombrowski kommt schnell zum Polizeipräsidium durch, wo er direkt davor einen Parkplatz findet und mit dem Laptop unterm Arm in das sternförmige Gebäude rennt.

Der Polizeistern ist ein eindrucksvolles Gebäude mit seinen zehn Fingern, die von einem runden Mittelbau strahlenförmig in alle Himmelsrichtungen abgehen.

Innen drin ist das fünfstöckige Gebäude jedoch häufig eine Baustelle. Schnell merkte man, dass es eigentlich zu wenig Platz hat und die eine oder andere Sache einfach beim Bau nicht berucksichtigt wurde. Es ist ein klassischer Bau der öffentlichen Hand, nur mit dem Allernötigsten bedacht und dafür im Ergebnis wiederum viel zu teuer.

Mit seinem Dienstausweis gelangt Dombrowski schnell durch die Eingangsschleuse und zu seinem Bürotrakt des Rauschgiftdezernats.

Wie immer um diese frühe Zeit brennt nur in einem einzigen Büro auf dem Flur das Licht. Otto Kuhnert sitzt mal wieder an seinem Platz und starrt in seinen Bildschirm. Früher, als in den Büros noch geraucht werden durfte, hätte man ihn vor blauem Dunst kaum erkennen können in seinem Zimmer. Das hat sich mittlerweile jedoch geändert und so nutzt er stündlich den Gang in die offene Tiefgarage, um seinem Laster zu frönen. Seine übrigen Nahrungsmittel lauten Kekse und Kaffee und so sieht er auch aus. Mit wachem Blick und leichtem Bauchvorsprung tippt er wie wild in seinen Computer und nutzt die ruhigen Stunden des frühen Vogels, um die ersten Eintreffenden mit Ermittlungsergebnissen zu überraschen.

Erschrocken blickt Otto aus seinem Büro, als ihm gegenüber plötzlich das Licht angeht.

«Dumbo, watt willst Du denn schon hier? Aus'm Bett gefallen oder was ist da los?», begrüßt er in gewohnt freundlicher Manier den als Langschläfer verschrienen Dombrowski.

«Ich richte mich halt nach unserem Gegenüber und nicht nach meiner senilen Bettflucht», antwortet Dombrowski.

«Arschloch!», erwidert Otto fast liebevoll mit einem Grinsen auf den Lippen.

«Wir hatten doch diesen anonymen Hinweis auf einen Lieferanten von großen Mengen Kokain und Marihuana aus den Niederlanden nach Hamburg. Er soll unbeschriebene Personen als Rauschgiftkuriere nutzen, um die Betäubungsmittel hierher zu transportieren. Die vom Hinweisgeber genannte Rufnummer des Lieferanten wurde leider nicht mehr von ihm genutzt. Das hat unsere Telefonüberwachung bereits ergeben. Die Rufnummer von dem Lieferanten ist auf einen nicht real existenten Anschlussinhaber angemeldet. Somit brachten uns diese Daten nicht weiter. Aber wir haben durch einen Beschluss des Amtsgerichts die bisherigen Verkehrsdaten der Rufnummer erhalten. Der frühere Nutzer der Rufnummer hat mit zwei niederländischen Rufnummern in den vergangenen Monaten telefoniert, die ja durchaus den Rauschgiftkurieren gehören könnten. Wir konnten letzte Woche über den Staatsanwalt Beschlüsse zur Überwachung dieser Rufnummern beim Amtsgericht erwirken. Bislang lief über die Nummern nichts. Sie waren zwar eingeschaltet, aber im Ausland aufhältig. Vor gut 50 Minuten wurde ich von dem Bereichsalarm geweckt, dass die Nummer nach Deutschland eingereist ist.

Fred fährt dem Nutzer der Rufnummer gerade entgegen und dann suchen wir mit den Geodaten aus der Handyüberwachung nach dem Fahrzeug, dass im Bereich des Handys fährt.»

«Klingt doch schon einmal nach 'nem Plan. Und was wollt ihr dann machen?», fragt Otto wissbegierig, während er sich mehrfach mit der Zunge über die Lippe fährt und anschließend langsam mit der Hand über den Mund streicht.

«Erstmal müssen wir ihn finden und dann schauen wir mal, was möglich ist. Wir haben bislang keine Ahnung, wer es ist oder womit er fährt», resümiert Dombrowski. Er geht zurück in sein Büro und startet den Rechner, während er die Nummer von Fred wählt.

9

Am Dreieck Stuhr biegt ein silberner Kastenwagen auf die A1 in Richtung Hamburg. Auf seinen Seiten trägt er keinerlei Werbung oder Aufschriften, die einen Hinweis auf seine Herkunft oder den Besitzer zulassen. Lediglich die gelben Kennzeichen mit schwarzer Schrift geben Rückschluss darauf, dass der Halter aus den Niederlanden stammen dürfte.

Das Fahrzeug befindet sich in einem astreinen Zustand, es wirkt gar so, als wenn es extra vor der Fahrt und trotz des angekündigten Unwetters gewaschen wurde. Der Lack des Transporters blitzt und blinkt, wenn vorbeifahrende Fahrzeuge, die ihn auf der linken Spur überholen, mit ihren Scheinwerfern kurzzeitig anleuchten.

Der Regen ist ein bisschen weniger geworden und so schaffen es inzwischen auch die Scheibenwischer wieder, das gesamte Regenwasser mühelos von den Scheiben zu wischen. Sie müssen nicht einmal mehr in voller Geschwindigkeit agieren und die Böen sind auch nicht mehr so stark, dass der Fahrer stets Sorge haben muss, in die Böschung der Fahrbahn gedrückt zu werden.

Ruud van der Boek hat inzwischen sein Frühstück abgeschlossen und fährt wieder mit 130 Stundenkilometern, die er auch in den Niederlanden gewohnt ist zu fahren. Eine höhere Geschwindigkeit findet er nicht zweckfördernd, denn ein Kastenwagen mit hoher Geschwindigkeit empfindet er persönlich immer als auffällig. Zudem würde er nur wesentlich mehr Benzin verbrauchen und dieses Geld muss er von seinem Lohn selber tragen. Ebenso den Unterhalt für das Fahrzeug und die eingebauten Besonderheiten, die er für seinen Job benötigt.

Außerdem will er nicht vor der Zeit am altgedienten Umschlagplatz erscheinen. Er müsste dann sowieso auf den Empfänger warten. Die sind erfahrungsgemäß sowieso nie pünktlich. Sie beklagen immer nur, wenn die Fahrer nicht rechtzeitig kommen, aber wenn die Fahrer warten müssen und dadurch unnötiges Risiko eingehen, das ist denen immer egal.

Ruud liebt es zu fahren. Rumstehen hingegen, mag er gar nicht, aber wenn er im gleichmäßigen Tempo auf einer Autobahn fährt, die Landschaften an ihm vorbeifliegen und er kurzzeitige Einblicke bei anderen Wegbegleitern erhält, dann fühlt er sich rundum wohl.

Manchmal überholen ihn Familien, die früh morgens mit ihrem Kombi an ihm vorbeiziehen und den Kofferraum voll mit Gepäck haben, teilweise sogar mehrere Fahrräder auf dem Dach oder auf der Anhängerkupplung mit sich führen. Dann gerät er immer in Erinnerungen, wie er mit seiner Familie mit dem Auto nach Südfrankreich oder Dänemark aufbrach, um einen wundervollen Urlaub vom Alltagsstress zu erhalten. Als Selbstständiger war es zwar schwer möglich den Club alleine zu lassen, aber es fanden sich immer Wege. Damals hatte er auch noch gute Mitarbeiter, die alles in seinem Sinne fortführten, während er mit seinen beiden Söhnen Jan und Jeroen sowie seiner Frau Britt in den Sommerferien mehrere Wochen ausspannte.

Ruud liebt seine Erinnerungen an die schönen Tage in seinem Leben. Sowieso tut er das alles nur, um seiner Familie ein sorgenfreies Leben zu ermöglichen. Er weiß, dass er ein großes Risiko eingeht, aber er sieht seine einzige Chance darin, der Familie auch weiterhin den gewohnten Lebensstandard zu ermöglichen

Sein Arbeitseifer für den Club hatte damals seine Beziehung zu Britt stark strapaziert. Er kämpfte Tag und Nacht für den Club, auch für den Lebensstandard der Familie und vergaß dabei total, dass sie auf diese Weise nichts von ihm hatte. Sie entfernten sich zunehmend voneinander bis er die Reißleine zog und den Club abgab.

Durch den neuen Job hatte er wieder viel mehr Zeit mit seiner Familie, hatte auch weiterhin gutes Geld zur Verfügung und konnte den verbleibenden Rest nutzen, um zumindest die Zinsen seiner Schulden zu zahlen. In guten Tagen oder wenn er mal wieder mehr

Touren fuhr, als er sich eigentlich im Sinne der Familie vornahm, tilgte er auch mal größere Beträge bei seinen Gläubigern.

Doch so richtig bewegt es nichts an seiner Restschuld. Es gab immer wieder unvereinbarte Strafzinsen für Zahlungsverzug oder Unstimmigkeiten zwischen der eigenen Vorstellung der Restschuld und der Vorstellung derjenigen, die ihm sofort deutlich machten, dass ihre Vorstellung die richtige Einschätzung ist.

Manchmal glaubt Ruud, dass er ewig für Sie fahren müsste, um die Schulden bezahlen zu können oder aber so viel fahren und zahlen könnte wie er will, die Schulden aber dennoch bleiben würden. Aber sie lassen ihn leben. Gut leben sogar. Er verdient mehr als zu den guten Zeiten seines Clubs und das mit wesentlich weniger Arbeit. Und fahren mag er ja sowieso gerne.

Ruud unterbricht die vielen Gedankenspiele und Träumereien, denn mit einem Jingle werden im Radio die Verkehrsmeldungen angekündigt.

«A1 - Bremen in Richtung Hamburg, zwischen dem Maschener Kreuz und Hamburg-Harburg ist durch den Orkan Axel ein Tanklaster umgekippt und vollständig ausgebrannt. Es wird gebeten, den Unfallort weiträumig zu umfahren.»

Das gute Gefühl des Morgens ist umgehend bei Ruud verflogen. Genau dort muss er lang, um an seinen Zielort zu gelangen.

Er verschafft sich kurz Luft zum klaren Denken, indem er lautstark auf Niederländisch flucht und mit der Hand mehrfach auf sein Lenkrad schlägt.

Ruud beginnt sofort krampfhaft zu überlegen, wie er fahren könnte. Über die A7 will er nicht fahren, dann müsste er durch das gesamte Hamburger Stadtgebiet, was er tunlichst vermeiden möchte. Ebenso wenig will er über die Wilhelmsburger Reichsstraße zu seinem Ziel gelangen. Bis er dort eintrifft, würde der gesamte Hamburger Berufsverkehr feststecken. Er könnte Stunden im Stau stehen und den Termin somit nicht einhalten.

Mehr Strecken fallen ihm auf Anhieb nicht ein. Er wird erst einmal anhalten, um auf einen Straßenplan zu schauen. In diesem Moment hasst er sich dafür, dass er kein Smartphone mehr hat, dass ihm die schnellsten Wege aufzeigen könnte. Auch sein Transporter ist zwar noch gut in Schuss für sein Alter, aber verfügt ebenfalls nicht über ein Navigationsgerät.

Er beschließt an der Raststätte Grundbergsee erst einmal abzufahren und ein wenig Geld für einen Straßenatlas zu investieren. Den kann man immer mal gebrauchen, wenn so etwas wieder passiert und früher ist er auch mit Straßenkarten an jeden Urlaubsort gekommen, egal ob am Mittelmeer oder an der Nordsee.

10

In der Wilstorfer Straße beginnt langsam wieder das Leben auf den Straßen. Erste Mitarbeiter, der im Phönix Center liegenden Geschäfte, kommen zur Arbeit. Dick eingehüllt in regenfester Kleidung oder mit Regenschirm, der jedoch auf Grund der Böen mit beiden Händen festgehalten werden muss.

Auch im Café International leeren sich langsam die Tische. Durch den Wind und die offene Eingangstür verzieht sich der blaue Dunst aus der Lokalität.

Das Gemurmel im Raum hat nachgelassen und die Geräusche der piependen Spielautomaten übernimmt die akustische Kulisse des Cafés.

An Cemals Tisch sitzt inzwischen ein junger Deutscher, vielleicht Mitte zwanzig mit strohblondem Haar und dunkelbraunen Augen. Er ist braungebrannt und sein Körper konnte seine Form unmöglich nur von Hanteln und hartem Training haben. Er hat Arme wie andere Beine haben, die vom Handgelenk bis zum T-Shirtärmel mit dunklen Skeletten, Totenschädeln und Kreuzen tätowiert sind. Auf seinem Hals prangen drei große Sechsen, die zusammen die Zahl des Teufels ergeben und umfasst sind von rotäugigen Köpfen.

Das Haar ist an den Seiten wegrasiert und die verbleibende Haarinsel auf dem Kopf ist streng nach hinten zu einem kleinen Zopf gebunden. Er trägt einen relativ kurz geschnittenen Vollbart. Lediglich oberhalb der Lippe ist er glattrasiert.

Cemal und diese Gestalt stecken die Köpfe eng zusammen und bereden etwas miteinander, wobei Cemal eindeutig bestimmend ist und die Kontaktperson fragend wirkt.

Man redet leise miteinander, so dass niemand im Raum lauschen könnte, was dort besprochen wird. Cemal lässt immer wieder die Augen durch den Raum wandern und beobachtet die anwesenden Leute, während er dem lauscht, was der Deutsche ihm mitzuteilen hat. Wenn er antwortet, dann starrt er seinem Gegenüber direkt und nachdrücklich in die Augen.

Am Schluss des Gesprächs nicken beide sich gegenseitig zu und schlagen die Hände ineinander, als würde man versuchen, die eigenen Vorstellungen im Armdrücken durchzusetzen. Doch bevor es dazu kommt, zieht man sich aneinander, gibt sich links und rechts einen Kuss an der Wange vorbei in die Luft und löst die Hände voneinander.

Der Deutsche verlässt das Cafe International direkt im Anschluss und besteigt einen vor der Tür abgestellten schwarzen Ford Mustang GT. Das blecherne Aufbrummen des PS-starken Motors ist bis an den Tisch von Cemal zu hören, der schon wieder sein schwarzes Smartphone aus der Jackentasche entnommen hat, um eine Nachricht zu schreiben.

Nachdem er es wieder weggesteckt hat, steht er auf und begibt sich langsamen Schrittes aus dem Laden.

Fast zeitgleich erhebt sich ein gedrungener, dicklicher Südländer von einem Stuhl an einem anderen Tisch, der Cemal bereits den gesamten Abend gegenübersitzt.

Sein Blick ist starr auf Cemal gerichtet, der ihm keinerlei Beachtung schenkt und über den klebrigen, nassen Boden langsam aus dem Café International hinausgeht.

Vor der Tür geht Cemal durch stürmischen Regen auf eine weiße, breitspurige Geländelimousine zu, die ebenfalls unmittelbar vor der Lokalität geparkt steht. Der Südländer geht direkt hinter ihm her und kommt langsam dichter an ihn heran. Die Hände trägt er tief in seinen Jackentaschen vergraben, das Cap ist in seine Stirn hineingezogen. Der Kragen der schwarzen AlphaIndustries-Bomberjacke ist aufgestellt, so dass von seinem Gesicht kaum mehr als die auffällig große Nase und die schiefe, unrasierte Mundpartie zu erkennen ist. Einzelne Fahrzeuge fahren durch die Wilstorfer Straße und lassen die Gischt der Pfützen auf die Gehwege spritzen.

Cemal kommt dichter an den Geländewagen heran und sein Verfolger ist bereits fast auf seiner Höhe. Aus seiner rechten Jackentasche zieht er einen schwarzen Gegenstand, den er in seiner geballten Faust verbirgt. Stärker werdender Regen fällt auf sie nieder und das Licht der Laternen wirft sich annähernde Schatten beider Personen auf die hellgrauen Waschbetonplatten. Kurz bevor Cemal sein Fahrzeug erreicht, erhebt die Person den Gegenstand in seine Richtung, drückt drauf und öffnet damit die Zentralverriegelung des Fahrzeugs.

Cemal steigt auf der Beifahrerseite ein, während der Südländer den Fahrersitz besteigt. Nach kurzer Zeit setzt sich das Fahrzeug in Bewegung und biegt direkt ab in die Tiefen des angrenzenden Phönixviertels, wo es im Schatten der Häuser und der einsetzenden Morgendämmerung entschwindet.

11

Mitten durch Hamburg-Horn dröhnt eine schwarz-matte Limousine mit wummernden Bässen über die Hauptstraßen. Nachrichten oder Verkehrsmeldungen wären in normaler Lautstärke in der getunten Limousine aufgrund der brummend-scheppernden Motorengeräusche sowieso nicht richtig zu verstehen gewesen. Daher ist es für Faruk auch keine Frage, dass er seine deutsche Gangsterrapmusik den örtlichen Radiosendern vorzieht. Zumal er sich eigentlich noch nie für Nachrichten jeglicher Art interessiert hat.

Er verinnerlicht lieber mit Inbrunst die egomanischen Texte, die das Leben als Straßenkriminelle heroisieren. Teilweise rappt er die ihm bekannten und verständlichen Passagen lautstark mit, streckt Daumen und kleinen Finger von der halb geballten Faust ab und klopft den Rhythmus der Bässe mit den mittleren Fingern auf das

Lenkrad. Dabei wippt und nickt er mit dem Kopf, zieht die Oberlippe einseitig zur Nase und zwischen seinen Augenbrauen bildet sich eine tiefe Falte.

In seiner roten Trainingshose vibriert sein Smartphone. Er hat es immer nur auf Vibration eingestellt, doch aktuell hätte er das Piepen für die empfangene Nachricht sowieso nicht vernommen.

Faruk löst die Faust und greift in die Tasche, während er auf die Auffahrt am Horner Kreisel zur A 24 fährt. Langsam zieht er das Telefon heraus und gibt Gas, wodurch er stark beschleunigt und in seinen weißen Ledersitz gedrückt wird.

Nachdem er den Standstreifen verlassen und auf die linke Spur gewechselt ist, schaut er auf das Display. Er sieht, dass er von Cemal eine Nachricht erhalten hat.

Er streift über das Display und gibt das Passwort in die kleine Tastatur ein. Hierbei blickt er mehrfach auf, um die nasse Autobahn im Blick zu behalten und nicht versehentlich in die Leitplanke zu fahren.

Die Kombination aus großen und kleinen Buchstaben sowie Sonderzeichen und Zahlen hat er mühevoll auswendig gelernt und kann sie inzwischen fast blind eingeben. Nirgendwo hat er dieses Passwort aufgeschrieben oder gespeichert und niemand würde es schaffen diesen Zugang zu knacken und somit an die Inhalte seines Handys gelangen. Lediglich zehn Versuche hat derjenige, der sich daran probieren würde, dann löscht sich das gesamte Mobiltelefon von alleine ohne eine Chance auf Wiederherstellung. Aber dieses Telefon würde er ohnehin niemandem in die Hände kommen lassen. Er führt es immer bei sich. Nur wenn er schläft, legt er es neben sich ab.

Mit einem Vibrieren öffnet sich das Betriebssystem und er kann im verschlüsselten Messenger die Nachricht von Cemal öffnen.

“ 5 Hasen für Viking, wie immer - 13 Uhr nicht später”

Faruk antwortet mit *“ok”* und aktiviert wieder den passwortgeschützten Sperrbildschirm. Das Handy lässt er mit zwei Fingern in seine Hosentasche gleiten, drückt noch einmal nach, dass es auch sicher sitzt und nicht rausrutschen kann und beginnt wieder im Rhythmus der Bässe auf sein Lenkrad zu Klopfen.

Die Strecke fliegt unter den breiten Reifen seiner Limousine dahin. An der Ausfahrt HH-Jenfeld setzt er den Blinker rechts, um von der Autobahn wieder abzufahren. Im Rückspiegel beobachtet er, ob es ihm jemand gleichtut. Der silberne Sportwagen direkt hinter ihm reagiert sofort und setzt den Blinker links, wechselt die Seite und überholt Faruk auf der linken Spur.

Der dahinterfahrende Van wird weder langsamer noch schneller. Er setzt keinen Blinker oder fährt dichter an den langsamer werdenden matt-schwarzen Wagen heran, den Faruk nun auf die Abfahrtsspur steuert. Auf der linken Fahrbahn kann Faruk eine silberfarbene Limousine erkennen, die zunächst auf die rechte Spur wechselt, den Blinker beibehält und mit ihm zusammen im Anschluss auf die Abfahrtsspur hinabfährt. In dem Fahrzeug kann er auf Grund der besser werdenden Lichtverhältnisse erkennen, dass sich darin ein Fahrer und eine Beifahrerin mit längeren Haaren befinden. Der Regen auf der eigenen Heckscheibe und der noch bestehende Abstand verhindern jedoch, dass Faruk die Personen genauer betrachten kann.

Am Ende der Abfahrt angekommen, setzt Faruk rechtzeitig den linken Blinker und hält an der roten Ampel an. Die ganze Zeit beobachtet er das Pärchen in seinem Rückspiegel. Nachdem er den Blinker gesetzt hat, beginnt auch die silberne Limousine nach links zu blinken und ihm in die linke Abbiegespur in Richtung Billstedt zu folgen. Sie kommt langsam und leise an sein Fahrzeug herangerollt und steht nun direkt hinter Faruk an der Ampel.

Die rote Ampel scheint grell in das Gesicht von Faruk, aber dessen Augen blicken nur in den Spiegel. Der Schein reicht ihm schon, um zu wissen, dass er noch nicht losfahren muss.

Unruhig betrachtet er das Pärchen im Fahrzeug hinter sich. Die Limousine ist klassisch von der Stange gekauft. Keine Extras, keine besondere Innenausstattung, eine Standardlackierung in Silber. Die Beifahrerin schätzt Faruk auf Ende zwanzig. Blonde Haare fallen unter einer dunklen Mütze heraus auf ihre Schultern. Das Gesicht wirkt attraktiv, ist durch Schminke zurechtgemacht. Sie schaut immer wieder zu ihm nach vorne. Manchmal hat er das Gefühl, dass sie direkt zu ihm in den Spiegel schaut. Anschließend sagt sie etwas zu ihrem Fahrer, ohne diesen hierbei anzuschauen. Der Fahrer hingegen ist ein grauhaariger Typ in den fünfziger Jahren. Vom Alter her könnte es ihr Vater sein, aber was machen die Beiden um diese Uhrzeit hier an dieser Stelle zusammen, wenn sie nicht wegen Faruk hier sind?

Der Fahrer schaut durchweg desinteressiert aus seiner Seitenscheibe die Straße hinab. Auch wenn die Frau zu ihm spricht, schaut er nicht zu ihr hinüber. Er scheint nicht einmal zu antworten. Hinter der silbernen Limousine hat sich inzwischen ein grauer Familienwagen platziert. Mehr kann Faruk nicht erkennen. Er wird durch den BMW komplett verdeckt. Nur das Dach kann er erkennen, aber mehr ist nicht zu sehen.

Der Fahrer schaut noch immer aus dem Seitenfenster hinaus, zeigt keine Regung, während die Beifahrerin Faruk direkt über den Spiegel in die Augen schaut. Nachdem sie Faruks aufmerksamen Blick bemerkt, starrt sie abrupt aus ihrem Seitenfenster. Beobachtet sie ihn oder will sie gar mit ihm flirten? Schaut der Fahrer vielleicht nur auf die Bäume und Büsche an der Straße, die von den Böen hin und her gewogen werden oder spielt er ihm das Desinteresse an Faruk und seinem auffälligen Wagen nur vor. Faruk ist irritiert, aber er glaubt nicht an Zufälle in solchen Situationen. Er macht lieber das, was er an dieser Stelle immer zu tun pflegt. Das rote Licht scheint noch immer auf sein Gesicht. Er konzentriert sich nur noch auf die Ampel. Er hat gesehen, was er sehen wollte, mehr braucht er nicht, um sich innerlich bestätigt zu fühlen. In dem Moment, wo auch das gelbe Licht auf sein Gesicht fällt, drückt er auf das Gaspedal, reißt den Lenker zum U-Turn herum und fährt mit quietschenden Reifen direkt wieder auf die Autobahnauffahrt zur A 24 hinauf. Hierbei schaut er genau auf die hinter ihm fahrenden Fahrzeuge und versucht sich die Insassen und Fahrzeuge so gut es geht zu merken, für den Fall, dass sie ihm heute nochmals begegnen oder auffallen sollten.

Jetzt folgt ihm keines der Fahrzeuge. Er kann noch in seinem Rückspiegel sehen, wie sie beide langsam in Richtung Billstedt abbiegen, während er zur Autobahn hinauffährt. Er beschleunigt sein Fahrzeug mit aller Kraft auf 150 Stundenkilometer und fährt nun wieder gen Norden, zu seinem eigentlichen Ziel.

Die rappenden Gangster treten in seinem Ohr langsam wieder in den Vordergrund. Bis eben hatte er sie gar nicht mehr gehört, viel zu sehr hatte er sich auf das konzentriert, was seine Augen wahrgenommen hatten. Sein Puls schlägt ihm bis zum Hals. Er erhöht an seinem Lenkrad noch einmal die Lautstärke, streicht sich über die langen Haare. Seinen Blick richtet er auf den vor Feuchtigkeit dunklen Asphalt, über dem die Tropfen vorbeifahrender Fahrzeuge ständig wie ein feuchter Nebel schweben.

12

Vor dem Polizeistern in Alsterdorf scheint gerade die Welt unterzugehen. Starkregen und Hagel wechseln sich ab. Fingernagelgroße Hagelkörner landen auf dem Fenstervorsprung des zweiten Stockwerks eines Gebäudetrakts. Sie werden geistig abwesend von Dombrowski beobachtet, wie sie dort tanzen und springen.

Er hält noch immer den Telefonhörer ans Ohr und wartet darauf, dass sich Fred am anderen Ende der Leitung endlich meldet. Das Freizeichen ertönte bereits diverse Male und Dombrowski spielt mit dem Gedanken wieder aufzulegen, um es kurze Zeit später nochmals zu versuchen, als sich Fred endlich meldet.

«Diese verfluchte Freisprecheinrichtung... Hallo... hörst Du mich?»

«Klar und deutlich, mein Freund!», erwidert Dombrowski erleichtert.

«Wo ist er denn aktuell?», kommt Fred gleich zur Sache. Das System bei Dombrowski ist noch nicht ganz hochgefahren. Da hatte er wohl ein wenig voreilig angerufen.

«Wo seid ihr denn so gerade?», stellt er die Gegenfrage.

«Kuno kommt ja aus Hollenstedt. Der wohnt praktisch auf der Autobahn, daher ist er bereits kurz vor Bremen. Der schläft ja auch immer auf seinem Telefon und wartet geradezu nur darauf, endlich wieder sein Heim verlassen zu dürfen. Die Anderen sind alle auf dem Weg in Richtung Bremen. Ich hoffe, du hast Neuigkeiten. Hat er schon einmal telefoniert?», fragt Fred.

«Bislang noch nichts, kein Telefonat, keine SMS-Nachricht. Er hat auch keinerlei Internetverbindung. Die individuelle Gerätenummer von dem überwachten Telefon habe ich abgefragt. Sie steht für ein Billigtelefon, daher ist auch weder von Internettelefonie noch von irgendwelchen verschlüsselten Messengern auszugehen. Wäre natürlich super, wenn er sein Telefon noch einmal nutzen würde», erwidert Dombrowski, während er sich schnellstmöglich durch die Anmeldeprogramme klickt. Das Überwachungsprogramm der Telekommunikation öffnet sich und für Dombrowski ist sofort ersichtlich, dass er nicht übertrieben hatte. Der Nutzer hat keinerlei Telefonate oder Internetverbindungen geführt. Auch gibt es keine SMS-Nachrichten zu verzeichnen. «Die Geo-Daten befinden sich genau in Höhe der Anschlussstelle Bremen-Hemelingen. Seine aktuelle Geschwindigkeit werde ich jetzt noch einmal berechnen und dann melde ich mich wieder bei Dir.»

«Okay, dann sage ich Kuno, dass er sich beim Rastplatz Oyten platzieren soll. Von dort an werden wir versuchen, alle Rastplätze und Tankstellen abzudecken und herauszufinden, welche Autos mit den Geodaten des Handys an uns so vorbeirauschen. Dann rollen wir das Feld von hinten auf. Vielleicht fällt uns ja ein Holländer auf, der ins Bild passt.»

«Einverstanden, ich melde mich dann gleich wieder, sobald er kurz vor Oyten ist.»

«Bis gleich.»

Es klickt in der Leitung und Dombrowski legt den Hörer auf.

Otto steht bei Dombrowski im Türrahmen, hält seine Kaffeetasse in der Hand, zieht die Luft lautstark durch die Nase ein und fragt beim schweren Ausatmen: «Na, wie schaut's aus?»

Dombrowski versucht derweil in Abgleich mit einer Navigationsapp Distanzen auf der Autobahn zu ermitteln und diese mit der hierfür benötigten Zeit abzugleichen.

«130», murmelt er vor sich hin.

«Watt murmelst Du da?», fragt Otto irritiert.

«Der Holländer kommt mit 130 Sachen auf der A1 nach Hamburg, warte ich muss Fred anrufen, der ist schon in knapp sieben Minuten in Höhe Oyten», antwortet Dombrowski und drückt auf seinem Telefon die Wahlwiederholung ohne den Hörer abzunehmen.

«Na!», erklingt Fred aus dem Lautsprecher.

«In fünf bis sieben Minuten dürfte er bei euch durchs Bild fahren. Falls Kuno einen Holländer erblickt, dann soll er sich locker ran hängen.»

«Jo. Er geht einfach in vier bis fünf Minuten bei mäßiger Geschwindigkeit auf die Bahn und lässt sich von dem Kerl überholen. Vielleicht sieht er ihn ja», schlägt Fred vor. Bei ihm ist der laute Motor seines Dienstfahrzeuges deutlich zu hören. Zusätzlich rauscht der aufs Dach prasselnde Regen und die Scheibenwischer quietschen um die Wette.

Dombrowski kratzt sich am Dreitagebart und blickt auf den Bildschirm. «Ja, einverstanden. Klingt gut.».

Das Gespräch wird wieder abgebrochen. «Ich bin im Keller Luft schnappen, falls Du mich brauchst», schnauft Otto und verlässt den Türrahmen.

Langsam lehnt sich Dombrowski in seinem Bürostuhl zurück und fährt sich mit der Hand durch die halblangen Haare. Er kann aktuell kaum unterstützen, nur darauf hoffen, dass die Observationskräfte ein gutes Auge und glückliches Händchen haben. Dombrowski geht in den Technikraum und holt sich ein Funkgerät, um die aktuellen Standorte direkt an alle Observanten mitteilen zu können. Ein paar Minuten hat er noch, dann ist es soweit.

Auf dem Rastplatz in Oyten steht ein dunkler Kombi. Das Fahrerfenster ist halb geöffnet, trotz des unaufhörlichen Regens. Das

Licht des Fahrzeugs ist an, der Motor läuft. Immer wieder sieht man eine helle Glut aus dem Fahrerfenster aschen.

In dem Fahrzeug sitzt Kuno. Kuno ist sein Arbeitsname in der Gruppe. Er ist bereits so lange dabei, dass er seinen richtigen Namen beinahe vergessen hat. Freunde außerhalb der Arbeit hat er sowieso keine. Er liebt seine Tätigkeit und ist fest davon überzeugt, dass er hierfür bestimmt ist. Kuno ist ein ehrlicher Arbeiter. Er hat keine Ambitionen, eine Führungsfunktion zu ergreifen. Er will lediglich die Bösen dabei beobachten, wie sie verbotene Sachen machen, um sie dann auf frischer Tat zu erwischen.

Er ist inzwischen 48 Jahre alt. Die Haare werden langsam grau, aber auf der Straße ist er auch weiterhin hellwach bei der Sache. Jedes vorbeifahrende Auto verfolgt er mit seinen Augen, auch wenn er weiß, dass er noch zwei oder drei Minuten warten muss, bis er losfahren soll. Dombrowski weiß was er sagt. Schon häufig hat er mit ihm zusammengearbeitet und meistens hat er Recht behalten. Kuno versteht nicht woher er das nimmt, denn mit Ermittlungen hat er nichts am Hut. Aber wenn er was gesagt bekommt, dann folgt er dem, was ihm gesagt wird und passt auf. Das ist sein Job, nicht mehr aber auch auf keinen Fall weniger. Er weiß, dass der Erfolg der Ermittlungen am Ende davon abhängt, was er sieht und dann den entscheidenden Personen mitteilt.

Er nimmt einen letzten Zug an seiner Zigarette und lässt sie aus dem Fenster fallen. Den Aschenbecher benutzt er nie in seinen Dienstfahrzeugen, denn Rauchen ist darin nicht gestattet. Den letzten Rauch pustet er durch den zufahrenden Spalt des Fensters.

Noch eine Minute bis er losfahren wird. Zunächst will er sich gemächlich seinen Platz auf dem rechten Fahrstreifen suchen, vielleicht auch auf der mittleren Spur und etwas schneller als die Lastkraftwagen unterwegs sein, um seinen unauffälligen, dauerhaften Aufenthalt auf der mittleren Spur zu rechtfertigen.

Die Digitaluhr im Armaturenbrett springt auf 06:28 Uhr. Es ist an der Zeit sich in Bewegung zu setzen und loszufahren, genau nach Plan. Kuno fädelt sich in den fließenden Verkehr ein.

Über Funk meldet sich Dombrowski und teilt mit, dass sich das Handy nun im Bereich des Rastplatzes Oyten befindet. Kuno weiß, dass diese Standorte gerade auf Autobahnen ungenau sind. Die Sendemasten reichen weit hier auf dem platten Land, aber eine Chance ist da. Gerade, wenn der Holländer einen Mietwagen oder ein Fahrzeug mit niederländischer Zulassung nutzt. Aber die nötige Portion Glück wird man brauchen.

Auf der Autobahn ist inzwischen ordentlicher Verkehr. Viele Lastkraftwagen füllen die rechte Spur, so dass die mittlere Spur kontinuierlich mit Tempo 110 an ihnen vorbeizieht.

Die linke Spur ist nach erster Einschätzung noch einmal dreißig oder vierzig Stundenkilometer schneller. Fahrzeuge mit Kennzeichen aus Bremen oder Rothenburg an der Wümme passieren Kuno, doch die verlieren sofort wieder seine Aufmerksamkeit. Unwahrscheinlich ist es, dass sie die konkreten Zielfahrzeuge sein könnten.

«Lemming ist nun an der Raststätte Grundbergsee», kommt es aus dem Funk.

«Kuno ist auf der Bahn und passiert gerade die Anschlussstelle Oyten. Bislang habe ich kein passendes Fahrzeug feststellen können», antwortet Kuno.

«Sehr gut, Lemming, dann teil dich mit Klatsche und Pascho auf dem Rastplatz auf. Einer bleibt vor Ort, die anderen beiden fahren alle fünf Minuten ab und suchen den fliegenden Holländer», ordnet Fred per Funk an.

«Pascho startet um 06:30 Uhr vom Rastplatz.»

«Klatsche hat gute Sicht auf die Tankstelle und Zufahrt. Ich würde hier verbleiben bis das Handy eindeutig vorbeigezogen ist.»

«Okay, dann fährt Lemming um 06:35 Uhr auf die Bahn. Gutes Gelingen!»

«JayJay bleibt in Bockel am Autohof und klingt sich ein, sobald das Handy in seine Richtung kommt.»

Kuno hat alle Positionen zur Kenntnis genommen und weiß genau, wer wo steht und ihn unterstützen kann, wenn er Feststellungen macht. Gespannt blickt er voller Erwartung in seinen Rückspiegel. Eine schwarze Luxuslimousine mit gelben Kennzeichen rollt in hoher Geschwindigkeit auf der linken Spur heran. Sie fährt dicht auf einen braunen Bremer Mittelklassewagen auf, der gerade im Begriff war, das Auto von Kuno zu überholen, aber nun lieber zurückzieht und den drängenden Raser gewähren lässt. Der schwarze Wagen nahm zuvor keine Rücksicht und behielt die Geschwindigkeit bei. Mit mehr als 200 Stundenkilometern zischt er an Kunos Wagen vorbei. Der Fahrtwind drückt seinen Wagen leicht nach außen. Ein Kennzeichen konnte Kuno trotz voller Konzentration nicht erkennen. Lediglich Fragmente.

«Mich hat gerade ein schwarzer Mercedes mit niederländischer Platte überholt. Deutlich über 200 Stundenkilometer, ich denke den können wir vernachlässigen», meldet er trotzdem.

Die nächsten Fahrzeuge rollen heran, die zum Überholen ansetzen, aber bislang kein weiteres niederländisches Kennzeichen.

Auf einem blauen Schild wird die Abfahrt Posthausen in 2.000 Metern angekündigt.

Die weißen Begrenzungspoller fliegen an dem Passat von Kuno vorüber. In Fahrtrichtung wird er immer wieder von Limousinen und Familienfahrzeugen überholt. Zumeist Alleinfahrer, die sich offenbar auf den Weg zur Arbeit begeben und nach Hamburg pendeln müssen, denn die meisten Fahrzeuge stammen aus dem Großraum Bremen gemäß ihrer Zulassung.

«Ich bin jetzt Höhe Anschlussstelle Posthausen», meldet Kuno weiter an Dombrowski, der umgehend erwidert, dass das überwachte Mobiltelefon direkt in seinem Umfeld sein muss und bei gleicher Geschwindigkeit mit Kuno mitzieht.

Kuno drosselt ein wenig die Geschwindigkeit. Lieber lässt er sich hinter das Handy fallen und nimmt dann die Verfolgung wieder auf. Langsam genug fährt der Nutzer der Rufnummer ja offenbar.

Im Außenspiegel kann er nun einen silbernen Transporter erblicken, der offenbar gelbe Kennzeichen führt. Er drosselt weiter die Geschwindigkeit, denn der Transporter fährt nicht annähernd so schnell wie der vorherige Mercedes. Drei Fahrzeuge hinter ihm schert er in die mittlere Spur.

«Drei Fahrzeuge hinter mir fährt ein niederländischer Transporter. Den genauen Typ konnte ich nicht erkennen. Sieht nach einem älteren Kastenwagen aus. Das Fahrzeug hat eine silberne Lackierung. Er hat seine Geschwindigkeit verringert und bleibt derzeit hinter mir auf der mittleren Spur», teilt Kuno mit und spürt, dass sie auf der richtigen Spur sind. Die Geschwindigkeit passt auf jeden Fall und der Zeitpunkt ebenfalls. Dennoch beobachtet er weiterhin auch die auf der linken Spur heraneilenden Fahrzeuge, die jedoch bislang keine besondere Bedeutung in seinen Augen haben.

«Noch 1.000 Meter bis Grundbergsee. Weiterhin drei Fahrzeuge zwischen uns. Ich kann das Fahrzeug nicht weiter beschreiben», berichtet Kuno und bleibt auf seiner mittleren Spur.

«Das Mobiltelefon ist weiterhin genau bei Dir Kuno. Der Transporter könnte es also sein. Halt aber auch weiterhin die Augen nach weiteren Fahrzeugen offen», ermuntert Dombrowski.

Kuno nimmt den Funkspruch zur Kenntnis. Er mag es nicht gerne, wenn man ihm sagt, wie er seine Arbeit machen soll. Er weiß zwar, dass es nicht so gemeint ist, dennoch mag er es nicht.

In diesem Moment sieht er, dass der Transporter zwischen zwei Lastkraftwagen auf die rechte Fahrspur zieht und den Blinker beibehält.

Die Neugier will Kuno dazu veranlassen, dass er es ihm gleichtut, doch er weiß, dass Neugier in seinem Geschäft kein guter Berater ist. Dem Fahrer könnte seine Handlung auffallen und ein Auffallen will Kuno auf keinen Fall riskieren. Er ahnt, dass der Transporter nun abfahren wird und meldet: «Achtung, der Transporter wechselt auf den rechten Fahrstreifen. Aktuell keine Sicht mehr. Er befindet sich zwischen einem weißen und einem gelben Lastkraftwagen und hatte bis eben noch geblinkt. Eventuell fährt er bei Euch ab. Ich bleibe auf meiner Spur und fahre weiter.»

Zu gerne würde Kuno jetzt auf dem Rastplatz stehen und sehen, was der Transporter dort macht, so er denn abfährt. Aber genauso bleibt er aufmerksam und wartet auf weitere Fahrzeuge, die ihn mit passenden Kennzeichen passieren könnten.

In der ARAL-Tankstelle Grundbergsee steht an einem kleinen Stehtresen am Fenster ein schlaksiger Mann mit lockigem Haar, das er zu einem kleinen Zopf am Hinterkopf zusammengebunden hat. Er nippt immer wieder an einem Pappbecher mit heißem Kaffee und verzieht dabei das Gesicht. Dunkle Ringe liegen unter seinen Augen, aber seine tiefblauen Augen starren aus dem Fenster, als würde er auf etwas warten. Das Gesicht zeigt keinerlei Regung, keinerlei Emotion. Alleine steht er dort und scheint den Moment zu verinnerlichen.

Plötzlich ist ein Aufblitzen in seinem Blick zu erkennen. Er reckt den Hals und schaut gezielt auf ein Fahrzeug, das auf die Raststätte fährt. Es ist ein silberner Transporter, der direkt an eine der blauen Zapfsäulen heranfährt und hält.

Der Fahrer steigt aus, öffnet den Tankdeckel und steckt den Stutzen in den Tank hinein. Hierbei blickt er immer wieder auf die laufende Anzeige.

«Der silberne Transporter steht aktuell an Zapfsäule 3 und der Fahrer betankt sein Fahrzeug. Ich habe aktuell keine direkte Sicht auf die Person. Er ist dunkel gekleidet und hat sich vor dem Verlassen seine Kapuze über den Kopf gezogen. Er hat kurze Haare oder Glatze und eine normale Figur», spricht der Beobachter zu seinem Kaffeebecher.

Dombrowski aktualisiert immer wieder seine Übersicht. Jetzt kommt es auf ihn an. Er muss melden, sobald sich das Handy weiterbewegt und sich nicht mehr im Bereich der beobachteten Person befindet. Wenn es bei ihr bleibt, dann ist die Wahrscheinlichkeit groß, dass sie an der richtigen Person dran sind.

«Das Handy ist noch immer bei euch», meldet er und spürt wie die Spannung in ihm ansteigt. Er genießt das aufsteigende Kribbeln in der Magengrube, denn das ist immer ein gutes Zeichen. Sein Bauch weiß immer zuerst Bescheid, bevor sein Verstand versucht Einfluss zu nehmen.

Patsche bleibt auf seiner Position. Sobald die Person zahlen geht, wird er sie besser zu Gesicht bekommen. Er will aber auch kein

Risiko eingehen. Sobald sie die Sicherheit haben, dass es das richtige Fahrzeug ist, werden sie sich nur noch darauf konzentrieren müssen. Da ist es ihm erst einmal egal, wie der Typ aussieht, den sie dann weiterverfolgen würden.

Kuno spürt, dass er der Musik davonfährt. Kein Fahrzeug überholt ihn, dass aus seiner Sicht in Betracht kommt. «Ich bin 500 Meter vor Stuckenborstel», meldet er weiter und begibt sich dabei bereits auf die Abbiegespur. Wenn das Handy weitergefahren wäre, dann hätte Dumbo das längst gemeldet, denkt er sich. Er kann sich geradezu vorstellen, wie der lauernd auf seinem Bürostuhl hockt und in den Bildschirm glotzt, voller Erwartung, ob sich der kleine Kreis auf der Landkarte weiterbewegt.

Mit der Abfahrt behält er sich alle Möglichkeiten, wieder einzugreifen, entweder wenn es für den Transporter weitergeht oder aber die Verfolgung aufzunehmen, falls sich das Handy vorzeitig weiterbegeben sollte - ohne den von ihm entdeckten Transporter.

Langsam fährt er die Abfahrt hinauf, harrt auf eine weitere Meldung und behält dabei die passierenden Fahrzeuge stets im Auge.

«Das Handy ist noch immer in Höhe Grundbergsee», ertönt aus den Lautsprechern des Fahrzeugs und Kuno fühlt sich bereits jetzt mal wieder in seiner Beobachtung und seiner Entscheidung bestätigt. Ein leichtes Grinsen huscht ihm über das Gesicht und er fährt endgültig in Stuckenborstel ab.

Der Fahrer des Transporters zieht den Reißverschluss seiner dicken Jacke zu und vergräbt sein Kinn in das wärmende Futter der Jacke. Die Wollmütze zieht er noch ein Stück tiefer in die Stirn, so dass von ihm kaum etwas zu erkennen ist. Lediglich ein heller

Schnurrbart und eine auffällig große Nase schauen aus der verbleibenden Öffnung hervor.

Er zieht den Tankrüssel heraus, nachdem die Verankerung geklickt hat und steckt ihn zurück in die Zapfsäule. Nachdem er den Schraubverschluss des Tanks eingedreht hat, begibt er sich zügigen Schrittes in die Tankstelle. Der Wind und der Nieselregen scheinen ihm nicht sonderlich zu behagen.

Patsche kann einen kurzen Blick auf die Person erhaschen, aber gleichzeitig bleibt ein jüngeres Paar vor ihm stehen und versperrt ihm die freie Sicht auf die Person, die sich nun in seinem Rücken im Kassenbereich befindet.

«Der Fahrer hat die Tankstelle betreten. Er trägt eine dunkle Mütze und eine dunkle Jacke. Vermutlich hat er einen Bart.»

Patsche verlässt seinen Platz am Fenster und wirft nochmals einen Blick auf die Person, die mit dem Rücken zu ihm steht und die Zeitschriften vor der Kasse betrachtet. Mehr wird er hier nicht feststellen können, also entschließt er sich, zu seinem Auto zu gehen. Was interessiert ihn schon, ob der Typ sich noch eine Packung Kaugummis oder ein Brötchen kauft. Das ist hier aus seiner Sicht nicht mehr von Bedeutung.

«Patsche gibt seine Position auf und geht zurück zu seinem Fahrzeug», meldet er und geht aus der Tankstelle hinaus.

«Jo, ich habe direkten Blick auf das Fahrzeug», teilt Lemming mit.

Ruhe kehrt ein auf dem Funkkanal. Alle warten darauf, dass die Abfahrt des Fahrzeuges gemeldet wird und konzentrieren sich auf diesen einen Moment, den keiner verpassen will.

«Das Handy befindet sich immer noch bei Euch. Ich denke wir können uns langsam festlegen, dass es unser Mann ist», spricht Dombrowski in die Stille hinein «Wir bleiben an ihm dran und schauen, ob sich das Handy mit uns bewegt. Falls das der Fall ist, dann ziehen wir ihn raus.»

«So soll es sein», bestätigt Fred im Namen der Gruppe. Und wieder kehrt Stille ein in froher Erwartung auf die Dinge, die da kommen werden.

13

Mitten durch Kirchdorf-Süd schlängelt sich der Karl-Arnold-Ring. Hier reihen sich die Betonsünden aus den 70er Jahren aneinander und bieten vielen Familien Platz zum Leben. Das Leben ist hier anders als in vielen anderen Stadtteilen. Wer hier geboren wurde, der bleibt auch meistens genau hier.

Doch das gemeinsame Leben schafft auch einen großen Zusammenhalt zwischen den Leuten, die hier aufgewachsen sind. Die Häuser werden teilweise saniert. Wenn man allerdings in die Hausflure kommt, dann fühlt man sich 40 Jahre zurückversetzt. Briefkästen sind von den Wänden gerissen. Es riecht nach Knoblauch, Urin und Gewürzen aller Regionen der Welt. Laute Musik dröhnt aus den Wohnungen, Schmierereien befinden sich an den Wänden und zeichnen nieder, wer hier das Sagen hat.

Beachtung erhält, wer sich Statussymbole leisten kann. Es bedarf keiner eigenen Wohnung in einem Nobelstadtviertel Hamburgs oder eines besonders gut bezahlten Jobs nach einer erfolgreichen Ausbildung oder einem Studium.

Man bleibt hier im Viertel, lebt das Viertel, aber fährt einen auffälligen, teuren Wagen, im Idealfall mit einer besonderen Lackierung, lautem Motor und edlem Interieur. Die nächste Generation schenkt einem eine besondere Beachtung, wenn man mit einem solchen Wagen durch die Straßen fährt. Die eigene Generation zollt einem Respekt und die Meinungen der arbeitenden Älteren interessieren einen nicht.

Auf diesen Straßen lässt sich Cemal von seinem Fahrer zur Anschrift seiner Mutter fahren. Dorthin, wo er auch heute noch schläft, wenn er nicht weiß, wo er übernachten soll. Doch dies ist selten der Fall. Genug Mädchen wollen, dass er bei ihnen bleibt. Sie biedern sich seiner an, locken ihn mit ihren Reizen und kämpfen um seine Gunst. Diese Frauen haben für ihn aber nur geringe Bedeutung. Sie sind ein Spielzeug für ihn oder ein Schmuckstück mit dem er sich ziert, wenn er durch die Blocks fährt und sich präsentiert. Ansonsten interessiert ihn nur Geld und sein Ansehen.

Die Kinder auf den Straßen, die aufblicken und seiner weißen Geländelimousine mit offenem Mund nachblicken, wenn sie ihn sehen, geben ihm das Gefühl eines Königs, dessen Untertanen sich niederknien, wenn er sie passiert.

Der weiße Wagen halt mit seinen extra breiten Reifen vor einem der größten Wohnblocks im Viertel. Hier wohnt seine Mutter im 13. Stock mit vier jüngeren Brüdern auf drei Zimmern. Wenn Cemal hier schläft, nutzt er die Couch im Wohnzimmer. Dann wird ihm von der Mutter und den Brüdern das Zimmer zur Verfügung gestellt. Hier wird er nicht gestört, wenn er sich die Ehre gibt. Zum Balkon hat nur er den Schlüssel. Kein Mitglied der Familie würde es wagen dort hinauszutreten, auch wenn er ihnen den Schlüssel lassen würde. Er hat es ihnen nie verboten, aber sie alle wissen, dass es sein Balkon ist und nur er sich dort aufhalten darf.

Cemal steigt aus dem Geländewagen aus und geht in Richtung Hauseingang. Sein Fahrer bleibt sitzen und verharrt an gleicher

Stelle bis zu Cemals Wiederkehr. Mehrere Jugendliche blicken auf und stellen sofort ihr Gerede über Mädchen ein. Sie verhalten sich ruhig. Sie sparen sich coole Gesten oder kluge Sprüche. Nachdem er das Haus betreten hat, gehen die Jungs wieder ihren Gewohnheiten nach. Sie starten die Rapmusik auf dröhnenden Basstubes und nicken, auf der Lehne der Spielplatzbänke sitzend, zum Takt des deutschen Sprachgesangs.

Im Wohnhaus steigt Cemal in den Fahrstuhl und fährt hinauf bis in den 13. Stock. Die stahlgraue, mit Schriftzügen verzierte Fahrstuhltür öffnet sich und fährt klappernd in die Wand hinein. Cemal tritt einen Schritt heraus und geht dann auf die Wohnungstür seiner Mutter zu.

Er schließt die Tür auf und betritt die Wohnung. Seine Mutter ist bereits wach und macht gerade das Frühstück für die Brüder von Cemal, die noch zur Schule gehen und bald aufstehen müssen.

Sie ist erst 45 Jahre alt, aber ihre Gesichtszüge ähneln denen einer Mitsechzigerin. Sie hat eine dickliche Statur und geht stets gebeugt. Auch in der Wohnung trägt sie ein dunkles Kopftuch mit smaragdgrünen Blumen bedruckt, einen langen Rock, der kurz über dem Boden endet und eine dunkle Strickjacke in dessen Ausschnitt das Kopftuch eingesteckt übergeht.

«Günaydin!», begrüßt sie ihren Sohn auf Türkisch und zeigt ihre Freude über den überraschenden Besuch.

Cemal nickt ihr kurz zu, geht aber nicht weiter auf sie ein. Er ist nicht gekommen, um mit seiner Mutter zu sprechen oder die Brüder zu sehen und sich mit ihnen auseinanderzusetzen.

Er geht direkt aus dem großzügigen Flur, dessen Nische zugleich auch als Esszimmer genutzt wird, in das Wohnzimmer und schließt dort die Tür.

In dem Wohnzimmer steht eine blaue Stoffcouch, deren Sitzflächen mit Wolldecken abgedeckt sind. Neben einem voll behangenen Wäscheständer steht der Wohnzimmerschrank mit zwei Glasvitrinen, in denen in goldenen Rahmen mit Porträtfotos der Kinder aus vergangenen Tagen aufgestellt sind.

Zwischen den Vitrinen steht ein großer Fernseher in dem ein türkischer Sender läuft. Die Lautstärke ist so aufgedreht, dass die Mutter sogar bei verschlossener Tür die Nachrichten in der Küche verstehen dürfte.

Cemal zieht aus seiner Hosentasche einen kleinen silbernen Schlüssel von der Größe eines Briefkastenschlüssels und steckt diesen in das Griffschloss der Balkontür.

Er öffnet das Schloss und ergreift den Griff, um die Tür aufzuziehen und auf den Balkon hinauszutreten. Der Wind drückt sich in die Wohnung und weht vereinzelte Regentropfen in das Gesicht von Cemal. Von dem Balkon aus kann man direkt zur Raststätte Stillhorn blicken. Wenn man die Augen schließt, lässt sich das Getöse der Autobahn als Meeresrauschen empfinden, aber hierfür nimmt sich Cemal keine Zeit.

Er schreitet über den Balkon zu einem an der Wand befindlichen ehemaligen Küchenschrank, den er dort verschraubt hat. Der Schrank ist mit einem Zahlenschloss versehen, dass er schnell öffnet. Es dient lediglich zum Schutz vor neugierigen Einblicken seiner Familie und nicht zur Sicherung seines Inhalts. Niemand würde auf seinen Balkon klettern und hier suchen. Denn diesen Bereich hat er keiner Person, auch nicht seinen engsten Vertrauten, gezeigt. Es ist sein heimlicher Rückzugsort an schönen Tagen, aber auch sein Tresor, geschützt durch 12 Stockwerke von der Straße und seinen Neidern.

Cemal zieht seine Lederjacke aus und entnimmt dem Schrank eine flache Umhängetasche, die er sich Diagonal über den Oberkörper streift. Der Gurt ist eng angezogen und die Tasche bleibt auf seinem Rücken anliegend an den unteren Rippenbögen.

Er streift die Lederjacke wieder über seinen Körper und schließt den Reißverschluss, so dass sein Oberkörper im Weiteren von Wind und Regen geschützt wird.

Er dreht sich um, und verlässt den Balkon, schließt die Tür und verschließt den Griff. Den Schlüssel steckt er wieder in seine Hosentasche und verlässt das Wohnzimmer. Wortlos geht er an seiner Mutter im Flur vorbei, die ihm mit Sorgen in den Augen nachsieht. Sie spürt Unheil über ihrem Sohn aufkommen, aber sie traut sich nicht ihm nachzurufen. Sie weiß, dass er seinen Weg geht und nicht auf sie und ihren Glauben hören würde. Nachdem sich die Wohnungstür hinter ihrem Sohn geschlossen hat, blickt sie flehentlich gen Himmel und bittet ihren Mann, den sie dort wähnt, um Hilfe und Beistand. Nach seinem Tod ist in ihrer Familie alles anders geworden. Der fleißige Schüler Cemal hat sich verändert, hatte kein Interesse mehr an dem Weg des Fleißes, der ihm von seinem Vater vorgelebt wurde. Er öffnete sich der Straße und fand dort mit Intellekt seinen Platz, um ausreichende Einkünfte für sich und seine Familie zu generieren, um so seiner traditionellen Pflicht als erster Sohn nachkommen zu können.

Die Tür des Fahrstuhls öffnet sich scheppernd und Cemal verlässt den Aufzug und das Treppenhaus, um sich über den Gehweg zurück zu seinem wartenden Fahrer zu begeben. Sie müssen sich beeilen, denn die Zeit drängt bereits.

14

Breite Gummireifen fahren über die feuchten Abfahrtstreifen in Stapelfeld. Sie fahren an der Abfahrt der A1 hinab und halten zunächst vor der Ampel, die auf die Landstraße führt. Langsam ordnen sie sich im linken Abbiegestreifen ein. Die gelbe Lampe ergänzt das rote Licht und die Reifen beginnen, sich quietschend zu drehen. Ihr Fahrer schlägt hart rechts ein und überholt den ebenfalls anfahrenden Wagen auf dem Rechtsabbiegestreifen, um sich vor diesen auf die Landstraße zu setzen und den Weg in Richtung Hamburg zu suchen.

Der Überholte hupt den Reifen und ihrem Fahrzeug lautstark hinterher und fängt an wild gestikulierend hinterher zu fahren, aber gegen die 525 Pferdestärken des V8- Motors kann er nicht ankommen. Während der Verfolger die Beschleunigung bei vorgeschriebenen einhundert Stundenkilometern abbricht, lassen sich die Gummireifen auf einhundertvierzig Kilometer pro Stunde hochtreiben. Am Industriegebiet an der Sieker Landstraße bremsen sie ab, um vor den luxuriösen Schönheiten des dortigen Sportwagenhauses abzubiegen, von denen sie gerne mal gefahren werden würden. Doch einem Ferrari oder Aston Martin reichen sie halt doch nicht aus und so werden sie an ihrem Fahrzeug verbleiben müssen, dessen Fahrer sie so häufig mit gewagten Fahrmanövern quälend an ihre eigenen Grenzen führt.

Sie fahren durch den Merkur Ring und drehen dort mehrere Runden, mal etwas schneller, dann wieder sehr langsam. Manchmal dürfen sie halten und kurzzeitig verschnaufen, um dann wieder anzufahren und um die nächste Kurve herum erneut anzuhalten.

Faruk Simsek stellt den Motor ab und steigt aus seinem Fahrzeug aus. Er streicht sich mit beiden Händen durch die Haare, kratzt seinen Bart nach vorne hin zusammen, wo er dessen Spitze mit der rechten Hand verzwirbelt. Mit der linken Hand zieht er aus der Hosentasche eine Schachtel mit Zigaretten.

Er klopft mit dem Finger von unten gegen die Schachtel und zieht mit seinen Lippen eine Zigarette heraus, die er sich anschließend entzündet.

Faruk weiß, dass er noch viel Zeit hat und nutzt diese, um einfach hier zu stehen, die Gegend zu beobachten und seine Zigarette zu rauchen. Der leichte, verbliebene Sprühregen stört ihn hierbei nicht. Er lebt schon immer hier in Hamburg und kennt das Wetter, das hier üblich ist. Die milden Temperaturen lassen ihn eher die feuchtwarmen Tropfen genießen. Er nimmt die Hektik aus der Situation, denn er fühlt sich sicher an diesem Ort, den niemand außer ihm und Cemal in Hamburg kennt. Hier ist ihre Firma, ihre Zentrale für die Geschäfte, die sie betreiben. Er hat auf der Anfahrt wieder alles dafür getan, dass niemand diesen Ort mitbekommen würde. Kein Fahrzeug konnte ihm bis hierher folgen. Auch in Stapelfeld gab es kein Fahrzeug, dass mit ihm abfuhr und dann den Merkurring entlangkam.

Faruk zieht aus seiner Hosentasche sein Telefon und schaut auf die Uhrzeit. Es ist fast sieben Uhr. Zumindest eine Stunde muss er noch warten, bis der erwartete Besuch eintreffen wird. Er will noch ein wenig abwarten, weiter beobachten, noch eine Zigarette rauchen und dann in die Firma fahren. Dort sind noch einige Dinge zu erledigen.

Die grauen Wolken am Himmel ziehen weiter. Sie werden mit der Zeit immer heller, dennoch bewegen sie sich schnell und geben der Umgebung ständig ein wechselndes Licht. Die angrenzenden Wiesen lässt es in hellen oder auch dunklen Grüntönen erscheinen.

Die Geräusche der Sieker Landstraße werden gedämmt wie Wellen am Meer zu Faruk hinübergetragen.

Er würde es nie zugeben, doch er mag diesen Moment der Ruhe und Stille, wenn er sich die Zeit mal nimmt oder sie ihm wie heute aufgezwungen wird. Lange aushalten kann er die Situation jedoch nicht. Immer wieder nimmt er sein Smartphone in die Hand, schaut, ob er neue Nachrichten erhalten hat oder wie die Zeit verrinnt, während er hier steht und wartet.

Er klickt seine Kontakte durch, bis er bei "Canim" ankommt und drückt auf den grünen Hörer, um sie anzurufen. Das Telefon klingelt nur einmal, da meldet sich Charleen bereits mit einem langgezogenen "Schatz!".

«Hey Baby, was geht ab, was machst du?», fragt er sie.

«Nichts. Und du?», erwidert sie liebevoll.

«Was fragst du mich das immer, Baby, ich hab' zu tun, dies das, weißt du?», antwortet er genervt.

«Ach so, Schatz. Kommst du noch? Ich hab' Sehnsucht nach dir», wispert sie ihm entgegen.

«Canim Baby, ich habe zu tun, ist wichtig - wird spät heute, ja? Was machst Du heute?», antwortet Faruk genervt, aber freundlich.

«Schatz, ich muss arbeiten, Schatz. Ich rauch' jetzt noch eine Keule und dann mach ich mich fertig. Gar kein Bock heute auf Arbeit, aber was soll's. Ich dachte, du kommst vielleicht noch vorbei, Schatz», antwortet Charleen. Währenddessen schleicht sie in ihrem Schlafhöschen und einem schwarzen T-Shirt von Faruk durch die Wohnung und sucht sich Tabak, Filter, Papers und ihren kleinen Beutel mit Marihuana zusammen, um sich einen Joint zu bauen. Hierbei hat sie ihr Handy auf Lautsprecher gestellt und hält es waagerecht vor ihr Gesicht, um direkt in das Mikrofon zu sprechen.

«Canim, was redest du so am Telefon», regt sich Faruk auf «Man, hör' auf so zu sprechen, ja.».

«Entspann dich mal, Schatz», redet sie auf ihn ein, «hier ist niemand, der mithören könnte». Sie leckt an dem Paper entlang und verklebt den zwischenzeitlich wohl geformten Joint, um ihn direkt danach zu entzünden. Sie inhaliert den süßlichen Duft tief in ihre Lungen und versucht ihn besonders lange in ihnen zu halten, bevor sie den Rauch langsam ausatmet.

«Schatz, wann sehen wir uns endlich wieder? Ich will dich sehen. Denkst du bitte an mich, wenn du kommst. Mein Gras ist fast alle", spricht sie nasal, als hätte sie sich soeben eine Erkältung eingefangen, durch die Leitung.

«Halt die Fresse, man. Hör auf so scheiße am Telefon zu sprechen du dummes Kind, sonst klatsch' ich dich richtig, man», schreit Faruk in sein Telefon und legt direkt auf. Der Moment der Ruhe ist vergangen. An seinen Schläfen pulsiert das Blut, das versucht seine Wut zu zügeln, die er gerade wieder empfindet. Er fährt sich durch die Haare und streicht sich durch den Bart. Anschließend schnippt er wieder gegen den Boden seiner Schachtel, um eine Zigarette mit den Lippen aufzunehmen.

Nach zwei weiteren Zigaretten, die ihn langsam in seiner Impulsivität beruhigen, verschließt er per Fernbedienung seinen Wagen und geht den Merkurring entlang. Er steigt nicht wieder ein und fährt bis zur Firma. Er lässt ihn lieber zurück. Der Weg ist nicht weit und auf dem Gelände will er den Wagen nicht offensichtlich stehen haben, zumindest nicht, wenn er Besuch erwartet. Es wird ablaufen wie immer, nur so kann es gehen, ohne die eigenen Unternehmungen in irgendeiner Weise zu gefährden.

Nach zweihundert Metern ist er am Ziel. Über eine kleine Zufahrt gelangt er auf das Gelände, das mit einem Rotklinkerbau und einer kleinen Werkstatt für Kraftfahrzeuge bebaut ist. Die Werkstatt ist seit längerer Zeit nicht mehr in Betrieb. Ein guter Freund hat sie ihnen als Untermieter überlassen. Einen Mietvertrag bedurfte es hierfür nicht. Sie zahlen rechtzeitig und großzügig die Miete, dafür stellt er keine Fragen, die ihm Antworten bringen könnten, die er gar nicht hören will. Die Firma läuft noch immer unter seinem Namen und wird auch weiterhin von ihm geführt. Auch wenn er für den gleich gebliebenen monatlichen Verdienst nun nicht mehr die Hände mit Öl und Schmiermitteln beschmutzen muss, sondern den Alltag mit seiner Familie genießen kann. Gelegentlich ergänzt er seine Einkünfte durch Reparaturen in Selbsthilfewerkstätten für Freunde und Bekannte gegen eine kleine Aufwandsentschädigung. Mehr ist für ein gutes Leben seinerseits nicht mehr nötig.

Faruk dreht sich noch einmal um. Der Merkurring liegt ruhig vor ihm. Keine Fahrzeuge stehen in der Nähe abgestellt und andere Menschen sind ebenfalls nicht zu sehen.

Er zieht seinen Fahrzeugschlüssel empor und steckt einen Sicherheitsschlüssel in das Türschloss neben dem Rolltor. Bevor er die Tür öffnet, gibt er in das neben der Tür befindliche Nummernfeld eine vierstellige Zahlenkombination ein, um die Alarmanlage zu deaktivieren.

Faruk dreht den Schlüssel zweimal herum und betritt die Werkstatt, dessen Tür hinter ihm mit einem lauten Knall automatisch wieder ins Schloss fällt.

15

In einem seitlichen Parkstreifen der Tankstelle Grundbergsee steht ein blauer Kombi. Die Scheiben des Fahrzeugfonds sind abgedunkelt. Auf dem Fahrer und Beifahrersitz sitzt niemand. Das Fahrzeug ist verlassen. Vermutlich ist der Fahrer mit möglicher Begleitung in die Raststätte gegangen, um dort ein Frühstücksmenü zu sich zu nehmen, könnte man denken.

Im Kofferraum des Fahrzeugs hat es sich Lemming gemütlich gemacht. Schon aus Erfahrung hat er dort immer zwei große Sofakissen liegen, die er als Sitz- und Rückenkissen nutzen kann. Dort sitzt er nun im Schneidersitz mit einer dunklen Trainingshose und einem blauen Kapuzenpullover. Die hellen Bänder hat er wie immer in den Ausschnitt gesteckt. Er mag es nicht, wenn sie vor der Brust herumschwingen. Seinen grauen Schlaufenschal hat er bis zur Nase hochgezogen. Auch, wenn man ihn hier nicht sehen kann, er fühlt sich einfach sicherer, wenn er so in der vordersten Position sitzt. Zwischen seinen Beinen hält er in den Händen eine hochwertige Spiegelreflexkamera mit starkem Objektiv. Er will Fotos von dem die Tankstelle verlassenden Fahrer machen und per Bluetooth in den gemeinsamen Chat stellen.

Der silberne Transporter steht noch immer an der Zapfsäule. Von dem dunkel gekleideten Fahrer hat er noch nichts gesehen, aber die Abfahrt wird er feststellen können.

Der Regen hat mit der Zeit immer mehr nachgelassen. Inzwischen fallen kaum noch Regentropfen auf die Scheiben des Kombis. Lemming hat perfekte Sicht und wird alles gut dokumentieren können.

«Bislang keine Bewegung am Zielfahrzeug», meldet er über Funk, einfach nur, um die eingekehrte Stille ein wenig zu brechen. Er muss konzentriert bleiben, auf den einen Moment warten und sofort reagieren.

Gelegentlich blickt er zum Geschäft der Tankstelle hinüber, aber die Scheiben in denen sich die dunklen Wolken spiegeln, lassen keinen richtigen Blick in die Räumlichkeiten zu.

Es bleibt ihm nur zu warten. Das Warten ist eigentlich immer seine Hauptaufgabe. Selten fährt er mit seinen Zielpersonen den ganzen Tag umher. Meistens wartet er nur, bis sie überhaupt mal etwas tun, nachdem sie bis in den Nachmittag hinein ihren Rausch ausgeschlafen haben. Je länger der Tag, desto interessanter wird es dann meistens. Und umso länger wird der Arbeitstag für Lemming und seine Kollegen. Heute ist es endlich mal anders. Das Gegenüber hat das Drehbuch geschrieben und sie geweckt. Sie brauchten nicht warten, sie mussten suchen und haben ihre Aufgabe mit Bravour erledigt. Jetzt kommt es darauf an, dass sie als Team funktionieren und den Wagen nicht mehr verlieren. Zum Glück ist es ein großer auffälliger Wagen, der nicht imstande ist, einen ihrer Wagen abzuhängen. Es gibt keinen Stau, keine Ampeln, kein Verkehr, der sie nun überraschen kann. Jeder von ihnen hatte den Gegenverkehr auf der Anfahrt in Blick genommen. Sie wissen, dass dort aktuell kein Unfall oder Stau festzustellen ist. Ebenso war klar, dass der Fahrer mit ungefähr einhundertdreißig Stundenkilometern weiterfahren würde. Er hatte keinen vorsichtigen oder umsichtigen Eindruck auf Patsche gemacht, ansonsten hätte Patsche das gemeldet, um die Kollegen auf neugierige Blicke vorzubereiten.

Im Schatten der Tür ist eine dunkle Gestalt zu erkennen. Lemming setzt sich ein wenig aufrechter hin, verengt seine Augen. Er versucht die Silhouette der Person zu erkennen. Die automatischen Türen schieben sich langsam auseinander und ein Mann mit dunkler Jacke und einer dunklen Mütze verlässt den Raum. Er entspricht der vorhin kommunizierten Beschreibung und geht mit normalem Tempo in Richtung des silbernen Lieferwagens.

«Unser Mann hat das Geschäft verlassen und geht in Richtung des Transporters. Er hat nun eine weiße Tüte in der Hand mit einem eckigen Gegenstand», meldet Lemming per Funk. Im Hintergrund klickt seine Kamera, die ihm gestochen scharfe Bilder von der Person und ihrer Kleidung liefert. Die Beschreibung lässt sich nicht weiter konkretisieren. Die Jacke ist noch immer über das Kinn gezogen und die Mütze wirkt noch tiefer sitzend, als von Patsche beschrieben.

Dombrowski schreckt auf von dem Funkspruch. Er hatte für einen Moment innegehalten. Gelegentlich die Übersicht im Überwachungsprogramm aktualisiert und die Standortdaten des Telefons mit den vorangegangenen abgeglichen. Es hatte sich bislang nichts verändert.

Dombrowski nimmt die Turnschuhe von seinem Schreibtisch und setzt sich aufrecht hin. Er kratzt sich an den dunklen Bartstoppeln und aktualisiert seine Daten.

«Das Handy ist weiterhin bei Euch», vermeldet er der Gruppe, um sie wenigstens ein wenig zu unterstützen.

Nun lehnt er sich wieder zurück und wartet weiter auf das, was die Gruppe leistet. Das Heft des Handelns liegt nun in ihrer Hand.

«Unsere Zielperson tritt nun auf der Fahrerseite an sein Fahrzeug heran und öffnet die Tür mit einem Schlüssel. Er steigt ein und nimmt auf dem Fahrersitz Platz. Er holt etwas aus der Tüte und schaut es sich an. Was es ist, kann ich nicht sehen.

Die Scheinwerfer des Fahrzeugs gehen an, das Fahrzeug rollt an und bewegt sich direkt auf die Spur, die zur Autobahn zurückführt. Er wirkt ruhig, hat sich nicht umgeschaut. Der Wagen ist jetzt vor mir vorbeigezogen. Ihr müsst übernehmen, ich kann erst gleich hinterher.»

Lemming wartet, bis der Wagen außer Sicht ist, turnt über die Rücksitzbank und die Mittelkonsole auf den Fahrersitz und startet mit dem steckenden Schlüssel den Motor. Er setzt schnellstmöglich zurück und fährt in der Parkspur ebenfalls in Richtung Autobahn ab.

«Pascho hat den Transporter direkt im Blick. er fährt jetzt auf die Autobahn und beschleunigt. Ich bin zwei Fahrzeuge hinter ihm.»

«Patsche ist direkt hinter dir.»

«Und ich bin hinter Fred, wir folgen euch direkt», meldet Lemming.

«Kuno fährt jetzt in Stuckenborstel auf. Ich fahre mit reduzierter Geschwindigkeit bis ich ihn im Spiegel sehe und passe mich dann an.»

«JayJay, warte bitte noch in Bockel bis wir vorbei sind. Nicht, dass unser Freund dort noch einmal abfährt und wir dort keinen Backup haben», fordert Fred den Jungspund der Truppe auf.

«Ja, verstanden. Ich verbleibe hier bis ihr vorbei seid und folge Euch dann», bestätigt Jayjay.

Tim Dombrowski hält es in Alsterdorf inzwischen nicht mehr auf seinem Bürostuhl aus. Er steht vor seinem Tisch und wandert immer mal wieder auf und ab in Erwartung einer Bewegung des Mobiltelefons auf dem Bildschirm.

«Wir sind jetzt Höhe Stuckenborstel. Noch 500 Meter bis zur Abfahrt», teilt Pascho mit. «Jetzt Stuckenborstel vorbei.»

Dombrowski klickt immer wieder auf seine Maus. Der verdammte Kreis will sich auf dem Bildschirm einfach nicht weiterbewegen. Er beißt sich auf die Lippen und streift sich mit den Händen kratzend über den Kopf. Er merkt, dass die Spannung in seinem Magen zunimmt. Die Aufregung ist spürbar, dieser Moment ist entscheidend. Alles passt zusammen, es muss dieses Fahrzeug sein. Die Geschwindigkeit, der Rastplatz und das niederländische Fahrzeug. Das kann doch kein Zufall gewesen sein. Es muss passen.

Otto lehnt noch immer im Türrahmen und schlürft seinen Kaffee. Doch er sagt in diesem Moment nichts. Beide warten auf den nächsten Standort und darauf, dass sich das Telefon mit dem Fahrzeug mitbewegt.

«Unser Freund fährt gemütlich mit einhundertdreißig auf der mittleren Spur. Er fährt kontinuierlich in dieser Geschwindigkeit und macht keine Anstalten daran etwas zu ändern. Die Geschwindigkeit passt zum aktuellen Verkehr. Er wird so weiterfahren. Wir sind jetzt zwei Kilometer hinter Stuckenborstel. Noch zehn Kilometer bis Bockel», teilt Pascho mit.

Dombrowski hat sich gesetzt. Er ist angespannt. Verstand und Bauchgefühl sind sich einig. Die Geodaten müssen sich gleich mitbewegen. Die Distanzen auf dem Land sind groß, die Funktürme reichen weit. Auch er weiß darum und sieht keinen Grund zur Hektik. Dennoch hat er inzwischen seinen Knautschball in die Finger genommen und malträtiert ihn zwischen seinen schlanken Fingern. Er dreht seine Wasserflasche auf, nimmt einen Schluck und starrt gleich wieder auf den Bildschirm.

Das Telefon klingelt. Dombrowski erkennt sofort die Nummer von Fred. Er weiß genau, welche Fragen er stellen wird, aber er will diese erst gestellt bekommen, wenn sie Sicherheit haben.

Aus dem Funkgerät hört er die Stimme von Pascho erklingen, der vermeldet, dass sie nun bereits vier Kilometer hinter Stuckenborstel sein würden.

Dombrowski blickt auf den Bildschirm, der sich nicht ändert und zum Telefon. Er presst die Lippen aufeinander und ergreift den Hörer.

«Mein liebster Fred…», begrüßt er ihn.

«Und?»

«Drück die Daumen», erwidert er.

«Ich drücke. Und jetzt?»

In diesem Moment bewegt sich ein gelber Kreis aus dem bisherigen roten heraus und zeigt, dass sich eine neue Geo-Koordinate ergeben hat, die unmittelbar vor Bockel liegt. Dombrowski beginnt langsam zu lächeln. Otto hat sich inzwischen leise hinter ihm bewegt und schaut ihm ebenfalls gespannt über die Schulter.

«Das Handy ist mit Euch. Ich denke, wir haben ihn, mein Freund.»

«Wie ist der Plan? Wollen wir schauen wo es hingeht? Aktuell können wir ihn gut halten. Oder sollen wir ihn runterziehen?», erfragt Fred.

«Wer alles will, kriegt am Ende nichts. Wir ziehen ihn runter und schauen dann weiter. Mein Bauchgefühl sagt *ja*. Zieht ihn runter.

Und denkt daran, dass er Schmuggelverstecke nutzen könnte», ordnet Dombrowski überzeugt davon an, dass es die richtige Entscheidung ist.

«Einverstanden. Bis gleich.»

«Ich habe soeben mit Dumbo gesprochen, wir holen ihn in Bockel von der Autobahn. Wir werden ihn anhalten und einer normalen Kontrolle unterziehen, dass der gute Mann nicht hektisch wird und dann schauen wir mal, was der Wagen uns bringt.

Pascho, Lemming und Patsche macht Euch bereit. Kuno und Jayjay haltet Euch ebenfalls in Bockel bereit, falls er nicht den Anweisungen folgt.»

«Wir haben noch zwei Kilometer bis Bockel. Ich setze mich schon einmal vor ihn und hol ihn dann von der Bahn», teilt Pascho mit, der sogleich Gas gibt und auf die linke Spur wechselt. Er zieht an den beiden ihm unbekannten Fahrzeugen vorbei, die mit ihm und dem Transporter bislang gleichmäßig auf der Mittelspur gefahren sind. Im Anschluss überholt er auch den Transporter und wirft einen flüchtigen Blick auf den Fahrer. Der sitzt fröhlich am Steuer und hat seine Lippen zum Pfeifen gespitzt, wozu er den Kopf rhythmisch von links nach rechts schwenkt. Hierbei bewegt er auch seinen Oberkörper im Takt zur eigenen Musik.

Pascho öffnet die Fahrerscheibe, schaltet den rechten Blinker ein und reduziert langsam wieder die Geschwindigkeit. Er aktiviert sein Blaulicht und setzt es durch das Fenster auf sein Dach, wo es durch einen Magneten haften bleibt. Er beobachtet den Fahrer in dem Transporter, der gebannt auf sein Licht blickt. Noch zeigt er keine weitere Reaktion. Die geschürzten Lippen sind nicht mehr zu erkennen und auch sein Kopf und Oberkörper sind erstarrt.

Unter seinem Fahrersitz ergreift Pascho seine Polizeikelle und beginnt mit dieser aus dem Fahrerfenster zu winken. Der Fahrtwind reißt an ihr, aber Pascho hat sie fest im Griff und schaut weiter durch den Rückspiegel auf den Fahrer des Transporters. Er setzt den Blinker nach rechts und wartet, dass der Fahrer des niederländischen Wagens es ihm gleichtut. Dieser scheint zunächst zu zögern. Doch der gebannte Blick, der Pascho entgegenschlägt, zeigt ihm, dass der Fahrer mit der Situation überfordert ist. Die Gedanken scheinen bei ihm zu tanzen und keine geordneten Ideen zu ermöglichen. Er ergibt sich dem Druck des blauen Lichts und setzt ebenfalls den Blinker nach rechts. Er folgt Pascho zunächst auf die rechte Spur und kurze Zeit später auf die Abfahrt. Patsche und Lemming ziehen mit ihren Fahrzeugen neben den Transporter und verhindern die Möglichkeit sich wieder zurück auf die Autobahn begeben zu können. Der Fahrer macht aber auch keine Anstalten, dass er flüchten will. Er sitzt zusammengesunken auf seinem Sitz und folgt dem Wagen von Pascho. Der fährt geradeaus über eine Kreuzung und biegt anschließend nach links auf den Autohof Bockel ab. Dort hält er auf einem leeren Parkstreifen für Lastkraftwagen an und wartet bis der Transporter hinter ihm zum Stehen kommt.

Die Lichter des Fahrzeugs werden abgeschaltet und durch das offene Fenster ist für ihn kein Motorengeräusch mehr wahrnehmbar.

Er öffnet seine Fahrertür und steigt aus seinem Fahrzeug aus. Patsche und Lemming sind inzwischen neben dem Zielfahrzeug angehalten. Auch sie entsteigen ihren Fahrzeugen und beobachten den Fahrer im Wagen. Er hat seine Hände am Lenkrad und schaut ihnen fragend entgegen. Zweifel sind in seinem Gesicht zu erkennen, aber auch Wut und Enttäuschung. Er scheint mit seiner Situation nicht glücklich zu sein und fokussiert seinen Blick auf Pascho, der sich seiner Tür mit schnellen Schritten nähert. Er blickt ihm starr entgegen, versucht seine Emotionen zu verbergen und ihm mit Fassung entgegen zu treten.

Er lässt das Fenster herunter und begrüßt Pascho übertrieben freundlich mit «Goedemorgen.»

Pascho verzieht keine Miene und begrüßt den Fahrer förmlich distanziert.

«Guten Morgen. Bitte einmal den Führerschein und die Fahrzeugpapiere.»

«Ja, klar. Selbstverständlich», erwidert der Fahrer und öffnet einen neben ihm stehenden Rucksack, aus dem er sein Portemonnaie herauszieht. «Was habe ich denn verbrochen, Herr Inspekteur», fragt er mit niederländischem Akzent. Er versucht sich in einem Lächeln, dass seine großen Schneidezähne unter der langen Nase und dem Schnurrbart zum Vorschein bringt.

«Ich stelle hier die Fragen», erwidert Pascho strikt. «Was haben Sie denn in ihrem Transporter geladen? Und wo wollen sie hin?», fragt er weiter, während er die Papiere überreicht bekommt.

«Ich fahre nach Lübeck und habe Bloemen geladen. Kann ich bitte weiterfahren, meine Kunden warten schon und ich bin spät dran wegen des Orkans.»

Pascho blickt von den Papieren auf und gleicht das Lichtbild mit dem Fahrer ab.

«Herr van der Boek, erst einmal fahren sie nirgendwo hin. Ich bitte Sie aus ihrem Fahrzeug auszusteigen und mir die Ladung zu zeigen. Ich habe den Verdacht, dass Sie Betäubungsmittel in ihrem Fahrzeug transportieren.»

Die Freundlichkeit in dem Gesicht von van den Boek weicht dem puren Entsetzen.

16

Die Orkanböen über Eppendorf nördlich der Alster haben ihre Spuren hinterlassen. Trockenes Geäst wurde aus den Bäumen gerissen und liegt auf den Gehwegen und Straßen des angesehenen Stadtteils. Die örtlichen Parkplätze teilen sich klassische Mittelklassewagen und Geländelimousinen. Sie parken eng auf eng und kaum einer findet hier einen Platz direkt vor seiner Haustür.

Zwischen dem herabgefallenen Laub und den knorrigen Ästen liegen mahagonibraune Kastanien auf den Wegen, die einzeln von Kindern mit freudigen Augen aufgehoben und den Eltern strahlend gezeigt werden. Natürlich müssen sie alle für spätere Bastelei en mit nach Hause genommen werden. Viel Zeit haben die Kinder in diesem Stadtteil nicht zum Sammeln, denn sie müssen schnell mit dem Auto zu ihrem Arbeitsplatz in der Kindertagesstätte gebracht werden, damit die Eltern zumindest bis zum frühen Abend ihrer wahren Bestimmung im Streben nach mehr Ansehen und Reichtum nachgehen können.

Die Fassaden der Stadthäuser sind äußerst gepflegt und die Eingangsbereiche zumeist repräsentativ. Aus einem dieser Ausgänge kommt ein Vater mit seinem kleinen Kind herausgetreten. Er trägt eine schwarze Hose, die knapp über den Knöcheln endet und im hippen "ankle free"-Stil die nackten Knöchel preisgibt. Die hellen Sneakers glänzen geradezu in diesem grauen Wetter. Während der dunkle Parker offen getragen wird und ein mit Strasssteinen beklebtes T-Shirt von einem teuren Designer preisgibt. Der Vater öffnet einen großen Regenschirm, obwohl es kaum noch regnet und geht mit seiner Tochter die Straße entlang.

Die Tochter ist vielleicht vier Jahre alt und redet und erzählt den ganzen Weg, während ihr Vater immer wieder nur gedankenverloren brummt. Sie trägt ein hellblaues Sommerkleid, eine helle Strumpfhose und dazu schwarze Lackschühchen. Die Haare sind ihr sorgsam am Kopf entlang geflochten und in ihrem Haar steckt ein Haarreif mit Blumen.

In den freigelegten Ohren prangen große Perlenohrringe und auf dem Rücken trägt sie ihr Frühstück in einem kleinen schwedischen Markenrucksack.

Nach guten fünfhundert Metern kommen sie bei dem Kindergarten des Mädchens an, welches freudig selber klingelt und die Tür öffnet. Sie herzt ihren Vater, als wäre es das letzte Mal und erzählt ihm, was sie alles am Nachmittag anstellen könnten. Sie will auf jeden Fall einen Kuchen backen für ihre Mutter, denn die hat morgen Geburtstag. Ihr Vater nickt ihr immer einverstanden zu in der Hoffnung, dass sie all diese Vorschläge bis zum Nachmittag bereits durch andere Gedanken und Ideen ersetzt hat, die sie dann alleine umsetzen kann.

Er zieht ihre die Schuhe aus und zieht die Hausschuhe an, die jeweils mit einer kleinen Krone bestickt sind.

Das Mädchen drückt nochmals ihren Vater und gibt ihm mehrere Abschiedsküsse auf die bärtigen Wangen bis sie sich umdreht und in den Aufenthaltsraum läuft.

Der Vater verlässt den Flur und winkt ihr noch einmal durch das große Fenster zu, bevor er in Richtung seiner Wohnanschrift geht. Außerhalb der Sichtweite zückt er sein Smartphone aus der Tasche und beginnt auf dem Telefon Nachrichten zu schreiben. Aus der Jackentasche zieht er einen Energydrink und öffnet ihn mit einem Knacken und Zischen. Er nimmt einen kräftigen Schluck von der zuckersüßen Limonade, leckt sich über die Lippen und nimmt gleich den nächsten Schluck, bevor er wieder auf sein Smartphone blickt und mit einem Finger zu schreiben beginnt.

Für den Weg braucht er nicht aufblicken. Er ist nicht weit und geht immer nur der Straße entlang. Die Geschäfte haben noch allesamt geschlossen und es gibt auch keine Straßen oder Ausfahrten, die er passieren muss. Nur eine endlose Straße, die dann irgendwann in eine Hauptstraße mündet.

Er hält kurz inne und blickt auf. Einmal nach vorne, einmal hinter sich und greift in die Innentasche seines Parkers. Er fühlt nach dem, was er sucht und zieht es vorsichtig heraus. Ein längerer, dünner Streifen kommt zum Vorschein, den er sich direkt in den Mund steckt. Dann stellt er seine Dose ab und beginnt mit beiden Händen in seinen seitlichen Jackentaschen zu wühlen. Mit der rechten Hand zieht er eine Packung Streichhölzer aus der Tasche und schiebt die Schublade des kleinen Päckchens direkt auf. Er stellt sich in einen geschlossenen Ladeneingang einer Boutique und streicht mit dem Holz über die Seite der Schachtel. Eine kleine Flamme sticht hervor und zündet seine Zigarette an. Ein süßlicher Duft wabert aus dem Eingang hervor und lässt die wenigen Passanten, die hier am heutigen Morgen unterwegs sind, irritiert aufschauen. Einen solchen Duft hatten die meisten bereits seit ihrem Studium nicht mehr wahrgenommen. Sie schauen ablehnend auf den jungen Mann, der im Halbschatten des Eingangs und unter seinem leicht zur Seite gedrehten Cap kaum zu erkennen ist.

Steven genießt seinen ersten Joint des Tages. Es ist ein festes Ritual für ihn geworden, nachdem er seine Tochter in den Kindergarten gebracht hat. Seine Freundin macht jeden Morgen das kleine Mädchen zurecht und er bringt sie pünktlich zum Kindergarten, während seine Freundin zu ihrem Bürojob fährt.

Er kümmert sich gerne um das liebe Mädchen, das er als eigene Tochter empfindet, auch wenn seine Freundin bereits schwanger war, als sie sich kennenlernten. Den wahren Vater hatten er und das Mädchen nie kennengelernt. Aber er hat auch kein Interesse daran und für das Mädchen ist nur er der Vater.

Er zieht wieder an seinem Joint und überlegt, ob er sich noch einmal hinlegen oder rausgehen sollte. Aber bei solchem Wetter wird er sich wohl eher auf die Couch legen und später für den zweiten Joint wieder vor die Tür gehen.

Seine Freundin ist wie ein Hauptgewinn für Steven. Sie wohnt dank ihrer gestopften Eltern mietfrei in einer großen Eigentumswohnung. Sie arbeitet jeden Tag im Büro und am Abend noch mit ihrem Laptop auf der Couch. Sie fragt nicht wer er ist oder wo er herkommt. Sie hatte sich in ihn als Menschen verliebt, der er ist, oder zumindest in den Menschen, der er sein kann, wenn er will und sich bemüht.

Richtige Bedeutung hat für seine Freundin lediglich ihr eigener Beruf und vor allem ihre Karriere. Sie will weiter vorankommen und das kann sie eben nur, wenn sie flexibel arbeiten und sich in den richtigen Momenten profilieren und präsentieren kann. Das geht mit einem Kind nur schwer, wenn keiner einem den Rücken so frei hält wie Steven. Was er eigentlich den ganzen Tag macht, während sie nicht da ist und womit er sein Geld verdient, das fragt sie ihn nicht. Zumindest liegt er ihr nicht auf der Tasche und ist immer für sie da, wenn sie ihn braucht. Und er ist liebevoll und aufmerksam gegenüber der Tochter, was trotz der Karriereambitionen von großer Bedeutung für sie ist.

Steven zieht weiter an "Jay" wie er ihn liebevoll nennt. "Jay" und er waren früh gute Freunde geworden. Bereits mit 13 Jahren haben sie Bekanntschaft gemacht. Mitten auf einem Spielplatz in Steilshoop. Kein unübliches Alter auf diesen Spielplätzen und sie haben gleich Freundschaft geschlossen. "Jay" ließ ihn die Probleme vergessen, die ihm die Schule und vor allem die gewaltbereiten Eltern machten. Gewalt war die einzige Form der Aufmerksamkeit, die er von ihnen erhielt, wenn sie ihn überhaupt mal wahrgenommen haben. Ansonsten zählte nur der Alkohol und das Spiel am Automaten. Er selber war eher eine Nebenwirkung dieser Produkte gewesen und musste sich alleine im Leben zurechtfinden.

Irgendwann war es so weit, dass sein Vater ihm gegenüber nicht mehr die Hand erheben konnte. Steven hatte auf der Straße gelernt mit Angriffen stumpfer Gewalt umzugehen. Er war inzwischen größer und stärker als sein vom Alkoholverfall entkräfteter Vater. Er schlug nur einmal kräftig zu und sein Vater wollte nicht mehr aufstehen. Er blieb einfach liegen und stand nie mehr auf. Seine Mutter weinte bitterlich um die Liebe ihres Lebens. Sie beschimpfte Steven aufs Übelste dafür, dass er sich zur Wehr gesetzt hatte und das machte, was sie sich nie getraut hatte.

Steven musste drei Jahre Jugendstrafe wegen gefährlicher Körperverletzung mit Todesfolge absitzen. Der Schlag gegen den Kopf hatte ein Blutgerinnsel im Gehirn ausgelöst, das zum Tod seines Vaters führte.

Steven selber fühlte kein Mitleid und auch keine Trauer. Nur Erlösung. Im Jugendgefängnis fand er seine wahre Familie. Diejenigen, die für ihn da sind, auch wenn es einem schlecht ging. Die einen mit Tabak, Cannabis und Alkohol versorgten, wenn man schwere

Momente in der Haft hatte. Auch seine Freunde von der Straße hielten zu ihm. Er hatte im Ansehen dazugewonnen, dadurch das er sich zur Wehr setzte. Die gestiegene Reputation machte ihn stolz in dem, wer er war und wie er war. Den Aufenthalt im Jugendgefängnis nutzte er für seinen Hauptschulabschluss und um Freundschaften zu schließen. Freundschaften, die ihn draußen wieder weiterbringen würden. Er war ein Bruder geworden von denjenigen, die wirklich über das bestimmen, was auf seinen Straßen geschah und gesprochen wurde.

Als er aus dem Knast rauskam, waren ihm Türen geöffnet, durch die er nur noch schreiten musste. Er bekam auf Kredit alles, was er haben und absetzen konnte. Er kannte nun genug Leute, die etwas haben wollten und diejenigen, die wussten wo sie es kriegen konnten.

Und Steven wusste genau, wo er es bekam. Jede Menge und Qualität waren möglich und so begann er mit seinen Geschäften, die immer mehr florierten. Sie brachten ihm die Einnahmen, um besser im Leben zu stehen, als er es sich je in seinen Träumen ausgemalt hatte.

Und er hatte das, was andere aus seiner Sicht nicht hatten. Er hatte Zeit. Er konnte den ganzen Tag ins Studio gehen und trainieren, sich seine aufwendigen Tattoos stechen lassen, die seinen durchtrainierten Oberkörper zieren und sich alle Bedarfe des täglichen Lebens leisten, ohne auf das Geld zu achten.

Steven zieht ein letztes Mal an seinem Joint, wirft ihn zu Boden und tritt ihn mit einer drehenden Bewegung aus.

Sein Smartphone piept leise auf und er nimmt die erhaltene Nachricht zur Kenntnis.

Er entschließt sich nun doch noch einmal etwas zu erledigen, bevor er zu Hause wieder einkehrt. Er zieht den Schlüssel seines schwarzen amerikanischen Sportwagens aus der Hosentasche und öffnet ihn durch einen Knopfdruck. Aus der Jacke zieht er eine Packung scharfer Mintkaugummis und steckt sich eines hiervon unter der glattrasierten Oberlippe in den Mund, bevor er in seinen Wagen einsteigt, unter lautem Brummen den Motor startet, auf die Straße biegt und davonfährt.

17

"Herr van der Boek, ich bitte Sie nochmals aus ihrem Fahrzeug auszusteigen und mir ihre Ladung zu zeigen", wiederholt Pascho seine konkrete Aufforderung. Doch van der Boek ist in eine Art Schockstarre gefallen und kann keinen konkreten Gedanken fassen, wie er sich nun genau verhalten sollte. Er selber hat nicht mit dieser Überprüfung gerechnet und ist psychisch nicht darauf vorbereitet gewesen.

Langsam öffnet er die Fahrertür und schiebt sie so weit auf, wie sein Arm aus dem Fahrzeug reicht. Eine Brottüte vom Bäcker fällt dabei aus der Abseite und wird vom Wind entlang des grauen Asphalts geweht. Er steigt aus und richtet sich vor Pascho auf, um dann langsamen Schrittes zur Hecktür des Fahrzeugs zu gehen. Die Tür ist nicht verschlossen und kann von ihm durch ein leichtes Ziehen am schwarzen Griff geöffnet werden. Die Autobahn rauscht im Hintergrund. Ein Lastkraftwagen passiert ihren Standort und fährt zu einer der Zapfsäulen des Autohofs.

Die geöffnete Tür lässt einen tiefen Blick in den Laderaum zu, der offenbar gefüllt ist mit braunen Umzugskartons.

“Bitte treten Sie einen Schritt zurück und verhalten sich ruhig”, fordert ihn Pascho auf.

“Ich weiß nicht, was in den Kartons drin ist. Ich sollte sie nur nach Hamburg fahren. Mehr weiß ich wirklich nicht”, erwidert van der Boek ungefragt. “Wirklich. Das müssen sie mir glauben.”

Pascho geht einen Schritt auf den Laderaum des Transporters zu und zieht aus seiner Jackentasche ein Paar blaue Einweghandschuhe, die er sich langsam über seine Finger streift. Die Handschuhe schmiegen sich sofort an die warme Haut der kräftigen Hände und leiten spürbar die kalte Luft an die Finger.

Er greift nach dem vordersten Karton und nimmt diesen aus dem Fahrzeug. Der Umzugskarton fühlt sich einigermaßen schwer an, aber auch nicht zu schwer, um ihn ohne größeren Kraftaufwand zu entnehmen und abzulegen. Er scheint gut ausgefüllt zu sein, weil sich beim Bewegen und Absetzen keinerlei Gegenstände in dem Karton bewegen. Weder akustisch noch spürbar. Die Öffnung des Kartons ist mit schwarzem Klebeband verklebt. Er ist nicht weiter beschriftet. Auf der Seite sind drei schwarze Kronen auf dem Karton aufgedruckt, unter denen eine schwarze Drei steht. Weitergehend ist der Karton nicht bedruckt. Lediglich ein Barcode ziert eine Ecke des Kartons.

Pascho zieht aus seiner Hosentasche ein Schweizer Taschenmesser hervor, das er sich im letzten Sommerurlaub als Andenken im Wallis erworben hatte und zieht eine scharfe Klinge aus dem Griff, bis diese sich feststellt.

Mit dem Messer schneidet er vorsichtig durch das schwarze Klebeband, ohne zu tief ins Innere einzudringen und eventuell den Inhalt des Kartons zu beschädigen.

Er öffnet langsam den Deckel des Kartons. Kuno und Jayjay treten ebenfalls an den Karton heran. Patsche, Fred und Lemming passen auf den in sich zusammen gesunkenen van der Boek auf, der aber keine Anstalten einer Flucht macht. Er ergibt sich seiner aktuellen Situation und erwartet das, was er zu erahnen scheint.

In dem Karton befinden sich dunkle Plastiksäcke. Sie haben eine glänzende, schwarze Oberfläche und sind offenbar verschweißt. Jeder Beutel ist so groß wie eine gefüllte Einkaufstüte. Pascho entnimmt ein Paket und öffnet auch dieses am oberen Ende mit seinem Messer. Die schwarze Folie ist auf der Innenseite weiß. In dem vakuumierten Paket befindet sich ein durchsichtiger Plastiksack in dem sich unzählige Marihuanablüten sammeln.

Ein leichter Duft von Marihuana macht sich nun breit, der zuvor nicht wahrnehmbar war. Weiter öffnen braucht Pascho das Paket nicht. Zu oft in seiner Dienstzeit hat er bereits solche Pakete gefunden. Die kopfkissengroßen Säcke wiegen zumeist ein Kilogramm und sind weit verbreitet im Verkauf größerer Mengen.

Er dreht sich wieder zu dem geöffneten Karton und entnimmt die restlichen Pakete, um sie zu zählen. Insgesamt zehn Pakete sind in dem Karton. Kuno ist inzwischen zu dem silbernen Transporter gegangen, um die Anzahl der Kartons zu zählen, um eine erste Schätzung der Gesamtmenge abgeben zu können.

«Hier sind siebzehn weitere Kartons auf der Ladefläche. Macht ungefähr 180 Kilogramm Marihuana auf der gesamten Ladefläche», rechnet Kuno seinen Kollegen euphorisch vor. Ein breites Grinsen macht sich auf seinem Gesicht dabei bemerkbar, auch wenn er versucht, vor den Augen von van der Boek seine Freude über den Fund zu verbergen.

Alle Anwesenden wissen, dass sie hier einen großen Fang gemacht haben.

Pascho legt die 10 Pakete in den Karton zurück und schließt die Öffnung wieder. Den Karton stellt er zurück in das Fahrzeug und schließt die Heckklappe, die er mit dem Schlüssel verschließt.

«Herr van der Boek, hiermit nehme ich sie auf Grund des Verdachts des Handeltreibens mit nicht geringen Mengen Marihuana vorläufig fest. Sie können sich zu jedem Zeitpunkt zum Sachverhalt äußern, haben aber auch das Recht, zunächst mit einem Anwalt Rücksprache zu halten.

Im Betäubungsmittelrecht gibt es eine Kronzeugenregelung. Das heißt, wenn sie über ihren eigenen Tatbeitrag hinweg aussagen, also über ihre Lieferanten und potentiellen Empfänger weiterführende Angaben machen, dann kann sich das strafmildernd für sie auswirken. Hierüber entscheidet jedoch später das Gericht. Ich darf Ihnen hier keine Versprechungen machen.

Sie können auch selber Beweise vorbringen, die sie entlasten. Möchten Sie sich zum Sachverhalt äußern?»

Van der Boek rollt seine Unterlippe über seinen hellen Schnurrbart und versucht diesen mit der Lippe einzusaugen. Seine Augen sind starr auf die Ladetüren seines Transporters gerichtet, als würde er versuchen durch die Tür zu blicken und die Ladung verschwinden zu lassen.

«Herr van der Boek, haben Sie meine Belehrung über ihre Rechte in einem Strafverfahren verstanden?»

Van der Boek nickt zaghaft ohne etwas zu sagen.

«Haben Sie Fragen? Ist Ihnen etwas unklar?»

Abwechselnd bewegt er auf die Fragen seinen Kopf von rechts nach links, ohne den Blick vom Transporter abzuwenden. Es arbeitet hinter seinen Augen. Die Worte sprudeln in seinem Blick, doch die Lippen hält er dabei lautlos verschlossen.

«Möchten Sie sich mit uns über den Sachverhalt unterhalten? Wollen Sie uns Angaben zu den Empfängern machen? Werden wir in ihrem Fahrzeug Hinweise auf die Empfänger finden?», fragt Pascho.

Abrupt blickt van der Boek auf und schaut Pascho direkt in die Augen, suchend nach dem Vertrauen und der Fürsorge, die in der Stimme von Pascho liegen. Fordernd nach Unterstützung und einem Hinweis auf das für ihn richtige Verhalten.

Pascho zieht die Augenbrauen fragend nach oben und nickt van der Boek sanft zu. Er ist sich sicher, dass er es hier mit einem einfachen Kurierfahrer zu tun hat und nicht mit einem abgeklärten Lieferanten, der eine solche Menge sowieso niemals selber fahren würde.

Van der Boek wendet seinen Blick wieder ab, starrt auf den Boden und fällt wieder in seine trüben Gedanken über seine unmittelbare Zukunft.

Tim Dombrowski sitzt gespannt in seinem Bürostuhl. Er wirft seinen Stressball immer wieder in die Luft und fängt ihn auf. Er will nicht stören vor Ort, während die Kollegen den Transporter kontrollieren. Dennoch kann er eine erste Rückmeldung kaum abwarten.

Er öffnet eine Schublade von seinem Schreibtisch, wo er eine Tafel Schokolade für solche Momente bereitliegen hat. Er bricht sich eine Rippe Schokolade ab und trennt sie in vier einzelne Stücke.

Jede Minute aktualisiert er seine Übersicht und gönnt sich ein Stück der Schokolade. Die Daten des überwachten Mobiltelefons befinden sich noch immer in Bockel. Dort wo auch die Kontrolle stattfindet. Definitiv haben sie das richtige Fahrzeug angehalten. Hier hat er keine berechtigten Zweifel. Auch geht er fest von einer Lieferung aus, denn für Gespräche oder eine Abholung von Geldern würde niemand einen Transporter nutzen. Viel zu langsam, viel zu ungelenk im Autoverkehr erscheint ihm ein solches Fahrzeug. Dennoch mag er sich kaum erhoffen, was sich in dem Laderaum befinden könnte. Demütig wartet er auf eine Rückmeldung von den Kollegen vor Ort.

Auf dem Funkkanal hört er ein leises Knacken. Er schaut in die Richtung des Funkgeräts und wartet auf eine Meldung.

«Dumbo für Fred. Hörst Du mich?»

Hektisch greift Dombrowski nach dem Funkgerät und spricht hinein. «Ja, ich hör Dich.» Ein optimistisches Lächeln kann er sich nicht verkneifen.

«Die Überprüfung verlief problemlos. Herr van der Boek verhielt sich ruhig und kooperativ.»

«Komm zum Punkt, Fred», ruft Dombrowski unbeherrscht dazwischen. In solchen Situationen hält er gar nichts von langen Vorreden.

«Ja, war positiv», kam als knappe Antwort von Fred. Er wiederum liebt es, solche seltenen Momente mit möglichst wenigen Informationen auszukosten. «Aber nur ein bisschen Gras», ergänzt er.

«Was heißt hier ein bisschen Gras?» Dombrowski stockt der Atem.

«Schwer zu schätzen. Vielleicht 180?!», antwortet Fred knapp.

«Wie 180? Da muss mehr drin sein. Der kommt doch nicht wegen 180 Gramm den weiten Weg aus den Niederlanden. Könnt ihr ausschließen, dass es ein Schmuggelversteck gibt?», hakt Dombrowski nach.

«Können wir noch nicht sagen. Die Ladefläche ist voll beladen.»

«Was hat der denn geladen?», fragt Dombrowski langsam aber sicher gereizt, dennoch bemüht, sich diese Emotion nicht anmerken zu lassen.

«Kartons», sagt Fred. «Insgesamt 18 Kartons mit jeweils 10 komischen schwarzen Plastiksäcken in denen grüne trockene Blumenblüten sind, die so komisch riechen.»

«Was?», fragt Dombrowski und in ihm steigt die Spannung und Hoffnung. Ist es das, was er sich erhofft hatte?

«Der hat Blumen geladen. Sagte er zumindest. Aber das sind nur Blüten. Grüne Blüten. Säckeweise und alle getrocknet und vakuumverschweißt. Wir haben nur einen Karton der 18 Stück enthält geöffnet, aber in dem einen waren 10 schwarze Säcke und dieser eine beinhaltet ein Kilogramm Marihuanablüten, also denken wir, dass wir hier gute 180 Kilogramm Marihuana sicherstellen konnten», berichtet Fred voller Stolz.

«Geil. Hammer. Bombe, Jungs. Ich bin begeistert. Okay. Lasst mich das mal kurz verarbeiten. Ich melde mich gleich wieder.»

Aus dem gegenüberliegenden Büro erfolgte umgehend die Nachfrage von Otto, der zwischenzeitlich an seinen Arbeitsplatz zurückgekehrt ist und konzentriert auf seinen Bildschirm blickt.

«Ham' sie ihn?», fragt er.

«Jo», antwortet Dombrowski und beginnt das gleiche Spiel, das er eben selber erleiden musste.

«Und?», fragt Otto fordernd.

«180 Kilo Gras in 18 Kartons», kann sich Dombrowski nicht zügeln, die Information gleich rauszuhauen und der Freude mit einem langen Jubelschrei zu frönen.

«Sauber. Dann kann die Observationsgruppe ja jetzt für mich arbeiten», erwidert Otto.

«Danke. Schön, dass du meine Freude teilst. Ich muss erst einmal den Transport von dem Transporter und dem Fahrer hierher organisieren. Aber grundsätzlich spricht dem natürlich nichts entgegen, dass sie dann zu dir ziehen. Was liegt denn bei dir an?», fragt Dombrowski wissbegierig. Schließlich muss er Fred den Wunsch gleich vermitteln, und dass noch lange kein Dienstende erreicht sein wird.

«Mein Mann verhält sich eigenartig. Er schreibt diverse Leute an, dass er sie sehen will. Sie sollen an ihn denken. Einem schreibt er eine SMS-Nachricht mit "Papiere, Papiere, Papiere". Du weißt was das normalerweise bedeutet. Er sammelt Geld und das macht er eigentlich nur, wenn eine Lieferung ansteht. Die letzten Tage hat er immer allen mitgeteilt, dass er tot sein würde, also nicht liefern kann. Da ging auf einmal gar nichts mehr. Und diese Leute schreibt er nun an, dass er wieder gesund ist. Er ist auch bereits unterwegs. Ich muss den dringend beobachten. Da ist was im Busch, darauf warte ich seit Wochen.»

«Heute ist ein guter Tag», erwidert Dombrowski mit einem immer breiter werdenden Lächeln, das seine schiefen Zähne zeigt. «Ich spreche mit Fred, sie werden sicherlich alles versuchen.»

Auf dem Autohof in Bockel stehen sechs Observanten beisammen und warten auf die Rückmeldung von Dombrowski. Sie beratschlagen, wie sie mit der Gesamtsituation umgehen sollen.

Pascho hat van der Boek zwischenzeitlich die Hände mit Handschellen auf dem Rücken gefesselt, ihn in den Fond seines Fahrzeugs gesetzt und die Tür geschlossen.

Auf dem Funk meldet sich nach einer kurzen Weile Dombrowski und teilt mit, dass er bereits einen Abschlepper für den Transporter bestellt habe, der direkt zum Polizeipräsidium nach Alsterdorf gebracht werden soll. Außerdem will er sich um Kräfte kümmern, die ihnen die Festnahme abnehmen.

Die Gruppe zeigt sich erfreut über die unerbetene Eigeninitiative von Dumbo, der versucht sie schnellstmöglich aus der aktuellen Situation herauszulösen und sie verwerfen eigene Gedanken, wie sie die Festnahme und das Fahrzeug nach Hamburg bringen wollen.

Am Ende teilt Dombrowski noch mit, dass es einen wichtigen Folgeauftrag bei Otto geben würde und Fred sich bitte bei ihm melden möge. Fred bestätigt, dass er sich gleich bei Otto melden werde.

«JayJay und Pascho, ihr bleibt hier bis die Unterstützungskräfte euch die Festnahme abnehmen. Pascho, nutze bitte die Zeit um den Bericht zu schreiben und Jayjay begleitet bitte den Abschlepper bis zum Präsidium. Wir wollen ja nicht, dass einer der Kartons auf dem Weg den Laderaum verlässt.

Alle anderen fahren grob in Richtung Hamburg. Dort warten auch Donald und Mogli bereits auf uns und dann schauen wir mal, was Otto von uns will.

Jayjay und Pascho stoßen dann auch hinzu, wenn sie hier fertig sind. Klingt ja insgesamt nach einem längeren Tag, also esst etwas auf der Heimfahrt. Ohne Mampf, kein Kampf.»

Alle Anwesenden nicken zustimmend und gehen im Anschluss zu ihren Fahrzeugen.

Pascho setzt sich zusammen mit Jayjay in sein Fahrzeug. Sie müssen sich noch gedulden, bis sie den anderen folgen dürfen. Er startet seinen Laptop, den er aus einer Schublade unter dem Beifahrersitz entnimmt und beginnt damit, seinen Bericht zu schreiben. Er richtet sich kurzzeitig auf und blickt in seinem Rückspiegel auf ihren zeitweiligen Gast.

Van der Boek sitzt hinten rechts im Fahrzeug. Er lehnt sich gegen seine Arme, die noch immer hinter seinem Rücken gefesselt sind. Es ist warm in dem Fahrzeug. Er beginnt langsam unter der dunklen Mütze und der dicken schwarzen Jacke zu schwitzen. Sein trockener Hals verspürt einen stechenden Durst. Lethargisch schweigend blickt er traurig und starr aus dem Fenster auf den silbernen Wagen, der ihm heute kein Glück gebracht hat.

18

Über die Buxtehuder Straße rollt im gemächlichen Tempo die weiße Geländelimousine von Cemal über den grauen Belag. Er ist umringt von Fahrzeugen des morgendlichen Verkehrs. Cemal sitzt ruhig auf seinem Beifahrersitz und beobachtet den nachfolgenden Verkehr über die Rückspiegel, während der Fahrer sich auf die eintretende Rushhour konzentriert. Beide schweigen während der Fahrt.

Cemal trägt die Tasche noch immer unter seiner Jacke auf den Rücken gebunden. Sie drückt ihm auf die Wirbelsäule, aber er ist nicht im Begriff sich ihrer zu entledigen. Der Widerstand in seinem Kreuz gibt ihm eine Sicherheit, dass er auf dem richtigen Weg für den heutigen Tag ist.

Kurz vor der Autobahnauffahrt zur A7 biegt der SUV auf das Gelände des dortigen Fastfood-Restaurants und parkt in einer der vielen Buchten ein. Nur wenige Autos befinden sich auf dem Parkplatz. Drei Fahrzeuge stehen im Drive-In-Bereich, um sich ein sättigendes Frühstück oder einen heißen Coffee to go zu bestellen.

Cemal und sein Begleiter steigen aus dem Fahrzeug aus und gehen direkt auf den Eingang der Lokalität zu. Der Himmel über ihnen ist grau, aber Regentropfen fallen nicht mehr auf sie nieder. Nur ein leichter Wind streift über die Glatze von Cemal, die aus seiner dunklen Jacke und dem aufgestellten Kragen herausragt.

Sein Begleiter öffnet ihm die Türen und hält sie Cemal auf, so dass er ungestört eintreten kann. Beide stellen sich an die Kasse und bestellen sich einen Kaffee, der von Cemal bezahlt wird. Am Fenster zur Straße nehmen sie beide auf zwei Bänken Platz, die einen Blick auf die Zuwegung und den Parkplatz zulassen. Sie setzen sich nebeneinander, so können sie beide hinausschauen. Im Restaurant befindet sich aktuell nur das Personal. Sie bereiten allmählich alles für die ersten hungrigen Besucher vor.

Cemal blickt zu dem vor dem Gebäude aufgestellten rothaarigen Clown, der ihm so vertraut ist aus jener Zeit, als er hier noch seine Kindergeburtstage feiern durfte. Als wäre es gestern gewesen erinnert er sich, wie er und seine Freunde hier mit den Spielzeugen aus der Kindertüte agierten und sich über Pommes mit Ketchup und einfache Burger freuten. Hier durfte auch er mal eine Cola trinken, wovon sein Vater damals nicht viel hielt. Hier durfte er in seiner Anwesenheit trinken und essen, was er wollte. Sogar das Essen mit den Fingern veranlasste seinen Vater damals nicht zur Beanstandung. Hier durfte er an seinem Ehrentag essen und laut sein, wie er wollte.

Jetzt sitzt er wieder einmal hier, nicht spielend und am Essen, sondern wartend. Nach dem Essen damaliger Zeiten ist ihm nicht zumute. Es würde nicht dasselbe sein wie früher. Er hält sich lieber an seiner heißen Tasse fest und schaut auf den Verkehr der Straße.

Leichte Müdigkeit steigt in ihm auf, auch wenn er gestern noch bis zum späten Nachmittag geschlafen hatte. Er ist ein Mensch der Nacht, der die meiste Zeit des Tages verschläft, um am Abend und in der Nacht bei Kräften zu sein.

Cemal nimmt einen weiteren Schluck aus seiner Tasse und stellt sie wieder auf dem grauen Tisch ab. Er blickt an die bemalte Wand, an der eine freudige Frau gerade von ihrem blau angestrichenen Becher trinken möchte. Er löst den Blick und schaut zurück auf den Verkehr. Sein Begleiter schaut durchweg nach draußen. Er sitzt nur da, die Augen sind gläsern und der Geist nicht zugegen. Er ist in Gedanken nicht bei ihnen und nicht bei Cemal und ihrer Situation.

In diesem Moment fährt eine dunkle Luxuslimousine auf den Parkplatz. An ihrer Front ist ein gelbes Kennzeichen mit schwarzen Buchstaben und Zahlen befestigt. Cemal behält das Fahrzeug im Auge und beobachtet es beim Einparken am Ende des Parkplatzes. Das Auto ist lediglich besetzt mit dem Fahrer, der den Motor stoppt und aus dem Fahrzeug aussteigt.

Er blickt über den Parkplatz und begutachtet die wenigen dort stehenden Fahrzeuge. Für einen längeren Moment bleibt sein Blick an der weißen Geländelimousine von Cemal hängen. Er schaut genau hin und blickt kurzweilig zum Restaurant, während er um das Auto herum zur Beifahrerseite von seinem eigenen Fahrzeug geht. Der Fahrer ist groß gewachsen. Er hat einen sehr hellen Hautteint, seine Nase ist geformt wie der Schnabel eines Adlers und ebenso stechend ist der Blick seiner blauen Augen.

Die Haare hat er glatt abrasiert, doch an den Seiten deutet sich an, dass er über Resthaare verfügen könnte.

Er ist im mittleren Alter zwischen 40 und 50 Jahren alt und hat eine für sein Alter überdurchschnittlich athletische Figur. An den Armen und dem Oberkörper spannt sich ein dunkelgraues Langarmshirt, das in seine Jeans mit einem breiten, braunen Ledergürtel gesteckt ist.

Aus dem Handschuhfach seiner Limousine entnimmt er ein Mobiltelefon, setzt einen Akku in das Gerät ein und verschließt das einfache Handy mit einer Abdeckung.

Während er langsamen Schrittes zum Eingang der McDonalds-Filiale geht, aktiviert er das Telefon und gibt eine vierstellige PIN in die analoge Tastatur ein.

Er bleibt kurz stehen, streicht sich über den Kopf und schaut mit zusammengekniffenen Augen in den Himmel. Mit der Hand gleitet er weiter bis in den Nacken und greift dann mit beiden Händen das Telefon.

Falten bilden sich auf seiner Stirn und ein Anflug von Ärger ist auf seinem Gesicht zu erkennen. Nachdem seine Finger kurzzeitig und schnell über die Tastatur fahren und einen kurzen Text schreiben, steckt er das Telefon in die Hosentasche und betritt das Fastfood-Restaurant.

Auch er geht zunächst an die Kasse, bestellt sich ein Frühstück mit Ei, Brötchen sowie einem bunten Donut und einer großen Tasse Kaffee. Er setzt sich im Anschluss zu Cemal und seinem Begleiter an den Tisch.

Cemals Begleiter erhebt sich und begibt sich an ein Stehpult im Eingangsbereich, wo er in Ruhe seinen Kaffee mit Blick auf den Parkplatz weiter trinkt, während Cemal sein Smartphone nach dem Schreiben einer Nachricht wieder in seiner Innentasche verschwinden lässt.

«Goeden Morgen, mein Freund», begrüßt der Glatzkopf Cemal mit leicht niederländischem Akzent, ohne hierbei eine freundliche Mimik aufzulegen.

«Es gibt Verspätung wegen eine Unfall. De Junge musse eine Umweg fahre, aber sollte bald da sein. Hast du de Papiere?»

«Natürlich», antwortet Cemal und trinkt von seinem Kaffee.

«Sehr gut. Dann könne wir in Ruhe etwas esse. Es kann nicht mehr lange dauern», führt der Niederländer weiter aus.

Cemal nickt, blickt dabei dem Holländer in die hellblauen Augen. Doch Cemal macht keine Anstalten sich etwas zu essen zu besorgen.

19

Der Lagerraum ist stockdunkel, als die Eingangstür mit einem metallischen Knallen ins Schloss fällt. Faruk tastet an der Wand entlang, bis er zu dem neben der Tür befindlichen Kippschalter gelangt. Er drückt auf die hervorstehende Oberseite des Schalters und aktiviert die Neonröhren der Deckenbeleuchtung. Vor ihm liegt ein fensterloser Raum, der früher als Materiallager für die daneben befindliche Werkstatt genutzt wurde. Den Wanddurchbruch zur Werkstatt haben Cemal und er nach der Übernahme der

Räumlichkeiten mit Holzplatten verschlossen. Nur durch die soeben genutzte Feuertür kann man in den kleinen Raum gelangen, an dessen Wänden dunkle Schwerlastregale stehen, auf denen mehrere Umzugskartons abgestellt stehen.

Auf der rechten Seite des Raumes liegt eine große, glatte Holzarbeitsplatte auf zwei Böcken. Am linken Ende der Holzplatte steht eine digitale Waage, deren Wiegefläche ungefähr so groß ist, wie ein Blatt Papier. Daneben stehen eine Vakuumiermaschine und große Beutel, die auf einer breiten Rolle eng aufgewickelt sind. Am rechten Ende liegen mehrere Kartons mit Einweghandschuhen, wovon bei einem Karton bereits die Öffnung aufgerissen ist.

In dem Raum ist direkt nach dem Betreten ein leichter Geruch von Marihuana wahrnehmbar, aber nur, wenn man wirklich darauf achtet. Faruk bleibt in der Mitte des Raums stehen und fährt sich mit beiden Händen durch die Haare. Er geht zu dem Karton mit Einweghandschuhen und zieht sich ein Paar über die Hände. Suchend schaut er dabei die Regale ab und geht langsam auf einen Umzugskarton zu, auf dessen Seite die Worte „AMNEZIA HAZE" in großen Buchstaben geschrieben stehen. Er nimmt den Karton aus dem Regal, stellt ihn vor sich auf den Boden und öffnet die ineinander fassenden Deckel. In dem Karton liegen mehrere schwarze Plastiksäcke, in deren glänzenden Plastik sich die Neonröhren und die Silhouette von Faruks Oberkörper spiegeln.

Er schaut wieder auf und blickt zu einem Metallschrank neben der Tür, dessen Türen noch geschlossen sind. Mit mehreren Schritten geht er zu dem Schrank und öffnet die linke Tür. In der Schrankhälfte liegen mehrere leere, schwarze Sporttaschen. Sie haben rotschwarze Stofftragegriffe, welche die Taschen in ihrer Form umlaufen und die Wände verstärken. An den Seiten sind sie mit Städtenamen wie New York, Rom, Tokio, London oder Rio de Janeiro beschriftet. Faruk nimmt eine Tasche aus dem Schrank und schmeißt sie neben den Karton auf den Boden, von dem sich leichter Staub in die Luft erhebt. Er schließt die Schranktür wieder und geht zurück zu dem Karton aus dem er nach und nach insgesamt fünf schwarze Pakete entnimmt und in der schwarzen Sporttasche verstaut. Bei jedem Beutel überprüft er die weiße Beschriftung der schwarzen Plastiktüten, die von ihm nachträglich aufgetragen wurde. Jeder Beutel ist mit den Buchstaben „Am“ versehen. Nachdem er alle Pakete in die schwarze Tasche gelegt hat, verschließt er sie mit dem billigen Reißverschluss und stellt sie vor dem Schrank neben der Tür ab. Die Griffe fallen ineinander auf die gut gefüllte Tasche. Faruk zieht die Einweghandschuhe aus und wirft sie in einen Eimer unter der Holzplatte, in dem sich bereits diverse weitere Handschuhe befinden.

Er streicht mit beiden Händen seinen Bart nach vorne und fängt an, die Spitze lang zu ziehen und zu zwirbeln. Hierbei schaut er durch den Raum und begutachtet alles, was dort gerade herumsteht. In seiner Hosentasche vibriert sein Telefon und er zieht es mit der rechten Hand heraus. Cemal hat ihm eine Nachricht geschrieben. Er öffnet das Telefon durch die Eingabe des Passworts. Es ist bereits die zweite Nachricht, die er erhalten hat. Zunächst hatte ihm Cemal *„Glatze ist da“* geschrieben. Doch soeben hat er zusätzlich die Nachricht *„es dauert noch, aber sei bereit“* geschrieben.

Faruk aktiviert den Sperrbildschirm und verlässt wieder den Lagerraum der Werkstatt, aktiviert die Alarmanlage, deren Alarm auf seinem Telefon auflaufen würde und verschließt das Schloss der Tür. Er dreht sich um und schaut zur Straße hinunter. Auf der Ringstraße ist derzeit kein Betrieb. Auch sieht er keine Personen entlanglaufen oder in ihren Fahrzeugen verharren. Er nimmt aus seiner Packung eine Zigarette und steckt sie sich an. Rauchend verlässt er das Grundstück ihrer Werkstatt und geht langsamen Schrittes in Richtung der Sieker Landstraße. Erste Sonnenstrahlen brechen aus den dunklen Wolkendecken am Horizont und geben einen leichten Schimmer auf die nassen Straßen. Faruk schlendert den Gehweg entlang und betrachtet in den Schaufenstern des Autohauses die teuren Ferraris und Aston Martins, die dort aktuell angeboten werden. Jeden Tag fährt er an diesem Lebensziel vorbei und ist sich sicher, dass er eines Tages auch so ein Fahrzeug fahren wird. Dann werden alle aus Kirchdorf ihn bewundern und zu ihm aufschauen. Er kratzt sich weiter am Bart und geht Schritt für Schritt und Auto für Auto an den Schaufenstern vorbei. Insbesondere vor dem orange-schwarzen Lamborghini Aventador bleibt er stehen und verharrt für einen Moment. Er atmet einmal laut aus, streicht sich mit der linken Hand durch die Haare und richtet seinen Blick nach rechts in die Sieker Landstraße, wo das geliebte Fastfood-Restaurant bereits auf ihn wartete. Er würde sich erst einmal ein paar Nuggets und eine Cola besorgen und sich einen Platz am Fenster suchen. Um diese Uhrzeit hatte man meist freie Wahl. Dort würde er sein Handy im Blick behalten und auf weitere Meldungen von Cemal warten. Er ist ganz froh, dass es noch ein wenig dauert, denn er verspürt einen stechenden Hunger nach der langen Zeit des Wartens.

20

Helle Sonnenstrahlen fallen durch die engen Litzen des Rollos, das Gerd und seine Frau nie ganz geschlossen haben, wenn sie zu Bett gehen. Normalerweise haben sie das Fenster in der Nacht immer geöffnet, aber der Sturm der Nacht ließ dies nicht zu.

Das Licht fällt direkt auf die geschlossenen Augenlider von Gerd und verleihen ihnen von innen einen rötlichen Schimmer. Gerd fängt langsam an zu blinzeln. Sein linker Arm hängt schlaff aus dem Bett heraus, während er auf dem rechten Arm mit seinem Bauch liegt.

Neben ihm liegt seine Ehefrau Dörte und schnarcht, als würde sie norwegische Wälder fällen wollen. Der Schnaps der Nacht drängt Gerd dazu, sich mühsam im Bett aufzurichten. Bei der Geräuschkulisse würde er jetzt sowieso kein Auge mehr zu tun. Hierbei merkt er, dass der rechte Arm unter seinem Körper eingeschlafen ist und langsam anfängt zu kribbeln, nachdem er ihn unter seinem Körper herausgezogen hat.

Schlaftrunken tapst Gerd ins Badezimmer, nimmt die Zahnbürste aus dem Becher und bestreicht sie mit einem ordentlichen Streifen blauer Zahnpasta aus der Tube.

Er schaut in dem Badezimmerspiegel in seine müden Augen, die untermalt sind von dunklen Ringen der Müdigkeit. Sein Gegenüber zwinkert ihm zu und beginnt zu grinsen. Er kratzt sich kurz an der knolligen Nase und steckt die Bürste in den grinsenden Mundwinkel.

Während er am Putzen ist, setzt er sich auf die Toilette und erledigt das dringende morgendliche Geschäft des Tages.

Lieder brummend begleitet er sich selbst beim Zähneputzen und spült den Mundraum mit kaltem Wasser aus, das er im Anschluss auch gleich nutzt, um sich das Gesicht zu waschen. Er greift nach einem Handtuch und rubbelt sich den Bart um den Mund herum und das restliche Gesicht trocken. Auf eine Dusche verzichtet er noch. Das mit eigenen Händen gebaute Haus ist sehr hellhörig beim Duschen und er liebt es, dabei zu singen und möchte dies lieber erst tun, wenn die Gespenster der Nacht das Haus verlassen haben.

Er nimmt sich also einen Kamm und versucht die Haarsträhnen in Form zu bringen. Immer wieder kämmt er sie zurück, doch sie fallen in seine Stirn, was ihm so gar nicht gefällt. Er feuchtet den Kamm an und kämmt weiter, bis sich die Haare bändigen lassen.

Gerd träufelt sich ein wenig Rasierwasser, ohne eine erfolgte Rasur, an den Hals und schaut zufrieden in den Spiegel. «So kannst' dich blicken lassen», sagt er dem Spiegelbild und verlässt das Badezimmer.

Mit lockeren Schritten schreitet er die leicht knirschende Holztreppe hinab in das Erdgeschoss. Die Tür zum Gästezimmer, in dem mehrere Kollegen ihre Schlafsäcke ausgerollt haben, ist noch immer verschlossen. Ein leichtes Schnarchen ist zu vernehmen. Zufrieden geht Gerd an der Tür vorbei und schleicht sich in die Küche, wo er seinen Kaffeevollautomaten anschmeißt, den eigentlich nur seine Frau haben wollte und ihm zur Pension schenkte. Er stellt eine große Tasse in den Bereich der Düsen, um den frisch gebrühten Milchkaffee aufzufangen.

Aus dem Küchenfenster schaut er in den Vorgarten, wo Girlanden sich in den Tannen verfangen haben und vom leichten Wind auf und ab bewegt werden.

Gerd stöhnt einmal brummend auf bei dem Gedanken, dass er den Garten später noch aufräumen muss. Ob die Kollegen Zeit dafür finden, ihm dabei zu helfen, bleibt abzuwarten. Nicht selten meldet sich an solchen Tagen der verrückte Dumbo aus dem Büro und alarmiert die Verbliebenen, um wieder irgendjemanden einzufangen oder einen ungebetenen Hausbesuch abzustatten.

Der Blick von Gerd wandert weiter zu den leeren Bierkästen, die er auf der Terrasse stehen sieht. Der Glaube daran, dass irgendjemand heute freiwillig noch einmal arbeiten würde, der schwindet ihm umgehend, wenn er daran denkt, dass die Kollegen alles ausgesoffen haben, was er mühsam herangeschleppt hatte.

Gerd beginnt klimpernd die Geschirrspüle auszuräumen, die sie gestern Abend mit den ganzen dreckigen Gläsern gefüllt und angestellt hatten.

Dennoch steht die gesamte Arbeitsfläche voll mit Bierkrügen, Wein- und Sektgläsern, die alle eine Wäsche in der Spüle vertragen können. Er stapelt die meisten hinein und stellt die Geschirrspüle gleich wieder an.

Schlendernd geht er zum Kühlschrank und schaut nach den Resten vom Spanferkel, das gestern noch in seinem Garten gedreht und nicht vollends aufgegessen wurde.

Er nimmt sich ein Stück aus der Tupperware, das er komplett in den Mund steckt, so dass beide Wangen sich aufblähen müssen, um das gesamte Stück in sich aufzunehmen.

Mit jedem Zubeißen merkt er, dass so ein Spanferkel vom Vortag und ohne Soße eine ganz schön trockene Angelegenheit werden kann. Als er fertig mit dem Kauen ist, schluckt er den Rest runter und spült mit einem ordentlichen Schwung Orangensaft nach.

Der Vollautomat zischt und piept einmal auf und Gerd geht zu seinem Becher und nimmt ihn unter der Düse heraus. Mit dem Becher in der Hand geht er ins Wohnzimmer und stellt sich an die Terrassentür, von wo aus er den ganzen Blick über den zerrupften Garten hat.

Er schwelgt in den Erinnerungen an die letzte Nacht. Das war mal ein richtiges Fest. Genauso wie er es sich vorgestellt hat. Die Gedanken an die Rede von Frau Baake schiebt er dabei ganz nach hinten in seinem Kopf. Viel lieber denkt er an die vielen Tanzpartnerinnen, die er noch einmal im Discofox über seine Terrasse schieben durfte. Dörte fand das bestimmt wieder nicht so toll, aber gestern durfte er mal, denn es war seine Feier und sie konnte ja mit wachsamen Auge zuschauen.

Gerd zieht sich ein paar orangene Klocks an die nackten Füße, die er von einem niederländischen Kollegen nach einer erfolgreichen Zusammenarbeit zugeschickt bekommen hatte. Er greift nach dem Griff der Terrassentür, um diese zu öffnen. Mit leisem Quietschen bewegt er den Griff in die waagerechte und zieht die Tür mit einem kräftigen Ruck auf. Die weißen Vorhänge fangen leicht an in der Zugluft zu tanzen, während er auf seine mühsam gebaute Holzterrasse tritt.

Breitbeinig stellt er sich auf die Planken, trinkt einen Schluck heißen Kaffee aus seinem Becher und beginnt langsam wieder an zu wippen. In seinem Kopf spielt noch immer die schwungvolle Musik im Dreivierteltakt, seine Beine nehmen den Rhythmus auf und er beginnt langsam sich selbst über die Terrasse mit klackernden Klocks zu bewegen. Gelegentlich beugt er sich und greift nach einem Plastikbecher oder Pappteller, einer Girlande oder einer Serviette, die sich dort verfangen oder niedergelegt haben und wirft alles in einen großen Eimer, der neben der Terrasse steht und den Dörte eigentlich für ihre Gartenarbeit nutzt.

Je mehr er sich bewegt, desto besser fühlt er sich. Er beginnt lauter zu brummen, bis er sich einen Besen greift und beim rhythmischen Fegen der Terrasse immer lauter werdend "I am what i am" zu singen beginnt. Die tiefen, leicht schrägen Basstöne geben dem Lied noch einmal einen ganz anderen Klang. Er wird beim Singen immer schneller und lauter bis er in einem lauten Ruf mit "I aaaam whaaaat i aaaaaaaaaaaaaaaam" endet.

Doch in genau diesem Moment ertönt ein lauter Knall. Ein Schuss? Eine Explosion? Der erste Schreck durchfährt Gerd, er wirft sich auf die Holzdielen seiner Terrasse und blickt durch seinen Garten. Der Knall kam eindeutig vom Ortseingang, also nicht aus der unmittelbaren Umgebung. Eine laute Hupe gibt einen durchgehenden Ton von sich.

Vielleicht ein Unfall? Gerd springt sofort wieder auf und läuft holpernd in seinen Klocks aus seinem Garten hinaus in Richtung Straße. Er blickt die Straße hinunter und sieht am Ende der Straße den Grund für das quiekende Geräusch. Ein silberner Sprinter mit gelben Kennzeichen ist direkt in das Ortsschild und im Anschluss in den dahinterstehenden Baum gefahren.

«So ein Depp», schimpft Gerd und beginnt breitbeinig zu dem Fahrzeug hinzulaufen, dessen Motorblock langsam anfängt zu qualmen.

Mit jedem Meter fängt Gerd mehr an zu keuchen, doch der stärker werdende Qualm treibt ihn an, sich schnell zu dem Fahrzeug hinzubewegen. «So'ne Scheiße», grummelt Gerd vor sich her. Auch wenn er die letzten Jahre immer weniger Sport machte, in solchen Situationen funktioniert er wie ein junger Polizeischüler. Nicht auszudenken, was mit der Person passiert, die dort offenbar auf dem Lenkrad liegt und die Hupe durchgängig mit dem Kopf betätigt, wenn er zu spät kommt und ein Feuer ausbricht.

In seiner Zeit als Schutzpolizist im Streifendienst hatte er viele Unfälle erlebt, schlimmste Verletzungen gesehen und die Betroffenen als Ersthelfer versorgt. Außerdem ist er noch immer Oberbrandinspektor der örtlichen freiwilligen Feuerwehr. Vor dem Anblick, der ihm gleich zu Gesicht kommen könnte, ist ihm nicht bange. Er macht sich nur Sorgen, dass der Wagen Feuer fängt, bevor er dem Fahrer rausgeholfen hat.

Gerd kommt immer dichter an das silberne Fahrzeug heran. Die Motorhaube steht halb offen und hat sich von links und rechts um die Rinde des Baumes gewickelt. Flüssigkeit läuft aus dem Auto heraus, als regenbogenfarbiges Rinnsal über den Gehweg auf die Straße hinunter, wo sie eine immer größer werdende schimmernde Pfütze bildet.

Gerd muss nur noch gute zehn Meter zurücklegen, bis er den Transportwagen erreicht hat. Er sieht, dass der Fahrer mit seiner Stirn auf das Lenkrad drückt. Er ist offenbar bewusstlos. Bewegungen sind nicht zu sehen. Durch den Aufprall hat sich offenbar auch die Seitentür geöffnet und leicht aufgeschoben. Die Hinterräder stehen noch auf der Straße, während die Front des Fahrzeugs erhöht im Baum steckt und unter sich die Stützen vom Ortsschild begraben hat.

Gerd rennt an die Tür heran und schreit «Hallo, hören Sie mich? Können Sie mich hören». Er zieht an der Tür, aber sie scheint, verzogen zu sein. So kriegt er sie nicht aufgedrückt. Er läuft einmal um das Auto herum und zieht auf der anderen Seite an der Beifahrertür, auch diese ist festgeklemmt. Gerd haut mit der Faust gegen die Scheibe. «Hallo. Hallo. Ihr Auto brennt. Hören Sie mich? Aufwachen! Kommen Sie zu sich. Feuer.» Gerd brüllt immer wieder laut auf den Fahrer ein, doch der zeigt kaum eine Reaktion. Leichtes Zucken ist zu sehen, als würde er langsam zu sich kommen, aber auch aus der Motorhaube kann Gerd erste Flammen hervorkommend sehen. Die Zeit läuft gegen sie. Das weiß er. Der Fahrer bewegt sich ein wenig. Er hebt den Kopf. Gerd brüllt ihn weiter an.

«Wachen sie auf. Ihr Fahrzeug brennt. Feuer!»

Er läuft noch einmal um das Auto herum und zieht an dem Türgriff der Fahrertür. Er spürt eine kleine Bewegung in der Tür, aber noch lässt sie sich nicht öffnen. Gerd haut mit der Faust gegen die Scheibe. Der Fahrer erhebt seinen Kopf und schaut zu ihm herüber. An seiner Stirn hat er eine Platzwunde, aus der Blut zwischen den Augen über die Nase läuft und auf seine dunkle Jacke tropft. Der Fahrer kommt immer mehr zur Besinnung, scheint aber noch nicht wieder Herr seiner Kräfte zu werden.

Gerd zieht mit seinem wuchtigen Körper immer wieder vehement an dem Türgriff.

«Hallo. Hören Sie mich? Öffnen sie das Fenster. Machen sie das Fenster auf.»

Der Fahrer befolgt die Anweisungen, doch die Elektronik reagiert nicht mehr auf den Druckknopf, der das Fenster öffnen sollte.

«Sie müssen gegen die Tür drücken. Drücken Sie gegen die Tür!», schreit Gerd ins Fahrzeuginnere und blickt besorgt zu den Flammen, die neben ihm immer größer auflodern.

Der Fahrer besinnt sich langsam seiner Kräfte und schnallt sich los. Er lehnt sich gegen die Fahrertür, aber nichts bewegt sich.

«Ich zähle bis drei, dann stoßen wir gemeinsam gegen die Tür», ruft Gerd, dem langsam die ersten Schweißperlen von der Stirn hinablaufen und sich in seinen dunklen Augenbrauen verfangen.

«1….2….3 - los!», schreit er und zieht mit aller Kraft. Der Fahrer drückt sich ebenfalls gegen die Tür und Gerd spürt eine Bewegung.

«Nochmal. Sie bewegt sich. 1….2….3 - jetzt!», ruft er und zerrt an dem Griff mit aller Kraft, während sich der Insasse gegen die Fahrertür stemmt.

Mit lautem Quietschen schwingt die Tür aus dem Rahmen und lässt sich halb öffnen. Der ältere Fahrer fällt Gerd entgegen und er fängt ihn in seinen Armen auf.

Er hakt dem Mann unter beide Arme und zieht ihn erst einmal von dem Fahrzeug weg, dessen Motor so stark brennt, dass der Ruß bereits die gesamte Frontscheibe überzieht und der Qualm immer stärker in die Fahrerkabine dringt.

Erschöpft von der überraschenden Anstrengung am Morgen lässt sich Gerd neben den ungefähr gleichalten Mann fallen und stöhnt dabei auf. Dieser versucht jedoch aufzustehen und zu dem Fahrzeug zurückzulaufen.

«Bist du bescheuert, du Vollpfosten. Da läufst du jetzt nicht mehr hin. Das Ding ist nicht zu retten. Das fackelt jetzt ab bis die Feuerwehr kommt», pöbelt Gerd den Mann an und packt ihn an der Jacke.

Der versucht sich aus dem festen Griff herauszuwinden und schreit «Nej, latt mich los. Ich muss watt rausholjen.»

Gerd ist völlig irritiert. Er hat dem gerade das Leben gerettet und der Kerl hat nichts Besseres zu tun, als sich wieder in die Flammen werfen zu wollen. Er packt ihn am Arm und reißt ihn zu sich zu Boden. Panik steht dem Mann ins Gesicht geschrieben, zusätzlich unterstrichen, durch das aus der Platzwunde laufende Blut, das dessen Schnurrbart von weiß in rot verfärbt hat.

«Was ist dir mehr wert, dein scheiß Auto oder dein Leben?», fragt Gerd den immer wieder zum Fahrzeug schauenden alten Mann.

«Es geht um Leben und Tod. Ich muss etwas aus dem Auto rausholen, sonst hättest du mich gleich drinnen sitzen lassen können», antwortet er.

Gerd reißt die Augen auf. Sein Mund öffnet sich zunächst wortlos. Er wischt sich den Schweiß von der Stirn und lockert den Griff. Als er merkt, dass der Holländer wieder aufstehen will, greift er wieder fester zu.

«Was ist denn da so Wichtiges drin? Wo ist es?» Gerd schaut zum Transporter, bei dem die Flammen unter Klirren die Frontscheibe zerbersten lassen.

«Ich muss eine Tasche aus dem Laderaum holen. Ich brauche sie, sonst ist alles aus. Es geht um mein Leben und das meiner Familie. Lass mich los. Ich muss es holen», erwidert der energisch auflebende Mann.

«Wo ist sie? Ich hol' sie dir, wenn die so wichtig ist, aber du bleibst hier», sagt ihm Gerd und lässt keine Widerworte zu.

«Im Laderaum ist eine Klappe im Boden. Du musst in die Hocke gehen, um sie zu sehen. Da ist ein kleiner Haken mit dem du die Luke öffnen kannst. Darunter liegt die Tasche», erklärt der verzweifelte Fahrer aufschnaufend.

«Bleib hier!», fordert Gerd ihn auf und stößt ihm gegen die Brust, während er sich umdreht und wieder zum Auto läuft.

Schwarzer Ruß steigt immer stärker über dem Auto auf. Der beißende Gestank von brennendem Plastik ist kaum zu ertragen. Aus weiter Ferne ist eine näherkommende Sirene zu hören. Die Nachbarn scheinen die Feuerwehr alarmiert zu haben. Gerd rennt an die offenstehende Seitentür heran und duckt sich. Es ist ein kleiner Abstand zwischen dem Boden und dem Absatz zu erkennen, in den er seine Finger steckt und die Klappe nach oben drückt. Er sieht eine dunkle Sporttasche in dem Laderaum liegen und greift nach den rot-schwarzen Trageriemen, welche die Sporttasche umfassen. Auf der Seite der Tasche kann er New York und London lesen. Weiter betrachtet er die Tasche nicht, sondern rennt zu dem Mann zurück, der sich in das Gras fallen gelassen hat und sich mit den Händen den Kopf hält.

Während Gerd zu ihm zurückläuft, ergreifen die Flammen den Innenraum der Fahrerkabine, von wo aus sie nach kurzer Zeit auch in den Laderaum gelangen. Dunkle Wolken verdunkeln das Licht der aufgehenden Sonne und der Gestank verbreitet sich in alle Richtungen. Die Flammen tanzen hinauf in die Luft und lodern im leichten Wind.

Gerd steht neben dem im Gras liegenden Holländer und stellt die geborgene Tasche ab. Hinter ihm fährt ein Rettungswagen und ein Einsatzfahrzeug der freiwilligen Feuerwehr vor, die umgehend mit den Löscharbeiten beginnen.

Rettungssanitäter laufen aus dem Fahrzeug zu dem Mann im Gras und versorgen dessen Platzwunde. Er lehnt eine Behandlung im Krankenhaus ab. Der ebenfalls anwesende Notarzt besteht auf eine Versorgung der Verletzung. Mit wenigen Stichen näht er die Wunde an der Stirn, die nach der Reinigung kleiner zu sein scheint, als es ursprünglich aussah.

Mit einem großen Pflaster auf der Stirn lässt der Notarzt den Holländer zurück und verabschiedet sich von dem renitenten Mann, der jegliche weitere Versorgung ablehnt.

Die Feuerwehr ist dabei das Feuer mit Löschschaum zu ersticken und das ausgetretene Öl mit rotem Bindemittel zu sichern.

Gerd steht in unmittelbarer Nähe zu seinen Kollegen und kommentiert jeden Handschlag mit fachkundigen Kommentaren. Nachdem auch die letzte Flamme gelöscht ist, dreht er sich zufrieden um und geht direkt auf den Holländer zu, der mit seiner Tasche ratlos im Gras sitzt.

«Ich bin übrigens Gerd», stellt er sich vor und reicht dem Holländer die Hand, um ihm neben der Begrüßung auch eine Hilfe zum Aufstehen anzubieten.

«Ruud. Ich heiße Ruud», erwidert der Niederländer nachdem er nachdenklich zu Gerd aufblickt und beginnt den Aufdruck auf dessen T-Shirt zu lesen.

«Ich glaub wir müssen reden, mien Jung», erwidert Gerd, zieht Ruud in den Stand und drückt ihn mit der Hand im Rücken in Richtung seines Hauses. Er zieht mit der anderen Hand seinen alten Dienstausweis aus der Hosentasche und hält ihn Ruud vor die Nase, der den Aufdruck ernüchtert betrachtet. «Und die Tasche nehm' ich mal lieber erstmal an mich. Ich kenn' solche Typen wie dich und solche Taschen hab' ich auch schon mal gesehen. Du kommst nun erstmal mit. Hier kannst Du sowieso nichts mehr machen. Herzlich Willkommen in Dalldorf! Hier ist die Welt noch in Ordnung.»

21

Im Seitenstreifen vor einem achtgeschossigen Hochhaus in Steilshoop parkt der schwarze amerikanische Sportwagen von Steven ein. Das Grollen des Motors lässt die vorbeigehenden Schüler zu ihm aufblicken. Sie bewundern den Wagen und warten auf den Fahrer, der aus dem Fahrzeug aussteigt. Doch zunächst tut sich nichts, nachdem der Motor ausgestellt wurde, daher wenden sie sich wieder von dem Auto ab und folgen weiter ihrem Schulweg.

Steven zieht währenddessen sein Telefon aus der Tasche und öffnet die eigenen Kontakte. Er ruft die Nummer an, die er unter dem Namen "Steilo" abgespeichert hat. Nach zweifachem Klingeln meldet sich der Nutzer der Rufnummer mit: «Was geht, digger?».

«Ich bin da, mach die Tür auf», erwidert Steven, steigt dabei aus seinem Fahrzeug und geht direkt auf die Tür der Hausnummer 38 zu. Ein Summen erklingt aus der Haustür, Steven drückt sie auf und beendet zeitgleich das Telefonat.

Er geht zum Fahrstuhl und drückt den dortigen Knopf. Er hört, dass sich der Fahrstuhl in Bewegung setzt, auch wenn das Licht von dem Knopf dabei nicht aufleuchtet. Das tut es schon lange nicht mehr, aber das kümmert hier auch niemanden. Zumindest nicht, solange der Fahrstuhl weiterhin fährt.

Steven tritt in den Fahrstuhl ein, nachdem die metallischen Türen sich klappernd vor ihm öffnen. Die abgestandene Luft im Fahrstuhl erinnert ihn an seine frühere Wohnsituation. Auf den hellen Innenwänden des Fahrstuhls sind großflächige Schriftzüge hinterlassen und kleine Botschaften wie "Kevin war hier" und "Willst Du ficken ruf Mandy an".

Auch wenn sie ihn nicht interessieren, muss er sie immer wieder auf seiner Fahrt in den sechsten Stock durchlesen. Der Hauswart scheint es inzwischen aufgegeben zu haben, die Schrift zu entfernen, denn kaum ist die Wand gesäubert, fühlt sich der nächste veranlasst auf ihr seine Botschaft zu hinterlassen. Die letzten Wochen hat Steven hier keine neuen Nachrichten mehr entdecken können. Vermutlich ist es auf vollgeschmierten Wänden einfach nicht so reizvoll.

Die rote Digitalanzeige zeigt eine sechs auf ihrem Display und die Türen öffnen sich wieder. Steven geht aus dem Fahrstuhl hinaus, wendet sich nach links und geht direkt auf die ihm gegenüberliegende Tür zu.

Noch bevor er mit der Faust gegen das Türblatt klopfen kann, öffnet sich die Tür von innen und ein kleiner, hagerer Südländer in schwarzer Trainingshose und gefälschtem Designer-T-Shirt öffnet ihm barfüßig die Tür.

Es riecht nach Zigaretten und Marihuana aus der Wohnung. Der kleine Südländer hat stark gerötete Bindehäute und glasige Augen. Seine Wangen sind eingefallen. Er tritt beiseite und überlässt Steven den Zutritt zur Wohnung.

Der Flur führt direkt in das Wohn- und Schlafzimmer, von dem auf der linken Seite eine kleine Küche abgeht. Auf dem Weg in den einzigen Raum der Wohnung passiert Steven ein Badezimmer und eine Abstellkammer. In der Abstellkammer türmen sich mehrere blaue Müllsäcke mit Plastikflaschen, die oben zwar zugebunden, aber an den Seiten mehrfach leicht eingerissen sind. Auch liegen dort mehrere Pizzakartons. Steven könnte wetten, dass sich darin noch Reststücke Pizza befinden, die seit Wochen ihr eigenes Leben entwickeln.

Im Zimmer angekommen schaut er sich um. Eine alte Ledergarnitur bildet Aufenthaltsort und Bett zugleich. Auf einer Sitzfläche liegt eine Wolldecke auf der noch eine Bettdecke und ein Kopfkissen liegen. Ein Bettbezug ist nicht aufgezogen und das Kissen zeigt alle Schattierungen zwischen weiß, gelb, beige und braun auf seiner Oberfläche. Auch die Bettdecke wirkt nicht wie frisch erworben.

Auf dem Glastisch vor der Couch liegen zwei Pizzakartons schräg ineinander gestapelt mit ein paar benutzten Servietten darauf verteilt. Direkt daneben ist weißes Pulver zu einer dünnen Linie geschoben. Die Krankenkassenkarte mit dem Foto des Südländers liegt mit weißen Anhaftungen an dessen Kante noch direkt daneben. Ebenso wie der zusammengerollte Fünf-Euro-Schein.

Der auf dem Tisch stehende Aschenbecher ist gefüllt mit aufgerauchten Joints und selbstgedrehten Zigaretten.

Zwischen den Kartons, dem Aschenbecher, einem Tabakpäckchen und einer Haushaltsrolle stehen mehrere offene Energydrink-Dosen und Plastikbierflaschen.

«Sorry digger, is' gerade nicht aufgeräumt, digger», sagt der Südländer mit verschlafenen Augen.

«Memo, ich hab' es hier noch nie sauber erlebt. Hier sieht es so aus, seitdem du hier eingezogen bist. Wie kannst du es hier nur aushalten? Du musst mal deinen Arsch bewegen, digger», antwortet Steven. Er blickt in die offene Küche, die mittels Durchbruchs ohne Tür mit dem Zimmer verbunden ist. Auf der Spüle und der Arbeitsfläche stapelt sich dreckiges Geschirr, das durch eingetrocknete Essensreste miteinander fest verbunden erscheint. Auf dem Herd stehen zwei Bratpfannen und ein Topf, die ebenfalls dreckig sind und dennoch schon lange nicht mehr benutzt wurden.

Steven schüttelt den Kopf und blickt zu Memo, der währenddessen am Boden in den Taschen seiner Jeans herumwühlt. Anschließend greift er noch in seine Jackentaschen der olivgrünen Bomberjacke, die er auf der Couch abgelegt hatte.

Vor dem Fenster zum Balkon hat Memo seinen ganzen Stolz stehen. Einen Pokertisch mit insgesamt sechs Stühlen drum herum platziert. Der blaue Filz auf dem Tisch ist sauber. Auf ihm stehen keine Getränkeflaschen oder dreckigen Gläser. Keine Kartons mit Essensresten.

Memo legt auf dem Filz alles ab, was er aus seinen Taschen der verschiedenen Kleidungsstücke gezogen hat. Dort liegen nun diverse Hundert-, Fünfzig- und Zwanzig-Euroscheine. Er beginnt die Scheine nach Farben zu sortieren und zu Stapeln zu bündeln.

Als er fertig ist, beginnt er die Stapel laut durchzuzählen und reicht sie im Anschluss an Steven weiter, der sie nochmals zählt. Steven kriegt insgesamt vierundzwanzig Hunderter, einhundertvierundachtzig Fünfziger und einhundertachtzehn Zwanziger.

Er nimmt sein Handy aus der Tasche und startet seinen Rechner. Nachdem er alles ausgerechnet hat, blickt er auf und schaut Memo mit ernster Miene an. Wut ist in seinen Augen zu erkennen.

«Digger, das sind nur 13.960 Euro. Es sind 15 Mille fällig heute. So geht das nicht, man. Du machst mir immer Kopfschmerzen. Ich muss jetzt wegen Dir wieder Politik machen. Das ist scheiße, digger», sagt Steven zu Memo.

«Ja, scheiße, digger. Aber digger, ich muss auch leben, digger. Ich krieg' auch noch heute, digger. Sicher, digger. Ich gehe nochmal los und Musti und Ibo müssen heute noch kommen, digger. Ich lauf auch immer hinterher. Ich zahle dir fünf Scheine mehr, digger. Aber Du musst mir auch helfen. Ich brauche dringend Hase. Die kann ich direkt weitergeben und dann machen wir derbe Cash, digger», antwortet Memo und geht dabei immer wieder auf und ab, versucht den Blick zu Steven zu meiden, sondern schaut eher aus dem Fenster.

«Dann aber jetzt für 5,2 pro Kilogramm Haze. Du musst es dann aber Cash haben, sonst kannst Du das vergessen. Halt deine Papiere bereit und geh zu Ibo und Musti.» Steven packt Memo am Kinn und drückt seinen Daumen und die Finger in die Wangen hinein. «Heute Mittag komm' ich nochmal vorbei, dann will ich was sehen, ansonsten sieht es hier noch beschissener aus, mein Freund», wispert Steven Memo durch geschlossene Zähne entgegen und schubst den Kopf von Memo nach hinten, der dadurch leicht ins Schwanken kommt und den Kopf gleich wieder absenkt.

«Alles klar, digger. Danke, digger. Bis heute Mittag, da hast du dein Para. Save, digger. Du kannst dich auf mich verlassen», huldigt ihm Memo.

«Und räum' deine Drecksbude auf. Ist echt ekelhaft hier», ergänzt Steven und geht in Richtung Wohnungstür. Das Bargeld steckt er währenddessen in seine Hosentasche und öffnet die Tür

Langsam tritt er aus der Wohnung heraus und auf den Fahrstuhl zu, hält noch einmal inne. Er blickt zurück auf die Eingangstür in der Memo zusammengesunken steht und sie langsam wieder zudrückt.

Die Tür zum Fahrstuhl öffnet sich und Steven tritt kopfschüttelnd in den Fahrstuhl ein.

22

An der Ausfahrtstraße zwischen Harburg und Neugraben ist die Hölle los. Alle Arbeitnehmer drängen sich in der Rushhour und versuchen noch mit aller Kraft über die Ampel auf die Auffahrt zur A7 zu fahren, um durch den Elbtunnel in die Hamburger Innenstadt zu gelangen. Auch auf der A7 staut sich der Verkehr bedingt durch Baustellen und die Auslösung der Höhenkontrolle in einer der Elbtunnelröhren. Im Schneckentempo bewegen sich die Autos auf der Straße und der Auffahrt vorwärts. Heute werden viele Menschen zu spät zur Arbeitsstelle kommen.

Gegenüber von der Auffahrt sitzen im Café der dortigen Fastfood-Filiale Cemal und sein Fahrer sowie ein glatzköpfiger Niederländer.

Cemal und der Niederländer sitzen gemeinsam an einem Tisch und schauen sich gegenseitig an. Sie haben bislang nur wenige Worte gewechselt. Es gibt noch nicht viel zu besprechen. Sie warten und schweigen.

Der Holländer vermeidet das offene Wort, darum weiß Cemal auch, dass er hier nicht viele Sätze zum Geschäftlichen verlieren braucht. Ihre Geschäftsbasis ist das Vertrauen. Dennoch versucht der Holländer so wenig wie möglich von sich und seinem Handeln preiszugeben.

Aus seiner Innentasche entnimmt er ein billiges Tastentelefon und schreibt eine SMS-Nachricht. Das hat er bereits mehrfach getan, jedoch bislang keine Rückmeldung erhalten. Mindestens vier SMS-Nachrichten hat er bereits geschrieben, aber keine Reaktion erhalten. Cemal sieht dem Gesicht des Holländers an, dass etwas nicht so läuft, wie dieser es sich vorgestellt hat.

Cemal zieht ebenfalls sein Smartphone aus der Innentasche seiner Jacke. Er schreibt an Faruk eine Nachricht über ihren verschlüsselten Messenger, dass hier etwas nicht stimmt und er Obacht walten lassen soll.

Die Zeit im Fastfood-Restaurant verstreicht langsam, gerade mit Personen, mit denen man sich nicht viel zu sagen hat.

Cemal und der Holländer sind Geschäftspartner, keine Freunde. Freundschaften in diesem Geschäft sind immer schwierig. Vertrauen ist wichtig, aber Freundschaften bringen psychologische Abhängigkeiten und soziale Verpflichtungen und beides ist für den geschäftlichen Erfolg und die persönliche Sicherheit immer hinderlich.

Das Handy von Cemal brummt. Faruk hat ihm ein Foto von seinem Frühstück geschickt mit dem Kommentar, dass bei ihm alles ruhig sein würde.

Eine Gefährdung bei Faruk sieht Cemal nicht. Der Holländer weiß, dass Faruk kein Geld bei sich führt. Das Lager kennt er ebenso wenig. Und auch hier scheint er Cemal selbst nicht zu gefährden. Er sieht eher überrascht aus von den ausbleibenden Reaktionen seiner Kontaktpersonen. Zumal er offenbar noch kurz vor ihrem Treffen Kontakt hatte.

Wieder holt der Holländer ein Tastentelefon hervor. Cemal ist sich nicht sicher, ob es wieder dasselbe wie eben ist, aber der Holländer tippt auf seinem Telefon herum und steckt es zurück in seine Tasche.

Er führt die Fingerkuppen aufeinander und blickt zu Cemal.

«Es scheint eine kleine Problem zu geben. Eine kleine Verzöjerung. Wir treffen uuns in zwee Stunde wieder hier. Dann reden wier. Vor kurzem war noch alles in Ordnung.» Mit diesen Worten erhebt sich der Holländer vom Tisch und geht zum Ausgang, drückt die Tür mit Wucht auf, so dass sie gegen die Wand knallt und ihm wieder entgegenschlägt. Er verlässt das Restaurant. Schnellen Schrittes schreitet er zu seiner Limousine, steigt ein und fährt zügig vom Parkplatz hinunter. Er biegt nach rechts auf die Straße und wechselt die Spuren nach links auf die Autobahnauffahrt zur A7. Der Zubringer führt sowohl Richtung Norden durch den Elbtunnel, als auch in Richtung Süden, daher kann Cemal nicht einschätzen, was hier vor sich geht. Er blickt zu seinem Fahrer, zieht die Schultern hoch und zeigt ihm, dass er sich wieder zu ihm setzen kann. Er kommt der Aufforderung von Cemal sofort nach.

«Ich weiß nicht, was hier vor sich geht, aber irgendwas stimmt dieses Mal nicht. In zwei Stunden kommen wir noch einmal hierher. So lange können wir uns zurückziehen.»

Beide stehen auf, verlassen den Laden und gehen zu ihrem Fahrzeug. Sie blicken sich mehrfach um und schauen genau hin, dass ihnen auch niemand folgt. Doch momentan ist kein Fahrzeug auf dem Parkplatz. Der Verkehr auf die Autobahn läuft noch immer schleppend. An ein Überqueren der Straße ist hier nicht zu denken. Sie biegen rechts auf die Straße und geben Vollgas in Richtung Neugraben. Als Erinnerung schießt der Standblitzer ein Foto von den Beiden, bevor sie zum U-Turn ansetzen, um sich zurück nach Harburg zu begeben.

23

In Alsterdorf scheint inzwischen die Sonne aus den immer größer werdenden Rissen in den Wolken. In den Zuwegungen des Polizeigeländes steht das Wasser der ergiebigen Regengüsse. Immer mehr Polizisten erscheinen zum Dienst und spazieren vom großen Antreteplatz, der außerhalb von großen Festen oder Übungen als Parkplatz genutzt wird, zum Polizeipräsidium hinüber.

Dombrowski hat die ersten drei Kollegen, die verschlafen an der Dienststelle eintrafen und ihn mit dicken Augen anschauten, während er ihnen von den Ereignissen vom Morgen berichtete, mit Sonderrechten nach Bockel geschickt.

Sie erhielten von ihm den Auftrag den festgenommenen Holländer abzuholen und das Fahrzeug mit Abschlepper nach Hamburg zu begleiten.

Bei einer Sonderrechtsfahrt bis kurz vor Bremen waren die Drei gleich hellwach, rüsteten sich auf und begaben sich in den Keller zu dem Dienstwagen. Mit dem wollten sie in Richtung Bremen düsen, so schnell wie sie halt von dem untermotorisierten Fahrzeug gefahren werden würden.

Dombrowski steht auf und greift nach seiner Wasserflasche. Er trinkt einen kräftigen Schluck. Aus der Schublade nimmt er eine Tüte mit Nüssen und kippt sich die Hand voll mit dem gesalzenen Snack. Nach und nach wirft er sie sich in den Mund, um dem ersten aufkommenden Hunger etwas entgegen zu setzen.

Er kommt allmählich zur Ruhe. Aufreibend waren die ersten Stunden des Tages, doch nun beginnt erst die richtige Arbeit. Bei dem Kurierfahrer soll es nicht bleiben. Dombrowski will die Hinterleute. Diejenigen, welche die 180 Kilogramm in Hamburg entgegengenommen hätten, aber wenn möglich auch die Täter, die es auf den Weg gebracht haben.

Ole, Gunnar und Frank sollen sich vor Ort nicht nur um die Abholung kümmern. Das alleine hätte die Sonderrechte nicht begründet. Vielmehr sollen sie in Bockel die Mobiltelefone sichten und Anhaltspunkte für mögliche Lieferadressen, Abnehmer und Lieferanten feststellen. Wo kommt der Typ her, wer ist das und wo wollte er hin. Was kommunizierte er mit seinen technischen Mitteln, die er in seinem Fahrzeug hatte.

Die Observanten konnten Dombrowski noch nicht weiterhelfen. Diejenigen, die zurück blieben bei dem Kurier und seinem Fahrzeug, kennen sich nicht mit solchen Spuren aus. Sie weigern sich eher aus ihrer Zuständigkeit hinaus zu treten und Nachschau zu halten.

Der Kurier selber soll sich aktuell auch eher die Zunge abbeißen, als sich zu einer Aussage durchringen zu können. Aber der soll erstmal zu Dombrowski gebracht werden, dann wollen sie weiterschauen, ob er nicht doch sein Gewissen erleichtern will. Wenn die Untersuchungshaft droht, dann lockert sich gerne mal die Engstirnigkeit.

Dombrowski erhebt sich von seinem Platz und wandert rüber in das Büro von Otto. Der blickt weiterhin stur in seinen Monitor ohne Kenntnis von Dombrowski zu nehmen.

Er schleckt sich hektisch über die Lippen und schiebt sich einen Spekulatiuskeks quer in den Mund, den er zu zerkauen beginnt.

Otto blickt nun doch zur Tür. Scheinbar hat er im Augenwinkel wahrgenommen, dass dort jemand steht.

«Na, alles locker jetzt bei Dir drüben?», fragt er mit vollem Mund verwundert, dass Dombrowski Zeit für ihn findet.

«Jo, einmal kurz durchatmen. Ich hoffe, dass sich noch etwas ergibt, wenn Ole, Gunnar und Frank erst einmal vor Ort eintreffen. Solange kann ich verschnaufen. Jayjay und Pascho passen nur auf. Die gucken nicht nach. Du weißt ja wie die sind.» Dombrowski zuckt mit den Achseln und macht Anstalten das Büro von Otto wieder zu verlassen.

«Bei meinem geht heut' auch was. Erst schreibt er alle wegen Papieren an und nun war er noch kurz nach Steilshoop gefahren, statt sich wie üblich pennen zu legen nach einer durchzechten Nacht, wenn Kind und Kegel das Haus verlassen haben. Telefonieren tut er zwar nicht im Moment, aber heut' is der anders drauf. Datt merk' ich.» Otto fährt sich über die frisch rasierten Wangen, die langsam bereits wieder zu kratzen beginnen.

«Fred ist auf jeden Fall bereits auf dem Weg zu Dir. Vielleicht legst Du ja noch einmal die Latte höher.» Dombrowski grinst Otto an.

«Is' klar. Dreistellig werde ich auf jeden Fall nicht heute. Das Ding geht an Dich. Aber vielleicht kann ich einen kleinen Schlusspunkt setzen. Der Typ geht mir auf den Sack. Tagsüber pennen und abends legt der los wie 'ne wilde Sau, wenn normale Leute in die Koje gehen wollen.» Otto schaut wieder auf seinen Monitor.

«Der frühe Vogel fängt den Wurm. Der späte Adler fängt den fetten Vogel, mein lieber Otto.» Dombrowski nimmt einen Schluck aus seiner Flasche, die er noch immer in seiner Hand hält.

«Ich hab 'n gutes Gefühl heut'. Datt wird schon.»

«Wo ist er denn jetzt?», fragt Dombrowski.

«Der fährt gerade wieder in Richtung Heimat. Der war ja die ganze Nacht unterwegs. Aber wer weiß. Ist 'ne Wundertüte heute. Warten wir's ab.»

Das Telefon von Otto beginnt lautstark zu klingeln. Er hat es so laut gestellt wie kein anderer an der Dienststelle. Dombrowski schreckt jedes Mal zusammen, wenn die Standardmelodie des Behördentelefons unerwartet startet.

Otto ergreift den Hörer und begrüßt lautstark Fred am Apparat. Diesem beginnt er sein ganzes Verfahren zu erzählen. Der richtige Moment für Dombrowski sich in sein Büro zurückzuziehen. Das hatte er alles schon mehrfach gehört, denn Otto erzählt gerne von seinem Verfahren und am liebsten von Beginn an.

Vor seinem Monitor angekommen schreckt er auf. Die Nummer von seinem Kurierfahrer hat in der Zwischenzeit mehrere SMS-Nachrichten erhalten.

«Da scheint sich ja jemand Sorgen zu machen.» Dombrowski beginnt zu lächeln und wählt die Nummer von seinem zuständigen Staatsanwalt.

«Hallo Herr Schmidt, Dombrowski hier vom LKA, ich hätte da ein Anliegen, es eilt sehr…»

24

Mitten durch Dalldorf gehen zwei ältere Herren über den gut gepflegten Bürgersteig. Beide haben eine ihrem Alter angepasste Figur, doch die Körperhaltung könnte unterschiedlicher nicht sein. Der eine geht aufrecht, trotz einer scheinbar schweren Tasche, die er mit der linken Hand trägt, während er mit der rechten Hand seinen Begleiter durch die Straße schiebt. Er schaut zufrieden aus mit seiner Situation. Ruß steht ihm auf Wangen und Stirn. Trotz der abgekühlten Temperaturen läuft er mit schwarzem T-Shirt, Shorts und barfuß in hölzernen Klocks durch die Straße. Die Haare sitzen feinsäuberlich zurückgekämmt am Kopf und mit holperndem Gang geht er fröhlich über die breiten Steinplatten.

Der andere Mann ist ungefähr gleich alt, doch er geht gebückt mit gesenktem Haupt. Auf der Stirn prangt ein großes weißes Pflaster, bei dem ein kleiner roter Fleck in der Mitte durchschimmert. Auf seiner Nase und in seinem hellen Schnurrbart sind deutliche Spuren von getrocknetem Blut. Er geht mit langsamen, unsicheren Schritten, selbst nicht sicher darüber, was ihm nun bevorsteht. Hinter den Beiden steigt noch immer der Rauch von dem silbernen Transporter auf, dessen Fahrerkabine komplett ausgebrannt ist.

Gelegentlich halten sie inne und blicken zurück auf das Fahrzeug, das noch immer leicht erhöht auf dem umgeknickten Ortsschild steht.

«So, mien Jung. Weiter geht's», fordert Gerd.

Ruud van der Boek dreht sich mit einem tiefen Schnaufen von seinem Lieferwagen ab und lässt sich von Gerd weiter die Straße entlang drücken.

Sie kommen an einem Haus an, das gemütlich erscheint. Die festliche Dekoration vom Vortag hängt überall im Garten und lässt ihn ungepflegter erscheinen, als es der Hausherrin recht ist.

In der Haustür werden sie von der blonden Dame mittleren Alters erwartet, die mit strengem Blick auf ihren Mann wartet.

«Da ist also der feine Herr. Hat mal wieder Besseres zu tun. Kaum ist ein Unfall in Sicht, rennt er aus dem Haus und muss mal wieder den Helden spielen. Du bist jetzt in Pension, Gerhard. Das können auch mal die anderen machen, die noch dafür bezahlt werden», schimpft sie mit ihm und würdigt seinen Begleiter keines Blickes.

«Dörte, spar dir das Theater für später auf. Das passt jetzt gar nicht. Wir sind im Keller, falls uns jemand suchen sollte», erwidert Gerd und beginnt mit den Augen zu rollen, sobald er Dörte den Rücken zugewandt hat, um die steinerne Kellertreppe hinabzusteigen.

«Ach, darf ich den Herren vielleicht noch ein Käffchen servieren, damit sie sich nett unterhalten können?», fragt Dörte höhnisch mit einer ordentlichen Portion Sarkasmus in ihrer Stimme.

«Gute Idee, Dörte. Den könnten wir jetzt beide gut gebrauchen», antwortet Gerd und achtet dabei nicht auf ihr entsetztes Gesicht, das vor Röte zu platzen droht.

Gerd Sehling und Ruud van der Boek gehen in den Keller, wo Ruud auf einem der Hocker am Ausschanktresen Platz nimmt, während Gerd sich hinter den Tresen begibt, die Tasche neben sich auf den Boden legt und zwei Schnapsgläser auf den Tisch stellt.

«Nu gibt es erst einmal 'ne Marille und dann vertellst du mir mal, wie du in dieses Schlamassel geraten bist. Und dann schnacken wir darüber, wie du deinen Kopp da vielleicht noch einmal rausbekommen könntest. Aber erzähl' mir keinen Schiet, dann werd' ich böse», fordert Gerd ihn auf, gießt beide Gläser randvoll und kippt die erste Marille in seinen Rachen, die brennend seine Speiseröhre hinab läuft.

Ruud van der Boek tut es ihm gleich. Er trinkt allerdings bereits bevor er etwas sagt und Gerd gießt ihm gleich den nächsten Marillenschnaps ins Glas, während Ruud van der Boek noch sein Gesicht verzieht von dem alkoholischen Nachgeschmack.

Er führt das Schnapsglas erneut zum Mund und kippt seinen Inhalt hinein. Mit einem leichten Knallen stellt er das Glas direkt wieder auf dem Tresen ab. Gerd füllt das Glas wieder auf und Ruud schaut ihm dabei direkt ins Gesicht und mustert ihn.

«Ich bin am Arsch. Mein ganzes Leben ist am Arsch», fängt er an. Gerd schweigt einfach, blickt kurz zu ihm auf, schaut ihm in die Augen und beginnt ihm zustimmend zuzunicken.

«Ich habe einen Fehler gemacht, aus dem ich einfach nicht mehr rauskomme. Ich weiß nicht, was ich machen soll.» Ruud schaut zu Gerd. «Die warten auf mich. Wenn ich da nicht auftauche, dann hab' ich ein Problem. Die wissen, wo ich wohne, wo meine Familie wohnt. Die sind gefährlich, verstehst Du?»

«Jo», stimmt Gerd ein und schweigt wieder.

«Ich will mit der Scheiße eigentlich nichts zu tun haben. Ich fahre nur, sonst nichts. Ich bin kein Händler oder so», ergänzt er.

«Jo.» Gerd schaut ihn eindringlich an, stößt gegen das Glas und kippt den nächsten Schnaps hinunter. Ruud van der Boek tut es ihm gleich.

«Ich weiß nicht, wie ich da rauskommen soll. Sieht schlecht aus für mich, oder?», fragt Ruud und blickt abwechselnd zu Gerd und einer Lavalampe, die auf einem Regal hinter ihm stetig ihre Farbe wechselt und gerade rötliche Blasen auf- und absteigen lässt.

«Lass mich mal raten. Du hattest Geldprobleme und dann kamen die Retter in der Not, die dir kurz ausgeholfen haben. Als es dann nicht besser lief, solltest du mit kleinen Gefallen die Schulden abarbeiten, aber leider sind sie nicht kleiner geworden, sondern weiter gewachsen. Egal, wie viele Gefallen du auch erledigt hast. Aber, das gute, schnell verdiente Geld ging auch ebenso schnell wieder durch die Finger, denn die Schulden hättest du ja eh nicht tilgen können. Das hast du schnell kapiert und dann kann man ja auch leben von dem, was man so bekommt», sagt Gerd zu Ruud van der Boek und sieht seiner Mimik an, dass er nicht weit entfernt ist von der Wahrheit mit seiner Geschichte. Mit jedem Satz öffnet sich van der Boeks Mund weiter. Nun sitzt er stumm vor Gerd, der Mund immer noch leicht offenstehend und die Gedanken kreisen ihm offensichtlich durch seinen Kopf.

«So ungefähr stimmt das schon», antwortet er und lässt seinen Kopf schamvoll absinken. «Es fing mit einer Kleinigkeit an. Ich sollte nur einmal von Assen bis Groningen fahren. Das war schnell verdientes Geld, also willigte ich weiteren Fahrten ein. Die wurden aber immer länger. Immerhin wurden sie noch besser bezahlt. Irgendwann fuhr ich nicht mehr nur in den Niederlanden herum, sondern es ging nach Hamburg. Oder zumindest in die Nähe von Hamburg. Ein paar Mal die Woche bin ich gefahren. Ich habe mich daran gewöhnt. Ich wurde gut bezahlt, wurde gut behandelt. Ich hatte auf einmal wieder Zeit für meine Familie, für mich selber. Wir konnten uns wieder etwas leisten, mussten nicht mehr zum Ende des Monats auf jeden Euro achten. Ich fühlte mich zurückversetzt in die guten Zeiten. Ich habe mir gar keine Gedanken mehr darüber gemacht, was ich da fahre. Wie auch. Ich habe es sowieso nicht gesehen. Ich habe den Wagen bekommen, nach Hamburg gefahren, bin was essen gegangen und bekam dann mein Auto wieder zurück. Ich habe nie nachgeschaut, was dort in diesem Laderaum war. Vielleicht habe ich mal geschaut was auf der Ladefläche ist, aber in die Taschen habe ich nicht geschaut. Die sagten immer es würden teure Medikamente sein. Mir war schon klar, dass es was anderes ist, aber mit der Vorstellung konnte ich besser leben. Ich wollte es mehr glauben, als dass ich es wirklich tat.» Ruud van der Boek spricht ununterbrochen. Als würde er seit langem darauf gewartet haben, mit jemandem darüber zu sprechen, was ihm auf dem Herzen liegt. Gerd unterbricht ihn nicht.

Nickt ihm gelegentlich zu und lauscht aufmerksam dessen Worten, die so hervorsprudeln.

«Die Leute waren immer gut zu mir. Sie haben mich nie gezwungen mehr zu fahren, als ich wollte. Sie haben meinen Club gerettet. Nun gut, sie haben ihn umgebaut, aber er lebt noch. Und er blieb in unserer Familie. Mein Sohn hat dadurch eine Perspektive, die er lange nicht gesehen hatte, als es mit dem Club bergab ging», erzählt van der Boek.

«Moment mal», unterbricht Gerd «Dein Sohn steckt mit in der Scheiße?»

«Neeej, mein Sohn ist der Konzessionshalter vom Club und leitender Geschäftsführer der Lounge, zu der sie den Club umgebaut haben. Der Junge macht Karriere, aus dem wird mal was», betont van der Boek voller Stolz.

«Bist du so bescheuert oder glaubst du das wirklich? Die schieben deinen Jungen doch nur vor, um ihr Geld zu waschen. Glaubst du wirklich, dass er der reale Inhaber von der Lounge ist? Du glaubst ja wohl nicht, dass ihr jemals wieder Ansprüche an diesen Laden anmelden könnt. Datt Ding is' durch. Der is' weg. Du kannst froh sein, wenn dein Lütter nicht bereits denselben Scheiß macht wie du», wirft Gerd dem Holländer vor.

Der erhebt ablehnend seine Hände und schüttelt den Kopf. Seine Stirn scheint sich unter dem Pflaster in Falten zu werfen, während seine Mundwinkel nach unten fallen. «Die sind immer ehrlich mit uns umgegangen. Der Laden läuft ganz offiziell auf meinen Jungen. Das war meine Bedingung für den Umbau. Und er verdient auch gut. Er hat sogar einen Firmenwagen von denen bekommen, um den Tabak und die Getränke für die Lounge besorgen zu können. Der hing immer nur auf der Straße und kam nie so richtig in Gang, aber das war genau sein Ding. Der hat endlich einen Sinn in allem gesehen und sich in die Arbeit geschmissen. Ich habe den kaum noch zu Gesicht bekommen, so viel hat der gearbeitet», erklärt van der Boek mit bitterem Ernst in seiner Stimme.

«Und wie oft hast du ihn im Club bei der Arbeit besucht? Was hat dein Sohn denn erzählt, was dort seine Aufgabe ist? Und hat er zufälligerweise so ein ähnliches Auto bekommen wie du es fährst? Ein schönes Schmuggelversteck im Boden, weil man darin noch extra viel Obst zur Dekoration der Cocktails transportieren kann? Glaubst du wirklich, dass dein Jung', der scheinbar nichts auf die Kette bekommt, auf einmal erfolgreicher Gastronom wurde, wie einst der Papa? Oder war da eher der Wunsch Vater des Gedanken? Ich glaub' da hast du dich ordentlich getäuscht. Dein Sohn fährt vielleicht schon genauso wie du. Vielleicht die Touren, die du nicht machen wolltest oder konntest.» Gerd redet sich in Rage. Die Naivität von van der Boek regt ihn auf. Wie kann man seinen Sohn derart gefährden? Bei der Familie hört bei ihm der Spaß auf. Auch van der Boek scheint erste Zweifel an der Richtigkeit seiner Entscheidungen zu bekommen. Er kippt den vor ihm stehenden Marillenschnaps in einem Zug hinunter und stellt das Glas auffordernd vor die Flasche, die Gerd noch immer umgriffen hält. Gerd füllt ihm noch ein Glas ein, was van der Boek ebenso hinunterkippt. Er stellt das Schnapsglas vor sich auf den Tisch und umgreift es mit seiner Faust so sehr, dass Gerd Sorge hegt, dass es zwischen den Fingern zerbrechen könnte. Die Lippe von van der Boek beginnt zu zittern.

«Diese Schweine! Sie haben mich die ganze Zeit nur ausgenutzt», ruft er mit bebender Stimme. «Aber ich habe mich doch abgesichert. Er hatte kein Versteck in seinem Transporter. Es war auch ein anderes Modell, eine ganz andere Marke. Warum hat er mir denn nichts erzählt? Das darf doch nicht wahr sein. Aber ohne

Versteck ist das doch viel zu gefährlich. Das Risiko ist viel zu groß in einer Kontrolle erwischt zu werden. So blöd kann der nicht sein.» Van der Boek klopft leicht mit dem Glas auf den Tresen. Seine Lippen wölben sich nach innen, während seine Augen hin und her fahren. Tränen steigen ihm in die Augen, die noch immer wild umherblicken. Er versucht jedes Blinzeln zu unterdrücken, das die Tränen aus seinen Augen schlagen könnte. Er ballt beide Fäuste und schlägt mit ihnen immer wieder auf das lackierte Holz vom Schanktresen. Mit jedem Mal wird der Aufschlag schwächer und dumpfer. Er beginnt an Fäusten und Armen zu zittern. Der ganze Körper vibriert und mit einem lauten Aufschluchzen wirft er sich zu Gerd in den Arm, der inzwischen um den Tresen herumgekommen war und beginnt bitterlich zu weinen.

25

Die Stadtteilschule von Steilshoop ist kein Ort für Kinder von Traurigkeit. In einer idyllischen Lage am Bramfelder See mit großen Sportanlagen sind gute Voraussetzungen gesetzt worden, um Bildung zu vermitteln. Der tägliche Kampf der Lehrer um die Aufmerksamkeit der Schüler ist ermüdend und ernüchternd zugleich. Das Erlangen einer möglichst großen Bildung hat hier nur eine nachgeordnete Bedeutung. Der Umgangston auf dem Schulhof ist rau, gerade für diejenigen, die sich an die Regeln halten und lernen wollen. Mobbing ist Alltag, Image ist alles. Die große Turnhalle am Eingang der Schule ist komplett eingefasst von Graffitis der verschiedenen Straßenbanden und ihren Anhängern.

Der dumpfe Gong zur großen Pause ist noch nicht ertönt, aber dennoch sitzen bereits diverse Schüler auf dem Schulhof auf den Lehnen der Bänke mit ihren Schuhen auf den Sitzflächen.

Sie sitzen beieinander und chillen, während der eigentliche Unterricht in den Klassenräumen läuft. Eigentlich sollen sie eigenverantwortlich im Freien ihre Hefte bearbeiten, Blätter abmalen oder ihre Hände auf DINA4-Blättern skizzieren, doch die Klemmbretter liegen schon lange nicht mehr auf ihren Knien. Dort liegen höchstens kleine Päckchen mit Tabak und Dosen oder Gripbeutel mit Marihuana oder Haschisch, um den ersten Joint des Tages zu bauen, der dann in der Runde kreisen soll. Irgendwie muss man ja den Deutschunterricht über Bücher oder den Matheunterricht über Zahlen erträglich gestalten.

Ohne eine Pausenaufsicht, eine pädagogische Lehrkraft, einem Sozialpädagogen, die während der Stunde die Jugendlichen bei ihrem Vorankommen begleiten und unterstützen, wird hier das gemacht, was eigentlich immer gemacht wird. Die Jugendlichen chillen ihr Leben und lassen sich dabei von Naturprodukten und deren Wirkung unterstützen.

Sie ziehen sich die dunklen Kapuzen über ihre für acht Euro rasierten Haarinseln, hören laute Rap-Musik über die Lautsprecher ihrer Handys und diskutieren über Belanglosigkeiten, wie es jede Generation in diesem Alter bislang tat.

Es ist kurz vor der großen Pause. Die Kinder und Jugendlichen rauchen ihren zwischenzeitlich fertig gebauten Joint, beginnen nasal zu reden und auf die Wirkung ihres Gemischs zu warten. Der Geruch von frisch verrauchtem Marihuana zieht über den Schulhof, so wie jeden Tag, jede Pause. Ein Gegenankommen ist hier aufgegeben worden. Man muss diejenigen durch Aufklärung pädagogisch davon abhalten, die noch nicht täglich konsumieren. Die Probleme in diesem Stadtteil sitzen zu tief, als dass es die Schule lösen könnte.

Die beieinandersitzenden Schüler blicken auf, als ein kleiner, hagerer Südländer auf den Schulhof schreitet. Er trägt ein Cap und darüber hat er eine schwarze Kapuze gezogen. Über dem schwarzen Kapuzenpulli trägt er eine olivgrüne Bomberjacke. Die eng geschnittene Trainingshose schlackert im leichten Wind an seinen Beinen und ist in weiße Sportsocken gesteckt. Die hellen Sneakers stechen hervor und scheinen gerade vor kurzem gekauft worden zu sein.

Er kommt direkt auf die Gruppe zu. Um den Oberkörper hat er eine Designerherrenhandtasche gebunden, die er vor dem Bauch trägt. Durch seinen breitbeinigen Gang wirkt er noch zerbrechlicher, aber er strahlt die Überzeugung aus, dass er jeden hier bezwingen könnte. In seiner Trainingshose zeichnet sich ein länglicher, schmaler Gegenstand ab. Jeder der Schüler weiß, dass es sich um ein Einhandmesser handelt. Immer, wenn es Streitigkeiten über Geld gibt, zieht Memo es schnell aus der Hosentasche und klappt es mit seinem Daumen am Dorn auf der Klinge aus, bis diese fest einrastet.

Sie wissen, dass er es auch schon bei einem Streit um einhundert Euro eingesetzt hatte, als er selber noch Schüler an der Stadtteilschule war. Das ist jetzt schon drei Jahre her, dennoch besucht er die Schule täglich zur Pause, denn hier kauft man nur bei ihm. Solange sich jeder an dieses ungeschriebene Gesetz hält, wird er sich auch ruhig verhalten und es gibt keine Probleme.

Einzelne Schüler der Runde gehen auf ihn zu, Memo greift in seine Herrenhandtasche und begrüßt sie mit einschlagenden Händen. Sie geben ihm mit der freien Hand möglichst verdeckt einen zusammengefalteten zwanzig Euro-Schein und stecken im Anschluss die eingeschlagene Hand möglichst unauffällig in die Hosen- oder Jackentasche.

Die Glocke zur Pause ertönt drei Mal mit steigenden Tönen. Aus den Gängen der Schulgebäude strömen die Jugendlichen auf die Freiflächen der Schule. Vereinzelt kommen weitere Schüler auf Memo zu und das zuvor beobachtete Begrüßungsritual wiederholt sich.

Auf dem Hof steigert sich noch einmal der Geruch von Marihuana und Schüler stehen mit glasigen Augen beieinander und erfreuen sich über die Sprüche der Klassenkameraden.

Noch bevor die erste Pausenaufsicht den Schulhof betritt, verlässt Memo wieder das Schulgelände und geht schnellen Schrittes zurück zu seiner Adresse im Gropiusring. Dort wird er jetzt erst einmal die neue Playstation starten und Fußball zocken. Kurz vor der zweiten großen Pause geht er dann wieder hinab zu seinem Arbeitsplatz. Wie er es jeden Montag bis Freitag in den Morgenstunden macht, bis endlich das Wochenende kommt und er nicht mehr zur Schule gehen muss und ausschlafen kann.

Zu Hause angekommen nimmt er die Pizzapackungen vom Couchtisch, wirft das Besteck in die weiterhin gut gefüllte Spüle zu dem übrigen Geschirr und schmeißt die Kartons in die Abstellkammer. Er blickt zufrieden über das Ergebnis seiner Aufräumaktion und stolziert nickend und in seinem Gang wippend durch den Raum. Hierbei startet er die Playstation und greift sich seinen Controller mit dem er sich auf die Couch setzt.

Aus seiner Hosentasche entnimmt Memo das eben entgegengenommene Bargeld und zählt es durch. Es sind 420 Euro in Zwanzigern und Fünfzigern. Bis zum heutigen Nachmittag sollte er das fehlende Geld zusammen haben. Steven wird sich nicht weiter beschweren können. Zufrieden lehnt sich Memo zurück, zündet sich einen am Morgen noch nicht aufgerauchten Joint an und startet das Spiel.

26

Direkt am Tresen in einem Partykeller in Dalldorf kurz vor Hamburg hängt ein weinender Holländer mit einem großen, weißen Pflaster auf der Stirn um den Hals eines frisch ernannten Pensionärs, der gestern noch Mitglied der Rauschgiftfahndung war und sich mit einer sausenden Feier aus dem Beamtentum verabschiedet hatte.

Das laute Wimmern und Schluchzen von Ruud van der Boek nimmt langsam ab und die Tränen, vom getrockneten Blut auf den Wangen rosa gefärbt, fallen nur noch selten auf das dunkle "Ich war Bulle"-T-Shirt von Gerd, das er von seinem Büropartner auf der Feier als kleinen Scherz geschenkt bekommen hatte.

Neben ihnen auf dem Boden steht noch immer eine dunkle Sporttasche, die mit den Städten New York, London und Tokyo beschrieben ist. Sie ist schwer und leicht gefüllt, jedoch bislang noch nicht geöffnet worden.

Gerd greift den schniefenden Holländer an seinen Schultern und schiebt ihn langsam von sich weg. Dabei tätschelt er ihm immer wieder aufmunternd gegen die Arme und nickt ihm bestätigend zu.

«So mien Jung, nu' tun wir mal Butter bei die Fische und gucken mal in das Geschenk, dass du uns hierher mitgebracht hast. Setz' dich mal lieber auf den Hocker. Ich mach das schon», sagt er zu

Ruud und während der seiner Aufforderung ohne Widerworte Folge leistet, zieht Gerd langsam den Reißverschluss der Tasche auf.

Er schiebt die dünnen Stoffwände langsam auseinander und begutachtet den Inhalt der Tasche. Seine Augen beginnen zu leuchten, er bläst seine Wangen auf und spitzt die Lippen. Ein bestaunendes Pfeifen ertönt aus seinem Mund und er schaut zu dem geknickten Holländer, der wie ein Pfannkuchen auf seinem Hocker zusammengesunken sitzt.

«Ui, ui, ui, da hast du aber mal richtig ins Klo gegriffen, mein Freund. Da wird jemand ganz schön sauer sein, wenn das nicht bei ihm ankommt.» Langsam und sorgfältig verschließt Gerd wieder den Reißverschluss der Tasche und schiebt sie unter den Tresen.

«Aber nun erzähl' mir doch mal bitte, was du in Dalldorf damit anstellen möchtest. Ich glaub' nicht, dass du das hier an jemanden loswerden würdest. Ich kenn' hier nämlich jeden und jeder weiß, dass ich das hier nicht akzeptieren würde», sagt Gerd mit strengem Ton.

«Hör bloß auf, ist alles scheiße gelaufen heute», bedauert Ruud van der Boek, während er sich von seinem Hocker erhebt und sein Glas noch einmal bis zum Rand mit Marillenschnaps befüllt.

«Ich wäre hier normalerweise nie lang gekommen. Ich würde hier auch nie durchfahren. Aber wegen dem Sturm musste ich einen Umweg fahren. Die ganze A1 war gesperrt, also bin ich auf die A39 gefahren in Richtung Lüneburg und wollte dann über Geesthacht und Schwarzenbek auf die A24 und von dort aus zu meinem Ziel kommen. Und dann kam es wie es kommen musste. Die richtige Ausfahrt war gesperrt wegen Bauarbeiten. Also schaute ich auf meine Straßenkarte für Norddeutschland und blätterte hin und her und dachte mir, dass der Weg über Lauenburg auch nicht schlechter sein kann. Ich fuhr immer weiter bis ich endlich auf der richtigen Landstraße war. Ich wusste, dass ich über die Elbe muss und dann rechts abbiegen und immer geradeaus. Das habe ich dann auch getan und endete auf einer dunklen kleinen Landstraße, die einfach nicht enden wollte. Ich kam langsam auch in Zeitdruck. Ich hatte schließlich einen Termin und war überfällig. Ich kriege Ärger, wenn ich nicht pünktlich komme. Verlässlichkeit ist meine größte Stärke. Die Leute verlassen sich da auf mich. Die können an unserem Treffpunkt auch nicht ewig warten. Das fällt auf. Das gefährdet alles, auch mich und meine Arbeit. Das ist unnötiges Risiko. Aber ich habe halt kein Navi. Das will ich nicht haben. Dann würde man ja sehen, wo ich hinfahren will. Viel zu gefährlich. Das geht nicht. Und dann kam halt diese Straßensperre und auf jeden Fall fuhr ich dann diese Landstraße immer weiter und weiter. Da wurde ich langsam nervös und blätterte in der Landkarte. Eigentlich wusste ich schon gar nicht mehr wo ich war und dachte mir nur, dass die Richtung nach Norden eigentlich stimmen müsste. Irgendwie wurde ich dann aber doch wieder unsicher und wollte einfach wissen, wo ich bin. Ich muss denen doch schreiben, wann ich komme. Ich hatte ja keine Ahnung, was ich denen schreiben sollte. Die schrieben mir immer wieder, wo ich bleibe und was das alles soll. Warum ich nicht komme, ihnen nicht antworte. Da dachte ich mir, dass ich in das nächstbeste Dorf fahre und das erst einmal auf der Karte suche», erklärt Ruud van der Boek mit Verzweiflung in der Stimme, während Gerd immer wieder bestätigend brummt und nickt.

«Und dann dachtest du dir, ach da ist ja das Dorf, das Schild da, das ist meins, das schnapp ich mir», scherzt Gerd und beginnt aufgesetzt grimmig zu schauen, während er dem irritiert aufblickenden Holländer mit dem rechten Auge zuzwinkert.

«Natürlich nicht. Ich habe das Dorfschild gesehen und versucht zu entziffern, mir die Landkarte geschnappt und wollte das Inhaltsverzeichnis aufschlagen. Dabei fiel das Ringbuch zu Boden, ich griff danach und dabei muss ich irgendwie dieses blöde Lenkrad verrissen haben. Aus. Alles dunkel. Als nächstes kann ich mich nur noch daran erinnern, dass du mich von draußen angepöbelt hast», ergänzt van der Boek.

«Du könntest ruhig mal danke sagen», erwidert Gerd.

«Danke!», sagt van der Boek, trinkt sein Glas mit einem Schluck aus und stellt es auf den Tisch.

«Das ist doch schon mal 'n Anfang.» Gerd setzt sich neben van der Boek seitlich auf den Hocker und wendet sich ihm zu, wobei er sich mit dem rechten Ellenbogen auf dem Tresen abstützt. «Und wo sollte die Reise nun hingehen? Wer wäre denn der Glückliche gewesen?»

«Das kann ich gar nicht so genau sagen. Außerdem was kriege ich denn dafür, wenn ich das alles erzähle? Ich muss auch leben», antwortet der mutiger werdende Holländer.

«Du kannst froh sein, dass ich dir keine reingehauen hab' dafür, dass du mit der Tasche in mein Dorf gekommen bist», erwidert Gerd mit einschüchterndem Blick, bei dem sich eine tiefe Falte zwischen seinen dunklen Augenbrauen bildet. «Ich helf' dir gerade aus der Scheiße und du Frisör willst hier jetzt aufmucken oder was? Du würdest jetzt als Brikett in deinem Auto hocken, wenn ich nicht gewesen wäre. Da oben liegen drei Rauschgiftfahnder in meinem Gästezimmer, die kann ich gerne runterholen, wenn du dich lieber mit denen unterhalten willst.»

Der aufkeimende Mut des Holländers entweicht gleich wieder und er hebt beschwichtigend die Hände. «Alles gut, mein Freund. Ich wollte dich nicht verärgern. Ich habe nur Sorgen um meine Familie, wenn ich alles erzähle.»

«Nun lass uns mal einen Schritt nach dem anderen gehen. Jetzt schnappen wir uns erst einmal die verantwortlichen Jungs und dann kümmern wir uns um deine Familie», erklärt Gerd. «Also noch einmal: Wo sollte die Tasche hin? Du hast selber gesagt, dass die Zeit rennt. Wir müssen uns beeilen, wenn wir die noch kriegen wollen.»

«Ich wäre in Stapelfeld abgefahren. Dort muss ich immer runterfahren. Dann fahre ich die Landstraße entlang und halte bei einem Fastfoodladen auf dem Parkplatz. Dort trinke ich dann einen Kaffee und lasse den Schlüssel in der Zündung in meinem Transporter stecken. Ich sehe immer nur, dass jemand mit meinem Transporter wegfährt. Direkt in das Industriegebiet dahinter. Ich muss meinen Wagen immer so parken, dass ich ihn vom Laden aus nicht richtig sehen kann. Keine Ahnung, wer das Ding dann fährt. Der ist dann vielleicht zehn Minuten weg und stellt den dann wieder auf dem Parkplatz ab. Mehr mache ich nicht. Ich fasse nichts an, ich nehme kein Geld entgegen. Wie gesagt. Ich bin nur der Fahrer, der von Holland hierherfährt. Ich sage meinem Kontakt immer per SMS Bescheid, wann ich ankomme. Mehr weiß ich nicht. Von den Leuten hier kenne ich niemanden», erklärt van der Boek weiter und hält kurz inne.

«Gib mal das Handy her», fordert Gerd auf und streckt seine Hand aus.

«Welches Handy?», fragt van der Boek.

«Na, das Ding mit dem du deinen Hintermann anschreibst.»

«Geht nicht.»

«Wieso geht das nicht?»

«Geht nicht mehr.»

«Fängst Du jetzt schon wieder an?», fragt Gerd ärgerlich.

«Nein. Das liegt in meiner Ablage im Auto. Ich glaube nicht, dass davon noch etwas übrig ist.»

«Wie ist denn die Nummer von dem Kontakt?»

«Keine Ahnung. Ich kriege ab und an ein neues Telefon von ihm und da ist er immer unter Aaa eingespeichert», sagt van der Boek.

«Sehr originell», antwortet Gerd mit den Zähnen knirschend. «Also können wir jetzt keinen Kontakt aufnehmen?»

«Keine Chance.»

«Dann fahren wir beiden Hübschen jetzt mal nach Stapelfeld und schauen, ob dir vor Ort nicht doch noch etwas einfällt», sagt Gerd und erhebt sich von seinem Hocker.

«Aber,...», beginnt van der Boek, doch wird er sogleich von Gerd unterbrochen.

«Nichts aber. Wir fahren da jetzt hin und du bleibst schön bei mir. Dann passiert dir auch nichts. Und nun steh auf, wir tun jetzt was für dein Karma.»

Widerwillig steht van der Boek von seinem Hocker auf und folgt Gerd die Steintreppe hinauf in das Erdgeschoss des Hauses, wo Dörte ihnen mit zwei Tassen Kaffee entgegenkommt.

«Watt ist denn nun mit dem Kaffee, Gerhard? Wo willst du denn jetzt schon wieder hin?», fragt sie Gerd, der am Schlüsselbrett nach einem Autoschlüssel greift.

«Wir müssen was nachgucken, Dörte», antwortet er kurz und knapp.

«Und was ist mit dem Garten und dem ganzen Geschirr? Die anderen Jungs wollen nachher das Geschirr für das morgige Fest von der freiwilligen Feuerwehr abholen. Auch die ganzen Bierbänke und Tische. Das muss alles noch sauber gemacht werden.»

«Dörte, ich hab' jetzt keine Zeit zu diskutieren. Das ist jetzt wichtig.»

«Das ist wohl nicht dein Ernst, oder? Soll ich das alles alleine machen?», fragt Dörte ärgerlich.

«Gute Idee, danke Dörte», erwidert Gerd und geht in Richtung Haustür. Ruud van der Boek folgt ihm wortlos mit gesenktem Kopf und schaut lieber nicht zu der wütenden Ehefrau auf.

«Willst Du mich jetzt veräppeln?» Ihr Kopf gleicht langsam einer italienischen Tomate. «Und was ist mit deinen Kollegen, die noch in unserem Gästezimmer liegen? Die wollen frühstücken. Willst Du die jetzt alleine lassen?»

«Du bist doch da, Dörte. Dein Rührei ist auch ganz gut und wenn sie meckern, dann schick sie einfach in den Keller. Unter dem Tresen steht eine Tasche, da können sie gerne mal reinschauen. Den Rest erklär' ich später. Wir müssen jetzt wirklich los», antwortet Gerd und verlässt mit dem Holländer das Haus, dessen Tür er hinter sich gleich wieder schließt, ohne noch einmal zurückzublicken.

27

Im Polizeipräsidium in Alsterdorf brennt in immer mehr Räumen das Licht. Die Mitarbeiter des Rauschgiftdezernats haben sich nach und nach eingefunden, um sich wieder ihrer Arbeit zu widmen.

Die Stimmung ist ruhiger als gewohnt. Es fehlt diese grummelige, sonore Stimme, die gerne auch mal jemanden anpflaumt ohne dabei bösartig zu werden. Ein Herzstück der Kollegen ist nicht mehr unter ihnen und befindet sich nun in der wohlverdienten arbeitsfreien Zeit. Alle Anwesenden spüren, dass die Hierarchie sich nun neu finden muss, um den Verlust auszugleichen.

Einen neuen Mitarbeiter wird es die nächsten Monate sowieso nicht geben als Ersatz. Dafür muss erst einmal gekämpft werden. Der Chef muss seinen Anspruch immer wieder gegenüber der Abteilungsleitung deutlich machen und hoffen, dass er irgendwann erhört wird. Auch wenn die Arbeit der Rauschgiftfahndung praktisch unerschöpflich ist.

Auch Tim Dombrowski ist in seinem Zimmer und noch immer am Telefon. Er telefoniert mit Staatsanwalt Schmidt, dem er den aktuellen Sachstand des Verfahrens erklärt, um am Ende seine Wünsche an ihn heranzutragen.

Er hat seinen Anti-Stressball in der Hand und knetet diesen kräftig, während er den Nachfragen des Staatsanwalts Rede und Antwort steht, bis der letztendlich alles verstanden hat, was bislang vorgefallen ist.

«Ja, genau. Und ungefähr eine halbe Stunde nachdem wir den van der Boek festgenommen hatten, begann diese Rufnummer auf dem Mobiltelefon des van der Boek aufzulaufen.» Dombrowski schaut aus dem Fenster über die Gebäude hinweg in Richtung Stadtpark. Von seinem Büro aus kann man die Baumwipfel der höchsten Bäume erkennen, die sich noch immer im leichten Wind hin und her bewegen. Die Wolken am Himmel reißen immer weiter auseinander und lassen einen hellblauen Himmel zum Vorschein kommen.

«Ja, klar. Wir möchten diese Rufnummer gerne überwachen. Nur dann können wir rauskriegen, wer die Kontaktperson ist, die versucht ihn zu erreichen. Wenn wir die Rufnummer nicht zeitnah aufschalten, dann können wir davon ausgehen, dass der Hintermann die Rufnummer wegwirft und dann werden wir ihn nicht identifizieren können.»

Während Dombrowski den folgenden Worten des Staatsanwalts lauscht, ziehen sich seine Augenbrauen immer weiter zusammen und bilden eine tiefe Furche zwischen sich. Die Mundwinkel gehen dabei merklich nach unten.

«Nein, das ist unmöglich. Die Kollegen sind noch im Einsatz und ziehen gerade zur nächsten Observation. Bis die alles zu Papier gebracht haben, würden noch Stunden vergehen. Stunden die wir jetzt nicht haben.» Dombrowski hält inne und führt fort «Ja, es wäre gut, wenn sie dem Richter den Sachverhalt mündlich vortragen. Genau. Ich warte auf ihre Antwort, hier sind wir soweit bereit. Ich maile ihnen die Daten zu. Tschüß, bis gleich.» Dombrowski legt den Hörer auf und lehnt sich zurück. Otto steht wieder in seinem Türrahmen und starrt ihn an. Er atmet lautstark ein und aus, trinkt einen Schluck aus seinem Kaffeebecher und blickt Dombrowski entgegen. «Will Schmidtchen mal wieder nicht arbeiten?», fragt er neugierig mit einem verschmitzten Grinsen.

Dombrowski öffnet sein Fenster auf Kipp, um ein wenig Luft in das stickige Büro zu lassen und schaut wieder zu Otto. «Der will halt lieber immer alles schriftlich haben, bevor er tätig wird, aber heute lass' ich ihn damit nicht durchkommen. Wir müssen den anderen aufschalten. So schnell es irgendwie geht. Was macht deiner?»

«Meiner ist erst einmal nach Hause gefahren. Keine Ahnung was das eben sollte, aber die Truppen ziehen jetzt bei ihm zu Hause auf. Da müssen wir jetzt einen Moment warten und dann wird es interessant. Er hat noch einen Abnehmer angeschrieben, dass es bald losgeht. Der kommt aus Lübeck hierher. Da kann es nicht um Kleinkram gehen. Also muss eine Lieferung anstehen. Der Lübecker soll um halb zwei kommen. So viel Zeit bleibt also nicht mehr. Er hat entweder schon aus Steilshoop geholt oder er sammelte dort auch Geld ein, wie er es von den anderen Kontakten einfordert», folgert Otto und zieht dabei die Augenbrauen hoch, so dass sich seine Stirn in leichte Falten wirft. Er nimmt einen weiteren großen Schluck Kaffee.

«Ich drück' dir die Daumen. Gib Gas. Ich brauche sie vielleicht nachher zurück, wenn ich den Beschluss für die Nummer vom Hintermann bekommen habe und die Rufnummer höre.» Dombrowski blickt auf seinen Bildschirm, liest den Betreff einer eintreffenden, scheinbar unwichtigen Email kurz durch und führt fort. «Wir müssen auf jeden Fall den Typen identifizieren, so lange er die Rufnummer noch nutzt. Bislang scheint er von der Kontrolle ja noch nichts mitbekommen zu haben», schätzt Dombrowski und reibt sich im Anschluss kräftig das Gesicht. Sein Telefon klingelt und er blickt sofort auf sein Display. Er greift nach dem Hörer und hält ihn an sein Ohr, dreht sich auf dem Stuhl und schaut aus dem Fenster.

«Hallo Herr Schmidt, ich hoffe Sie haben gute Nachrichten für mich», beginnt er sogleich das Gespräch, als die Sprechmuschel vor seinem Mund platziert ist.

«Super. Ja, wir sind bereit. Schicken Sie es einfach rüber. Vielen Dank. Wir werden berichten. Ja, tschüss!» Dombrowski legt den Hörer auf und wendet sich wieder Otto zu. «Schmidt ordnet selber auf Gefahr im Verzuge an, der Richter will wieder nicht ohne

Schriftlage, aber ich kriege die Verfügung gleich. Man darf gespannt sein, wo der Kerl gerade steckt.»

«Dann warte doch kurz ab, wo der ist, bevor Fred und seine Leute schon bei mir sind. Der Abnehmer kommt ja erst um halb zwei», bietet Otto seinem Kollegen an.

«Nee, Du musst auch deine Lieferung mitkriegen. Nimm die Kräfte. Ich warte erst einmal ab, wo der steckt und dann schauen wir weiter. Zur Not teilen wir die Truppe oder ich finde andere Kräfte. Ein paar Kollegen sind ja langsam in den Dienst gekommen.»

Dombrowski nimmt den Hörer ab und ruft Ole an, der langsam in Bockel eingetroffen sein dürfte. Als Ole den Hörer abnimmt ertönt im Hintergrund noch das Martinshorn, das ihnen offenbar noch den Weg durch den Verkehr der A1 bahnt.

«Ja, Ole hier. Was gibt's?»

«Wo seid ihr? Wie lange braucht ihr noch?», fragt Dombrowski.

«Wir sind gleich da. Noch gute fünf Kilometer, dann können wir abfahren. Gibt es was Neues bei Dir? Noch irgendwelche Wünsche?», fragt Ole.

«Ja. Ich schicke Dir gerade eine Rufnummer per Kurznachricht. Gleicht die bitte mal mit den Kontakten von dem Kurierfahrer ab. Außerdem hätte ich gerne mal die kompletten Personalien von dem Kerl. Bislang habe ich nur den Nachnamen. Ich wollte Pascho und Jayjay jetzt auch nicht nerven. Der Holländer wird derzeit immer von einer niederländischen Rufnummer kontaktiert. Wir schalten die gleich auf. Schmidtchen schickt die entsprechende Verfügung. Könnte also sein, dass ihr ein wenig die Augen aufhalten müsst. Nehmt auf jeden Fall die Kennzeichen ab, bevor der Transporter abgeschleppt wird. Nicht, dass der den sieht und kennt und dann bereits Bescheid weiß. Normalerweise sind die

Hinterleute ja schon im näheren Umfeld der Kurierfahrer unterwegs», erklärt Dombrowski.

«Okay. Verstanden. Dann melde dich, wenn du mehr weißt. Wir fahren jetzt gerade ab. Wir melden uns, wenn wir auf dem Weg zurück sind. Ciao.»

«Ja, tschüss», ruft Dombrowski dem auflegenden Ole hinterher, ohne wirklich zu wissen, ob der die Verabschiedung noch gehört hat.

«Dann bleibt uns beiden Hübschen wohl nichts anderes übrig, als erst einmal abzuwarten und Kakao zu trinken.»

«Kaffee heißt das», korrigiert Otto und trinkt seinen Becher mit einem letzten großen Schluck aus.

28

Am Fenster des Fastfood-Restaurants an der Sieker Landstraße sitzt Faruk abwartend. Er kann warten. Langsam schiebt er sich einen inzwischen völlig kalten Pommes in den Mund und beginnt diesen zwischen seinen Backenzähnen zu zerkauen. Eigentlich ist er satt, aber er hat sonst nichts Weiteres zu tun, was ihm jetzt hilfreich erscheint. Es bleibt ihm nichts anderes übrig, als auf den Fahrer zu warten, der eigentlich immer überpünktlich das Restaurant betritt, nachdem er seinen Transporter abgestellt hat und den Schlüssel im Zündschloss stecken ließ. Faruk ist auch ein wenig froh, dass er mit seinem Essen fertig wurde, bevor der hier eintraf und sein Frühstück somit abrupt zum Ende gebracht hätte.

Die durchwachte Nacht hat ihn Kräfte gekostet. Immer wieder werden seine Augen kleiner und müder, so dass sie ihm beinahe zufallen. Kurz bevor sie sich vollends verschließen reißt er sie wieder auf und blickt durch den Laden und aus dem Fenster. Von seinem Platz aus hat er einen guten Blick auf einen Teil des Parkplatzes und auf die Zufahrt. Er muss wachsam bleiben, er darf den Wagen nicht verpassen. Der Fahrer soll ihn nicht zu Gesicht bekommen. Das ist im Sinne aller Beteiligten. Faruk will nicht in Erinnerung bleiben und er will sich auch nicht in der Not sehen, dem verlässlichen Typen die Erinnerung nehmen zu müssen.

Sobald der Transporter kommt, wird er sich zurückziehen und warten bis der Fahrer den Laden betritt. Dann holt er sich den Wagen und fährt mit ihm zu seiner Werkstatt, um die Ladung in ihren Bunker zu tragen. Etliche Male lief es bislang reibungslos und jeder hält sich an seine Spielregeln.

Faruk greift nach seinem Colabecher und saugt kräftig an dem Strohhalm. Das geschmolzene Eiswasser mit einem Hauch von Cola-Geschmack erfrischt nur noch wenig den müden Gaumen.

Das Handy von Faruk brummt einmal in seiner Hosentasche. Er streicht sich über den Bart, zwirbelt ihn an der Spitze zusammen und gleitet mit den Fingern durch die langen Haare nach hinten, bevor er mit der linken Hand sein Telefon aus der Hosentasche holt.

Er blickt auf das Display und liest die Nachricht von Cemal. *"Fütter zu Hause erst einmal die Hasen. Wir kommen erst später"* steht dort geschrieben.

Faruk mag diese komischen Sätze von Cemal nicht. Jedes Mal muss er über diese nervigen Sätze nachdenken, um sie zu verstehen. Wofür haben sie denn ihre teuren verschlüsselten Handys, wenn er dann nicht einfach direkt schreiben kann, was Faruk machen soll.

Er bestätigt die Nachricht mit einem Daumen nach oben, steckt das Handy in seine Herrenhandtasche, die er wie immer vor seinem Bauch trägt und steht auf. Bevor er den Tisch verlässt, schaut er noch einmal aus dem Fenster, ob der Transporter nicht doch gerade in diesem Moment auf den Parkplatz fährt, was jedoch nicht der Fall ist. Sein Tablett mit Verpackungen und Essensresten lässt er an seinem Tisch stehen. Er ist ja nicht zum Aufräumen hergekommen, sondern um zu essen.

Er geht aus dem Fastfoodladen hinaus und über den Parkplatz direkt auf den Gehweg. Mehrfach bleibt er stehen und schaut sich um. Es sind jedoch keine Fahrzeuge in Sicht, die er nicht kennt oder die hier nicht immer stehen. In keinem Auto sitzt jemand und schaut auf ihn. Er steht verloren und alleine im Industriegebiet direkt vor Hamburg. Auch in dem Autogeschäft für Luxuswagen kommt erst langsam Betrieb auf. Erste Verkäufer gehen durch die Räumlichkeiten. Kunden sind noch nicht zu erblicken.

Faruk geht die Straße entlang. Bleibt erneut stehen und zündet sich eine Zigarette an, die er an der Straße stehend komplett aufraucht. Er blickt auf die Straße. Mal fährt ein Laster an ihm vorbei oder ein Handwerkerfahrzeug. Alle gehören hierher. So wie er. Er hat hier schließlich ebenfalls seine Firma. Er nimmt einen letzten tiefen Zug und schmeißt den Rest der Zigarette glimmend auf die Straße. Faruk dreht sich um und geht direkt auf seine Werkstatt zu. Nach wenigen Metern pustet er den Rauch aus seinen Lungen und atmet die kühle Herbstluft wieder ein.

Mit dem Schlüssel öffnet er die Tür zur Garage, die hinter ihm mit einem lauten Scheppern ins Schloss fällt.

Er stellt das Licht an und mit mehrfachem Flackern springen die Neonröhren an, die ihr gleißendes Licht in den Raum werfen. Faruk geht zum Ende des Raums, wo neben seinem Arbeitstisch noch eine alte Couch steht, die er dort für genau solche Momente wie den jetzigen hingestellt hat. Er legt seine Herrenhandtasche auf den Tisch, entnimmt sein Handy und legt es daneben, nachdem er auf das Display geblickt hat.

Bislang ist keine Nachricht eingegangen. Er stellt seinen Wecker auf halb eins, schaltet die grellen Neonröhren mit dem Lichtschalter aus und legt sich auf die Couch, um endlich mal zur Ruhe zu kommen. Was Besseres als schlafen kann er jetzt eh nicht machen. Wer weiß was heute noch alles passieren wird. Noch bevor er sich weitere Gedanken machen kann, entgleiten ihm die Gesichtszüge und er beginnt lautstark zu schnarchen.

29

Gerd und Ruud van der Boek stehen an der Straße in Dalldorf. Beide öffnen die Türen des italienischen Wohnmobils, das Gerd schon häufig begleitet hat. Gerne tankte er darin zwischen langen Diensten die nötige Energie, um den Anstrengungen der Rauschgiftfahndung gerecht werden zu können. Auch nach der einen oder anderen langen Feier ersparte ihm der treue Wegbegleiter den langen Heimweg und ließ ihn direkt vor Ort am Straßenrand versacken.

«Damit wollen wir wirklich noch fahren?», fragt Ruud van der Boek irritiert, als er das altertümliche Gefährt betrachtet. Die eierfarbene Lackierung mit der einen oder anderen rostigen Stelle lassen den Holländer Zweifel tragen, ob das ungewöhnlich aussehende Wohnmobil den Weg bis Stapelfeld über die Autobahn wirklich noch hinbekommt.

Van der Boek ergreift skeptisch den Griff der Beifahrertür, die sich unter lautem Quietschen öffnen lässt. Ein Mix aus Duftbaum und modriger, feuchter Luft treten ihm entgegen. Wider Willen setzt er sich auf den speckigen Ledersitz und schnallt sich an. Ein wackelnder Elvis steht auf dem Armaturenbrett und beginnt die Hüften zu schwingen, nachdem Gerd seinen Körper auf den Fahrersitz gewuchtet hat.

Gerd steckt seinen Schlüssel ins Zündschloss und dreht ihn sogleich um. Nach kurzem Stottern startet der Motor. Zu Rockmusik aus den 60er-Jahren fährt Gerd in Richtung Autobahn und schaut immer wieder zu seinem holländischen Begleiter, der abwechselnd und leicht ängstlich auf die Armaturen und die Straße vor ihnen blickt. So fahren sie eine Viertelstunde über die Landstraßen in Richtung Norden, die Gerd kennt wie kaum ein anderer. Immer wieder blickt der frische Pensionär zu van der Boek, aber der reagiert nicht, sondern blickt starr auf die Fahrbahn.

«So. Wir beiden haben noch ein bisschen Zeit füreinander zum Quatschen. Was sind das denn für Typen, deine Kontaktleute?», fragt Gerd teils aus Interesse, aber auch, weil er die Stille im Fahrzeug ein wenig auflösen will. Pures Schweigen macht ihn nervös. Gerade wenn ihm so viele Gedanken im Kopf herumschwirren.

«Albaner und ein Holländer. Der macht auch alles für die. Aber das Sagen haben die Albaner», antwortet van der Boek wortkarg. Seine Augen beginnen zu flackern bei dem Gedanken an seine Familie und die aufkommende Bedrohung. Während er hier in einem klappernden italienischen Wohnmobil und mit einem Typen, den er gar nicht richtig kennt, dorthin fährt, wo die größte Bedrohung für ihn selber droht.

Die werden bereits auf ihn warten, ihn zur Rede stellen, wenn sie ihn sehen. Er überlegt sich, wie er argumentieren könnte, was mit seinem Fahrzeug geschehen ist. Warum er ohne die Lieferung erscheint. Aber es fallen ihm nur Ausreden ein, die ihm und seinen Lieben noch größere Probleme bescheren würden.

«Oha. Das ist aber nicht so gut für dich», antwortet Gerd nach kurzer Überlegung. «Da werden wir uns was für dich und deine Familie einfallen lassen müssen. Die werden dich nie mehr in Ruhe lassen. Und deine Familie auch nicht. Da hilft nur Hose runterlassen und auspacken. Dann können wir dich schützen.»

«Ich brauche keinen Schutz. Ich kann auf mich selber aufpassen», erwidert van der Boek trotzig wie ein kleines Kind.

«Schwachsinn!», antwortet Gerd. «Und das weißt du auch. Du hast 'nen riesen Küddel in der Büx und machst dir Sorgen um dich und deine Familie. Das würde jeder von uns tun. Wir sind deine Chance und wir helfen dir. Das versprech' ich, aber dafür musst du jetzt mal ein bisschen überlegen und mitmachen und aufhoren deine Vergangenheit zu bemitleiden.»

Gerd und Ruud van der Boek schauen sich für einen Moment gegenseitig an, bis van der Boek nach kurzer Weile zustimmend zu nicken beginnt.

«Ich werde es versuchen. Vielleicht fällt mir ja etwas ein, wenn wir vor Ort sind.»

Das Brummen des Motors ertönt immer stärker im Fahrzeug und lässt das aufkommende Gespräch ersticken. Gerd fährt auf die Autobahn 24 in Richtung Hamburg und sein Wohnmobil beginnt immer lauter unter der Anstrengung der Geschwindigkeit zu ächzen.

30

In Bockel scheint inzwischen die Sonne in kräftigen Strahlen vom Himmel und wärmt den feuchten Asphalt. In dem Fahrzeug von Pascho und Jayjay ist die Luft stickig geworden, trotz der leicht geöffneten Fenster.

Auf den Parkplatz fährt ein unscheinbarer neuer Kombi vor. In dem Wagen sitzen drei junge Kriminalbeamte und fahren direkt zu dem Fahrzeug von Pascho und Jayjay. Zielstrebig steigen sie aus und gehen auf sie zu. Pascho öffnet die Fahrertür und steigt aus seinem Fahrzeug aus. Er schließt wieder die Tür, so dass ihre Stimmen ausreichend gedämpft werden und van der Boek ihrem Gespräch nicht weiter lauschen kann. Er geht mehrere Schritte auf die Rauschgiftfahnder zu. Sie treffen in der Mitte zwischen ihren Fahrzeugen aufeinander, begrüßen sich förmlich per Handschlag und werfen sich ein lockeres «Moin moin» zu, das von Pascho mit «Mahlzeit!», quittiert wird.

Ole hasst es, wenn ihn jemand so in den frühen Morgenstunden begrüßt, wenn er noch nicht einmal annähernd an ein Mittagessen zu denken wagt und sein freundlicher Gesichtsausdruck wird ein wenig grimmig.

«Wir brauchen das Telefon und die Schlüssel für den Transporter», sagt er ohne Umschweife zu Pascho, der den Schlüssel umgehend aus seiner Jacke zieht und ihm entgegenstreckt. Aus seiner Hosentasche nimmt er ein billiges Tastentelefon und hält auch dieses Ole entgegen.

«Danke», sagt Ole, nimmt beide Gegenstände an sich und geht mit ihnen in Richtung des Fahrzeugs, wo Frank bereits dabei ist die Kennzeichen abzubauen.

«Habt ihr schon die Personalien von dem Fahrer?», fragt Gunnar den hinterher blickenden Pascho, der seine Aufmerksamkeit umgehend Gunnars Frage widmet.

«Logo. Aber bislang schweigt der wie ein Grab. Der sitzt stur im Auto und schaut in die Landschaft. Man könnte fast meinen, dass er gar nicht sprechen kann, aber er denkt nach. Ich glaube, dass ihr ihn knacken könnt. Der ist kein harter Typ.» Pascho blickt sich um und schaut auf den jungen Holländer, der ohne seinen Schnurrbart eher aussehen würde wie ein junger Student. Mit melancholischem Blick schaut er zu ihnen hinüber. Er blinzelt gegen die Sonne, die sich am östlichen Horizont erhebt. Die Sonne wird kurzzeitig von einem vorbeifahrenden Abschlepper verdeckt, der mit gelb blinkendem Warnlicht vor dem Transporter von van der Boek hält.

Pascho schaut wieder zu Ole, der ihm zustimmend zunickt. «Von mir aus könnt ihr dann aufbrechen. Ich kümmere mich um van der Boek. Wir können ihn jetzt in unser Fahrzeug setzen und dann seid ihr wieder frei für weitere Heldentaten. Habt ihr den Transporter schon durchsucht?», fragt Ole abschließend.

«Nee, das haben wir für euch übergelassen. Irgendwas müsst ihr ja auch noch machen», erwidert Pascho augenzwinkernd.

Kurze Zeit später zieht der gelbe Abschlepper mit grellem Piepen den silbernen Transporter auf seine Ladefläche, in dessen Bauch achtzehn Kartons mit wertvoller Fracht liegen. Frank ist bereits dem Abschlepper auf der Beifahrerseite zugestiegen und wird den Transport direkt bis zum Polizeipräsidium in Alsterdorf begleiten. Der Fahrer darf sich bereits unwissentlich auf ausschweifende Monologe über die aktuelle Lage der Bundesliga freuen, denn das ist das alltägliche und eigentlich auch einzige Lieblingsthema von Frank.

Van der Boek schaut mit Wehmut seinem Transporter hinterher, während er sich von seinem Platz erhebt und langsamen Schrittes zu dem zivilen Streifenwagen der Kriminalbeamten hinübergeht. Die Hände hält er dabei verschlungen auf dem Rücken, an den Handgelenken von Handschellen zusammengehalten.

Noch ein weiterer kurzer Blick auf den silbernen Schimmer, der sich gerade in Richtung Auffahrt zur Autobahn begibt und dann zieht er bereits den Kopf ein, um ohne anzustoßen in den Fahrzeugfond zu steigen.

Van der Boek zieht seine Unterlippen über seinen Oberlippenbart und schweigt. Geduldig wartet er auf die beiden jungen Beamten, dass sie zu ihm ins Fahrzeug steigen. Der blonde Beamte setzt sich zu ihm nach hinten und nickt ihm freundlich zu, holt das Tastentelefon von van der Boek hervor und beginnt darauf herumzutippen.

«Wie sind eigentlich ihre kompletten Personalien, Herr van der Boek? In ihrem Fahrzeug haben wir keine Ausweispapiere auffinden können», fragt Ole, ohne von dem Tastentelefon aufzublicken.

«Ich heiße Jan van der Boek», erwidert er nach kurzem Zögern.

«Und wann und wo sind sie geboren?», fragt Ole, während er aus dem Tastentelefon etwas in sein Smartphone abtippt.

«Am 17. September werde ich 28 Jahre alt», antwortet Jan van der Boek mit betretener Stimme. «Geboren bin ich in Groningen.»

«Das wird dann wohl mal ein Geburtstag der anderen Art», ruft Gunnar vom Fahrersitz und blickt einmal kurz über den Rückspiegel in die traurigen Augen des Holländers. Der weiß den schwarzen Humor offenbar gut zu nehmen und lässt ein leichtes Grinsen in seinen Augen- und Mundwinkeln aufblitzen.

Gunnar startet den Motor des Fahrzeugs und fährt auf die Zuwegung zur Autobahn in Richtung Hamburg.

Gleichzeitig fährt von der A1 eine dunkle Limousine die Auffahrt Bockel hinauf und reduziert ihre Geschwindigkeit. Mit dem Tempo eines klapprigen Mofas fährt das Fahrzeug über den Rasthof und dessen umliegenden Parkplätze. Der glatzköpfige Fahrer mittleren Alters scheint etwas zu suchen. Mehrfach umkreist er die Schnellrestaurants und die Tankstelle ohne anzuhalten oder einen Sinn des hiesigen Aufenthalts erkennen zu lassen. Nach einem kurzen Verharren auf der Parkfläche gibt der Fahrer Gas und fährt auf die Zuwegung zur Autobahn in Richtung Hamburg.

31

Der Pausengong der Stadtteilschule Steilshoop erklingt ein letztes Mal. Memo sitzt bereits wieder auf seiner Bank am Ausgang der Schule. Die ersten Schüler treten auf ihn zu und kaufen sich für zwanzig Euro ihren kleinen Beutel mit knapp zwei Gramm Marihuana. Memo verkauft nur in dieser Größe. Er will nicht lange reden müssen. Seine Kunden müssen ihm nur sagen, wie viele sie haben wollen und er erhält dafür direkt die gleiche Anzahl an blauen Scheinen. Mit Münzen braucht ihm keiner zu kommen. Tut auch keiner, denn jeder weiß, dass Memo sehr aggressiv wird, wenn sich der Kunde nicht an seine Regeln hält. Viele Schüler haben davon erzählt, dass er Leuten, die auf Kredit ihr Marihuana haben wollten oder mit Kleingeld ankamen, deutlich zeigte, dass er hiermit nicht einverstanden ist.

Marlon aus der Klasse 8b hatte er vor kurzem eine Kopfnuss gegeben, als dieser frech wurde, nachdem Memo ihm nichts auf Kredit geben wollte.

Auch Farid aus der 9c wurde ausfallend, als Memo ihm nichts für gesammeltes Kleingeld verkaufen wollte. Geld ist Geld hatte der behauptet und forderte Memo vehement auf, den Beutel rauszugeben. Farid fühlte sich stark mit seinen drei Klassenkameraden im Rücken, die seinem Willen Nachdruck verleihen wollten und sollten. Memo gab ihnen trotzdem nichts und sie zogen widerwillig davon. Am nächsten Tag erschien Farid nicht zur Schule. Er musste mit einer oberflächlichen Schnittwunde in "M"-Form am Unterarm, zugeschwollenen Augen, gebrochener Nase und einer Gehirnerschütterung im Allgemeinen Krankenhaus Barmbek für drei Tage zur Beobachtung bleiben. Er erzählte niemandem was passiert war, aber alle an der Schule wussten es und es verbreitete sich wie ein Lauffeuer unter den Schülern. Das brauchte Farid nicht erzählen. Zu viele hatten den Konflikt mitbekommen. Und so würde es die nächsten Wochen niemand wagen, mit Kleingeld oder dem Wunsch nach Marihuana auf Kredit an Memo heranzutreten.

Zu Memo kommen sie trotzdem. Sie haben ja keine Auswahl und für den Alltag brauchen zu viele ihr Gras, um den gewohnten Joint in den Pausen zu konsumieren, um das eigene Leben erträglicher zu machen. Schulische Bildung hat hier bei den meisten sowieso eine geringe Bedeutung. Idole sind Rapper und die Jungs aus dem Viertel, die mit ihren Luxusautos durch die Ringe von Steilshoop fahren und Heldenstatus haben.

Mit jeder Minute füllt sich der Schulhof weiter. Gefühlt versammeln sich noch mehr Schüler um Memo als sonst. Sein aktueller Ruf scheint ihn noch anziehender zu machen. Die Kinder und Jugendlichen wollen sich noch enger mit ihm geben. Er gibt ihnen Angst und Sicherheit zugleich. Die negative Ausstrahlung erhält eine besondere Anziehungskraft, ebenso der Respekt vor der akuten Bereitschaft zu latenter Gewalt.

Memo braucht wieder nur zehn Minuten auf seiner Bank verharren. Dann hat er seine Tasche ausverkauft und entfernt sich schleunigst vom Schulhof bevor eine Aufsicht kommt und ihn in seinem Handeln registriert. Die erste Hälfte der Pause zeigen sich nie Lehrer auf dem Schulhof. Sie scheinen akzeptiert zu haben, dass die ersten 10 Minuten Memo gehören oder sie widmen sich lieber ihrem Pausenbrot als ihrer Aufsichtspflicht. Vielleicht sind sie einfach nur froh, dass ihre Problemschüler nach der Pause immer wesentlich entspannter und völlig antriebslos in ihren Stühlen hängen und den Unterricht nicht mehr so sehr stören wie in den ersten Stunden des Tages. Diese Zeit nutzen sie für die wenigen Schüler, die wirklich etwas lernen wollen, um eine faire Chance zu behalten.

Zufrieden blickt Memo in seine mit blauen Scheinen gefüllte Tasche. Er weiß, dass seine heutigen Einkünfte reichen, um die restlichen Schulden an Steven zahlen zu können.

Immer wieder schaut er hinab zu seinen Füßen und sorgt sich um die helle Farbe seiner Schuhe. Mit gesenktem Blick achtet er vehement darauf, nicht in eine matschige Pfütze zu treten und das helle Leder damit zu beschmutzen. Er tänzelt somit um die vielen Pfützen, die sich in dem unebenen Fußweg gesammelt haben, den er als Heimweg beschreiten muss.

Aus seiner Bomberjacke holt er sein Schlüsselbund hervor, das er eigentlich immer erst für seine Wohnung benötigt, weil die Hauseingangstür sich nicht mehr richtig schließt. Zu oft haben Anwohner die Tür aufgetreten, wenn sie angetrunken nach Hause kamen. Auch heute steht wieder die Eingangstür offen. Mit breitbeinigem Gang geht er in seinen Hausflur hinein und schiebt seine Bauchtasche vor sich zurecht. Zufrieden beginnt er zu grinsen über den erfolgreichen Tag und richtet sich langsam auf. In diesem Moment wird eine dunkle Tüte über seinen Kopf gezogen. Er greift nach dem festen Plastik und will es sofort wieder vom Kopf ziehen, doch ein dumpfer, tiefer Schmerz trifft ihn in der Seite an seinen Rippenbögen. Die Plastiktüte wird von hinten eng an seinen Kopf gezogen und festgehalten. Mehrfach treffen ihn die knallenden, stechenden Schmerzen an der Seite. Ein weiterer Schlag mit einem harten Gegenstand trifft ihn im Magen. Memo will sich vor Schmerz krümmen, aber zeitgleich auch instinktiv gegen die Angriffe wehren. Beides gelingt ihm nicht. Zu fest umschlingt ihn die den Atem raubende Tüte, während weitere Schläge ihm den letzten Atemzug aus den Lungen treiben. Er will schreien, aber die Luft reicht nicht.

Ein brutaler Tritt gegen sein linkes Knie lässt ihn gänzlich zusammensacken. Gleißender Schmerz durchfährt seinen Leib. Die Adern in seinem Körper pulsieren, die luftlosen Lungen beginnen zu schmerzen. Adrenalin macht sich frei, aber gibt ihm keine ausreichende Kraft sich gegen die Übermacht zu wehren. Mit jedem Schlag wird er beschimpft und angeschrien. Er kann aber weder die Stimmen verstehen noch zuordnen. Orientierungslos bricht er zusammen und liegt zusammengezogen am Boden, wo die Angreifer noch mehrfach auf seinen Kopf, seinen Oberkörper und seine Beine eintreten bis sein Bewusstsein endgültig aufgibt und ihn von den stechenden Schmerzen erlöst.

Im Wegdämmern spürt er, dass die Angreifer von ihm ablassen. Die stampfenden Schritte entfernen sich von ihm und mit ihm auch die letzte Wahrnehmung des Geschehenen.

32

In tiefen Tönen brummt der Motor des italienischen Wohnmobils, das sich auf der A1 in Richtung Norden schleppt und sein Fahrgestell der Abfahrt Stapelfeld mit großen Schritten nähert.

Am Steuer des eierfarbenen Gefährts sitzt Gerd mit gespanntem Blick. Für die Fahrt hat er sich seine dunkle modische Hornbrille aufgesetzt, die ihm vom Amtsarzt für Autofahrten auferlegt wurde. Ohne eine Sehhilfe durfte er keine Sonderrechtsfahrten mehr machen und mit Blaulicht wollte Gerd bis zu seinem letzten Dienst fahren dürfen. Also organisierte er sich ein passendes Modell. Inzwischen mag er den neuen Sehkomfort zumindest beim Autofahren und der Büroarbeit nicht mehr missen.

Auf dem Beifahrersitz hockt zusammengekauert ein vom Fahrzeug und Fahrstil eingeschüchterter Ruud van der Boek. Er hat alle Gespräche eingestellt, während Gerd sein betagtes Wohnmobil wie einen Sportwagen über die Autobahn scheucht und mit teils kühnen Spurenwechseln versucht, Minute für Minute rauszuholen. Mit der rechten Hand hält er sich an einem Griff an der Tür fest, die Linke hält er fest gedrückt auf seine Brust.

Gerd setzt den Blinker rechts und fährt von der Autobahn ab. Am Ende der Abfahrt blinkt er in Richtung Hamburg und fährt auf die kreuzende Landstraße.

Leichte Schweißperlen haben sich an den dunklen Augenbrauen von van der Boek gesammelt. Nach der Abfahrt wird er langsam ruhiger, ebenso wie der Motor, der nicht mehr unter der erlittenen Anstrengung ächzt, sondern eher nur noch leicht aufstöhnt.

Gerd ist bemüht langsamer zu fahren. Nicht, um seinen holländischen Beifahrer zu beruhigen oder ihm gar einen Gefallen zu tun.

Vielmehr passt er seine Geschwindigkeit seiner Aufmerksamkeit für den Verkehr an. Seine volle Konzentration widmet er nun den anderen Fahrzeugen, die sich hier bewegen. Er schaut, ob er Fahrzeuge oder ihre Fahrer erkennt. Es gibt keinerlei Einschränkung bezüglich des Abnehmers. Zumindest bislang noch nicht. Aber Gerd weiß, dass er hier irgendwo fahren oder stehen könnte. Er muss ja eigentlich auf van der Boek warten. Irgendwo muss er auf ihn warten, denn sonst könnte er ihm nicht direkt nach dem Parken den Wagen abnehmen. Er muss genau sehen, wann der Wagen ankommt, um dann reagieren zu können.

Gerd nähert sich langsam dem Fastfood-Restaurant an der Sieker Landstraße, in dem van der Boek ansonsten etwas isst und auf die Wiederkehr seines Transporters wartet.

Gerd setzt wieder den Blinker als sie das Fastfood-Restaurant erreichen. Er parkt sein Wohnmobil auf dem Parkplatz, der ihm auf Nachfrage von van der Boek gezeigt wird und steigt aus. Vorher nimmt er aus seinem Handschuhfach eine Schiebermütze, ordnet mit der anderen Hand die nach hinten gekämmten Haare und setzt sie sich mit Schirm nach vorne auf den Kopf.

«Du kommst mit», fordert er van der Boek unmissverständlich auf und schmeißt die Fahrertür mit einem kräftigen Schwung zu, der die Scheibe zum Wackeln bringt.

Ruud van der Boek schaut missmutig aus der Frontscheibe und versucht in die Lokalität zu blicken. Auch schaut er über den Parkplatz, wo momentan zwei unscheinbare Fahrzeuge stehen. Eines mit dänischem Kennzeichen und Fahrrädern auf einem Heckgepäckträger.

Ein zweites Fahrzeug ist ein alter VW Golf in einer dunkelgrünen Lackierung. Der Golf hat Kennzeichen aus Hannover, scheint also ebenso auf der Durchreise zu sein. Ruud van der Boek atmet erst einmal durch. Die wenigen Fahrzeuge auf dem Parkplatz ermutigen ihn, fest daran zu glauben, dass der Abnehmer nicht im Laden ist.

Ruud van der Boek zieht seine Kapuze über den Kopf und schließt seinen Reißverschluss bis zum Anschlag.

Sein Kinn vergräbt er in dem Kragen der Jacke, so dass eigentlich nur noch der schüttere Schnurrbart, die groß gewachsene Nase und seine kleinen Augen von ihm zu sehen sind.

Gerd reißt die Beifahrertür auf und schaut van der Boek nachdrücklich an. «Darf ich bitten oder willst du dich noch hübsch machen?».

Ruud van der Boek beginnt mit dem Kopf zu schütteln und steigt aus dem Auto.

Gerd schließt die Tür und geht zielstrebig auf das Schnellrestaurant zu. Ruud van der Boek hält sich im Tempo eher zurück und geht unsicher hinter Gerd hinterher, blickt sich immer wieder um und betrachtet die Fahrzeuge, die in die Ringstraße einbiegen.

Gerd öffnet die Türen und hält sie so lange offen, bis van der Boek ebenfalls eingetreten ist.

In dem Burgerladen ist noch nicht viel los. Außerhalb der Ferien und unter der Woche ist der Laden viel zu weit entfernt von Hamburg, um gut besucht zu sein. Erst zum Feierabend steigt der Betrieb wieder an, wenn die in Hamburg arbeitenden Stormarner wieder in ihre Wahlheimat zurückkehren.

Gerd blickt durch den Laden, während Ruud van der Boek zum Verkaufstresen geht.

«Hey, watt machst du da? Wir sind nicht zum Futtern hier. Du sollst gucken und dich erinnern. Wenn du nichts erkennst, dann geht es direkt weiter», sagt Gerd dem hungrigen Holländer.

In dem Lokal sitzen ein Ehepaar mittleren Alters und ein Anzugträger, der sich heute in seiner Mittagspause offenbar mal richtige Essenssünden gönnen will.

Weitere Personen sind nicht im Gästebereich. Gerd blickt zu den angestellten Kassierern, aber auch die wirken seriös gelangweilt und hoffen auf eine zeitnahe Bestellung, um eine leichte Abwechslung in ihrem Alltag zu erhalten.

«Und? Kennst jemanden?», fragt Gerd und schaut weniger optimistisch zu Ruud van der Boek, dem man das Unwohlsein von der Nasenspitze ablesen kann.

«Kommt mir nichts und niemand bekannt vor», antwortet er.

«Wo sitzt du denn immer?»

«Da vorne am Fenster», erwidert van der Boek auf die Frage von Gerd.

«Dann setzen wir uns mal, würde ich sagen.»

«Und dann?», fragt van der Boek.

«Dann gucken wir, ob keiner guckt.»

«Mmh», brummt van der Boek, der sein Unwohlsein mit der gesamten Situation kaum noch verbergen kann.

Gerd setzt sich auf einen kleinen Stuhl, der am Fenster steht und ihm die Möglichkeit gibt nach draußen zu schauen und die Zufahrt zu beobachten.

Gerd schaut zu van der Boek, streckt seinen Arm aus und beginnt auf die gegenüberliegende Tischseite zu klopfen. «Setz dich, bitte», fordert er van der Boek auf, der nach kurzem Zögern der Aufforderung doch Folge leistet.

Während er sich langsam niedersetzt, schaut Gerd aus dem Fenster. Er lehnt sich vor und wieder zurück, zur Seite und zur anderen Seite ganz dicht ans Fenster heran.

«Jo. Also das Wohnmobil sieht man gar nicht. Das haben die sich schon gut ausgedacht. Und derjenige, der hier runter fährt ist auch nicht zu erblicken, weil er von der Beifahrerseite verdeckt wird. Du sagtest, dass dein Transporter immer nach links gefahren war, oder?»

Van der Boek antwortet nicht. Er beginnt nur leicht zu nicken.

«Okay. Dann steh auf, wir fahren ein paar Runden durch den Ring und schauen mal, ob dort jemand oder etwas auffällt», fordert Gerd auf und erhebt sich von seinem Stuhl, auf den er sich gerade erst gesetzt hat.

«Hopp, hopp», setzt er nach «Wir sind am ermitteln, nun sei nicht so lahmarschig, sonst tret' ich dir gewaltig in den Hintern.»

Mit leichtem Aufstöhnen erhebt sich auch van der Boek von seinem Platz und folgt Gerd durch die Ausgangstüren zu seinem Wohnmobil, das sie umgehend besteigen und abfahren. Mit klapperndem Motor biegen sie in die Ringstraße und geraten bereits nach der ersten Kurve außer Sicht.

33

Schräg gegenüber von Dombrowski sitzt Otto in seinem. Die kurz geschnittenen Haare stehen ab vom runden Kopf und immer wieder leckt er sich hektisch über seine Lippen.

Hinter ihm kann man durch die großen Bürofenster am Horizont die Flugzeuge am Hamburger Flughafen starten sehen.

Otto schaut in seinen Monitor und beobachtet die Telefonüberwachung von seinem Täter. Aktuell führt er keine Gespräche und befindet sich im Bereich seiner Wohnung in Eppendorf. Er hat sowieso nur einmal telefoniert am heutigen Morgen. Da war sein Handy gerade in Steilshoop. Er rief jemanden an und forderte ihn auf die Tür zu öffnen. Generell klingelt er nicht, denn immer, wenn er die Leute, die er aufsucht trifft, dann bittet er sie die Tür zu öffnen. Otto kann den Angerufenen bislang noch nicht identifizieren. Das Handy und die Karte wurde in einem dubiosen Telefonshop am Steindamm gekauft. Die angegebenen Anschlussinhaberdaten zur Rufnummer sind nicht existent. Außerdem passt die Stimme auch nicht zu den angegebenen Daten der Rufnummer. Der Typ war der Stimme und Redeart nach wesentlich jünger, als der Anschlussinhaber, der in den sechziger Jahren geboren sein soll.

Otto nimmt einen kräftigen Schluck aus seinem Becher, den er sich gerade mit frisch gebrautem Kaffee aufgefüllt hat. Die Ränder des stählernen Bechers sind dunkel verfärbt. Sie haben seit längerer Zeit kein Spülmittel mehr gesehen. Otto ist der festen Überzeugung, dass sie dem Kaffee noch mehr Geschmack verleihen und das heiße Wasser des Kaffees den Becher ausreichend reinigt. Er stellt den Becher auf einer Papierunterlage der Gewerkschaft aus 2017 ab, auf der sich bereits diverse Kaffeekringel von Tassen der vergangenen Jahre abzeichnen.

Das Telefon klingelt. Es ist wie immer auf die höchste Lautstärke eingestellt und lässt Dombrowski im Zimmer gegenüber aufs Neue zusammenzucken.

Otto greift nach dem Hörer und reißt ihn zu seinem Ohr.

«Hier spricht der liebe Otto», begrüßt er Fred, dessen Nummer er im Display seines Bürotelefons erkannt hat.

«Moin moin, mein lieber Otto. Was gibt es Neues? Die ersten stehen bereits vor der Wohnung von unserem Kampfzopf und warten. Ich bin ebenfalls gleich vor Ort. Pascho und Jayjay ziehen gerade nach. Sie haben den Holländer an eure Leute übergeben. Die Beiden brauchen aber noch eine gute Stunde», sagt Fred fröhlich daher. Fred und Otto hatten vor vielen Jahren zusammen die Ausbildung bei der Polizei abgeschlossen. Sie saßen zeitweise sogar nebeneinander auf der Schulbank der Fachhochschule, die inzwischen passend zum amerikanischen Kinofilm in Polizeiakademie umgetauft worden war, und verbrachten damals viele Stunden ihrer Freizeit in den Kneipen und Diskotheken auf der Reeperbahn.

Mit der vorangeschrittenen Familienplanung ebbte jedoch die gemeinsame Feierei ab und so gingen sie ihrer beruflichen Wege, die sie immer wieder zusammenbrachten. Die Polizei ist klein, da begegnet man sich immer wieder. Zumeist ist es für beide ein Vorteil, wenn man sich so gut kennt und genau weiß, wie der Andere tickt.

«Das Handy von ihm ist zu Hause. Er surft auch aktiv im Internet, daher kann ich davon ausgehen, dass er auch an seinem Smartphone hockt und nicht ohne sein Handy unterwegs ist», teilt Otto mit. «Er hat seit gestern bereits mehrere Abnehmer auf heute vertröstet. Ihnen gesagt, dass es ihm schlecht gehen würde, aber heute die Medizin kommen soll. Ich gehe schwer davon aus, dass er eine Lieferung erwartet oder holen wird. Wir dürfen ihn heute nicht aus den Augen verlieren. Ich brauche euch heute dringend, also lasst ihn nicht ziehen», ermahnt Otto, in dem Wissen, dass die Observationsgruppe immer ihr Bestmögliches geben wird.

«Nichts anderes erwarten wir von uns», ergänzt Fred. «Hast Du eine Ahnung wohin es gehen könnte oder wie er es bekommt?»

«Keine Ahnung. Die Lieferschiene geht komplett an uns vorbei. Das Handy scheint uns zu fehlen. Oder er nutzt eine verschlüsselte Kommunikation, die wir nicht sehen können. Vielleicht ist es auch einfach so gut eingespielt und er weiß, wann etwas kommt, ohne darüber kommunizieren zu müssen. Auf den Leitungen ist nichts ersichtlich. Die Abnehmer stehen auf jeden Fall bereit», antwortet Otto. «Warte mal. Er versucht den Typen vom Morgen anzurufen.» Otto setzt sich die Kopfhörer auf und startet das Gespräch. Es tutet mehrfach auf den Kopfhörern. Immer wieder lässt er es tuten und legt nicht auf. Im Hintergrund ist ein Rascheln zu hören. Das Klimpern von einem Schlüsselbund. Ein Klacken. Otto hört Schritte. Hohl klingende, tapsende Schritte. Es tutet weiter. Der Anwählversuch wird unterbrochen.

«Fred. Hörst Du mich?», fragt Otto lautstark in den Hörer.

«Jo. Klar und deutlich, mein Lieber.»

«Er hat versucht den Typen anzurufen, bei dem er am Morgen in Steilshoop war. Hat ihn aber nicht erreicht. Im Hintergrund hört es sich an, als wenn er die Wohnung verlässt. Könnte sein, dass es gleich losgeht», teilt Otto mit.

«Okay. Verstanden. Dann komm mal auf unseren Kanal. Ich geb' das an die anderen raus», antwortet Fred.

Otto erhebt sich von seinem Platz und geht humpelnd nach vorne. Sein rechtes Knie macht ihm immer wieder Probleme, doch er versucht sich nichts anmerken zu lassen. Zu groß ist sein Stolz, den er in sich trägt, wo er früher noch in der zweiten Bundesliga Handball gespielt hat und für Furore sorgte. Doch das Alter machte auch vor ihm nicht Halt und so steigern sich von Jahr zu Jahr die körperlichen Gebrechen. Ein Wehklagen oder Jammern hat man von ihm dennoch nie gehört. Er bleibt der erste auf dem Flur und wenn es Not tut, dann löscht er auch das Licht.

Otto geht in den Technikraum und greift nach einem schwarzen Funkgerät, das er sogleich einschaltet. Nachdem es gestartet ist, wählt er den passenden Kanal und geht anschließend wieder zurück in sein Büro.

«*Kampfzopf betätigt etwas in seiner Hand. Es scheint die Fernbedienung für sein Auto zu sein. Es blinkt mehrfach auf. Kampfzopf geht zur Fahrertür. Öffnet sie. Er steigt ein. Er tippt auf irgendwas in seinem Schoß herum. Er nimmt ein Handy ans Ohr*», ertönt aus dem Funkgerät, das Otto hektisch betrachtet. Während er schleunigst ins Büro läuft, hört er bereits den PC piepen, auf dem das aktuelle Gespräch aufläuft. Er lässt sich in den Stuhl fallen und ergreift die Maus, um das Gespräch zu starten.

«*Kampfzopf steckt das Handy wieder in seine Jacke und startet den Motor. Er parkt aus und fährt ab. Er sortiert sich an der Ampel ein und blinkt nach rechts in Richtung City Nord. Ich hab' keine Sicht mehr.*»

Das Gespräch beginnt zu laufen. An der Sinuskurve im Programm erkennt Otto sofort, dass es wieder nicht zu einem Gespräch kam. Er schaut auf die Verkehrsdaten und sieht, dass er wieder den Kontakt aus Steilshoop versucht hat anzurufen.

«Einmal von Otto. Er hat versucht in Steilshoop anzurufen. Die Reise könnte dorthin gehen. Ansonsten keine weiteren Telefonate. Hat er etwas bei sich geführt als er verlassen hat?», fragt Otto zum Abschluss.

«*Verstanden, Otto. Nein, er hat nichts bei sich geführt. Er trägt wieder einen dunklen Parker und eine eingelaufene, dunkle Hose. Dazu helle Turnschuhe.*»

«*Ich bin jetzt an ihm dran. Er fährt auf dem Ring 2 und er setzt den Blinker rechts für die Deelböge. Geschwindigkeit ist angepasst. Bislang fährt er ruhig.*»

Otto kann die vom Funk leicht verzerrten Stimmen kaum einer Person zuordnen. Er verfolgt die Meldungen weiter und betrachtet den Fahrtweg auf einem digitalen Stadtplan.

Immer wieder aktualisiert er seine Ansicht, doch weitere Gesprächsversuche finden nicht statt.

Otto schmachtet nach einer Zigarette, aber das kann er sich jetzt nicht erlauben. Kurzzeitig überlegt er die Bürotür zu schließen und das Fenster weit zu öffnen, aber sieht dann doch wieder davon ab. Eigentlich ist er froh, dass vor vielen Jahren das Rauchen in öffentlichen Gebäuden verboten wurde. Seitdem raucht er weniger und genießt die guten Gespräche mit den Kollegen in den verdienten Raucherpausen in der Tiefgarage des Präsidiums. Otto reibt sich einmal über den rasierten Mundbereich und greift im Anschluss in seine Kekstüte, um ein wenig Nervennahrung zu sich zu nehmen.

Er stopft sich zwei Stück auf einmal in den Mund und beginnt sie gründlich zu zerkauen. Ein paar Krümel fallen ihm dabei aufs Hemd, das sich unterhalb der Brust körperbedingt mittelschwer nach vorne wölbt. Otto nimmt den nur noch halbvollen Becher und spült mit einem ordentlichen Schluck Kaffee nach.

«*Er setzt den Blinker links für den Alfred-Mahlau-Weg. Mogli, kannst Du übernehmen?*», *ertönt aus dem Funk.*

«*Ja, ich bin zwei dahinter. Es geht in den Alfred-Mahlau-Weg. Er beschleunigt wieder auf Tempo 50. Wir kommen auf den Kreisel direkt zu. Er lässt die erste Ausfahrt liegen. Ohne Blinker in die zweite Ausfahrt. Ich folge ihm. Habe nur noch einen weiteren zwischen uns. Wir sind im Gropiusring. Er fährt mit normaler Geschwindigkeit. Wir kommen in den Kurvenbereich. Oh, er bremst ab. Er wird immer langsamer. Was ist hier denn los. Hier stehen mehrere Streifenwagen. Er schleicht im Bereich Gropiusring 34, 36, 38, 40.*

Und er beschleunigt wieder. Jetzt hat er es aber eilig. Scheint ihm nicht zu passen. Okay, der ist zu schnell. Der Wagen zwischen uns ist offenbar neugieriger. Ich komme nicht vorbei. Ihr müsstet übernehmen. Aktuell keine Sicht.»

Der Computer von Otto beginnt wieder zu piepen. Otto schreckt auf und greift nach seiner Maus. Er aktualisiert die Übersicht und sieht, dass sein Mann wieder versucht bei seinem Steilshooper Kontakt anzurufen.

«*Ja, ich hab' ihn wieder. Der schwarze Mustang steht kurz vor dem Ende vom Gropiusring im rechten Parkstreifen. Die Lichter sind an. Er ist offenbar nur rangefahren.*»

Das Gespräch in Ottos Computer beginnt zu laufen. Er setzt sich die Kopfhörer auf und lauscht dem Gespräch.

«Tuut...komm schon, Digger...tuut… geh' an dein verficktes Telefon ran...tuut...tuut..tuut..scheiße, scheiße..tuut..Hallo?» Eine weibliche Stimme erklingt am Telefon. «Hallo? Mit wem spreche?».

«Wer bist Du? Wo ist Memo?», antwortet Steven schnaufend.

«Hier ist die Polizei Hamburg. Mit wem spreche ich bitte?»

Das Gespräch wird unvermittelt beendet. Steven antwortet nicht mehr.

«*Das Fahrzeug fährt wieder ab. Es biegt rechts in die Gründgenstraße und läuft auf den Kreisverkehr zu.*»

Otto wird nervös. Warum ausgerechnet heute? Überraschungen dieser Art kann weder sein Beschuldigter noch er gebrauchen. Schon gar nicht heute, wo sich die Lage zuspitzt. Während die Gedanken über die Bedeutung in seinem Kopf kreisen, stellt er in seiner Übersicht fest, dass sein Mann das Handy ausgeschaltet hat.

«Scheiße. So'ne Scheiße», entfährt es Otto, bevor er die Maus auf den Tisch knallt. Im Hintergrund hört er, dass die Observationsgruppe Steven wieder zu seiner Wohnanschrift begleitet, wo er kurze Zeit später mit Schlüssel betritt.

Otto wischt sich über sein Gesicht und zieht seine Tränensäcke noch weiter nach unten. In seinem Türrahmen steht Dombrowski mit einem Becher in der Hand. «Probleme?», fragt dieser mit einem Grinsen in der Stimme und beginnt mit einem Löffel in seinem Kakao zu rühren.

«Halt die Fresse!», antwortet Otto grimmig, ohne es bösartig zu meinen und beginnt die Rufnummer des Polizeikommissariats von Bramfeld zu wählen, das auch für Steilshoop zuständig ist.

«Hallöchen, hier ist Otto Kuhnert vom Rauschgiftdezernat. Kann es sein, dass ihr aktuell einen Vorfall im Gropiusring im Bereich der Anschrift 34-38 habt?» Otto beginnt zu lauschen, greift nach seinem Becher, dreht sich von Dombrowskis neugierigen Blicken ab und schaut aus seinem Fenster in Richtung Flughafen hinaus.

34

Ungefähr 15 Kilometer weiter östlich fährt ein unscheinbares Wohnmobil durch den Merkurring des Industriegebiets an der Sieker Landstraße.

Mit langsamer, fast schleichender Geschwindigkeit passiert das Fahrzeug mit Gerd an seinem Steuer die verschiedenen Gebäude.

An der Fahrbahn stehen diverse Fahrzeuge, die zu den jeweiligen Mitarbeitern der ansässigen Firmen gehören dürften. Immer wieder schaut Gerd zu Ruud van der Boek hinüber und beobachtet ihn, während dieser sich versucht hinter der B-Säule zu verstecken und dabei die Umgebung abzusuchen. Auf Gerd macht er eindeutig den Eindruck, als würde er sich bemühen. Bislang ist aber nichts in seinem Gesicht zu erkennen, das darauf hindeutet, dass er ein Fahrzeug oder einen Passanten wiedererkennt.

Sie fahren mehrere Runden durch den Merkurring, aber Ruud van der Boek schüttelt nach jeder Runde den Kopf. Mit jeder Runde wird das Schütteln energischer. Nach der sechsten Runde lehnt er seinen Kopf zurück und blickt starr an die Decke. «Egal, wie viele Runden du hier mit mir drehst. Ich bin hier nie reingefahren oder reingegangen. Auch habe ich den Typen niemals gesehen. Ich kann dir nicht weiterhelfen.»

Gerd schaut irritiert auf den genervten Holländer. Er öffnet das Handschuhfach, in dem sich allerlei Dinge ungeordnet befinden. Sie drohen bei seinem Gewühle herauszufallen. Neben CDs, Kleingeld, einer Parkscheibe und einer Warnweste, kramt Gerd einen Kugelschreiber und einen Block hervor. «Nun machst du dich mal nützlich. Wir fahren jetzt die nächste Runde und du schreibst jedes Kennzeichen auf, an dem wir hier vorbeifahren. Die melde ich an die Kollegen und dann sehen wir weiter.» Gerd hält den Schreiber und den Block vor van der Boeks Brust, der beides entgegennimmt und beim ersten Fahrzeug mit dem Schreiben beginnt.

Als sie beim fünften Fahrzeug ankommen beginnt das Telefon von Gerd zu klingeln. Zur Titelmelodie von Bonanza beginnt das Telefon in der Handyablage zu brummen. Er nimmt es aus der Vorrichtung heraus und hält es an sein Ohr, ohne die nachträglich eingebaute Freisprecheinrichtung zu aktivieren.

«Was ist?», begrüßt Gerd seine Frau recht herzlos.

«Wo steckst du denn? Hier ist einiges zu tun. Ich sehe gar nicht ein, dass ich das hier alleine mache, während du dich mal wieder rumtreibst.»

«Ich kläre einen Fall. Ich habe jetzt keine Zeit zum Aufräumen. Es ist dringend», antwortet Gerd barsch.

«Ich hör' hier nur Fall, Fall, Fall. Pen-sio-nier-ung! Gerhard, weißt du was das bedeutet? Du hast endlich Zeit für andere Dinge, die du schon lange machen wolltest. Zum Beispiel den Schuppen streichen oder das Badezimmer renovieren. Und heute darfst du aufräumen und die Garnituren wieder zu deiner Freiwilligen Feuerwehr schaffen», spricht Dörte Klartext.

«Das kann ich immer noch machen. Es geht hier um Leben und Tod, Dörte. Das musst du doch verstehen», antwortet Gerd mit leichter Unsicherheit in der Stimme.

«Wenn du nicht bald wieder Heim kehrst, dann geht es hier auch um Leben und Tod. Immer eine Ausrede parat. Was soll ich gegen diese Argumente sagen?», fragt Dörte.

«Also, am besten gar nichts», antwortet Gerd mit aufkommendem Mut im Herzen.

«Komm du mir nach Hause, mein Lieber. Hier will dich noch jemand sprechen.» Dörte übergibt mit Wut in der Stimme das Telefon.

«Gerd, was machst du schon wieder für Alleingänge? Was soll das? Kaum bist du pensioniert, stellst du uns eine Tasche mit zehn Kokainklötzen vor die Tür und fährst unbewaffnet und ohne Unterstützung den Hauptverdächtigen durch die Gegend. Und du sagst nicht mal Bescheid. Weißt du was alles passieren könnte?», schimpft die Stimme in das Telefon hinein, ohne sich vorzustellen oder Gerd zu begrüßen.

Gerd hat die Stimme von seinem nun ehemaligen Chef umgehend erkannt. Er schweigt zunächst, denn wenn der Chef spürbar wütend ist, dann müssen Antworten gut überlegt sein. Gerd atmet einmal tief durch, streicht mehrfach über seinen Bart und kratzt sich am Kopf. Als er sicher ist, dass keine weiteren Ausrufe folgen würden, sondern der Chef eher Antworten erwartet, hält er zunächst einmal sein Fahrzeug an und lässt van der Boek kurz Zeit, die neben ihnen stehenden Fahrzeuge samt ihren Kennzeichen zu notieren.

«Harry, lass es mich erklären», beginnt Gerd und denkt dabei noch über die folgenden Sätze nach.

«Jetzt bin ich aber mal gespannt», schlagen die Worte von Harry in die Leitung.

«Ich musste einfach improvisieren. Der Unfall hat mich selber auf dem falschen Fuß erwischt. Dann habe ich nur noch reagiert. Ich habe den Fahrer befragt und dann kam eines zum anderen und nun sind wir hier und suchen nach Hinweisen für den Abnehmer des Kokains. Das musste alles schnell gehen. Da musste ich pragmatisch handeln. Der Ermittlungserfolg steht über Allem. Das weißt du so gut wie ich», antwortet Gerd zufrieden.

«Bist du jetzt völlig durchgeknallt?», kommt postwendend zurück. «Wir sind ein Team und das bleiben wir auch. Keine Alleingänge. Keine Selbstgefährdung. Du hast doch keine Ahnung, wohin dich der Käskopp führt. Das hätte auch eine Falle sein können. Du kommst jetzt zurück. Aber schleunigst», schreit Harry in den Hörer.

«Aber Chef, ich..», beginnt Gerd.

«Sofort! Hast Du mich verstanden? Sei froh, dass du in Pension bist. Sonst, sonst, sonst. Sonst könntest du was erleben.»

«Verstanden, Chef. Ich komme sofort zurück», antwortet Gerd und legt auf.

Ruud van der Boek hat dem Gespräch gelauscht und konnte sich ein erstes Grinsen nicht verkneifen. Er legt den Stift und Block zufrieden in die Ablage und lehnt sich in seinem Beifahrersitz zurück.

«Was machst Du da?», fragt Gerd angesäuert, als er das Handeln von dem Holländer beobachtet.

«Wieso?», fragt van der Boek irritiert.

«Ich will wissen, warum du Stift und Block beiseitelegst?» Gerd blickt nun noch zorniger drein beim Stellen der Frage.

«Ich dachte wir fahren jetzt zurück? Ich konnte deinen Chef hören», erwidert van der Boek nervös grinsend und wirft dabei seine blanke Stirn in Falten.

«Bist Du bekloppt? Nur, weil der kleine hässliche Gnom aus Flensburg so etwas fordert, heißt es noch lange nicht, dass wir hier fertig sind. Du nimmst jetzt den Stift und den Block und schreibst die nächsten Kennzeichen auf. Wir sind hier fertig, wenn ich es sage.»

Das Grinsen ist dem Holländer sofort wieder entwichen und der schüttere Schnurrbart hängt noch schlaffer an den Mundwinkeln herunter. Van der Boek nimmt den Block und den Kugelschreiber wieder an sich und beginnt die nächsten Kennzeichen aufzuschreiben.

«Geht doch», quittiert Gerd und rollt langsam wieder mit seinem Wohnmobil an, während sie eine matt-schwarze Limousine am Fahrbahnrand passieren.

35

In Alsterdorf ziehen sich über dem Präsidium langsam wieder dunkle Wolken zusammen und vereinzelt fallen Regentropfen hinab. Leichter Wind zieht durch die auf Kipp stehenden Fenster und bringt frische Luft in die Büros des Rauschgiftdezernats. Dort raucht der Kopf von Otto Kuhnert, der sich Klarheit über die Ereignisse in Steilshoop verschafft. Er legt den Hörer seines Telefons auf und dreht sich vom Fenster weg, dessen Scheiben nach und nach mit vereinzelten Regentropfen benetzt werden.

Hinter ihm steht noch immer Dombrowski im Türrahmen und schaut Otto gespannt an, was dieser von dem Telefonat zu berichten weiß.

«Und? Was berichten die Kollegen?», fragt er, als Otto zunächst wortlos beginnt etwas in seine Tastatur einzugeben. Langsam tritt er an Otto heran und schaut auf dessen Monitor, auf dem er das Polizeisystem zur Abfrage von Personen geöffnet hat.

«Die haben Mehmet Aktay im Eingangsbereich seines Treppenhauses aufgefunden», beginnt Otto zu erzählen.

«Ach was. Hat er was dabei gehabt?», unterbricht ihn Dombrowski fragend.

«Jo.»

«Und was?»

«Ne Tüte.»

«Joint, eine Tüte voll Stoff oder was für 'ne Tüte?», fragt Dombrowski ungeduldig.

«Genau genommen war die Tüte voll, aber davon hat er nichts. Denn sie war über seinen Kopf gezogen. Der Gute scheint sich mit den Falschen angelegt zu haben. Er wurde aufs Übelste zusammengeschlagen.»

«Ach du Schande. Das nennt man wohl Karma.»

«Sieht so aus. Er ist auf dem Weg nach Barmbek ins Krankenhaus. Verdacht auf Schädelbasisbruch. Auch das Jochbein und die Rippen haben wohl ordentlich was abbekommen. Zeugen haben mehrere Jugendliche aus dem Eingang weglaufen sehen. Aber mehr als eine vage Beschreibung ist bislang nicht rumgekommen», berichtet Otto weiter. «Er ist wohl stabil, aber die Verletzungen sind schwer. Man muss abwarten, ob er bleibende Schäden davongetragen hat.»

«Deinen Typen kannst du zumindest schon einmal als Täter ausschließen, so wie der eben abgezischt ist, wusste der nichts davon. Und der kleine Mehmet wird auch nicht der große Lieferant sein. Der schmeißt doch noch immer Beutel auf dem Schulhof», folgert Dombrowski.

«Jo. Aber was immer er dort wollte, wird er jetzt erst einmal nicht bekommen. Hoffen wir mal, dass die Lieferung deswegen nicht platzt. Es ist ja nicht mehr lange hin, bis der Lübecker kommt.» Otto greift in seine Kekstüte, schiebt sich mehrere zerbröckelte Keksstücke in den Mund und beginnt sie knuspernd zu zerkauen.

In diesem Moment ertönt aus Dombrowskis Jackentasche die Titelmelodie von Beverly Hills Cop. Dombrowski zieht sein Handy aus der Tasche und schaut auf sein Display. Er streicht über den grünen Hörer und hält sich das Telefon ans Ohr.

«Harry? Guten Morgen. Wie kann ich dir helfen? Ich dachte ihr liegt noch in sauer und genießt das Katerfrühstück von Gerd», begrüßt Dombrowski seinen Chef.

«Gerd ist nicht da. Der fährt mit irgendeinem Holländer durch die Gegend und hat uns als kleinen Morgengruß eine dunkle Sporttasche mit zehn Klötzen Kokain dagelassen», erzählt Harry mit amüsiertem Ton. «Der Holländer hat mit seiner Ware den Ortseingang von Dalldorf nicht überstanden und nun sucht er mit Gerd die Abnehmer von dem Gift.»

«Äh, ich verstehe gerade gar nichts, Chef. Habt ihr gestern noch ein paar Marillen mit Gerd genommen oder wollt ihr mich jetzt aufs Korn nehmen, weil ich heute Nacht noch aufgebrochen bin?», fragt Dombrowski mit einem Mix aus Neugier und Ungläubigkeit in der Stimme.

«Im Ernst. Kein Spaß. Hier ist ein Holländer mit seinem Transporter gegen das Ortsschild von Dalldorf gefahren. Gerd hat den Holländer und den Stoff gerettet und den Typen hat er offenbar gleich einkassiert und lässt sich jetzt zeigen, wo es hingehen sollte», ergänzt Harry seine vorherigen Erzählungen. «Ich würde dich bitten ihn mal anzurufen. Der Dickschädel macht jetzt sowieso was er für richtig hält. Ich hoffe er schlägt hier bald wieder auf, aber du weißt ja wie er ist, wenn er erst einmal eine Fährte aufgenommen hat.»

«Ja, klar. Mach ich. Verrückt. Meinen Holländer haben wir auch gerade geschnappt. 180 Kilogramm Gras hatte der auf der Ladefläche. Wir schalten gerade den vermeintlichen Hintermann auf», erzählt Dombrowski seinem Chef.

«Echt? Sauber. Das gibt es doch gar nicht. Kaum ist Gerd in Pension, denken die Dealer sie können alle auf einmal kommen.» Die Freude und zugleich der Sarkasmus in der Stimme von Harry ist nicht zu überhören.

«Und dann kommen sie sogar frei Haus nach Dalldorf.» Dombrowski beginnt zu lachen und zugleich mit dem Kopf zu schütteln. «Aber was wollte der denn damit in Dalldorf? Das liegt doch am Arsch der Welt.»

«Das musst du Gerd selber fragen. Der hat uns hier einfach pennend liegen gelassen und ist mit seinem Lovemobil abgehauen. Dörte springt hier schon im Kreis vor Wut», erzählt Harry.

«Oh ja. Das kann ich mir vorstellen. Ich ruf' ihn mal an und greif' dem guten Mal unter die Arme», verspricht Dombrowski.

«Danke, Dumbo. Olli fährt gleich los und bringt die Tasche ins Präsidium.»

«Habt ihr den Transporter schon durchsucht? Unterlagen, Handys? Wie heißt der Typ eigentlich?», fragt Dombrowski.

«Keine Ahnung. Ich hab' Gerd bislang nur ordnungsgemäß zusammengeschissen. Für Details musst du ihn selber anrufen. Vom Transporter ist kaum was übergeblieben. Das gute Ding ist abgefackelt. Zum Glück hat Gerd den Holländer und die Tasche rausgeholt. So kann der weiterleben und die nächsten Jahre am rechten Platze sitzen», sagt Harry.

«Okay. Dann bis später»

«Tschüss.» Dombrowski beendet das Gespräch und sucht in den Kontakten von seinem Smartphone nach Gerd. Er spürt bereits die bohrenden Blicke von Otto, der ihn wissensdurstig durchbohrt mit seinen starren Augen.

«Also, mit Glück schaffst du es heute noch auf das Sicherstellungspodest. Gerd hat noch einmal mit zehn Kilogramm Kokain in Dalldorf nachgelegt und den nächsten Holländer gepackt. Im wahrsten Sinne des Wortes.»

Stille tritt im Büro zwischen Otto und Dombrowski ein. Wortlos sitzt Otto in seinem Stuhl. So sprachlos hat ihn Dombrowski lange nicht mehr erlebt.

«Sag mal, Dumbo, wollt ihr beide hier die Preise versauen, oder was?», gibt Otto erstaunt von sich, nachdem er seine Sprache wiedergefunden hat. «Wie hoch ist bitte die Wahrscheinlichkeit, dass zwei Holländer an einem Tag bei beschissenem Wetter von Holland nach Hamburg fahren und zwei Beamten, die seit Jahren zusammenarbeiten, getrennt voneinander mit Massen von Drogen in die Arme laufen?»

«Es ist, wie es ist», erwidert Dombrowski zufrieden grinsend und drückt die grüne Wahltaste auf seinem Telefon. Während die Verbindung aufgebaut wird, trinkt er einen letzten Schluck aus seinem Becher, dreht sich herum und geht mit schlurfenden Schritten in sein eigenes Büro zurück.

36

Entlang der Alster in Hamburg ist helle Aufregung ausgebrochen. Eine matt schwarze Limousine fährt mit überhöhter Geschwindigkeit den Schwanenwik entlang. Gelegentlich zieht sie sogar auf die Gegenfahrbahn, wenn der Verkehr es gerade eben mit viel Risiko zulässt, um einzelne Fahrzeuge zu überholen. Der entgegenkommende Verkehr versucht sich immer wieder durch Lichtzeichen und wütende Hupkonzerte bemerkbar zu machen, auch um dem erlittenen Schock ein kleines Ventil zu verleihen. Ebenso die durch riskante Manöver überholten Fahrzeuge geben jegliche Art von Signalen, um ihrem Entsetzen einen Ausdruck zu geben.

Sie feuern sogleich im Anschluss die Streifenwagen an, welche die Verfolgung von der Limousine aufgenommen haben und aus allen Richtungen dazu stoßen, um der Flucht ein jähes Ende zu bereiten. Am besten noch bevor der flüchtende Wagen Opfer fordert. Der Fahrer zeigt keinerlei Einsehen. Wie im Wahn blickt er auf die vor ihm liegende Straße und kennt nur noch den Weg der Flucht nach vorne. Niemand kann ihn mehr vor dem sicheren Schicksal bewahren. Er will einfach nur weg. In einem Moment der reinen Beschleunigung, frei von Verkehrshindernissen, streift er sich mit einer Hand die ins Gesicht gefallenen, langen Haare nach hinten und streicht den Vollbart im Anschluss mit beiden Händen nach vorne. Er beginnt die Spitze zu verzwirbeln. Ein leichtes Lächeln der Beruhigung huscht über die Lippen von Faruk, während er im Rückspiegel die im Fahrzeugfond liegenden Sporttaschen betrachtet, die allesamt voll sind mit Marihuana. In den Außenspiegeln beobachtet er die blau leuchtende Armada an Streifenwagen, die seinem PS-Boliden offenbar nicht gewachsen sind. Er nimmt beide Hände wieder ans Lenkrad und drückt das Gaspedal noch einmal durch. Das Dröhnen seines Motors lässt in ihm den Rausch der gefühlten Überlegenheit aufsteigen. Niemand kann ihn stoppen, wenn er erst einmal richtig Gas gibt.

Doch er irrt sich. Die Sirenen kommen immer dichter. Von allen Seiten fahren die blauen, blinkenden Lichter an ihn heran. Auf einmal ist er umzingelt von Streifenwagen, die immer unmelodischer klingen. Vorne, seitlich, hinten. Überall sieht er nur noch Streifenwagen, die seinen geliebten Wagen vollumfänglich eingekreist haben und ihn offenbar mit ihren immer lauter klingenden Sirenen zum Anhalten zwingen wollen. Verzweifelt blickt Faruk in alle Richtungen. Er schreit, doch nichts ist zu hören. Keiner kann ihm mehr helfen. Er schreit weiter, die Sirenen dröhnen in seinen Ohren, so laut, bis er es nicht mehr aushalten kann. Er nimmt die Hände vom Lenkrad, schließt die Augen, schreit so laut, wie er noch nie geschrien hat und schlägt die Augen wieder auf. Dunkelheit. Faruk liegt in völliger Dunkelheit. Er schreit, als gäbe es kein Morgen mehr und hält sich die Ohren weiter zu. Alles ist dunkel.

Nur ein leichtes Schimmern neben ihm auf dem Tisch wirft fahles Licht in den Raum, gepaart mit den eben noch so unerträglichen, unmelodischen Klängen. In der Dunkelheit liegt Faruk auf einer durchgesessenen Couch und erwacht. Nach und nach wird ihm klar, wo er ist. Er blickt hektisch um sich und atmet tief durch.

«Krasse Scheiße, digger», sagt er erleichtert zu sich selber und schwingt die Füße auf den Boden, um Halt in den Körper zu bekommen.

Faruk streift seine Haare nach hinten und streicht sich mit beiden Händen den Bart nach vorne, wo er ihn immer wieder um die Finger wickelt und verzwirbelt.

Er atmet einmal tief ein, wieder aus, beendet mit einem einfachen Wischen das Geklingel von seinem Handy und steckt es in seine Hosentasche.

Ein Blick auf die Uhr zeigt ihm, dass es bereits kurz nach halb eins ist. Noch ausreichend Zeit für den anstehenden Weg. Auch um jetzt noch einmal kurz an die Luft zu gehen und sich umzuschauen.

Faruk steht auf und streckt seinen Körper durch. Die Enden der roten Trainingshose fallen ihm auf die hellen Sneakers und seine Panzerkette schaukelt auf dem Shirt von links nach rechts, während er zur Ausgangstür geht.

Die Tür wird von ihm zunächst einen Spalt breit geöffnet und lässt erstes Tageslicht in den Raum fallen. Stark blinzelnd beginnen seine Augen sich langsam an die Helligkeit zu gewöhnen. Er schaut, ob vor der Halle Auffälligkeiten zu erkennen sind und geht langsam aus der Tür hinaus.

Vor der Tür nimmt er sich eine Zigarette aus seiner Schachtel und steckt sie sich hinters Ohr. Nach mehreren Schritten in Richtung der Straße nimmt er sie wieder vom Ohr weg, legt sie zwischen seine Lippen und zündet sie mit einem Feuerzeug an.

Faruk nimmt einen tiefen Zug, der die letzten Gedanken an den soeben durchlebten Traum vergessen macht und schaut die Ringstraße entlang.

Ihm fallen keine Autos auf, die er hier nicht schon einmal gesehen hätte und geht rauchend mit langsamen Schritten zu seiner Limousine am anderen Ende der Ringstraße.

Es beginnt leicht zu nieseln und Faruk blickt in den Himmel, der nun wieder dunkle Wolken über ihn hinweg führt.

Das erhöhte Schritttempo führt ihn schnell zu seinem Wagen, wo er kurz stehen bleibt und noch einmal in beide Richtungen der Straße schaut.

Weder Passanten noch fahrende Fahrzeuge sind festzustellen. Faruk aktiviert seine Zentralverriegelung, um im Anschluss die Tür zu seiner Limousine zu öffnen.

Er steigt in sein matt-schwarzes Fahrzeug, nachdem er den Rest seiner Zigarette auf die Straße geschnippt hat und schließt die Tür.

Mit lautem Grollen startet sein Motor und die dunkle Limousine fährt brummend die Ringstraße entlang. Faruk dreht eine ganze Runde durch den Merkurring und fährt erst dann auf das Gelände der Werkstatt, wo er rückwärts vor dem Zugang zu seinem Lagerraum einparkt.

Bevor Faruk aus seinem Fahrzeug aussteigt, drückt er mit beiden Händen gleichzeitig vier Knöpfe auf seinem Armaturenbrett. Ein leichtes Klicken ist zu hören. Es kommt direkt aus dem hinteren Bereich im Auto. Aus der Ablage der Fahrertür entnimmt Faruk einen metallischen Gegenstand, den er in der linken Hand mit allen Fingern fest umgreift. Mit dem Zeigefinger öffnet er die Tür, schiebt sie mit dem Arm auf und steigt aus dem Wagen aus. Er geht mit langsamen Schritten zum Kofferraum, dreht sich um, blickt noch einmal die Zufahrt hinab und öffnet die Kofferraumklappe mit seiner rechten Hand.

Mit dem metallischen Gegenstand fährt er an der Mitte der Rückbank entlang, bis ein Knacken in der Rückenlehne der Rückbank ausgelöst wird und sich die Rückwand der Sitzbank langsam ihm entgegen lautlos absenkt.

In der Rückenlehne kommt ein großes Fach zum Vorschein. Es ist geräumig, aber leer.

Faruk blickt noch einmal die Auffahrt hinab, dreht sich um und geht zur Tür, die in sein Lager hineinführt. Er schließt die Eingangstür auf und öffnet sie. Während er die Tür mit der rechten Hand aufgestemmt hält, ergreift seine linke Hand die bereits am Morgen vorbereitete Tasche. Mit der Tasche in der Hand geht er zum Kofferraum seiner Limousine und lässt die Tür hinter sich mit einem Knallen unbeachtet ins Schloss fallen. Er legt die dunkle Sporttasche in das soeben geöffnete Fach der Rückbank und schließt die unscheinbare Klappe, bis sie mit einem lauten Klicken einrastet. Faruk drückt noch zwei Mal gegen die Lehne und überprüft, ob sie sich von alleine wieder öffnet, doch er spürt keinen Unterschied mehr zu einer normalen Rückenlehne und schließt zufrieden die Kofferraumklappe.

Nochmals schaut er die Ausfahrt des Grundstücks hinab, kann aber auch weiterhin keine Person entdecken, die ihn beobachtet haben könnte. Er geht noch einmal zur Lagertür, die er mehrfach verschließt und aktiviert im Anschluss die Alarmanlage.

Faruk geht zur Fahrertür und steigt in sein Fahrzeug ein. Er startet den Motor und holt sein Handy aus der Tasche. Nachdem er eine kurze Nachricht geschrieben hat, steckt er das Telefon in die Mittelkonsole, um es für mögliche Nachrichten oder Anrufe während der Fahrt im Blick zu behalten.

Die Pferdestärken erklingen in der ruhigen Umgebung und die matt-schwarze Limousine fährt mit steigender Geschwindigkeit vom Gelände der Werkstatt hinab.

Auf dem Merkurring erhöht Faruk weiter die Geschwindigkeit und ordnet sich an der Ampel als Linksabbieger ein. Einen Blick zu den passierten Edelkarossen im Schaufenster des verehrten Autohändlers verschwendet Faruk dieses Mal nicht.

Mitleidig blickt er an der roten Ampel nach rechts, wo ein älterer Mann mit seinem alten eierfarbenen Wohnmobil steht und im Begriff ist, mit seinem Vehikel aus Restmetall in Richtung Autobahn aufzubrechen. Faruk schüttelt den Kopf. Er kann nicht verstehen, warum manche Menschen sich solche Fahrzeuge anschaffen. Die Ampel springt auf grün, er fährt mit quietschenden Reifen an und setzt die Fahrt auf der Sieker Landstraße in Richtung Hamburger Innenstadt fort.

37

Der Elbtunnel ist eine der Hauptschlagadern Hamburgs. Wenn hier Röhren gesperrt sind wegen Wartungs- oder Bauarbeiten, dann kommt der gesamte Verkehrsfluss zum Erliegen. Dröhnende Laster lassen den Asphalt jeden Tag, Stunde für Stunde, jede Sekunde pro Minute unter ihrem Gewicht erzittern, wenn sie aus den Tunnelröhren hinauf ans Tageslicht klettern und das Geräusch ihrer und der folgenden PS-starken Motoren aus den tiefen Gewölben dröhnt.

Begleitet werden sie von den vielen Fahrzeugen, die ebenfalls auf die andere Seite der Elbe gelangen müssen, um zur Arbeit zu fahren, in der Hamburger Innenstadt einzukaufen, ein Musical zu besuchen oder einfach weiterzufahren zum Fußballstadion, an die Nordsee oder nach Dänemark.

In Richtung Süden führt die Verlängerung auf die Autobahnen in Richtung Bremen oder Hannover und in den Rest der Republik. Auf ihrem Weg überquert sie auf mächtigen Betonfüßen eine vierspurige Bundesstraße, die hinaus führt nach Stade und Cuxhaven, weg aus dem grauen Harburg, vorbei an den Harburger Bergen und hinein ins Alte Land, wo Äpfel und Kirschen wachsen, wie kaum woanders auf Erden.

Direkt an der Autobahnunterführung und der zur Bundesstraße verlaufenden Autobahnabfahrt liegt ein Schnellrestaurant, das gerade zu Ferien- und Feierabendzeiten gut besucht ist. Zur Mittagszeit hält sich der Andrang in Maßen. Ausreichend Plätze sind vorhanden, wo man sich ungestört treffen kann und keine ungewünschten Mithörer befürchten muss.

Auf den am Restaurant angrenzenden Parkplatz fährt eine weiße Geländelimousine, dessen Fahrgeräusche sich in das metallische Kreischen der vielen Laster und Autos einfügt, die auf der Überführung die Bundesstraße überqueren.

Der BMW parkt auf einer Haltebucht vor dem Eingang und umgehend stoppt der Motor des bulligen SUV. Fahrer- und Beifahrertür öffnen sich gleichzeitig. Cemal und sein Fahrer steigen aus dem Fahrzeug aus. Sie schließen die Türen und schauen in Richtung Zufahrt und umliegend geparkter Fahrzeuge. Cemal rückt seine Lederjacke zurecht und richtet sein Hemd. Mit gemächlichem

Gang geht er auf das Schnellrestaurant zu. Sein Fahrer folgt ihm ebenso langsam, beschleunigt ein wenig und öffnet ihnen die Schwingtüren, bevor Cemal sie erreicht. Sie wollen sich wieder auf denselben Platz wie vor ungefähr zwei Stunden setzen. Der Tisch ist unbesetzt und auch an den Nebentischen ist derzeit alles frei. Vorher holt Cemal zwei große Burger und Softgetränke an der Kasse. Er zahlt mit einem grünen Einhunderteuroschein den fälligen Betrag.

Mit dem Tablett in der Hand folgt ihm sein Fahrer zum Tisch. Er setzt sich neben ihn, so dass sie beide die Zufahrt zum Parkplatz im Blick behalten können.

Beide wissen, dass es Zeit in Anspruch nehmen kann, bis der Glatzkopf wieder vorfährt. Cemal weiß jedoch ebenso, dass er verlässlich ist und in jedem Fall erscheinen wird. Egal, welches Problem besteht, so wird er das Treffen wahrnehmen. Ein Risiko besteht nicht für Cemal. Der Glatzkopf ist nur ein Dienstleister. Einer der vielen Dienstleister, die er in Anspruch nehmen muss für seine Arbeit, um das Risiko auf ein Minimum zu reduzieren.

Einen direkten Kontakt mit seiner Ware will er nicht riskieren. Loyale Mitarbeiter sind die Basis für eine sichere Zukunft, in die er steuern will.

Die Gewinne investiert er wieder, um weiter zu wachsen und Verluste durch zahlungsunfähige Kunden zeitlich begrenzt auszugleichen. Aber auch der Nachdruck zur Erhöhung der Zahlungsmoral erfordert Personal, das auch dazu bereit ist, im Willen der Firma zu handeln und Überzeugungsarbeit zu leisten, die weder auf die Firma und schon gar nicht auf Cemal zurückfallen darf. Als Geschäftsführer darf er nicht angreifbar, nicht verletzbar sein in diesem Haifischbecken der Großen.

Cemal beißt immer wieder ein Stück von seinem Burger ab, legt ihn wieder ins Papier auf dem Tablett, faltet seine Hände ineinander und kaut gleichgültig auf dem Fastfood herum. Seine volle Konzentration gilt der Zufahrt, nicht dem Geschmack des Essens. Sein Fahrer hat den Burger in Rekordzeit verschlungen. Er hat noch immer Hunger, wagt aber nicht aufzustehen und sich weiteres Essen zu bestellen. Er bleibt starr an Cemals Seite sitzen und blickt auf den Parkplatz und darüber hinaus.

Eine dunkle Limousine fährt die Abfahrt der Autobahn hinab. Sie kommt direkt auf die Kreuzung zugefahren und bremst ab, weil die Ampel noch auf Rot für die abfahrenden Fahrzeuge steht. Leichter Nieselregen lässt den Asphalt dunkel erscheinen. Die grauen Wolken tun ihr Übriges, um die Limousine noch dunkler wirken zu lassen, als sie noch am Morgen war.

Die gelben Kennzeichen der Limousine treten hervor, wie der Vollmond am Nachthimmel in einer klaren Herbstnacht. Cemal verengt seine Augen, während er das Kennzeichen zu entziffern versucht.

Er schiebt das Tablett mit dem Rest des Burgers zu seinem Fahrer, der es erfreut ergreift, aufsteht, sich an das Stehpult setzt und die Reste eilig aufisst.

Mit gestilltem Hunger schiebt er das Tablett von sich weg, einer Angestellten entgegen, die es freundlich entgegennimmt und für ihn wegräumt.

Cemals Augen bleiben bei der dunklen Limousine, die inzwischen auf den Parkplatz vor ihnen gefahren ist und gerade einparkt.

Der Fahrer der Limousine öffnet seine Tür und steigt aus. Er richtet sich in seiner vollen Größe auf. Sein graues Langarmshirt spannt sich auf seiner breiten Brust. Unter den Armen und auf dem Rücken zeichnen sich dunkle Schweißränder ab. Der Gesichtsausdruck des Vormittags hat sich noch einmal deutlich verfinstert. Seine stechenden Adleraugen blicken durch das Fenster zu Cemal. Die Wangen wirken eingefallen vor Wut. Er verschließt sein Auto ohne hinzublicken und geht in Richtung Schnellrestaurant.

Mit ihm kommt frische Luft durch die Türen geweht, für den Moment, in dem beide Schwingtüren noch offenstehen. Hiervon spürt Cemal nichts in seiner abgelegenen Ecke. Er blickt direkt zum verärgerten Holländer, der mit schnellen, langen Schritten auf ihn zukommt.

Er setzt sich ohne Begrüßung zu Cemal an den Tisch. Seine Augenbrauen schieben die Hautfalten in ihrer Mitte eng übereinander. Der Adlerblick sticht in Cemals Augen, aber er hält ihm stand.

«Es gibt Probleme. Wir komme an eine andere Tach. Wir melden uns.» Der Holländer erhebt sich wieder vom Tisch.

«Moment mal. Was gibt es denn für Probleme? Wann kommt ihr jetzt? Wir erwarten euch bereits», erwidert Cemal mit gedämpfter Stimme.

«Wir melden uns. Zeitnah», antwortet der Holländer und wendet sich schnell von Cemal ab. In ähnlichem Tempo geht er in Richtung Ausgang. Aus seiner Hosentasche nimmt er mehrere Billigtelefone und schmeißt sie in die silberne Klappe, auf der mit roten Lettern das Wort Danke geschrieben steht. Er geht über den Parkplatz zu seiner Limousine, steigt ein und fährt in Richtung Autobahnauffahrt davon.

Cemal sitzt sprachlos im Restaurant. Er hätte gerne mehr erfahren, aber er kann gelassen bleiben. Das Risiko der Lieferung bis zum Zeitpunkt der Übergabe tragen die Holländer. Ihm wird hierdurch kein gravierender finanzieller Nachteil entstehen. Die vorhandenen

Reserven werden für die nächsten Tage noch reichen. Zur Not müssen sie regional einkaufen bis die Holländer sich wieder melden. Cemal zieht am Strohhalm von seinem Softdrink, bis dieser blubbernde Geräusche von sich gibt. Er steht auf und geht zu seinem Fahrer. Seinen Becher stellt er auf dessen Stehtisch ab und geht an ihm vorbei. «Wir fahren ins Café», sagt er ihm im Vorbeigehen und verlässt das Restaurant. Gefolgt von seinem Fahrer, dem er die Türen unachtsam entgegenfallen lässt.

38

Mitten in Eppendorf liegt die Wohnung von Steven und seiner Freundin. Er wohnt mit ihr in einer Altbauwohnung mit hohen Decken, deren Kanten mit Stuck verziert sind. Die Halterung der Kronleuchter in den Zimmern sind ebenfalls mit Stuck verkleidet. Die Wohnung ist schlicht und elegant eingerichtet. Geradlinige Möbel in klaren Farben, der neu versiegelte Dielenboden knirscht an manchen Stellen, wenn man über ihn hinweg geht. Eines der fünf Zimmer ist zu einem Kinderzimmer ausgebaut. Die übrigen Zimmer, als Wohn-, Arbeits-, Schlaf- und Ankleidezimmer. Stevens Freundin braucht ein Zimmer für all ihre Schuhe, Taschen und Kleider mit denen sie sich für ihre harte Arbeit in regelmäßigen Abständen auf großen Shoppingtouren belohnt. Manchmal bringt sie auch Steven etwas mit, wenn ihr etwas in die Hände fällt, was sie sich gut an ihm vorstellen kann.

Steven ist Kleidung nicht wichtig. Er hat lange Zeit seines Lebens in den letzten Lumpen gelebt und er würde es auch wieder tun, wenn er müsste.

Er räumt ein wenig auf in der Wohnung. Am Morgen hatte er noch ausgiebig mit Emilia gespielt. Sie hat ihn als Vaterfigur angenommen, auch wenn er nicht ihr leiblicher Vater ist. Er liebt sie wie sein eigenes Kind. Schließlich nahm er seit ihrer Geburt jeden Tag an ihrem Leben teil und war schnell der wichtigste Mensch in ihrem Leben. Ihre Mutter war meistens bei der Arbeit und kaum zu Hause. Höchstens am Wochenende, aber auch dann musste sie sich lieber um ihre Arbeit auf dem Notebook kümmern, als mit ihr zu spielen und ihr die nötige Aufmerksamkeit zu schenken.

Gelegentlich blickt er aus dem Fenster und schaut, ob sein erwarteter Gast bereits angekommen ist. Das Wetter wird wieder schlechter. Er wird Emilia später mit dem Buggy abholen müssen, denn im richtigen Regen verweigert sie zu laufen, egal wieviel regenabweisende Kleidung man ihr anzieht.

Aus dem Wasserhahn füllt er sich ein Glas mit kaltem Wasser ein und trinkt es mit mehreren großen Schlucken leer. Er blickt auf seine Uhr und räumt weiter in seiner Wohnung auf.

Wenige Kilometer weiter östlich fährt ein dunkel-mattes Fahrzeug über die Steilshooper Allee in Richtung City-Nord. In der City-Nord stehen große Bürogebäude aus den 70er-Jahren und einige Mehrfamilienhäuser, die den damaligen Traum vom arbeitsnahen Wohnen verwirklichen sollten.

Faruk hat noch ein wenig Zeit auf seiner Fahrt und beginnt in seinen Kontakten nach der Rufnummer von Charleen zu suchen, um sie noch einmal anzurufen. Er fährt dabei mit langsamer Geschwindigkeit auf der rechten Spur und bemerkt nicht den Streifenwagen, der neben ihm herfährt. Die Polizeibeamten schauen streng zu ihm hinüber. Faruk scheint die Blicke zu spüren und wirft das Handy überdeutlich auf seinen Beifahrersitz und entschuldigt sich mit flacher erhobener Hand und leicht gesenktem Kopf bei den Beamten. Sorge breitet sich aus, dass er nun kontrolliert wird und sich erklären muss. Sowohl seine gut versteckte Lieferung, als auch seine Fahrt ohne gültigen Führerschein könnten ihm nun Probleme bereiten. Wut über Charleen macht sich in ihm breit. Warum muss sie ihm immer wieder in den unpassendsten Momenten durch den Kopf gehen.

Die Beamten bleiben noch ein wenig fahrend auf seiner Höhe. Der Beifahrer erhebt seinen Zeigefinger und winkt diesen immer wieder von links nach rechts. Faruk entschuldigt sich noch einmal gestenreich und scheint Eindruck zu hinterlassen. Denn der Streifenwagen erhöht wieder sein Tempo und wechselt die Spur zum Linksabbieger in Richtung Saarlandstraße. Vermutlich hatten die beiden Beamten kein Interesse, sich bei dem immer stärker werdenden Regen in eine Verkehrskontrolle zu begeben und ihr Fahrzeug zu verlassen.

Faruk atmet tief durch. «Drecksbullen, digger», sagt er vor sich her, greift nach seinem Telefon und ruft nun doch Charleen an.

«Hallo Schatz», ertönt eine freudige Stimme. «Wo bist Du? Was machst Du?»

«Ich habe zu tun, Baby. Frag nicht immer. Was machst Du?», stellt Faruk die Gegenfrage.

«Nichts. Ich bin zu Hause. Ich hab' bei der Arbeit abgesagt, Schatz. Ich dachte, dass du vielleicht kommst», antwortet Charleen sofort. «Schatz, kommst du jetzt zu mir? Ich hab' Sehnsucht nach dir. Ich will dich bei mir haben.»

«Ich hab' zu tun, digger. Checkst du das mal», Faruk schnalzt mit den Zähnen mehrfach auf. «Vielleicht heute Abend, Baby. Ich meld' mich. Hade tschüss.»

Faruk steckt das Telefon in seine Jackentasche. Kurz darauf brummt es. Er blickt auf die Nachricht von Cemal und liest sie gleich ein zweites Mal durch: *"Schlechtes Wetter. Training fällt aus"*, steht dort geschrieben.

«Digger, was soll ich da denn bitte verstehen», spricht Faruk zu sich selber. Er streicht sich die Haare nach hinten und blickt anschließend nochmals auf das Display.

Er tippt ein Fragezeichen als Antwort in sein Handy und schickt die Nachricht ab. Kurze Zeit später kommt eine weitere Nachricht von Cemal.

"Holland fährt nicht zur WM." So sehr Faruk von den Nachrichten von Cemal in ihrer Art und Weise genervt ist. Diese Nachricht bringt ihn dann doch zum Schmunzeln. Er steckt sein Handy ein, nachdem er einen Daumen nach oben abgesandt hat und biegt auf den Jahnring, der ihn am Stadtpark vorbei in Richtung Winterhude bringen wird. Direkt hinter Winterhude kommt er dann endlich nach Eppendorf und dann ist vorerst Feierabend, wenn er Cemal denn richtig verstanden hat.

Keine fünfhundert Meter von Faruk entfernt, sitzen Otto und Dombrowski in ihren jeweiligen Büros.

Otto kaut mal wieder auf einer Handvoll Keksen herum und blickt in seinen Monitor. Bislang fanden keine weiteren Telefonate statt. Auch kann er sich die Attacke auf Mehmet Aktay bislang noch nicht abschließend erklären. Die banale Erklärung von Dombrowski ist allerdings einleuchtend, denn Aktay ist bekannt für regelmäßige Körperverletzungsdelikte. Meistens haben die Taten einen Hintergrund im Drogenhandel gehabt, doch wirklich nachweisen konnte man ihm nie etwas. Die Zeugen und Geschädigten wollten in den Gerichtsverhandlungen zumeist doch keine weiteren Angaben zum Sachverhalt machen. Vereinzelt akzeptierten sie sogar lieber eine Anzeige wegen Falschaussage, als noch einmal vor dem Gericht die eigene Aussage zu wiederholen. Der Spuk dürfte jetzt erst einmal ein Ende gefunden haben. Aber schnell wird sein Platz wieder eingenommen sein und vermutlich wird es vorher zu weiteren Auseinandersetzungen kommen, um die begehrten Plätze von Aktay zu erobern.

«Yes», ertönt es aus dem gegenüberliegenden Büro. Dombrowski schlägt freudig auf den Tisch und greift nach seinem Telefon.

«Fred, mein liebster Freund. Wo sind Pascho und Jayjay? Die Geodaten von unserer Kontaktperson von dem Holländer sind aktuell im Bereich der Abfahrt Hamburg-Heimfeld. Kannst du die beiden ein bisschen entbehren, dass sie sich dort nach einem weiteren Holländer umschauen können?», fragt Dombrowski direkt, ohne in irgendeiner Form Smalltalk zur Begrüßung zu führen.

«Mmh. Ja. Solange wir nicht groß in Bewegung gehen. Wenn der Kampfzopf allerdings losfährt, muss ich die beiden heranziehen», erklärt Fred.

«Einverstanden. Danke. Die Beiden können sich ja dann bei mir melden.» Dombrowski legt auf und wählt gleich die nächste Nummer.

«Moin Herr Schmidt, Dombrowski mal wieder. Die Rufnummer läuft. Sie ist in Heimfeld, also direkt hier bei uns in Hamburg. Ich bitte um einen Beschluss zum Einsatz eines Imsi-Catchers, mit dem wir das Telefon lokalisieren und den Hintermann aufnehmen können», erläutert Dombrowski.

«Das Handy kann doch sicherlich jeden Moment ausgehen, oder?», fragt Schmidt.

«Wir haben keine Ahnung, wie voll der Akku ist», erwidert Dombrowski.

«Dann ordne ich den Einsatz auf Gefahr im Verzuge an. Geben Sie Gas. Ich will wissen, wer das ist», antwortet Staatsanwalt Schmidt.

«Verstanden. Wir werden uns beeilen. Tschüss.» Dombrowski legt auf und wählt gleich die nächste Nummer.

«Na, Dumbo. Wie kann ich Dir helfen», fragt eine sonore, leicht heisere Stimme.

«Ich brauch' Euch. Jetzt.»

«Das kann ja jeder sagen», antwortet die Stimme und räuspert sich.

«Es ist Ernst. Wir haben heute 180 Kilogramm Gras in einem Transporter sichergestellt. Der Kontaktmann von dem Kurierfahrer befindet sich im Bereich Hamburg-Heimfeld. Ich sende euch gleich die aktuellen Daten. Wir müssen den mit eurem Imsi-Catcher finden und identifizieren.»

«Das klingt ja mal wichtig. Na dann. Ich schick euch die Jungs mal rüber. Die sind sowieso gerade in Harburg in Gange. Gib mir eine Viertelstunde. Dann melden sie sich bei dir», sagt der Gesprächspartner.

«Danke Pösel. Ihr seid Gold wert.»

«Erst liefern, dann loben, mein Lieber», lässt Pösel von den Imsi-Catchern den Dank an sich abprallen und beendet ohne Verabschiedung das Gespräch.

Im Nachbarbüro schallen Stimmen aus dem Funkgerät in die Stille des Moments. *«Es fährt eine matt-schwarze Limousine vor und parkt direkt vor der Anschrift von Kampfzopf ein. Am Steuer sitzt ein Südländer, 25-30 Jahre alt. Lange Haare nach hinten gegelt. Vollbart. Kennzeichen kann ich nicht erkennen, das muss einer von Euch liefern. Fahrer bleibt sitzen. Hantiert auf seinem Telefon herum. Telefoniert.»*

In diesem Moment beginnt der PC von Otto zu piepen. Er greift nach dem Funkgerät. «Das Telefonat kommt offenbar an.»

Otto setzt sich seine Kopfhörer auf und hört sich das Gespräch an. Er greift wieder nach dem Funkgerät.

«Kampfzopf soll die Tür aufmachen. Augen auf. Es könnte interessant werden.»

«*Der Fahrer steigt aus seinem Fahrzeug aus. Er hält einen dunklen Gegenstand in seiner Hand. Er geht zum Kofferraum. Kofferraum wird geöffnet. Oha. Er entnimmt eine große schwarze Sporttasche und schultert sie. Die Tasche ist beschriftet mit weißer Schrift. Rote Griffe. Er geht zum Hauseingang. Die Tür wird ihm geöffnet. Er betritt. Die Tür fällt ins Schloss.*»

Otto blickt zu Dombrowski, der gespannt in sein Büro kommt. «Da hast du deine Lieferung, würde ich mal kühn behaupten.»

Otto reibt sich den Mund. Schaut kurz aus dem Fenster raus und kratzt sich am Kopf. Er greift nach dem Funkgerät und führt es zum Mund. Stellt es aber noch einmal auf den Tisch. Er greift wieder nach dem Funkgerät, doch in diesem Moment wird das Kennzeichen von einem weiteren Observanten mitgeteilt.

Otto schreibt es schnell auf und beginnt es in das zentrale Verkehrsinformationssystem einzugeben.

Nun nimmt er sich das Funkgerät und spricht hinein. «Das Kennzeichen gehört zu einer Werkstatt im Merkurring in Rahlstedt. Ich gehe davon aus, dass es sich um die erwartete Lieferung handelt. Bitte den Lieferanten begleiten und fotografisch dokumentieren und auf den Zugriff auf die Wohnung vorbereiten.»

Ottos Handy piept mehrfach. Er greift nach dem Telefon und schaut auf das Display. In seinem Messenger erscheinen mehrere gestochen scharfe Bilder von dem Lieferanten, wie er zum Kofferraum und mit der Tasche zum Hauseingang geht.

«Okay. Fotos brauchen wir nicht mehr. Gute Arbeit.»

«*Otto, wir können nicht beides leisten. Pascho und Jayjay sind noch in Heimfeld für Dumbo und wir sind zu wenige, um beides zu leisten. Du musst dich entscheiden, was du jetzt willst*», antwortet Fred über Funk.

Otto nimmt einen kräftigen Schluck aus seiner Kaffeetasse, die er gerade wieder frisch gefüllt hat.

«Okay. Wir warten ab, ob der Lieferant ohne Tasche verlässt und lassen ihn ziehen. Die Tasche verlässt nicht das Haus. Falls Kampfzopf vor dem Zugriff verlässt, dann nehmen wir ihn aus dem Rennen», gibt Otto vor, lehnt sich im Anschluss in seinem Bürostuhl zurück und blickt an die Decke. «Jo», sagt er gedankenverloren und bestätigt für sich selber noch einmal die eigene Entscheidung.

«*Achtung. Der Südländer verlässt die Anschrift. Er trägt keine Tasche an der Person. Keine Tasche. Er steigt in seinen Wagen. Lichter gehen an. Motor startet. Das Fahrzeug fährt ab*», dröhnt es aus dem Funkgerät.

«Okay. Dann ist hiermit die Freigabe erteilt. Der Zugriff auf die Wohnung ist freigegeben, sobald der Wagen außer Sicht ist», ordnet Otto überzeugt an, trinkt einen Schluck aus seinem Becher und steckt sich einen Keks in den Mund, den er knuspernd zu zerkauen beginnt.

39

In einem Einfamilienhaus in Dalldorf sitzt Harry Goldutt am Frühstückstisch. Mit einem kleinen Löffel verrührt er zwei Zuckerstückchen in seinem schwarzen Tee. Zuvor hat er noch ein wenig Milch dazu gegossen. Auf dem Frühstückstisch sind diverse Wurst- und Käsesorten auf Holzplatten angerichtet. Dazu gibt es frisch gepressten Orangensaft, aufgeschnittenes Obst und verschiedenste Brötchen des örtlichen Bäckers. Die Milch und die gekochten Eier sind vom regionalen Bauern. Dörte hat sich viel Mühe gegeben, um den ehemaligen Chef von Gerd gebührend zu bewirten. Auch vier weitere ehemalige Kollegen sitzen am Tisch und genießen das besondere Katerfrühstück.

Neben ihnen steht eine dunkle Sporttasche auf dem Fußboden, deren roten Tragegriffe ineinander verknotet auf der Tasche liegen.

In der Runde herrscht aktuell Stille. Alle essen in Ruhe ihr Frühstück. Es wäre ein Unding gewesen, vorzeitig mit der Tasche abzureisen. Niemand hätte es gewagt Dörte nach ihren Anstrengungen des Morgens, alleine stehen zu lassen. Außerdem waren alle viel zu neugierig auf Gerd und seinen ungebetenen Gast, den er aktuell zur mehr oder minder freiwilligen Ausfahrt ausgeführt hat.

Das Klimpern von Besteck auf dem edlen Porzellan und gelegentlich das Ratschen des Brotmessers in den knusprigen Brötchen sind die einzigen Geräusche, die neben der klackernden Wanduhr zu hören sind.

Ein metallisches Geräusch erklingt im Türschloss der Haustür und mit einem Ruck öffnet sie sich. Die Bewegung von der Eingangstür lässt alle Kriminalbeamten innehalten in ihrem Frühstück. Nacheinander erheben sie sich von ihren Plätzen und gehen in den Hausflur, wo ihnen ein älterer Mann mit grauem Schnurrbart und dunkler Jacke entgegenkommt. Direkt hinter ihm kommt Gerd durch die weiße Tür. Eine Mischung aus breitem Grinsen und nachdenklicher Miene lässt sich in seinem Gesicht erkennen. Harry schiebt sich an van der Boek vorbei und drückt den niedergeschlagen wirkenden Holländer zu den hinter ihm befindlichen Kollegen. Die nehmen sich seiner an und führen ihn erst einmal ins Gästezimmer, wo sie ihn auf die dortige Couch setzen. Die nächtlichen Bezüge waren von Dörte bereits abgezogen und in die Waschmaschine gesteckt worden.

Ruud van der Boek lässt sich auf die mit einer Tagesdecke überzogene Couch fallen und vergräbt zunächst einmal das Gesicht in seinen Händen. Ein Beamter bleibt bei ihm im Raum und schließt die Tür. Alle anderen gehen mit Gerd in das Wohnzimmer und schauen ihn gebannt an.

«Seid ihr also auch endlich mal wach?», ist sein erster Kommentar, den er ihnen mit süffisantem Lächeln entgegenschlägt. «Ich dachte schon, ihr wollt den alten Mann alles alleine machen lassen.»

«Eigentlich müsste ich dir die Ohren langziehen», beginnt Harry Goldutt ehe er von Gerd gleich wieder unterbrochen wird.

«Moment mal. Während ihr hier euren Rausch ausschlaft und das leckere Frühstück vertilgt, mache ich hier euren Job. Ihr könnt auch einfach "Danke Gerd" sagen.»

«Danke Gerd», erwidert Harry direkt, was Gerd den Mund offenstehen lässt. Mit so schneller Einsicht hat er nicht gerechnet und er könnte schwören, dass sein Chef das nur gemacht hat, um ihn von seiner hohen Welle auf den Boden der Tatsachen wieder runter zu holen.

«Okay. Aber bevor ich euch erzähle was anliegt, rufe ich erst einmal Dumbo zurück. Der versucht mich schon die ganze Zeit zu erreichen, aber mit dem Käskopp an der Seite kann ich ja nicht am Steuer telefonieren.» Gerd beginnt auf seinem Handy zu wählen und stellt den Lautsprecher an.

«Da bist du ja endlich.» Dombrowskis Stimme schallt aus dem kleinen Lautsprecher und Erleichterung ist in seiner Stimme zu hören. «Ist alles gut bei dir? Was hast du wieder angestellt? Der Lütte macht sich schon totale Sorgen um dich.»

«Der Lautsprecher ist an, Kumpel», warnt ihn Gerd ein wenig zu spät.

«Wo bist du denn? Bist du schon zu Hause?», fragt Dombrowski.

«Jo. Ich wollte euch allen gleichzeitig die Lage berichten», erwidert Gerd.

«Nichts für Ungut, Chef», ertönt Dombrowski leicht verunsichert aus dem Handy.

«Geht schon in Ordnung. Bin halt lütt und Sorgen habe ich mir auch gemacht um unser Dickerchen.»

Gerd überlegt, ob er auf diesen Kommentar noch einmal verbal entgegen prescht, aber er entschließt sich, mit dem Erlebten zu beginnen.

«Kommen wir mal zur Sache, Leute. Ich bin durch ein Scheppern in meiner Morgenroutine gestört worden. Der Holländer hat unser Ortsschild über den Haufen gefahren und hing auf halb acht über seinem Lenkrad. Sein Transporter hat Feuer gefangen, während ich versuchte ihn rauszuholen. Am Ende hat das geklappt und auch die Tasche konnte ich bergen. Der Rest des Fahrzeugs brannte aus, bis meine Jungs von der Freiwilligen Feuerwehr es löschen konnten. Viel zu holen gab es dort sicherlich nicht mehr. Aber soweit ich sehen konnte, war die Ladefläche leer. Schade ist es nur um sein Handy, denn das lag in der Ablage und ist sicherlich geschmolzen. Darin war der Kontakt zu seinem Hintermann abgespeichert.

Er ist ein reiner Kurierfahrer, fährt aber regelmäßig, sogar mehrfach die Woche Betäubungsmittel nach Deutschland. Klassisch haben die Hinterleute ihn mit Schulden festgemacht und er versucht die Schulden zu tilgen, was natürlich niemals gelingen wird. Das hat er auch irgendwann kapiert und sich mit dem Leben als professioneller Kurierfahrer arrangiert.» Gerd holt kurz Luft und gießt sich in seinen großen Becher den frisch gekochten Kaffee ein, der in einer grünen Thermoskanne auf dem Wohnzimmertisch steht.

«Auf jeden Fall sollte er die heutige Lieferung nach Stapelfeld fahren. Den Transporter hätte er auf dem Parkplatz des dortigen Schnellrestaurants in der Sieker Landstraße abgestellt. Da lässt er den Schlüssel einfach stecken und wartet ab, dass der Wagen wieder zurückgebracht wird. Er hat keinen persönlichen Kontakt zu den Abnehmern, will sie auch noch nie gesehen haben. Er konnte nur immer sehen, dass sein Wagen nach seiner Ankunft runterfuhr und nach kurzer Zeit wieder auf den Parkplatz kam und dort abgestellt wurde.

Er selber hat immer noch eine Weile im Schnellrestaurant verweilt und ist dann zu seinem Fahrzeug gegangen, um die Rückreise anzutreten.

Ich bin eben mit ihm dort gewesen und habe geschaut, ob sich irgendjemand auffällig verhält. Feststellungen konnte ich nicht treffen und auch der Holländer konnte nichts wiedererkennen, was uns weiterbringen würde.

Die Lieferungen müssten aber auf jeden Fall in den Merkurring gehen, denn er hat nie gesehen, dass sein Fahrzeug auf die Sieker

Landstraße fuhr. Da hat er aufgepasst, weil er sehr verbunden ist mit seinem Transporter. Na ja, zumindest verbunden war.»

«Moment mal», brüllt Dombrowski dazwischen. «Die Lieferungen gingen immer in den Merkurring?»

«Jo. Davon kann man ausgehen. Wieso? Sagt dir das was?», fragt Gerd überrascht, dass Dombrowski so sehr auf diese Ringstraße reagiert.

«Nun ja, Otto hat gerade eine Graslieferung bekommen beim Kampfzopf und die Tasche wurde von einem Südländer zugestellt, der eine dunkel-matte Limousine fuhr, die auf eine Werkstatt im Merkurring zugelassen ist», erzählt Dombrowski von der aktuellen Lage in Ottos Verfahren.

«Unser Holländer hat aber Kokain geliefert. Kein Gras», entgegnet Gerd.

«Das heißt ja nichts. Der Typ kann ja mit beidem Handel treiben. Das kann doch kein Zufall sein», erwidert Dombrowski überzeugt.

«Mmh, wenn ich mich recht erinnre, haben wir so eine Karre dort auch gesehen. Die war aber erst nicht besetzt. Aufgefallen ist sie mir trotzdem, weil die gleichzeitig mit uns in entgegengesetzte Richtung abgebogen ist aus dem Merkurring. So eine matte Folierung machen sich doch nur Verbrecher, Luden und Gangsterrapper. Das war so eine getunte, überlaute Karre. Wir haben alle Kennzeichen aufgeschrieben. Ich schick' dir gleich mal ein Bild von den notierten Kennzeichen. Vielleicht ist ja euer Kennzeichen dabei, das ihr eben gesehen habt. Die Fahrzeugtypen zu den Kennzeichen hat der Holländer natürlich nicht notiert. Aber du weißt ja, welches Kennzeichen du suchst.» Gerd zieht aus seiner Hosentasche seinen Notizblock und schlägt die mit Kennzeichen beschriftete Seite auf. Er greift nach seinem Handy, wechselt zur

Kamera und macht ein Foto, das er gleich per Messenger an Dombrowski weiterleitet. «Hab' dir das Foto geschickt.»

«Jo, ist angekommen.» Im Hintergrund ruft Dombrowski nach Otto und dem Kennzeichen, das soeben noch in der Observation am Fahrzeug des Lieferanten festgestellt worden war. Stille im Hintergrund. Auch am Frühstückstisch bleibt die Stille erhalten. Keiner wagt es von seinem Brötchen noch einmal abzubeißen. Die Spannung liegt spürbar in der Luft. Gebannt blicken alle auf das Telefon, das Gerd wieder auf dem Tisch abgelegt hat.

«Passt, Dickerchen. Das Kennzeichen von dem Fahrzeug ist in deiner Liste dabei. Du bist vorhin direkt an ihm vorbeigefahren. Der muss sich gerade aufgemacht haben, um seine Lieferung durchzuführen. Krass. Das passt alles zusammen.»

«Dann mach ich mich mal auf den Weg ins Büro. Die schnappen wir uns.» Gerd stockt in diesem Moment. Erst jetzt wird ihm bewusst, dass er gar nicht mehr dazugehört. Er sackt in sich zusammen. Pure Enttäuschung steigt in ihm auf und treibt ihm Tränen in die Augen. So schmerzhaft der Abschied bislang war, umso schmerzvoller ist es jetzt für ihn, sich dessen bewusst zu werden.

«Dumbo, ich ruf' Dich gleich an. Wir müssen hier etwas klären», springt Harry in den Dialog ein und legt den Hörer für Gerd auf.

40

Von der Autobahnabfahrt in Hamburg-Heimfeld rollen hintereinander ein grauer Familienwagen und eine silberne Sportlimousine die Straße hinab zur Ampel, die ihr grelles Rotlicht präsentiert. Der Asphalt schimmert dunkel vor Feuchtigkeit von dem leichten Nieselregen, der vom grauen Himmel fällt. Auch der Wind hat wieder ein wenig aufgefrischt, ist aber bei weitem nicht mehr mit dem Sturm in der Nacht zu vergleichen. Die Büsche am Straßenrand rascheln leicht hin und her und Blätter wehen über den Asphalt, wo sie zwischenzeitlich zum Erliegen kommen.

Während sich die Sportlimousine aus dem Windschatten des Familienwagens heraus stiehlt und sich auf den Linksabbieger in Richtung Neugraben begibt, verbleibt der Familienwagen auf der rechten Spur und setzt den Blinker zur rechten Seite.

An der Ampel bleiben sie nebeneinander stehen und schauen zueinander rüber. Sie scheinen miteinander zu sprechen, aber ihre Fenster sind geschlossen.

Beide blicken wieder nach vorne auf die Straße und auf die jeweiligen Ampeln, doch ihre Lippen bewegen sich auch weiterhin abwechselnd zueinander, wie bei Freunden an einem Bistrotisch in der Hamburger Innenstadt.

Die Ampel springt auf grün und beide fahren ihrer Wege.

Der Fahrer des Familienwagens lässt den Schnellimbiss auf der Seite liegen und fährt weiter in Richtung Harburg. Die silberne Sportlimousine durchfährt die Autobahnunterführung und schlägt den Weg nach Neugraben ein, ohne die Geschwindigkeit wesentlich zu steigern. Der Fahrer scheint etwas zu suchen.

Aus Harburg kommt auf der Bundesstraße mit langsamer Geschwindigkeit ein grünlicher Kleinbus die Straße entlang. Seine

Scheiben sind dunkel getönt. Lediglich den Fahrer kann man auf seinem Sitz sehen. Ein Mann in den vierziger Jahren sitzt dort und beobachtet seine Umgebung. Die geringe Geschwindigkeit fällt auf, aber er scheint auch in der näheren Umgebung etwas zu suchen. Kurz vor dem Schnellrestaurant setzt er seinen Blinker und fährt auf den Parkplatz.

Der Bus parkt in einer Parklücke ein und bleibt dort zunächst stehen, ohne dass jemand den Wagen verlässt. Leichte Bewegung ist festzustellen. Der Fahrer sitzt steif auf seinem Sitz und blickt in die Umgebung, aber das Fahrzeug bewegt sich. Es scheint jemand darin in Bewegung zu sein. Nicht auffällig, aber wenn man genau darauf achtet, dann wackelt die Karosserie des dunkelgrün lackierten Busses.

Nach kurzer Zeit öffnet sich die Seitentür. Ein mittelgroßer Mann mit Hornbrille und kurzen dunklen Haaren, die er mit Gel zu einer Art Igelfrisur aufgestellt hat, verlässt das Fahrzeug. Er trägt eine dunkle Lederjacke und eine normale Bluejeans sowie schwarze Turnschuhe. Auf seinem Rücken trägt er einen dunklen Rucksack. In der Hand befindet sich ein großes Smartphone, in etwa so groß wie ein Buch. Er blickt nicht auf, als er aus dem Bus entstiegen ist. Immerzu schaut er auf das Display von seinem Smartphone.

Wie einen Kompass richtet er das Gerät in alle Richtungen und geht mit langsamen Schritten in das Schnellrestaurant hinein.

Auf dem Parkplatz treffen nun auch der Familienwagen und die silberne Sportlimousine ein. Sie parken direkt neben dem Bus. Ihre Fahrer steigen aus und grüßen den Fahrer des Busses.

Sie folgen dem Mann mit dem Rucksack und begeben sich ebenfalls in das Fastfood-Restaurant. Mit schnellen Schritten gehen sie ihm hinterher und treten von hinten direkt an ihn heran. Der Fahrer des silbernen Fahrzeugs ergreift dessen Schulter und lässt ihn dadurch aufschrecken. Mit aufgerissenen Augen steht er den Männern gegenüber und erst langsam legt sich der Schrecken in seinen Augen, die dank der starken Brillengläser noch größer wirken, als sie sind.

«Pascho, Jayjay, datt könnt ihr nich' mit mir machen. Ich hätt' mir fast in die Hosen gemacht. Leute, meine Güte», sagt er und pustet die Wangen auf.

Pascho und Jayjay wechseln miteinander Blicke und beginnen zu lachen. Es ist nicht das erste Mal, dass sie Kay Förster einen Schrecken einjagen. Aber es fällt auch nicht schwer, denn er ist einfach ein Angsthase.

«Und? Wie schaut es aus?», fragen die beiden neugierig, während sie den Laden beobachten. Nur zwei Familien befinden sich in den Räumlichkeiten des Geschäfts. Sie können nahezu sicher ausschließen, dass ihre unbekannte Zielperson sich derzeit hier auf hält.

«Er steht direkt vor euch», erwidert Kay und blickt in verdutzte Gesichter.

«Wie jetzt? Hier ist niemand.» Jayjay schaut mehrfach in sämtliche Richtungen. «Dein Apparat spinnt wohl.»

«Ganz sicher.» Kay wird ernst in seiner Stimme und seinem Blick. «Du musst ein wenig abwärts blicken.»

Pascho und Jayjay blicken beide zu Boden und zur Seite.

«Nee, näh», kommt aus den aufeinander gepressten Zähnen von Pascho. Er starrt auf den Restmüllbehälter, auf dessen Schild in großen, roten Buchstaben *Danke* geschrieben steht.

«Mein Job ist hiermit erledigt. Viel Spaß beim Müll trennen, Jungs. Am Ende kackt die Kuh», gibt Kay laut und gehässig lachend von sich und verlässt das Schnellrestaurant wieder.

Pascho und Jayjay blicken sich an. Nach drei Runden Stein, Schere, Papier ist entschieden, dass Jayjay die Einweghandschuhe anziehen muss, während Pascho mit dem Restaurantleiter spricht, so dass sie neben dem Müllbehälter auch an die Bänder der Überwachungskameras herankommen. Nach kurzer Zeit überreicht der Restaurantleiter Pascho eine DVD, auf die er sämtliche Aufnahmen des Tages gebrannt hat.

Währenddessen hat Jayjay bereits begonnen den Müllbeutel zu durchsuchen. Nur wenige Essensreste waren zwischenzeitlich auf den weggeworfenen Mobiltelefonen gelandet. Sie alle sind noch eingeschaltet und nicht durch Passwörter oder Sperrcodes geschützt.

Jayjay steckt die vier Billigtelefone in eine Papiertüte und verschließt diese mit der selbstklebenden Lasche.

«Das wäre erledigt. Auf geht's zum Präsidium. Dumbo kann sich schon einmal auf Handys mit Ketchup, Mayo und einem Hauch von Burger freuen», schmunzelt Jayjay vor sich her und übergibt die Papiertüte an Pascho.

«Und dazu ein paar schöne Videos», freut sich Pascho und präsentiert die soeben erhaltene DVD.

Beide verlassen den Laden und setzen sich in ihre Fahrzeuge. Sie verlassen rasant den Parkplatz und fahren auf die Autobahn. Dieses Mal in Richtung Hamburg.

41

In seiner Altbauwohnung in Eppendorf sitzt Steven am Küchentisch. Er ist dabei die Möhren zu schälen und in feine Würfel zu schneiden. In der Bratpfanne brutzelt bereits das Rinderhackfleisch und klein gehackte Zwiebelwürfel in Olivenöl. Mit vielen kleinen Schnitten schneidet er die Würfel aus den längs geschnittenen Möhrenstreifen. Der Lärm der Dunstabzugshaube übertönt die Geräusche der Straße, die normalerweise hinauf dröhnen. Der heiße Dampf aus der Pfanne steigt in den Abzug und wird durch einen Schlauch nach draußen geblasen.

Steven steht auf und schiebt die Möhrenwürfel mit dem Messerrücken in die Pfanne. Mit dem Pfannenwender schiebt er das Hack und die Möhren in der Pfanne hin und her. Er genießt den Duft von geschmorten Zwiebeln und gebratenem Hack. Nachdem auch die Möhren angedünstet sind, kippt er Tomatenpassata in die Pfanne und dreht die Hitze nach unten. Er schmeckt die Sauce mit Ahornsirup und Salz ab, reduziert die Hitze und legt einen passenden Deckel auf die Pfanne.

Das Wasser in dem auf einer hinteren Herdplatte stehenden Topf brodelt und bringt den Deckel mit seinem aufsteigenden Dampf klappernd zum Tanzen.

Mit einem Topflappen nimmt er den Deckel vom Topf und kippt aus einem Pappkarton italienische Nudeln in den Topf. Es sind Emilias Lieblingsnudeln und ihre Lieblingssauce, die er für sie kocht.

Er öffnet den Küchenschrank und nimmt einen tiefen weißen Teller sowie einen rosafarbenen Teller von der Ablage. Auf dem rosa Teller sind zwei Prinzessinnen aufgedruckt. Steven stellt zwei Kelche auf den Tisch und freut sich schon darauf, sich mit seiner

Tochter zuzuprosten als König und Prinzessin von Eppendorf. Er legt sein und ihr Besteck an die jeweiligen Teller und rückt die Stühle zurecht.

Ein Blick auf die Uhr verrät, dass noch ein wenig Zeit ist, bis er zur Kindertagesstätte aufbrechen muss.

Er öffnet einen weiteren Schrank und holt kleine Ausstechförmchen und eine Kuchenform in Herzoptik heraus. Mehl, Zucker und Eier stellt er bereit und holt das Nudelholz aus einem Oberschrank. Aus dem gleichen Schrank nimmt Steven noch ein paar Perlen unterschiedlichster Farben, kleine Gummibärchen und Marshmallows zum Verzieren und naschen.

Als alles fertig ist, rührt er noch einmal in der Bolognesesauce, kostet sie und stellt die Herdplatte weiter runter.

Auch die Nudeln rührt er einmal um und dreht die Hitze nach unten. Ein Lächeln kommt auf seine Lippen, nachdem er seine Vorbereitungen betrachtet. Emilia wird Augen machen, wenn sie sieht, was er alles vorbereitet hat für den Nachmittag.

Seine Freundin wird erst spät nach Hause kommen von der Arbeit. Dann wird er mit Emilia wahrscheinlich schon wieder Arm in Arm schlafend in ihrem Bett liegen, wie es ihm so oft passiert, wenn er am Abend noch mehrere Geschichten zum Einschlafen vorliest. Es kann Emilia gar nicht lange genug sein. Nach jeder Geschichte möchte sie noch eine hören und Steven gibt sich größte Mühe beim Vorlesen jede Figur mit einer anderen Stimme zu sprechen.

Er nimmt die blauweiß karierte Küchenschürze ab und legt sie über seinen Stuhl. Die Kinderschürze legt er über den Stuhl von Emilia, so dass sie nach dem Mittagessen direkt mit dem Backen beginnen können.

Wieder blickt er zur Uhr, noch wenige Minuten, dann muss er sich anziehen und auf den Weg machen. Er nimmt sich das Zopfgummi aus dem Haar, das sich beim Kochen ein wenig gelockert hatte und bindet sich den Zopf noch einmal neu. Hierbei schaut er in mehrere kunstvoll an die Wand gehängte Spiegelkacheln, zwischen denen kleine Abstände den Blick auf die sonnengelb verputzte Wand zulassen.

Steven greift nach seinem Handy und ruft noch einmal bei seiner Freundin an. Sie dürfte jetzt in der Mittagspause sein. Immer um diese Uhrzeit telefonieren sie kurz miteinander und wünschen sich einen schönen Nachmittag. Meistens ist sie jedoch kurz angebunden und mag vor ihren Kollegen nicht frei sprechen, wie sie es am Wochenende oder am späten Abend mit ihm macht.

Das Freizeichen ertönt mehrfach, dann meldet sie sich.

«Hallo Schatz. Du, ich muss kurz machen. Ich bin gerade im Mittagstermin und habe gleich ein Meeting. Ich muss mich also beeilen. Nicht, dass ich da hungrig rein muss und mein Magen zu knurren beginnt», sagt sie mit schnellen Worten und hektischer Stimme.

«Jo, alles gut. Ich hatte auch eben noch ein Meeting, das ist aber kurzfristig geplatzt. Jetzt hole ich gleich Emilia ab und gehe mit ihr nach Hause», berichtet Steven wissentlich die halbe Wahrheit.

«Okay, Schatz. Wird heute wieder spät bei mir. Gib der Kleinen einen dicken Kuss und viel Spaß heute Nachmittag. Macht etwas Schönes miteinander.»

«Das werden wir. Alles cool. Lass dir Zeit, wir haben für morgen noch Einiges zu tun», erzählt Steven.

«Oh Schatz. Ihr seid so süß. Morgen Vormittag habe ich mir extra frei genommen. Dann können wir mal richtig schön beieinander frühstücken. Vielleicht nimmst du dir ja auch frei und dann kann

Emilia zu Hause bleiben. Nur wir drei ohne Termine, ohne störende Emails oder Anrufe. Okay?», fragt sie mit Unsicherheit in ihrer Stimme in dem Wissen, dass die gemeinsamen Stunden zumeist an ihrem Arbeitswahn scheitern.

«Das wäre schön», antwortet Steven.

«Okay. Versprochen. Ich muss dann auch. Tschüssi.»

«Ja, ciao.» Steven legt auf und steckt das Telefon in die Hosentasche. Er zieht die Topfhandschuhe über und greift nach dem Nudeltopf auf dem Herd. Das heiße Wasser gießt er in die Spüle und stellt den heißen Topf auf einem Korkuntersetzer ab.

Es ist nun an der Zeit. Steven geht in den Flur und greift nach seiner Jacke, die er gerade von dem Haken der Garderobe nimmt.

Ein lauter Knall lässt ihn dabei zusammenfahren. Das Geräusch von splitterndem Holz ertönt hinter ihm und die Doppelflügeltür fliegt auseinander. Steven fährt herum und schaut direkt auf mehrere Personen die mit Sturmhauben über dem Kopf auf ihn zustürmen.

Sie brüllen auf ihn ein und richten Waffen auf seine Person. Einer von ihnen greift ihn am Kopf und zieht ihn vorwärts zu Boden. Er hört sie Wortfetzen schreien, wie «Polizei» und «Stopp» und «keine Bewegung».

Kurz nachdem er auf dem Boden aufkommt, ergreifen mehrere Hände seine Arme, die ihm auf den Rücken gedreht werden. Er spürt einen kantigen, metallischen Gegenstand, der beginnt seine Handgelenke zu umfassen.

In seinem Rücken fühlt er ein Knie, dass sich in seine Haut drückt. Einer der Polizisten spricht auf ihn ein, aber die Situation, der Knall, der Schock scheinen sein Gehirn betäubt zu haben. Er kann keinen festen Gedanken greifen. Zu sehr ist er von diesem abrupten Ende ergriffen. Das Einzige woran er noch denken kann, ist seine geliebte Tochter. «Emilia. Emilia. Ich muss meine Tochter gleich abholen. Emilia.»

«Ja. Das klären wir gleich alles. Sie machen hier erst einmal gar nichts», antwortet eine dunkle Stimme von dem Beamten, der noch immer auf ihm kniet. Aus den anderen Räumen der Wohnung sind Stimmen weiterer Beamten zu hören. Sie rufen "sauber". Immer wieder "sauber".

«Hier ist niemand. Ich muss meine Tochter abholen. Sie ist im Kindergarten», gibt Steven nochmals geschockt von sich.

«So. Sie stehen jetzt erst einmal auf und dann setzen wir Sie mal ins Wohnzimmer. Haben Sie mich verstanden? Ich bitte sie nichts Unvernünftiges zu machen», sagt einer der vermummten Beamten.

«Ich bin friedlich. Ich habe eine kleine Tochter. Wir wollen essen und backen heute. Ich bin ruhig», sagt Steven, während er unter Hilfe der Beamten mit auf dem Rücken gefesselten Händen aufsteht und zur Couch im Wohnzimmer geht. Er wirft dabei einen Blick auf die Wohnungstür, deren Zarge und Schließblech zerborsten auf dem Boden vor den antiken Flügeltüren liegen. Aus der gegenüberliegenden Flügeltür schaut der Kopf, der immer viel zu neugierigen Nachbarin, die mit Abscheu auf ihn blickt, bis er aus ihrem Blickfeld geführt wird.

«Bitte. Können Sie die Tür zu machen. Das muss hier doch nicht jeder sehen. Sie hätten doch auch klingeln können. Ich hätte Ihnen auch so geöffnet», erklärt Steven mit zitternder Stimme.

«Ja, klar. Und die Tasche wäre aus dem Fenster geflogen.»

«Welche Tasche? Ich weiß gar nicht, was sie hier wollen», antwortet Steven langsam mit gesteigertem Selbstbewusstsein.

«Wir haben einen Durchsuchungsbeschluss für ihre Wohnung. Es besteht der Tatverdacht des Handels mit nicht geringen Mengen

Marihuana. Sie können sich zum Sachverhalt äußern, können es aber auch bleiben lassen oder erst einmal einen Anwalt befragen. Auch können Sie entlastende Beweise vorbringen oder über ihren eigenen Tatbeitrag hinaus aussagen. Also zum Beispiel ihre Lieferanten benennen. Das kann sich positiv auswirken für Sie. Versprechen kann ich das allerdings nicht. Das entscheidet am Ende ihr Richter. Soll ich die Nachbarin als unabhängige Zeugin für die Wohnungsdurchsuchung hinzuziehen?», fragt Kuno, der sich zwischenzeitlich vor Steven aufgestellt hat und auf ihn hinabschaut.

«Ich kenne meine Rechte. Ich weiß gar nicht, was Sie meinen? Was für eine Tasche?»

«Fund im Schlafzimmer», ruft ein Beamter lautstark aus dem hinteren Bereich im Schlafzimmer. Steven richtet sich auf und blickt in den Flur hinab durch die Wohnzimmertür, wo die Stimme herkam.

Nachdem es mehrfach im Flur hell aufleuchtet und das Klicken einer Kamera ertönt, trägt ein Beamter eine schwarze Sporttasche mit roten Trageriemen in das Wohnzimmer. Über seine Hände hat er blaue Einweghandschuhe gezogen, um eigene Fingerspuren zu vermeiden und stellt die Tasche für Steven gut sichtbar neben der Wohnzimmertür ab. Der Reißverschluss ist leicht geöffnet und in dem Innern der Tasche kommt ein großer Vakuumbeutel mit Marihuana zum Vorschein.

«Und was ist das dann bitte?»

«Keine Ahnung. Die gehört nicht mir. Weiß nicht, wem die gehört. Nie gesehen. Ich habe auch keine Ahnung, was da drin ist.» Steven blickt starr in die Augen von Kuno. Er bemüht sich nicht einmal einen überraschten Gesichtsausdruck aufzusetzen.

«Is' klar. Sie sind hiermit vorläufig festgenommen und werden gleich in das Polizeipräsidium verbracht. Da gibt es neue Fotos und dann geht es morgen vor den Haftrichter», antwortet Kuno unbeeindruckt.

«Ich muss meine Tochter abholen. Das geht nicht.» Steven reagiert mit Wut in der Stimme und funkelt Kuno an.

«Wir werden die Mutter verständigen. Die kann sich um ihre Tochter kümmern.»

«Die muss arbeiten bis zum Abend. Wir haben niemanden, der sich jetzt kümmern kann außer mir.»

In die aggressive Stimme von Steven mischt sich mehr und mehr die Verzweiflung, die sich in ihm breit macht.

«Dann bleibt uns wohl nichts anderes übrig als die Kollegen vom Kinder- und Jugendnotdienst zu alarmieren, die sich dann ihrer Tochter annehmen werden.»

«Niemals kriegen die meine Tochter in ihre Finger.» Steven macht Anstalten aufstehen zu wollen, doch der sanfte Druck von Moglis tellergroßer Hand auf seiner Schulter lässt ihn weiter auf der Couch sitzen bleiben. «Okay, dann rufen Sie meine Freundin an. Darf ich bitte mit ihr sprechen?» Steven schaut mit der Verzweiflung eines Mannes im Blick zu Kuno auf, der bedroht wird, alles was ihm wichtig ist, binnen kürzester Zeit zu verlieren. «Bitte.»

Kuno nickt ihm zu. «Wo ist Ihr Telefon?»

«In meiner linken Hosentasche», antwortet er umgehend.

Kuno zieht aus der Hosentasche ein neues Apple I-Phone und versucht es zu öffnen, doch ein Sperrcode verweigert ihm den Zugriff.

«Wie ist der Sperrcode?»

«Nichts da. Den sag ich nicht. Geben Sie mir das Telefon, dann gebe ich den ein.»

«Oder ich spar mir den Zirkus und rufe direkt beim KJND an.» Kuno deutet an, dass er das Handy beiseitelegt.

«Okay. Ich sage Ihnen den scheiß Code. 2 - 5 - 0 - 7.»

Kuno gibt den Code in den Sperrbildschirm ein und schon öffnet sich das Telefon, dessen Hintergrund eine Nahaufnahme von Emilia am Strand zeigt. Emilia lächelt mit breitem Grinsen in die Kamera. Die Augen strahlen vor Glück. Kuno schreibt den Code auf einen Papierasservatenbeutel und schaut wieder zu Steven.

«Sie ist unter Schatz abgespeichert», beantwortet Steven den fordernden Blick von Kuno.

«Geht doch», antwortet er und beginnt den richtigen Kontakt auszuwählen und den Anwählversuch zu starten.

Der Anruf wird umgehend wieder abgebrochen. Kuno startet den Anwählversuch erneut und wird offenbar wieder weggedrückt. Er drückt noch einmal auf den grünen Hörer. Nach zwei Freizeichen ertönt eine genervte Stimme. «Schatz, was ist los. Du weißt, dass ich im Meeting bin.»

«Guten Tag. Mein Name ist Lehmann vom Landeskriminalamt. Wir befinden uns derzeit in ihrer Wohnung und vollstrecken einen Durchsuchungsbeschluss. Ihr Freund ist vorläufig festgenommen und bittet darum, dass sie die gemeinsame Tochter abholen. Einen Moment. Ich stelle auf Lautsprecher.» Kuno drückt das Lautsprecherzeichen und nickt Steven zu.

«Hallo Schatz. Holst du bitte Emilia ab?», bittet Steven seine Freundin.

«Was ist los bei dir? Warum ist die Polizei bei uns? Was ist passiert? War ein Einbruch bei uns? Aber wieso wirst du festgenommen? Ich verstehe gerade gar nichts», erwidert sie spürbar verunsichert.

«Das wird sich alles klären. Alles cool, aber ich muss da jetzt erst einmal mit. Ich kann nichts machen. Hol' bitte Emilia von der Kita ab. Ich habe auch schon das Essen fertig. Sag ihr bitte erst einmal nichts, Schatz. Sag ihr, dass ich dringend wegmusste. Das ist alles ein Missverständnis. Ich liebe dich», erklärt Steven, der mit jedem Satz unsicherer in der Stimme wird. Tränen treten in seine Augen, die zitternd hin und her blicken.»

«Ich versteh' das alles nicht, Schatz. Was ist los bei dir. Was ist passiert?» Steven hört wie seine sonst so stark wirkende Freundin beginnt am Telefon verzweifelt zu weinen. Immer wieder schluchzt sie auf und wiederholt die gleichen Sätze.

«Schatz, hörst du. Ihr müsst jetzt stark sein, okay. Es wird alles gut. Ich liebe euch, Schatz. Gib Emilia bitte einen dicken Kuss von mir.» Auch Steven verliert die Fassung und eine Träne bricht aus seinem Auge und rollt die Wange hinab.

«Ja. Tschüss. Ich hol' Emilia ab», antwortet sie mit weinender Stimme.

«Ciao, Schatz. Ciao.» Kuno beendet das Gespräch, setzt das Telefon in den Flugmodus und steckt das Telefon in den vorbereiteten Asservatenbeutel.

Er schaut zu Steven, der sichtlich bemüht ist seine Fassung wieder zu erlangen.

«Fund im Schlafzimmer.» Wieder ertönt mehrfaches Klicken und das Blitzlicht der Kamera lässt den Flurbereich immer wieder aufflackern.

Lemming kommt aus dem Schlafzimmer und legt einen Revolver auf dem Boden ab.

«Jetzt wird es aber dicke für Sie», sagt Kuno zu Steven, der den niedergelegten Fund regungslos betrachtet.

«Gehört mir nicht», antwortet er frei von jeglicher Emotion. Seine Augen wirken dabei abwesend.

«Fund im Schlafzimmer.» Wieder klickt es und leuchtet auf. Lemming trägt nun eine schwarze Herrenhandtasche in das Wohnzimmer und öffnet sie vor den Augen von Kuno. Sie ist gefüllt mit grünen, braunen und gelben Euronoten. Vereinzelt sind auch lilafarbene Scheine zu sehen. «Okay. Bitte einmal zu zweit hier zählen und dann eintüten.»

«Das gehört meiner Freundin. Das sind ihre Ersparnisse», gibt Steven ungefragt von sich.

«Und ihre Ersparnisse versteckt sie hinter Ihren Pullovern in einer Herrenhandtasche? Eine Businessfrau sammelt ihre Ersparnisse in bar zu Hause?», hinterfragt Lemming.

«Ist das verboten?», reagiert Steven wieder mit aufkommender Aggression in der Stimme. «Das ist ihrs. Sie dürfen das nicht mitnehmen.»

«Das Geld wird beschlagnahmt zum Zwecke der Einziehung. Sie können gerne Widerspruch dagegen erheben. Das werden wir dann im Bericht vermerken. Dann wird ein Richter darüber entscheiden», belehrt ihn Kuno.

Steven beißt fest auf seine Zähne. Sein Blick verengt sich. Wütend blickt er zu Kuno. Er atmet tief ein, wodurch sich sein T-Shirt über dem austrainierten Oberkörper spannt. Er neigt den Kopf zu beiden Seiten, wodurch es jeweils zu einem lauten Knacken in der Halsregion kommt.

Kuno zieht unbeeindruckt Formulare aus seiner Einsatztasche und beginnt den Verlauf der Durchsuchung darauf zu dokumentieren.

Im Wohnzimmer kehrt hierbei bedrückende Ruhe ein, während aus den hinteren Räumlichkeiten das Rumpeln und Räumen der durchsuchenden Beamten zu hören ist.

42

Dörte kommt mit einem großen Wäschekorb aus dem Garten in das Wohnzimmer. Sie hat die Dekoration gänzlich abgenommen. Auf dem vorderen Tisch zwischen den Bierbänken im Garten steht ein großer, weißer Eimer, aus dem der Schaum des Spülwassers über den Rand ragt. An der Seite des Eimers hängt ein blauer Lappen heraus, von dessen Spitze einzelne Tropfen auf die frisch gewischte Tischplatte fallen.

«Was schaut ihr mich so an?», fragt sie Gerd und Harry, die sie verstohlen und schuldbewusst vom Wohnzimmertisch aus anschauen. In Gerds Augen erkennt sie dieses Funkeln, das er immer bekam, wenn ein Fall ihn nicht loslassen konnte und er am Abend bei einem Bier auf die richtige Idee kam, um die Kerle dranzubekommen. Es ist ein Zeichen seiner Lebensfreude, dass ihm in den letzten Monaten vor der Pensionierung verloren ging. Dörte machte sich bereits ernsthafte Sorgen um ihren Mann, denn er wirkte lustlos und gedankenverloren.

Sie weiß, dass er die Arbeit bei der Polizei vermissen wird. Sie war ein großer Lebensinhalt für ihn geworden. Alle Kollegen hatte er in sein großes Herz geschlossen, in das sie sich vor gut 35 Jahren verliebt hatte.

«Der Garten ist aufgeräumt. Deine Jungs können die Biermöbel abholen, wenn sie wollen Es ist alles fertig», spricht sie in den

Raum herein, während sie noch einmal rausgeht, um den Eimer mit Spülwasser zu holen. «Ihr braucht mich gar nicht so anzuschauen», ergänzt sie, als sie in den Raum zurückkommt.

Harry und Gerd blicken von ihren Stühlen wie zwei junge Welpen zu ihr auf.

«Weißt du, Dörte. Gerd ist ein wichtiger Zeuge für uns und wir müssen seine Aussage dringend zu Protokoll nehmen», teilt Harry mit. «Es dauert auch nicht lange, aber wir würden ihn einmal mitnehmen.»

«Du spinnst ja wohl. Gerhard ist pensioniert. Der ist nichts mehr schuldig. Der will sich doch nur davonstehlen. Hier ist noch genug zu tun. Und die Aussage kann er auch selber aufschreiben und euch zuschicken», antwortet Dörte ärgerlich.

«Das kann er eben nicht. Er ist jetzt Zeuge und normaler Bürger. Wir werden ihn definitiv vernehmen und alles detailliert niederschreiben müssen», spricht Harry beschwichtigend zu Dörte, während er leicht seine Handflächen anhebt.

«Nicht lange meinst du. So so. Und wie lange ist das bitte?», will Dörte wissen.

«Es dauert so lange, wie es eben dauert», antwortet Harry ihr schnippisch.

«Aber danach kommt er direkt nach Hause. Er hat klare Aufgaben, die er zu bewältigen hat. Der soll jetzt nicht bei euch rumlungern», verhandelt Dörte.

«Auf gar keinen Fall, Dörte. Er kommt nur zur Vernehmung mit. Er ist ja praktisch Kronzeuge», sagt Harry und streckt die Hände abwehrend von sich. Er greift nach seiner Tasse und trinkt einen großen Schluck Tee, während er sich von seinem Platz erhebt.

«Na gut. Einmal noch. Weil es wichtig ist. Aber dann ist Schluss damit. Er hat lang genug für euch den Kopf hingehalten.» Dörte antwortet kritischer, als sie es vorhatte, aber das freudige Grinsen in Gerds Gesicht verärgerte sie ein wenig. Es kommt ihr fast vor, als würde er sich freuen, noch einmal zur Arbeit zu fahren und sie hier mit dem Aufräumen alleine zu lassen.

Harry nickt ihr zustimmend zu und geht in den Flur, wo er an die Tür zum Gästezimmer klopft.

Die Tür öffnet sich und ein noch immer erschüttert wirkender, grauhaariger Holländer verlässt den Raum mit auf dem Rücken gefesselten Händen. Die Kollegen führen ihn, indem sie seine Handschellen an der Kette gefasst haben und die Laufrichtung und Geschwindigkeit unter Kontrolle halten. Auch die Sporttasche mit dem Kokain wir mit nach draußen getragen.

Harry folgt ihnen sogleich aus dem Haus, nachdem er sich das dunkelgraue Jackett und die braunen Lederschuhe angezogen hat.

Auch Gerd hat sich zwischenzeitlich von seinem Stuhl erhoben und wagt es derzeit lieber nicht zur bitterböse dreinblickenden Dörte aufzuschauen. Er geht lieber direkt zu seiner Jacke, seiner Schiebermütze und seinen Schuhen, zieht alles schleunigst an und verlässt das Haus. Dörte blickt auf den Wohnzimmertisch, der noch immer gedeckt ist. Sie stöhnt einmal auf und nimmt die Verpackungen der verschiedenen Lebensmittel in die Hand, um die verschmähten Aufschnitte und Käsesorten wieder in ihre Verpackung zu legen.

Zufrieden schaut sie aus dem großen Frontfenster des Hauses. Sie blickt in das Gesicht von Gerd und spürt, dass sie richtig entschieden hat. So freudestrahlend hatte sie ihn nicht mehr gesehen, seitdem ihm die Ablehnung seiner Verlängerung durch Frau Baake verkündet worden war.

Dörte schaut ihrem Mann glücklich nach, bis er in den Wagen von Harry eingestiegen und das Fahrzeug außer Sichtweite ist.

43

Im zweiten Stockwerk des Polizeipräsidiums dröhnt ein eindringliches Piepen über den Flur des Rauschgiftdezernats. Vor der bruchsicheren Glastür mit schwerem Metallrahmen stehen zwei unscheinbar gekleidete Männer. Der Jüngere von ihnen hält in der rechten Hand eine Plastikhülle mit einer DVD und in der linken Hand eine Papiertüte mit leicht durchschimmernden Fettflecken am Boden und an den Seiten.

Der Ältere und auch Größere von beiden trägt eine Laptoptasche in der Hand.

Durch die Glasscheibe können sie den langen Flur hinabblicken und warten, dass sich aus einem der vielen links- und rechtsseitig abgehenden Büros eine Person herauswagt, die ihnen die Tür öffnet, damit sie ihre Lieferung abgeben können.

Nach einer gefühlten Ewigkeit schaut am hinteren Ende ein Kopf mit halblangen Haaren aus einer Bürotür und schaut zu Jayjay und Pascho, die unverhohlen an der Tür stehen und auf ihren Einlass warten.

Als Tim Dombrowski die beiden erkennt, schreitet er mit langen Schritten auf die Eingangstür zu und öffnet sie schwungvoll. Er begrüßt beide überschwänglich, indem er sie abklatscht und mit ausgestrecktem Arm auf den Flur des Dezernats bittet.

«Ich freu mich wirklich euch zu sehen. Ich kann es kaum erwarten, die Videos auszuwerten.»

«Ich bräuchte einen Drucker, damit ich dir meine Berichte ausdrucken kann. Ich habe bereits alles fertig geschrieben zur Festnahme und zum Auffinden der Handys», sagt Pascho und deutet auf seine Laptoptasche, während Jayjay die DVD und seine Papiertüte Dombrowski entgegenhält.

«Such dir einfach einen freien Platz aus. Du hast die freie Wahl, bis auf Otto sind alle im Einsatz, auf der Anfahrt oder pensioniert. Ich schaue mir inzwischen die DVD an und werte die Handys aus.» Dombrowski entreißt mit dem letzten Wort die DVD und die Papiertüte aus Jayjays Händen und begibt sich wieder zurück in sein Büro. «Fühlt euch wie zu Hause. Falls ihr was trinken oder essen wollt, dann nehmt euch was aus unserem Kiosk-Kühlschrank im Aufenthaltsraum. Die Striche dafür könnt ihr hinter meinem Namen machen. Ich gebe heute zur Feier des Tages einen aus», bietet ihnen Dombrowski an, ohne dabei zurückzublicken, kurz bevor er in sein Büro abgebogen ist.

«Na, da hast du ja endlich deine Videos», raunt ihm Otto nach, während er mit seinem Kaffeebecher in der Hand aus seinem Büro mit bedächtigen Schritten rauskommt.

Er blickt kurz zu Jayjay und Pascho, nickt ihnen grüßend zu und geht dann weiter zu Dombrowski.

«Soll ich mich schon einmal um die Handys kümmern?», fragt Otto, der sich von den Fetträndern an der Tüte nicht abschrecken lässt. Wortlos überlässt ihm Dombrowski die Papiertüte, während er die DVD in sein Laptop einlegt und darauf wartet, dass das Videoprogramm gestartet wird.

Auf seinem Bildschirm erscheinen mehrere Videokanäle, auf denen die verschiedenen Kameras des Lokals aufgerufen werden können.

«Pascho. Jayjay», ruft er lautstark in den Flur und wartet auf eine Antwort.

«Jo, was gibt es?», antwortet Pascho direkt und auf dem Flur sind Schritte zu hören, die auf das Büro von Dombrowski zukommen.

«Aus welchem Mülleimer habt ihr die Dinger denn rausgezogen?», fragt Dombrowski und deutet auf seinen Monitor. Pascho geht hinter Dombrowski und blickt auf den Bildschirm. Mit dem Zeigefinger zeigt er auf einen Mülleimer, der von Kamera 5 wiedergegeben wird.

Dombrowski öffnet die Großbilddarstellung von der Kamera und geht zum Ende der Videoaufzeichnung. Er lässt die Aufnahme mit erhöhter Geschwindigkeit rückwärtslaufen. Kurzzeitig muss er auflachen, als er sieht wie Kay Förster zusammenzuckt, als die beiden Observanten ihm Auflauern.

Das Lachen entschwindet, als er mit wachen Augen den Mülleimer im Auge behält, stets auf der Suche nach der Person, die seine vier Billigtelefone in den Mülleimer geworfen hatte.

Im gegenüberliegenden Büro zerreißt Otto die fettige Tüte und wischt die beschmierten Mobiltelefone mit Reinigungstüchern ab, bevor er sie tiefergehend begutachtet. Leise meckert er vor sich hin, ob der verschmierten Displays und des Geruchs nach altem Fett.

In den Kontakten der jeweiligen Mobiltelefone kann er jeweils immer nur eine einzige Rufnummer feststellen, die als Kontakt "Aaa" abgespeichert ist. Lediglich in den letzten drei Ziffern weichen die eingespeicherten Rufnummern voneinander ab. Er trägt die Rufnummern und die jeweiligen Kontaktnamen in seinem Bericht ein und benennt die zugehörigen Telefone, indem er deren Rufnummer und die Gerätenummer feststellt und ebenfalls einträgt. Als er fertig ist, druckt er seinen Bericht aus und unterschreibt ihn.

Mit dem Zettel in der Hand geht er wieder zu Dombrowski. «Hier hast du alles, was du brauchst.»

Dombrowski ist mit seinem Gesicht tief in seine Hände gesunken und beobachtet noch immer den Mülleimer mit gelangweiltem Blick. Er drückt kurz auf Pause und nimmt Otto den Bericht ab, den er kurzzeitig betrachtet. Er zeigt mit dem Finger auf das Blatt Papier und blickt zu Otto auf.

«Diese eine Nummer aus den Kontakten ist unsere überwachte holländische Rufnummer und die in dessen Handy festgestellte Nummer ist vom Hintermann. Der Typ, der die Handys in den Müll geschmissen hat, ist auf jeden Fall der Richtige. Interessant ist aber, dass hier drei weitere Kontakte sind, die wir noch nicht kennen und auch ihr eigenes Telefon haben. Wenn das mal nicht weitere Kurierfahrer sind.» Dombrowski legt den Zettel auf der Tastatur nieder und beginnt hektisch auf seinem Telefon zu wählen. Über den Lautsprecher ertönt einmalig das Freizeichen bis sich eine männliche Stimme meldet.

«Moin Herr Schmidt, Dombrowski hier. Wir kommen langsam voran. Wir haben das Telefon von unserem Hintermann lokalisieren können. Ja. Leider im Mülleimer eines Fastfoodrestaurants. Neben dem Telefon lagen allerdings drei weitere Telefone. Alles baugleiche Billigtelefone. Jedes Telefon hat nur einen einzigen Kontakt. Ja, genau. Ja. Ich hätte also gerne einen Beschluss für die weiteren Rufnummern. Okay. Ich warte auf die Verfügung. Bitte auch für die Verkehrsdaten der Rufnummern. Vielleicht bringen die bislang getätigten Telefonate der Rufnummern uns die notwendigen Erkenntnisse, um die Nutzer der Rufnummern zu identifizieren und festzustellen, wohin sie sich bewegt haben. Okay. Ja, wir übersenden Ihnen die Daten. Danke. Tschüss.»

Dombrowski nickt Otto zu, beginnt zu grinsen und widmet sich wieder seinem Video, das er mit einem Klick startet. «Hab schon verstanden. Ich schicke dem Schmidt den Vermerk zu, dann kriegst du auch deine Rufnummern geschaltet.» Otto dreht sich ab und geht wieder in sein Büro zurück, wo er sich in seinen Drehstuhl fallen lässt, seinen Bericht per Email versendet und im Anschluss nach einem Keks aus seiner Tüte greift.

«Da!», schreit Dombrowski aus seinem Büro heraus. Otto verschluckt sich abrupt an dem trockenen Keks. «Da ist der Kerl.» Dombrowski kriecht hektisch mit dem Gesicht an seinen Monitor heran, vergrößert das Bild des Videomitschnitts und speichert das Bild in einem Bericht ab.

«Jetzt müssen wir dem Kind nur noch einen Namen geben. Wie er aussieht, wissen wir nun endlich.» Strahlende Freude macht sich in dem Gesicht von Dombrowski breit. Er wechselt auf die Kameraübersicht und beobachtet den glatzköpfigen Mann, wie er in eine Ecke des Restaurants wandert und dort kurz und emotionslos mit einem Südländer spricht. Die Person ist kaum zu erkennen. In diesem Bereich findet keine direkte Überwachung statt.

Dombrowski lässt das Video weiterlaufen und sieht, wie der Glatzkopf das Lokal im Rückwärtsschritt verlässt. Im Hintergrund ist kurze Zeit später zu sehen, wie eine Person mit einem Tablett sich an den Tisch setzt und beide Gestalten beieinandersitzen und essen. Nach einigen Minuten gehen auch die beiden verbliebenen Personen rückwärts mit einem Tablett in der Hand zur Kasse.

Dombrowski wechselt die Kamera und blickt den beiden Personen von der Decke im Kassenbereich direkt ins Gesicht und hält das Video an. «Haben wir euch also auch.» Dombrowski speichert das Bild der beiden ebenfalls in seinem Bericht.

Am unteren Bildschirmrand leuchtet in diesem Moment die Benachrichtigung für eine E-Mail auf. Staatsanwalt Schmidt hat offenbar in Rekordgeschwindigkeit die Verfügung erlassen.

«Die Verfügung ist angekommen», ruft Dombrowski zu Otto hinüber. «Da dürfen wir ja mal gespannt sein, wo sich die weiteren drei Kontakte aufhalten, wenn sich der Nebel auf der Karte gelüftet hat.»

44

Über die Wilhelmsburger Reichsstraße fährt die matt-schwarze Limousine von Faruk. Immer wieder wechselt er den Fahrstreifen der zweispurigen Bundesstraße. Die vorgegebene Hochstgeschwindigkeit von sechzig Stundenkilometern unterschreitet er zu keinem Zeitpunkt und nimmt jedes Risiko in Kauf, um den nächsten Wagen zu überholen.

Immer wieder kreuzt er in den Sicherheitsabstand der weiteren Verkehrsteilnehmer hinein, die teilweise mit wildem Hupen und Gestikulieren reagieren.

Faruk interessiert das alles nicht. Er ist fokussiert auf seinen Fahrtweg und sein Ziel. Wieder drückt er auf sein Gaspedal und beschleunigt in eine Lücke hinein, die sich zwischen einem Kleinwagen auf dem linken Fahrstreifen und einem polnischen Laster auf dem rechten Fahrstreifen gebildet hat.

Nach weiterer Beschleunigung zieht er gleich wieder auf die linke Fahrspur. Der Fahrer des Kleinwagens bremst ab, um einen Unfall zwischen ihm und dem Fahrer der Limousine zu verhindern. Vor ihnen springt die Ampel auf Gelb und dann auf Rot. Faruk beschleunigt weiter und fährt Sekunden nachdem die Ampel auf Rot gesprungen ist noch über die Kreuzung, auf welcher der kreuzende Verkehr bereits in der Anfahrt ist.

Auf Faruks Stirn bilden sich Schweißperlen, die ihm über die Schläfen in seinen Bart rollen. Er streift sich mit der Hand durch seine langen Haare und seinen Vollbart, während er mit steigender Geschwindigkeit über die freie Bundesstraße zu fliegen scheint.

Faruk wippt den Kopf und zwirbelt an seinem Bart zum dröhnenden Klang der Bässe seiner Rapmusik. Zwischendurch vibriert sein Handy in der Ablage und er schaut auf das Display. Es leuchtet eine Nachricht von Cemal im Display auf. *"Bin da"*, steht dort geschrieben.

Faruk lässt das Telefon in der Mittelkonsole liegen. Er verzichtet auf eine Antwort, schließlich wird er ebenfalls gleich in Wilstorf von der Bundesstraße abfahren und dann in die Wilstorfer Straße abbiegen.

In der Jackentasche seiner roten Trainingsjacke wölbt sich ein kleines Päckchen hervor, das er soeben noch übergeben bekam. Er hat nicht reingeschaut. Ihm wurde ja gesagt, was sich darin befindet und der Wikinger hat sich noch nie als unzuverlässig erwiesen. Ihm vertraut Faruk blind. Er kennt ihn seit einer halben Ewigkeit.

Die Abfahrt in Wilstorf ist erreicht. Faruk bremst leicht ab und schaut in den Rückspiegel. Dort kann er kein Fahrzeug erkennen, das ihm und seiner Geschwindigkeit folgen konnte.

Ohne weitere Manöver biegt er direkt in die Wilstorfer Straße und fährt in Richtung Harburger Ring stadteinwärts die schmale Straße entlang.

Kurz nach dem Café International wendet er und gibt Vollgas. Das laute Krachen und Ächzen seines PS-Boliden schallt von den Wänden der Häuser und lässt Passanten unfreiwillig aufblicken. Faruk erwärmt sich an dem Moment der Aufmerksamkeit. Er hält vor dem Café International auf der Straße an und setzt seine Warnblinklichter.

Aus der rechten Jackentasche entnimmt er ein kleines Tütchen, das mit einem Quetschverschluss verschlossen ist. Auf den Bildschirm von seinem Smartphone lässt er geringe Mengen des darin befindlichen weißen Pulvers rieseln. Mit einer Visitenkarte eines Autohändlers, der diese vor gut einer Woche in das Fenstergummi von Faruks Wagen gesteckt hatte, versucht er das Pulver bestmöglich zu zerkleinern und zu zwei Linien zusammen zu schieben. Er legt das Handy auf seinem rechten Oberschenkel ab und holt aus dem Fußbereich der Rückbank einen alten Getränkebecher hervor, den er dort in irgendeiner Nacht mal hingeworfen hat. Faruk steckt diesen zwischen seine Beine. Aus seiner Jackentasche nimmt er sein Einhandmesser und öffnet die Klinge mit seinem Daumen, den er über den festen Dorn auf der Klinge schiebt. Mit einem schnellen Schnitt trennt er einen Teil vom Strohhalm ab und schmeißt den Becher samt seinem restlichen Strohhalm in den Fußraum der Rückbank.

Den abgeschnittenen Strohhalmstummel setzt er vor die erste weiße Linie auf seinem Smartphone und zieht das Pulver mit starkem Sog durch das linke Nasenloch in seine Nase. Das Gleiche wiederholt er mit dem rechten Nasenloch und stöhnt erleichtert auf, während er seinen Kopf rücklings gegen die Kopfstütze fallen lässt.

Faruk reibt sich kurz an seiner Nase, streicht mit beiden Händen über den Bart nach vorne und beginnt seinen Bart zu verzwirbeln. Er schaut in die Umgebung, allerdings ist hier momentan niemand zu sehen, der ihnen gefährlich werden könnte.

Aus dem Café kommt Cemal direkt zu seinem Fahrzeug und öffnet die Beifahrertür. Er steigt in das Auto von Faruk und dieser fährt umgehend ab, um bei der nächsten Möglichkeit in das Phönixviertel rechts abzubiegen.

In der Maretstraße kommt er zum Halten, versichert sich in seinem Rückspiegel, dass ihnen niemand gefolgt ist und übergibt dann bei laufendem Motor das soeben von Steven erhaltene Päckchen.

Cemal greift nach dem braun-gelben Umschlag und steckt ihn in die Innentasche seiner Jacke.

Beide nicken sich einmal zu, Cemal steigt wieder aus dem Fahrzeug aus und geht zurück in die Richtung des Café International. Es werden keine weiteren Worte gesprochen, man hat sich wohl nicht mehr zu sagen. Faruk wartet nur bis die Tür von seiner Limousine wieder in ihr Schloss gefallen ist, zieht währenddessen die Nase mehrfach hoch und fährt sofort lautstark ab.

Vor dem Gebäude der Polizeidirektion Süd, die ebenfalls in der Wilstorfer Straße liegt, lässt er noch einmal provozierend den Motor aufheulen und gibt Gas. Kurz danach biegt er ohne Rücksicht auf den Gegenverkehr links ab und fährt die Auffahrt zur Schnellstraße in Richtung Wilhelmsburg hinauf.

45

Mitten in Eppendorf stapeln sich die Wäscheberge im Schlafzimmer und Kleiderzimmer der Wohnung von Steven und seiner Freundin. Jedes Kleidungsstück wurde von den Beamten durchsucht und auf einem wachsenden Haufen auf dem Bett und dem Fußboden gesammelt.

Gelegentlich wurde eine Handykarte, ein Notizzettel mit Namen und Zahlen oder ein paar Scheine Bargeld in den Taschen der Kleidungsstücke aufgefunden. Die Gegenstände und ihr Auffindeort wurden detailliert per Foto dokumentiert, in Papier- und Plastiktüten gesteckt und zu Kuno in die Küche gebracht.

Dort sitzt er inzwischen mit Steven, der auf einem Küchenstuhl Platz genommen hat. Verbissen blickt er auf den rosafarbenen Zettel vor sich, auf dem Kuno immer mehr Gegenstände auflistet, die er als Beweismittel beschlagnahmt. Steven beißt sich auf seine Lippen. Er verweigert sich selber jedweder Reaktion auf Gegenstände, die in die Küche getragen werden. Er weiß, dass er nichts ausrichten kann in diesem Moment.

Ebenso ist ihm bewusst, dass er die heutige Nacht nicht zu Hause verbringen wird. Weder seiner Ziehtochter noch seiner Freundin die Situation erklären kann. Sie sind völlig unbedarft in diese Situation geraten. Er selber wusste immer, was er tat, und dass es zu diesem Moment kommen kann. Auch wenn er nie glauben wollte, dass es wirklich passieren würde.

Die Ungewissheit seiner Zukunft ist ihm sofort klargeworden. Emilia wird mit der Situation am meisten zu kämpfen haben. Er war immer für sie da, während ihre Mutter nur ihrer Arbeit nachging. Steven war mit ihr im Schwimmkurs, brachte und holte sie vom Kindergarten, er verbrachte die Nachmittage mit ihr bei Eppendorfer Helikoptereltern, um Emilia erste Treffen mit den Freunden der Zukunft zu ermöglichen. Stets ist er auf der Hut gewesen davor, seine Vergangenheit und Gegenwart bekannt werden zu lassen. Immer wieder spürte er die argwöhnischen Blicke der Eltern, die mit seinem Erscheinungsbild in ihrer heilen Welt der Besserverdiener nicht ganz zurechtkamen.

Doch seine Legende der Selbstständigkeit als Personaltrainer kam immer wieder gut an und half ihm dabei, den skeptischen Blicken und Nachfragen zu entkommen. Mit Sport, Fitness und Kampfkunst kennt er sich aus. Er brauchte nicht zu befürchten, dass man ihn hier mit Fragen aus der Reserve locken und enttarnen könnte.

Ein alter Freund hatte ihm sogar eine Homepage gefertigt, um der Generation Google einen Schritt voraus zu sein. Manchmal kamen einzelne Anfragen in sein Emailpostfach, denen er auch nachging. Es war eher Hobby als Beruf. Außerdem genoss er die Geschichten der zumeist alleinstehenden Workaholics, die eher von sich selbst berichteten, als an seiner Person interessiert zu sein. Die Oberflächlichkeit dieser Branche gefiel ihm, aber die Verpflichtung gegenüber den Kunden jederzeit zur Verfügung zu stehen, wenn diese gerade mal Zeit fanden, um Sport zu treiben, die gefiel ihm überhaupt nicht. Die Freiheit seiner eigentlichen Tätigkeit konnte ihm kein Beruf der Welt garantieren bei gleichbleibenden Einkünften.

Die Durchsuchung nähert sich ihrem Ende. Kuno liest Steven bereits das Sicherstellungsprotokoll vor und zeigt nach und nach auf jede Position der Auflistung mit seinem blauen Kugelschreiber.

Die Augen von Steven klaren wieder auf und langsam kommt er aus seinen Gedanken an seine Familie und ihre Zukunft zurück in die Wirklichkeit.

Die Stimme von Kuno wird zunehmend deutlicher und er beginnt den Worten aufmerksam zu folgen.

Nachdem die letzten Positionen aufgezählt sind, fragt Kuno, ob Steven Widerspruch gegen die Beschlagnahme der Beweismittel einlegen will.

«Ich unterschreib hier gar nichts. Ich will meinen Anwalt sprechen», teilt Steven mit Wut in der Stimme mit und wendet sich von den Protokollen ab.

«Wir bringen Sie jetzt zum Präsidium, dann gibt es neue Bilder und im Anschluss können Sie auch ihren Anwalt anrufen. Anschließend geht es dann zum Haftrichter. Der hat aber sicherlich erst Morgen wieder Zeit für Sie», erklärt Kuno mit stoischer Ruhe in seiner Stimme. Er strahlt dabei ein Gefühl der Überlegenheit aus.

«Dann lassen Sie uns aufbrechen», spricht Steven und steht auf. Lemming und Mogli kommen in die Küche.

«Ich habe Ihnen eine Tasche mit ein paar Sachen für das Untersuchungsgefängnis gepackt. Das sollte für die ersten Tage ausreichen. Dann kann Ihre Freundin neue Klamotten bringen, wenn sie Sie denn besuchen sollte», teilt Mogli mit, der eine olivfarbene Sporttasche in der Hand hält.

«Danke. Das ist nett», antwortet Steven überrascht von diesem Entgegenkommen. «Sie sind echt korrekte Bullen. Muss ich sagen. Also, Polizisten. Sie machen ja auch nur ihren Job.»

«Auch, wenn Sie Dinge machen, die verboten sind, werden wir sie wie jeden anderen Menschen behandeln. Wir sind keine Richter und werden nicht urteilen. Sieht ja auch schon Scheiße genug für Sie aus, wenn ich ehrlich sein darf», erwidert Mogli.

Steven presst seine Lippen aufeinander und geht langsam in Richtung Wohnungstür, wo er mit den Füßen in seine hellen Sneakers schlüpft.

Kuno steckt die ausgefüllten Formulare in seine Arbeitstasche, nachdem er jeweils einen Durchschlag auf den Küchentisch neben den Durchsuchungsbeschluss gelegt hat und folgt Steven in den Flur. Dort nimmt er eine dunkelgrüne Windjacke von der Garderobe und hängt sie über die Schultern von Steven, so dass die Arme und Handschellen auf dem Rücken bedeckt sind.

«Okay. Ich denke wir bleiben jetzt alle ganz ruhig und machen keinen Ärger auf der Treppe. Dann können wir auch ganz leise das Haus verlassen und möglichst wenig Aufsehen erregen. Einverstanden?», fragt Kuno.

Steven antwortet mit einem schweigenden, aber auch deutlichen Nicken und stellt sich einen Meter vor die Wohnungstür, die ihm von Mogli geöffnet wird.

Mogli geht als Erster die Treppe hinab und wartet im Erdgeschoss auf seine Kollegen.

Vor dem Haus steht ein ziviler Wagen, dessen hintere, rechte Tür durch Mogli zunächst geöffnet wird, der anschließend die Tasche im Kofferraum verstaut.

Steven folgt ihm aus dem Hauseingang und steigt in den Fond des Fahrzeugs ein, wo er von Kuno angeschnallt wird. Kuno schlägt die Tür zu, nachdem er die Kindersicherung überprüft hat und setzt sich dann auf der anderen Seite neben Steven auf die Rückbank.

Steven blickt durch sein Fenster auf den Hauseingang zu seiner Wohnung. Unsicher, ob er diese Räumlichkeiten noch einmal betreten wird, schaut er wehmütig zu den Fenstern seiner Wohnung, während das Fahrzeug mit ihm abfährt und sein zu Hause immer weiter hinter Steven zurückfällt.

46

Unter den fünf Etagen des Polizeisterns, der auf Säulen gebaut ist, befindet sich die Tiefgarage des Landeskriminalamts. In eine der vielen Parkbuchten parkt Harry Goldutt gerade seinen Dienstwagen rückwärts ein.

Auf dem Beifahrersitz blickt Gerd wehmütig auf die Dienstfahrzeuge seiner Abteilung, die nebeneinander eingeparkt auf ihren Parkplätzen stehen. Einige Lücken kann er feststellen, die darauf hindeuten, dass die Kollegen bereits wieder wie gewohnt das Gegenüber jagen. Pascho und Jayjay kommen aus der Eingangstür zum Gebäude gelaufen und besteigen in diesem Moment ihre Dienstfahrzeuge, setzen jeweils das Blaulicht auf ihr Dach, starten den Motor und jagen ohne Gerd eines Blickes zu würdigen davon, als würde der Teufel höchstpersönlich sie jagen. Keine vierundzwanzig Stunden nach Gerds Pensionierung geht das Leben des Alltags bereits wieder seinen Gang. So als wäre er nie hier gewesen.

Der Motor lässt seine Geräusche verstummen und reißt damit auch Gerd aus seinen Gedanken. Er blickt einmal zu Harry und schnallt sich ab. Harry ist bereits dabei aus dem Fahrzeug auszusteigen. Auch Gerd öffnet seine Tür und zieht sich am Haltegriff an der Decke des Fahrzeugs aus seiner tiefen Sitzposition. Mit leichtem Ächzen steht er auf und streckt sich einmal durch, nachdem er die Tür wieder geschlossen hat.

«Jo. Dann woll'n wir mal», spricht er in die Stille der Tiefgarage und geht mit forschem Schritt an seinem ehemaligen Chef vorbei zur Metalltür, die als Zugang zum Keller des Präsidiums dient.

Gerd zieht aus seiner Hosentasche seinen Dienstausweis und hält ihn gegen den Empfänger neben der Tür. Es piept und eine kleine rote LED-Lampe erscheint auf der Schaltfläche.

«Watt soll das denn jetzt?», grummelt Gerd und hält nochmals seinen Ausweis gegen die kleine graue Fläche, die mit einem erneuten Piepen und der roten Lampe antwortet.

«Ach ja, scheiße. Harry, du musst mich reinlassen», ruft er nach Harry Goldutt lauter als nötig, denn der steht bereits mit seinem Ausweis in der Hand neben ihm.

Er hält ihn mitfühlend gegen den Sensor bis das Schloss zu surren beginnt. «Hat sich der Ausweis doch wieder angefunden?», fragt Harry mit einem Augenzwinkern. «Nach dir, mein Lieber», sagt er zu Gerd und lässt ihm den Vortritt.

Gerd reißt die Tür auf und geht vorweg zum Fahrstuhl mit dem sie zu ihrem Flur hinauffahren.

An der Zugangstür angekommen, bleibt Gerd wieder stehen und wartet darauf, dass Harry ihm die Tür öffnet und er eintreten kann.

«Jemand zu Hause», dröhnt Gerds Stimme über den Flur. Mit wackelndem Gang geht er den Flur hinab. Seine leicht feuchten Gummisohlen quietschen auf dem dunkelgrauen Linoleumboden, dessen Ränder von holzfarbenen Fußbodenleisten eingefasst sind. An den grauweißen Wänden hängen vereinzelt Stadtpläne oder Landkarten. An den Bürotüren hängen zum Teil Postkarten mit Sprüchen oder ausgedruckte Bilder, um dem Flur ein wenig individuellen Charme zu verleihen.

Die Deckenplatten im Flur sind zum Teil offen und Kabel hängen aus der Decke hinab. Vor mehreren Monaten hatte eine Firma ein Feuerwarnsystem installiert. Der Vertrag umschloss allerdings nicht das Verschließen der Deckenpanelen und so stehen sie nun seit vielen Monaten offen. Der Auftrag zum Verschließen der Paneele musste europaweit ausgeschrieben werden und eine Entscheidung steht noch aus.

Gerds sonore Stimme lockt die ersten Köpfe in die Türrahmen der Büros und so blickt der eine oder andere aus seinem Zimmer hinaus, den Flur entlang.

Erstaunte Gesichter wechseln ihre Miene in glückliche Grimassen.

Auch Dombrowski kommt mit einem breiten Grinsen aus seinem Büro heraus. «Jackpot, mein Dickerchen.»

«Watt meinst Du jetzt»m fragt Gerd sichtlich irritiert.

«Wir hatten eine Wette, wie lange es dauert bis du wieder bei uns auf dem Flur erscheinst und ich habe getippt, dass du es keine vierundzwanzig Stunden zu Hause aushältst. Und nun bist du hier und ich bin gute vierzig Euro reicher.» Dombrowski schließt Gerd in seine ausgebreiteten Arme und drückt ihn an sich. Seine halblangen Haare fallen ihm dabei ins Gesicht.

Sie klopfen sich auf den Rücken und lösen ihre Umarmung.

«Is' gut, mien Jung'. Nun will ich mal meine erste Zeugenaussage als Bürger hinter mich bringen», gibt Gerd zur Kenntnis und wischt sich mit dem Handrücken eine kleine Träne aus dem Augenwinkel, während er ein «schön, hier zu sein» von sich gibt.

Nebeneinander gehen Dombrowski und Gerd in das altbekannte Büro. Gerd setzt sich allerdings nicht auf seinen ehemaligen Bürostuhl, sondern auf einen einfachen Stuhl am Kopf der beiden Schreibtische.

«Was macht denn die Lage?», fragt Gerd interessiert und hebt die Augenbrauen an, während er seine Haare nach hinten streicht und seine Hände hinterm Kopf ineinander verschränkt.

«Wir haben unseren Holländer mit ein bisschen Glück lokalisieren und überprüfen können. Er hatte gut 180 Kilogramm Marihuana auf seiner Ladefläche. Ziemlich unbedarfter Typ, aber bislang schweigt er zur Sache. Er wird gerade zum Präsidium gebracht», beginnt Dombrowski zu erzählen und macht eine kurze Pause.

«Otto hat auch sein Verfahren beendet. Der Kampfzopf ist ebenfalls auf dem Weg hierher. Er wurde von einem Südländer beliefert, den wir noch nicht identifiziert haben. Der nutzte ein Auto, das auf eine Autowerkstatt im Merkurring angemeldet ist. Pascho und Jayjay sind auf dem Weg dorthin, um die Anschrift abzuklären. Kuno, Mogli und die anderen werden ihnen gleich folgen. Otto versucht einen Durchsuchungsbeschluss zu bekommen. Die Werkstatt ist momentan der einzige richtige Anfasser, um den Lieferanten von Ottos Kampfzopf zu identifizieren. Wir sind uns allerdings unsicher, ob die Sachlage dem Richter ausreichen wird. Wir haben bislang keine Verbindung zwischen der Werkstatt und dem Südländer. Die Steuerbehörde ließ keine Rückschlüsse auf einen dort angestellten Südländer zu. Den Werkstattbetreiber wollen wir vorerst auch nicht direkt angehen. Aber immerhin stand das Auto von ihm vorhin noch im Merkurring, bevor es zur Lieferung kam. Das wird dem Richter hoffentlich reichen», erzählt Dombrowski. «Von dem vermeintlichen Hintermann des holländischen Lieferanten konnten wir vier Telefone sicherstellen. Wir haben auch ein Lichtbild von ihm und von seinen Kontaktleuten in einem Fastfood-Schuppen in Heimfeld.»

In diesem Moment dringt ein leichtes Klackern durch den Flur, doch weder Gerd noch Dombrowski nehmen es zur Kenntnis oder lassen sich davon beeindrucken.

«Zeig' mal her», fordert Gerd seinen ehemaligen Kollegen auf und streckt seinen Arm den bereits ausgedruckten Bildern entgegen.

«Was ist hier los?», ertönt es aus ihrem Rücken und beide zucken bei der eiskalten, zischenden Stimme zusammen, die aus dem Türrahmen zu ihnen spricht.

«Was machen Sie denn hier, Herr Dehling?», führt die Stimme unverhohlen fort. «Können Sie mir das bitte erklären, Herr Dombrowski?»

Dombrowski stockt zunächst der Atem bei leicht geöffnetem Mund, während er in die starren Augen von Frau Baake blickt. «Ich, äh...verstehe nicht ganz.»

«Bin ich wieder die einzige Person, die den Überblick behält? Ich möchte Sie darauf hinweisen, dass es sich bei Herrn Dehling um einen Zeugen in einem Strafverfahren handelt und er auch dementsprechend zu behandeln ist. Er hat in diesen Räumlichkeiten nichts mehr zu suchen und kann gerne unten im Foyer warten, bis ein Sachbearbeiter Zeit hat seine Aussage formgerecht aufzunehmen. Ich hoffe Sie haben ein wenig Zeit mitgebracht, Herr Dehling? Meine Mitarbeiter haben Sicherstellungen von nicht unwichtiger Bedeutung tätigen können. Wir werden das jetzt vernünftig aufarbeiten und vorbereiten, um diesen Erfolg meiner Abteilung auch entsprechend den Bürgerinnen und Bürgern zu verkaufen. Ich würde Sie bitten sich so lange zu gedulden und zur Verfügung zu halten.» Kriminaldirektorin Baake beendet ihren Monolog und schaut wechselseitig Gerd und Dombrowski starr in die Augen.

«Sie wissen schon, dass ich heute Morgen einen Kurierfahrer aus seinem brennenden Auto gezogen und 10 Kilogramm Kokain sichergestellt habe, oder?», erwidert Gerd mit pulsierenden Adern am Hals. «Ich bin doch kein normaler Zeuge. Meine Aussage kann ich auch selber niederschreiben. Dafür müssen keine Kräfte verschwendet werden.» Gerd wird immer wütender in Gestik und

Mimik. Seine Stimme wird lauter und überschlägt sich gelegentlich vor Groll, doch das scheint die Direktorin nur zusätzlich zu motivieren.

«Ich verbitte mir diesen Umgangston. Sie sind pensioniert und das bleiben sie auch. Egal, ob es ein Tag oder ein Jahr oder ein Jahrzehnt her ist. Sie stehen jetzt auf und lassen sich von einem Beamten ins Foyer bringen, wo ihnen durch das dortige Sicherheitspersonal ein Besucherausweis ausgestellt wird und dann werden Sie sich gedulden, wie es sich für einen Pensionär gehört.» Mit diesen Worten dreht sie auf dem Absatz kehrt und verlässt ohne Verabschiedung den Türrahmen und Flur. Bis die Metalltür vorne ins Schloss gefallen ist, spricht niemand auf dem gesamten Flur.

Gerd ist der erste, der wieder zu sich kommt. «Sag mal, was hat die dumme Kuh denn schon wieder? Die soll sich mal gehackt legen.»

Auch Dombrowski löst sich aus der Schockstarre und reicht Gerd die Lichtbilder aus dem Fastfoodrestaurant in Heimfeld hinüber. «Lohnt sich nicht, bei der gegenanzustinken. Die hat keine Ahnung, aber dafür ein viel zu großes Ego. Jetzt ist sie ihre Verbalklatsche los und lässt uns wieder in Ruhe. Also, lass uns nicht ärgern und unsere Arbeit machen. Hier die Bilder, werf' mal 'nen Blick drauf.»

Gerd beugt sich nach vorne, um die ausgedruckten Bilder entgegenzunehmen.

Er blickt auf die Ausdrucke und brummt. Blickt noch einmal drauf und brummt wieder. Er blättert die Seite um und betrachtet das nächste Bild. Dombrowski beobachtet ihn mit aufmerksamen Blicken und versucht die Mimik von Gerd zu lesen.

Gerd blättert ein weiteres Mal um, schaut kurz auf das Bild und blickt zu Dombrowski auf. «Der Typ in der Lederjacke ist Cemal

Sarikaya. Den hab' ich schon das erste Mal eingesperrt, da war der noch fünfzehn Jahre alt. Schlau ist der, aber auch zu allem bereit. Er kann die Leute für sich einnehmen. Damals schickte er drei Dreizehnjährige mit Gripbeuteln mit Marihuana auf die Straße, um sie für ihn zu verkaufen. Die Jungs bekamen ein wenig Gras dafür und hatten fortan Schulden bei ihm. Sie konnten der Bezahlung nicht nachkommen. Sie beklauten Mitschüler und ihre Eltern, um irgendwie den Schulden nachzukommen, doch die steigerten sich immer weiter. Die Jungs blickten zu ihm auf, trauten sich nicht, sich ihm entgegen zu stellen. Sein Blick kann töten, sagte einer der Jungs damals angsterfüllt zu mir. Er bekam eine einjährige Jugendstrafe vom Gericht, sein Anwalt ging in die Berufung und in der nächsthöheren Instanz wollte keiner der Jungs mehr aussagen. So wurde er freigesprochen und gleichzeitig juristisch fortgebildet. Er hat gesehen, dass er von dieser Justiz nichts befürchten muss. Immer wieder lief er mir die letzten Jahre durchs Visier. Wir können ihn bei Treffen beobachten, er ist immer wieder Kontaktperson der größten Dealer der Stadt, aber niemand konnte ihm deliktische Handlungen nachweisen. Der ist einfach nicht zu greifen. Niemand sagt gegen ihn aus, anfassen tut der eh nichts mehr. Dafür hat der seine Leute. Dreckige Finger werden wir bei ihm nicht finden», erzählt Gerd mit betretener Miene.

«Jetzt kriegen wir ihn. Er traf sich mit dem Hintermann unseres Lieferanten», teilt Dombrowski euphorisch mit und ein breites Grinsen macht sich in seinem Gesicht breit.

«Das kann schon sein. Ist aber auch nicht verboten», entgegnet Gerd. «Aber, wenn einer ihn kriegen kann, dann bist du das, mein Freund. Ich zähl' auf dich.» Er drückt sich aus seinem Stuhl in den Stand und streicht sich mit der Hand über seinen Mundbart. «Ich setze mich dann mal an einen freien Rechner und tippe meine

Wahrnehmungen nieder. Oder soll ich in die Lobby gehen und dort warten?»

«Bist du des Wahnsinns? Wenn du einer ihrer Aufforderungen Folge leistest, dann kündige ich dir die Freundschaft.»

Gerd nickt Dombrowski zu und atmet schwer aus. Er dreht sich um und verlässt den Raum. Dombrowski nimmt die abgelegten Ausdrucke in die Hand und beginnt den von Gerd benannten Namen einzugeben.

Auf dem Bildschirm öffnet sich das Passbild von Cemal Sarikaya. «Hat er mal wieder recht gehabt. Da gibt es keinen Zweifel», spricht Dombrowski zu sich selbst, während er das Passbild mit den Fotos abgleicht.

Dombrowski lehnt sich in seinem Stuhl zurück und streicht sich über sein Gesicht. Er blickt über seinen Bildschirm hinweg auf die gegenüberliegende Wand, an der er eine Weltkarte befestigt hat. Dort hat er mit unterschiedlichen Fähnchen seine Reiseziele der Vergangenheit und die Wunschziele der Zukunft markiert. «Wie krieg' ich Dich», murmelt er vor sich hin, während er in seinen Überlegungen versinkt.

47

Leichter Nieselregen legt sich auf dem weißen Hartplastik der Werbetafel des Cafe International nieder. Die Platten wurden provisorisch an die Hauswand geschraubt, nachdem der letzte Pächter den Betrieb auf Grund ständiger Probleme mit dem Publikum, den Behörden und der Polizei aufgegeben hatte. So wurde aus der Eißendorfer Bierstube binnen kürzester Zeit das, was es bereits vorher war. Das Café International. Die Bedienungen wurden von dem neuen Pächter gleich übernommen. Sie kannten das gleichbleibende Publikum. Zusätzlich wurden weitere Spielautomaten aufgestellt und die Fensterscheiben großflächig mit Milchglasfolie beklebt, so dass man besser geschützt war vor den neugierigen Blicken der Außenwelt.

Eine bulgarische Putzkraft ist gerade dabei mit einem altertümlichen Wischmopp den Boden zu wischen. Das Wasser muss sie regelmäßig wechseln, um den Schmutz der letzten Wochen, wenn nicht Monate, wegzuspülen, anstatt ihn einfach nur auf dem Boden wie gewohnt zu verteilen.

Gewissenhaft hat sie alle Stühle auf den Tisch gestellt und wischt bis in die letzte Ecke des Ladens. Eine weitere Putzkraft ist dabei die Lampenschirme und den Tresen mit einem Wischlappen zu reinigen.

Im Hintergrund läuft Musik vom Balkan, die beide bei der Arbeit offenbar beflügelt.

Durch die offene Ladentür kommt Cemal mit seinem Fahrer in den Laden. Sie sind neben den beiden Damen die Einzigen im Laden und begeben sich an den gewohnten Tisch, an dem Cemal immer sitzt, wenn er sich im Laden aufhält.

Sie nehmen die Stühle von dem Tisch herunter und schieben sie an ihren jeweiligen Platz. Beide nehmen auf den Stühlen Platz und beobachten die beiden Frauen beim Putzen des Bodens und des Interieurs.

«Ilana. Zwei Tee», fordert Cemal das am Tresen putzende Mädchen bestimmend auf, sich seiner anzunehmen.

Sie ist ungefähr Mitte zwanzig mit normaler Figur und langen schwarzen, lockigen Haaren, die sie zu einem Pferdeschwanz zusammengebunden hat. Die enganliegende, helle Bluse betont ihre weibliche Figur und auch die dunkle Stretchhose betont ihre Vorzüge für die vorwiegend männliche Kundschaft. Ilana ist keine besondere Schönheit, aber ihre strahlend weißen Zähne geben ihrem sonnigen Lächeln noch einen zusätzlichen Reiz, dem kaum ein Gast widerstehen kann. Manchmal trauen sich betrunkene Gäste, ihr gegenüber unangenehm zudringlich zu werden, doch diese Unhöflichkeit wird zumeist sehr schnell durch die übrigen Kunden unterbunden. Jeder weiß, dass Cemal ein solches Verhalten in seinem neuen Laden nicht weiter dulden wird. Es würde nur wieder dieselben Probleme forcieren, die sie bereits beim letzten Pächter erlebt hatten.

Cemal will einen ordentlichen Laden, in dem in Ruhe Geschäfte besprochen und beschlossen werden können. Jede Störung von außen produziert lediglich unsägliche Verzögerungen und provoziert die Polizei in ihrer Empfindung stets eingreifen zu müssen, wenn es zu Straftaten und Beschwerden bezüglich dieses Ladens kommen würde.

Er suchte bei der Eröffnung gleich den Kontakt zum örtlichen Polizeibeamten und stellte sich vor als den neuen Betreiber, hinterlegte eine Rufnummer, auf der er rund um die Uhr für die Polizei bei eintretenden Unannehmlichkeiten oder Beschwerden erreichbar ist, falls er mal nicht zu diesem Zeitpunkt im Laden präsent sein sollte.

Zudem lud er den örtlichen Beamten zum Essen ein, was dieser jedoch umgehend ablehnte. Cemal hatte es nicht anders erwartet. Er hoffte darauf, dass die Polizeibeamten ihn durch das freundliche Angebot nur noch zusätzlich akzeptieren, aber auch meiden würde, um Vorwürfen von Bestechlichkeit, gerade im Zusammenhang mit dieser verruchten Lokalität, zu entgehen.

Mit einem breiten Lächeln stellt Ilana die beiden Teegläser auf einem weißen Porzellanteller vor Cemal und seinem Fahrer ab. Auf dem Teller liegt ein längliches Papiertütchen mit Zucker. In dem Teeglas steht ein Glasstab, der zum Verrühren des Zuckers im schwarzen Tee gedacht ist. Sie bleibt neben den beiden stehen und sagt nichts weiter zu den Männern, die ihr auch keine weitere Beachtung schenken.

«Du kannst weiter saubermachen», sagt Cemal zu Ilana, ohne zu ihr aufzublicken, während er den Zucker in seinen schwarzen Tee klimpernd einrührt.

Ilana zischt zwischen den Zähnen, lächelt die beiden Verbissen an und geht zurück zu ihrer ursprünglichen Arbeit.

«Wenn du ihr einmal Geld gibst, dann zieht sie dir binnen kürzester Zeit alle Scheine aus der Tasche. Pass auf bei solchen Frauen. Die müssen für dich arbeiten und das Geld bei dir abliefern», sagt Cemal zu seinem Fahrer, der Cemal angrinst und zustimmend zu nicken beginnt.

Ein Schwarzafrikaner kommt in diesem Moment in den Laden und lädt mit seinem Erscheinen sogleich die volle Aufmerksamkeit auf seine Person.

Er trägt helle Sneakers und eine dunkle Jogginghose. Darüber einen weißen Pullover und eine schwarze Lederjacke. Die schwarzen, krausen Haare hat er an den Seiten abrasiert und auf der Kopfmitte wie einen Sockel aufrechtstehend frisiert. Die breiten Schultern des trainierten Oberkörpers wirken in der dunklen Jacke schmaler, als sie sind, jedoch drückt die ausgeprägte Brustmuskulatur das Revers der Jacke auseinander und lässt einen durchdefinierten Oberkörper vermuten.

Mit den großen, braunen Augen sucht er den Laden ab. Ilana und seiner Kollegin schenkt er keinerlei Aufmerksamkeit, fixiert direkt Cemal mit seinem Blick und geht auf ihn zu.

Cemal zeigt keine Reaktion und bleibt gelassen auf seinem Stuhl sitzen, während sein Fahrer sich erhebt und sich vor ihren Tisch stellt. Mit verschränkten Armen nimmt er den Afrikaner in Empfang und begutachtet ihn von oben bis unten.

«Moin moin. Kannst du deinen Troll mal beiseitestellen, Cemal? Ich will mit dir sprechen. Ladys eine Coke bitte für mich. Dankeschön.» Der Afrikaner blickt an dem ungnädig dreinblickenden Fahrer vorbei und schaut Cemal fordernd an.

«Schließ mal bitte die Tür und lass uns in Ruhe reden», fordert Cemal seinen Fahrer auf, der sogleich an dem Afrikaner vorbeigeht, sich vor den Laden stellt, sich eine Zigarette in den Mund steckt, sie anzündet und die Tür von außen schließt.

«Setz' Dich, Eddie», begrüßt Cemal ihn und zeigt ihm mit einer Handbewegung seiner Aufforderung Folge zu leisten.

«Dein Laden jetzt? Kannst du vielleicht mal ein paar richtige Stühle kaufen? Derbe ungemütlich. Fühlt man sich wie im Schrebergarten. Nette Mäuschen, gab' es die gleich mit dazu? Und wer ist der komische Typ? Cemal, Cemal. Du machst Sachen.» Eddie bläst seine Wangen auf und lässt die Luft langsam wieder aus seinem Mundraum entweichen. Dabei reißt er seine Augen noch weiter auseinander, so dass die dunklen Pupillen von dem weiß der Augen vollumfänglich umrahmt werden. «Digger, digger, digger.»

«Was liegt an, Eddie? Bist du nur zum Quatschen hier? Komm zum Punkt», sagt Cemal mit ruhigem, freundlichem Tonfall.

«Cemal, mein Freund. Seit wann bist du denn so gehetzt? Früher hattest du immer Zeit für ein bisschen Gesabbel. Du weißt doch, wie ich es mag. Nicht nur Geschäfte, Geschäfte. Es geht auch um den Menschen. Danke, Schätzchen.» Eddie blickt Ilana hinterher, die ihm eine Colaflasche auf den Tisch gestellt hat und wieder zurück zur Theke geht, um weiter den Tresen auf Vordermann zu bringen.

«Lecker Mädchen, würde ich mal sagen. Sind die nur am Tresen oder bringen die auch ein Happy End. Aaah, so wie du guckst wohl nur bei dir, digger. Stimmt doch, oder?» Eddie zeigt mit beiden Zeigefingern auf Cemal, der lediglich eine Augenbraue hebt. Zwischen seinen Augen prägt sich zunehmend seine Falte aus, die seinem Gegenüber zeigt, dass die Geduld bei ihm schwindet, was auch Eddie zu erkennen vermag.

«Also, okay. Ich habe gehört, dass du noch einige Hasen im Angebot hast. Ich würde dir gerne zwölf Stück abnehmen für meine Zucht. Wie schaut es aus?»

«Vier, zwei.»

«Woaw woao. Dein Ernst, digger? Nein, man. Bei zwölf Dingern, digger? Ich zahl' cash bei Übergabe. Kein Kombi oder Krisescheiß, digger. Mach deinem Bruder einen guten Preis.»

«Vier, zwei.»

«Äh, das nenne ich jetzt nicht gerade Verhandlung. Wie wäre es mit vier. Das ist glatt. Kann man auch besser rechnen. Das kann sogar dein Troll ausrechnen. Was meinst du?»

«Vier, drei», antwortet Cemal und trinkt einen Schluck von seinem Tee.

«Nee, das ist jetzt nicht fair. Okay, pass auf. Ich zahl' dir 50 für alle zwölf. Mehr geht nicht. Ich muss essen, du musst essen. Du weißt, ich hab' viele Kinder, die ich noch nicht kenne. Ich muss auch leben. Leben und leben lassen, digger.»

«Einverstanden. Aber Cash bei Übergabe. Kein Schein fehlt, ansonsten kommt der Troll zu dir und deinen ungeborenen Kindern und hackt sie dir ab, bevor sie rauskommen.» Cemal streckt Eddie die Hand entgegen und blickt ihn zwingend an, so dass Eddie keine andere Wahl hat, als bei ihm einzuschlagen.

Er ergreift die Hand von Cemal und schaut ihm zufrieden in die Augen. «Chef, es liegt schon alles bereit. Du wirst nicht enttäuscht sein. Wie immer zu meinem Bruder nach Winterhude in den Hinterhof. Er wird an der Garage auf deinen Mann warten. Sag mir eine Uhrzeit und wir werden dort sein.»

«Bist du in einer Stunde bereit?»

«Auf jeden Fall.»

«Dann in einer Stunde vor der Garage.» Cemal löst den festen Händedruck und deutet Eddie den Weg zum Ausgang.

Er versteht die Aufforderung, trinkt seine Coke mit kräftigen Zügen leer, zieht aus seiner Hosentasche einen Fünf-Euro-Schein, gibt ihm einen Kuss und legt ihn mit einem Zwinkern bei Ilana auf den Tresen, bevor er das Café endgültig verlässt.

48

Jeder Autofahrer kennt das Hamburger Bergpanorama, das einem begegnet, wenn man über die Autobahn an der Raststätte Stillhorn vorbeifährt. Riesige Plattenbauten stehen am Horizont im Westen der Autobahn und lassen die Abendsonne zwischen sich versinken. Davor liegen flache Wiesen von örtlichen Bauern, die noch immer wie vor fünfzig Jahren ihre Felder bestellen, ungestört von den Bewohnern dieser Wohnsiedlung.

Wenn man von der Wilhelmsburger Reichsstraße kommt, dann erahnt man zunächst nicht, welch mächtigen Gebäude auf einen zukommen, wenn man in ihre Richtung fährt. Über die Neuenfelder Straße fährt man an Einfamilienhäusern entlang. Kleine Geschäfte, Supermärkte und spießige Heckenbepflanzungen in den Vorgärten der Straße lassen vermuten, dass man aus der großen Stadt hinaus aufs Land fahren würde. Doch spätestens, wenn die Neuenfelder Straße nach einer Rechtskurve zur Otto-Brenner-Straße wird, dann kann man erste Blicke auf die hohen Gebäude am Horizont werfen, die wie hingeworfen wirken.

Auf der Otto-Brenner-Straße befindet sich gerade auch der schwarz-matte Wagen von Faruk, der auf direktem Weg in den Karl-Arnold-Ring fährt. Bei normaler Geschwindigkeit und ohne große hakenschlagende Fahrmanöver fährt er in die Siedlung hinein und hält nach zwei Kurven vor der Anschrift seiner Freundin, wo er das laute Brummen seiner Sportmaschine in einer Parkbucht verstummen lässt.

Faruk beschaut sich noch einmal in seinem Rückspiegel und fährt sich mit vorher angeleckten Fingern durch die langen Haare.

Im Anschluss kämmt er mit beiden Händen seinen Bart nach vorne und verzwirbelt die Haare zu einer Spitze am Kinn.

Aus der Mittelkonsole entnimmt er einen Energydrink, dessen Verschluss er mit einem metallischen Schnalzen öffnet und die Dose direkt an seinem Mund ansetzt.

Er saugt förmlich die zuckersüße, prickelnde Flüssigkeit in sich hinein und zerdrückt die Dose zwischen seinen Fingern, nachdem er den letzten Tropfen aus der Dose getrunken hat.

Der künstliche Duft erfüllt den Raum des Wagens und übertüncht für den Moment das Geruchsaroma des Vanille-Duftbaums, den Faruk regelmäßig erneuert.

Die Dose wirft Faruk in den Fußraum der Rückbank, zieht anschließend den Schlüssel aus der Zündung und öffnet die Fahrertür seiner Limousine. In diesem Moment verstummen auch die dumpfen Bässe der Rapmusik und er steigt aus seinem Auto unter besonderer Beachtung der im Umfeld aufhältigen Jugendlichen. Sie bewundern stets Faruk und dessen auffälligen Wagen, doch keiner traut sich näher an ihn heran. Jeder kennt Faruk und weiß, dass er gefährlich werden kann, wenn man ihm und den Dingen, die er wertschätzt, zu nahe tritt. Dennoch spricht man über ihn, während er mit seinem roten Trainingsanzug in den Eingang der Wohnanschrift geht. Er spürt den Neid, die Missgunst und genießt die Furcht in den Augen der Jugendlichen, die schnellstmöglich wegschauen, wenn er selber den Blickkontakt sucht. Er fühlt wie sie davor zittern, dass er sie ansprechen und ihnen Probleme bereiten könnte. Es gibt ihm ein Gefühl der maßlosen Überlegenheit, die er in diesen Momenten auskostet.

Das Blut in seinen Adern pulsiert vor Adrenalin, Koffein und Kokain, dass sein Selbstwertgefühl nochmals steigert. Er fühlt sich unbesiegbar. Jeder soll ihn in diesem Moment respektieren und ehren.

Faruk tritt an den Fahrstuhl heran und ruft ihn mit einem Knopfdruck zu sich heran. Die Tür des Fahrstuhls öffnet sich nach kurzer Zeit und zeigt die beigen, vollends beschriebenen Wände des Fahrstuhls. Ein unangenehmer Geruch aus Urin, Müll und abgestandenem Knoblauch schlägt Faruk entgegen und am Boden bleiben die Sohlen seiner weißen Sneakers leicht kleben.

Mit Grollen und Scheppern fährt der Fahrstuhl in den zwölften Stock, den Faruk auf der Zifferntafel ausgewählt hat.

Ein Rucken vermittelt dem Fahrgast, dass der in die Jahre gekommene Fahrstuhl das Ende seiner Fahrt erreicht hat. Er öffnet die Türen unter metallischem Rumpeln.

Direkt gegenüber von dem Fahrstuhl findet sich die Wohnungstür von Charleens Wohnung wieder. Auf einer rosaroten Fußmatte vor ihrer Tür steht in Schreibschrift unterhalb einer goldenen Krone "Prinzessin" geschrieben. Neben der Tür stehen drei Paar Turnschuhe, die abgelaufen und schmutzig aussehen, aber sicherlich mal teuer gewesen sind. Auf dem Klingelschild steht kein Name geschrieben. Faruk betätigt den Knopf mehrfach, lehnt sich mit seinem rechten Arm gegen den Türrahmen und fährt sich mit der linken Hand durch die Haare, während er mehrfach die Nase hochzieht.

Hinter der Tür hört er einen Hund hell aufbellen und der Haustür entgegenrennen, wo er offenbar unter weiterem Gebell an der Tür auf und nieder springt. Kurz auf ihn folgt mit leisen Schritten eine Person. Der Türspion verdunkelt sich kurzzeitig und sogleich wird die Tür unter einem lautstarken, freudigen "Schatz"-Ausruf aufgerissen. Der kleine, etwas überfütterte Mops rennt aus der Tür raus und beginnt an den Beinen von Faruk hinaufzuspringen. Freudig hechelt und bellt er und folgt dem eintretenden Faruk, der sich wortlos auf die Couch im Wohnzimmer fallen lässt und dort breitbeinig sitzen bleibt.

«Schatz, ich habe jetzt gar nicht mit dir gerechnet», zeigt sich Charleen von der Überraschung erfreut. «Wollen wir zusammen rausgehen? Shakira muss auch dringend vor die Tür.» Sie strahlt bei ihrem Vorschlag übers ganze Gesicht und geht auf Faruk zu.

«Baby, ist das dein Ernst, digger? Ich komme doch nicht vorbei, um mit deinem Mops rauszugehen», erwidert Faruk mit leichter Aggression in der Stimme.

«Wieso? Wir haben doch Zeit, Schatz. Oder haust du gleich wieder ab?», fragt Charleen irritiert und bleibt vor Faruk auf dem hochflorigen Teppich stehen.

«Frag nicht immer so dumm rum, Baby. Ich wollte jetzt lieber mal die Zeit nutzen und dich glücklich machen, Baby.» Faruk steht auf und geht breitbeinig auf Charleen zu, umgreift ihre Hüfte mit der rechten Hand und zieht sie an seine Lende, während er ihren Hals zu küssen beginnt. Dabei streift er mit der linken Hand über Charleens Brüste.

«Schatz, lass das. Ich will jetzt nicht», wehrt sie sich und beginnt seine Brust mit beiden Händen von sich zu drücken.

«Baby, ich hab' jetzt Bock. Du musst mal wieder richtig genommen werden, Baby.» Faruk lockert seinen Griff nicht und beginnt an dem Spaghettiträgerhemd leicht zu reißen, so dass die mit Spitzen verzierte Unterwäsche zum Vorschein kommt und ihn weiter anheizt.

«Faruk, lass mich», ruft Charleen mit leichtem Kreischen in der Stimme. «Kommst einmal vorbei, kurz durchficken und dann wieder abhauen, so sieht das aus. Aber da mache ich nicht mit, Baby. Jetzt lass mich los», brüllt sie voller grollender Inbrunst.

«Red' nicht so ein Scheiß. Du willst es doch auch, Baby. Ich werde es dir jetzt richtig besorgen», erwidert Faruk mit deutlich aggressiverem Ton in seiner Stimme und umgreift ihre Hüfte noch fester. Währenddessen reißt er den Träger und den Bügel der Unterwäsche von ihrer Schulter und entblößt teilweise die rechte Brust von Charleen, die er wild zu küssen beginnt.

Sie fängt an zu schreien und zu weinen, drückt gegen seine Brust, doch sie kann sich seiner Kraft nicht erwehren. Die groben Hände gleiten über ihren Körper. Aussichtslos vor Wehrlosigkeit beginnt sie an seinen Haaren zu reißen. Sie greift nach seinem Gesicht und beginnt es von ihrer Brust wegzudrücken. Ihre frisch gemachten Fingernägel bohren sich dabei in die Haut seiner Wange. Sie greift zu und krallt sich fest in das Fleisch am Wangenknochen bis sie merkt, dass Faruk von ihrer Brust ablässt. In ihrer Wut kratzt sie über die ergriffene Gesichtshaut, so dass zwei tiefe Kratzer in seine linke Wange gerissen werden. Zwei rote Striemen bilden sich auf der Haut ab, die Charleen überrascht von ihrer Not und Wut sofort mit den Augen fixiert.

«Digger!», ruft Faruk aus und greift sich mit der Hand an die Wange. Er blickt auf die Innenfläche in der sich die kleinen Bluttropfen in der Lebenslinie verwischt haben. Wut steigt in seine Augen bis sie in den dunklen Pupillen zu brennen beginnt. Er holt aus und schlägt Charleen unvermittelt mit der flachen Hand ins Gesicht. «Spinnst du mich zu kratzen, du kleine Hure?» Er holt wieder aus und schlägt ihr mit voller Wucht gegen den Kopf, so dass sie zurucktaumelt und auf ihre Couch fällt. Die geschminkten Wangenknochen laufen bereits tief rot an. Charleen rollt sich auf der Couch zusammen und hält ihre Hände schützend vor ihr Gesicht.

Faruk ergreift ihre Handfesseln und zieht sie zurück in den Stand. Er holt zur anderen Seite aus und schlägt ihr mit dem Handrücken gegen die andere Wange, so dass ein dumpfes Klatschen ertönt. «Wag' es nicht noch einmal, dich gegen mich aufzulehnen, du kleine Fotze.»

Charleen stöhnt auf vor Schmerz und Angst. Sie fällt kraftlos zu Boden und kauert sich dort auf dem Teppich zusammen, während Faruk ausholt und ihr mit dem Fuß in den Bauch tritt. «Hör auf,

Faruk. Bitte. Es tut mir leid», stöhnt Charleen hervor. Mit Verachtung ergreift er ihren Arm und reißt sie auf die Couch, wo sie widerstandslos und in Angst vor weiteren Schlägen und Tritten liegen bleibt. Das Wasser steht in ihren Augen und ihre Lippen beginnen zu zittern.

Faruk beginnt an ihrer Hose zu reißen, die sich auf Grund der verkrampft verschränkten Beine kaum bewegen lässt.

In Faruks Jackentasche beginnt es zu vibrieren und zu klingeln. Es löst ihn wie das Schnipsen eines Hypnotiseurs aus seinem Wahn. Er greift wie ferngesteuert in seine Jackentasche und blickt auf das Display seines Smartphones, wo er eine Nachricht von Cemal erhalten hat. *"12 Hasen gegen Bezahlung in einer Stunde in die Winterhuder Werkstatt"* steht dort geschrieben. Die offene Schreibweise überrascht ihn zusätzlich, zeugt von Dringlichkeit und bringt ihn von seinem eigentlichen Plan vollends ab. Er zieht seine Nase hoch, tupft noch einmal mit dem Handrücken auf die vom Schweiß brennenden Kratzer auf seiner Wange und begutachtet diese im Anschluss in einem Spiegel an der Wand. Er schaut noch einmal hinab auf die wimmernde Charleen, die sich auf der dunkelgrauen Couch immer mehr zusammenrollt und sich an einer beigen Wolldecke festhält. «Wir sind noch nicht fertig, Baby. Ich komme heute Abend wieder. Dann bist du hoffentlich besser drauf.» Faruk dreht sich ab und geht in den kurzen, rosa-lila tapezierten Flur, an dessen Ende er unter lautem Knallen der Haustür die Wohnung verlässt.

Über eine langgezogene, vierspurige Brücke führt die Ringstraße 3 in Richtung Stapelfeld. Dorthin, wo die Hamburger Einwohner aus dem nordöstlichen Hamburg gerne im Sommer auf die Autobahn fahren, um an die salzige Meeresluft, die feinen gelben Sandstrände und die grünliche See zu gelangen, die eine kühle Erfrischung an heißen Sommertagen verspricht.

Jayjay und Pascho fahren hintereinander auf dem linken Fahrstreifen der Brücke und überschreiten die Geschwindigkeitsbegrenzung deutlich. Das blinkende Blaulicht auf ihren Dächern der zivilen Streifenwagen sowie das tönende Horn gibt ihnen jedoch auch die nötigen Rechte hierfür. Die vor ihnen fahrenden Fahrzeuge beginnen mit hektischen Fahrbewegungen auszuweichen, sobald ihre Fahrer in den Rückspiegeln das kleine Blaulicht erkennen. Häufig bemerken sie es erst, wenn gleichzeitig auch das Horn und die Lichthupe betätigt werden. Zunächst suchen sie erst einmal nach Rettungswagen, Feuerwehrautos oder silber-blaue Streifenwagen, ehe sie sich auf zivile Wagen mit kleinen blauen Lampen in ihrer Suche einlassen. Hilfreich ist immerhin das trübe Hamburger Wetter, in dem das blaue Licht sich deutlich von seiner Umgebung absetzt und somit wesentlich besser zu erkennen ist als an sonnigen Tagen.

Am Ende der Brücke teilt sich die Straße und Jayjay drückt auf den kleinen schwarzen Knopf im Armaturenbrett, um das Blaulicht und die Sirene auszuschalten. Sie wollen zwar schnell vor Ort sein, den langhaarigen Südländer mit seiner Protzkarre oder dessen Mittäter wollen sie jedoch nicht aufschrecken, wenn sie denn vor Ort sein sollten.

Jayjay öffnet sein Fenster und greift in den Sprühregen, um das mit einem Magneten am Dach heftende Licht abzunehmen und anschließend in seinem Fußraum abzulegen.

Auch Pascho schaltet sein Blaulicht aus und nimmt es von seinem Dach.

«Dumbo für Pascho», spricht Pascho in das Funkgerät des Wagens mit ruhiger Stimme.

«Dumbo hört», kommt umgehend die Antwort.

«Wir sind gleich vor Ort und melden uns dann, sobald wir eine Einschätzung abgeben können.»

«Ja. Verstanden», bestätigt Dumbo per Funk aus dem Präsidium.

Pascho und Jayjay biegen anschließend nacheinander in den Merkurring ab.

Sie fahren zunächst entgegengesetzt zwei Runden durch die Ringstraße. Die erste Runde in normaler Geschwindigkeit, die zweite etwas langsamer, um sicher zu gehen, dass sie die schwarz-matte Limousine nirgendwo entdecken können.

Sie stellen ihre Fahrzeuge gute fünfzig Meter entfernt von der Zufahrt zur Werkstatt ab und steigen aus.

Zu Fuß gehen sie erst einmal die Straße entlang und gewinnen einen ersten Eindruck von der Umgebung und der Zuwegung.

Das Grundstück sieht ruhig und verlassen aus. Es wirkt nicht, wie eine regulär laufende Autowerkstatt. Das Rolltor zur Werkstatt ist verschlossen, was jedoch auch am Wetter liegen könnte.

Gegenüber von der Werkstatt liegt das Firmengebäude eines Technologieunternehmens, direkt nebenan eine größere Schreinerei. Pascho und Jayjay teilen sich auf und betreten die angrenzenden Gelände, um eine bessere Sicht und einen Eindruck von der verdächtigen Autowerkstatt zu erlangen.

Pascho geht direkt in den Haupteingang des Technologieunternehmens, wo am Empfangstresen eine junge, blonde Dame in feinem Hosenanzug sitzt und ihn freudig anlächelt.

«Schönen guten Tag, wie kann ich Ihnen weiterhelfen? Suchen Sie etwas?», fragt sie Pascho direkt beim Betreten des Gebäudes.

«Ähm...wie meinen Sie das jetzt genau?», erwidert Pascho leicht verunsichert, ob der ungewöhnlichen Begrüßung.

«Sie sehen nicht nach dem typischen Kunden unserer Firma aus. Die haben Anzüge und keine lässigen Lederjacken an. Also sind Sie wohl nur hier, weil sie etwas anderes suchen.» Die Empfangsdame beginnt zu lächeln und gibt eine schmale Zahnlücke zwischen ihren Schneidezähnen preis. Sie beobachtet mit dunkelbraunen Rehaugen durch ihre schwarze Hornbrille erwartungsvoll die Reaktion von Pascho, der sich geschlagen gibt und seinen Dienstausweis mit der Kante auf den Tresen stellt.

«Mein Name ist Haase. Ich bin vom Landeskriminalamt und hätte eine Frage bezüglich der gegenüberliegenden Werkstatt», beginnt Pascho. «Haben Sie ein Büro von dem aus ich einen Blick auf das Gelände der Werkstatt werfen könnte?»

«Zu der Werkstatt führen nur die Fenster unseres Konferenzraums. Da müssten wir schauen, ob der gerade belegt ist, aber folgen Sie mir bitte, Herr Haase. Was ist denn passiert, wenn man mal fragen darf. Da drüben ist doch seit Monaten nichts mehr los.» Die Empfangsdame erhebt sich von ihrem Platz und geht voran zur Treppe, die in die obere Etage des modernen Baus führt.

«Natürlich dürfen Sie fragen», erwidert Pascho. Er folgt der jungen Dame und erwischt sich immer wieder bei verstohlenen Blicken auf den wohlgeformten Rock, der sich vor ihm elegant hin und her bewegt.

Oben an der Treppe angekommen wirft die junge Frau einen Blick über ihre Schulter und zeigt mit ausgestreckter Hand auf den am Ende des Flurs liegenden Konferenzraum, dessen Tür offensteht und mit einer Glaswand vom Flurbereich abgetrennt ist. Der Raum ist offensichtlich nicht besucht und kann daher von Pascho begangen werden. Pascho geht voran und betritt als Erstes den Raum, von wo aus er den Vorplatz der Werkstatt wesentlich besser überblicken kann. Die verdeckenden Büsche sind zu flach um aus dieser Perspektive den Einblick, wie für Passanten auf der Straße, zu verwehren.

«Vielen Dank. Es wird nicht allzu lange dauern. Sagen Sie mir Bescheid, wenn der Raum wieder gebraucht wird?» Pascho wendet sich ab und holt ein Fernglas aus seiner dunklen Umhängetasche.

«Sicherlich. Möchten Sie vielleicht einen Kaffee haben?», fragt die Dame nach und schließt die Tür ohne eine Antwort abzuwarten, nachdem sie den Raum verlassen hat.

Pascho beginnt die Werkstatt nach Personen, Fahrzeugen und verdächtigen Gegenständen abzusuchen. Doch bislang fällt ihm nichts Derartiges auf, was die ganze Sache nur umso verdächtiger für ihn erscheinen lässt.

Auf der anderen Seite der Straße geht Jayjay in lässigem Gang auf das Grundstück der Schreinerei. Dort kommen gleich zwei Handwerker auf ihn zu und beschauen ihn von oben bis unten.

«Mien Jung, mit den Gamaschen und ohne Helm kannste hier aber nich' rumlaufen. Watt suchst 'n?», fragt einer der beiden Schreiner, der sich in seiner groben Cordhose breitbeinig vor Jayjay aufbaut.

«Eigentlich wollt' ich in die Werkstatt mit meiner Karre. Die soll 'nen guten Preis machen. Sieht aber irgendwie verlassen aus. Waren wohl zu gute Preise oder watt meint ihr?», antwortet Jayjay gutgläubig gegenüber den Handwerkern.

«Da wird schon lang nichts mehr repariert. Sind wohl pleite. Der Jung war eigentlich ganz in Ordnung, aber den habe ich hier schon lange nicht mehr gesehen. Ab und an schaut so'n langhaariger Kanacke nach dem Rechten. Der kommt meistens zu Fuß, manchmal aber auch mit so'ner fetten dunklen Gangsterkarre. Gibt sich wie Bushido. Mit dem ham' wir hier nichts am Wickel. Is' eh immer nur kurz hier. Der repariert dir die Karre auf jeden Fall nicht. Musste dir wohl 'ne andere Klitsche suchen. Und nun ab vom Hof, bevor dir 'n Balken auf'n Kopp fällt und wir den Ärger ham'», fordert der Dickere von beiden Handwerkern Jayjay unmissverständlich zum Verlassen des Geländes auf.

«Jo, danke trotzdem für die Auskunft. Dann will ich mal. Tschüss.» Jayjay dreht sich um und verlässt das Gelände. Insgeheim freut er sich über die umfassenden Auskünfte und zieht sein Smartphone aus der Jacke.

Nach einem Klingeln nimmt Pascho ab.

«Na, hast was rausbekommen?», fragt dieser unvermittelt.

«Kann man so sagen. Unser Lieferant ist vermutlich der Einzige, der hier noch das Gelände betritt. Kommt immer nur kurz vorbei. Ich denke wir haben hier seinen Bunker. Die Werkstatt soll schon länger pleite sein. Müssen wir nur noch warten bis der gute Herr kommt und dann hauen wir ihn um», berichtet Jayjay von seinen Erkenntnissen, ohne hierbei Mühe zu verwenden, seine Freude über die erfragten Informationen zu verbergen.

«Dann kannst du mal bei Dumbo anrufen. Ich halte hier oben solange die Stellung. Falls es zu Bewegungen kommt, melde ich mich bei dir. Am besten du platzierst dich an der Zufahrt zum Merkurring und gibst Bescheid, falls unser Freund mit seiner Karre vorfährt.» Hinter Pascho öffnet sich die Tür und die Empfangsdame kommt mit freudigen Augen in den Konferenzraum hinein. In ihren Händen trägt sie zwei Tassen Cappuccino auf deren Untertassen jeweils ein kleiner Löffel mit einem Amarettini klappert.

«Jayjay, ich muss aufhören. Ruf' Dumbo an», würgt Pascho das Gespräch ab und nimmt der jungen Frau einen Cappuccino ab.

«Dankeschön. Wollen Sie sich setzen?», fragt Pascho mit einem verschmitzten Grinsen.

«Wenn ich darf, sehr gerne», erwidert sie und setzt sich sogleich auf den Stuhl neben ihm. «Die Kollegen sind sowieso alle auf einer Messe in Köln, insofern stört uns, also Sie, auch niemand. Endlich passiert hier mal was Spannendes», frohlockt sie am Ende und grinst Pascho dabei an, wie ein junges Mädchen.

«Davon dürfen Sie ausgehen», bestätigt Pascho und schaut wieder auf die Werkstatt, während er genüsslich den perfekten Milchschaum von seinem Cappuccino schlürft.

50

Ein dröhnendes Klingeln durchfährt Tim Dombrowski, während er in seinen Gedanken versunken auf seinem Bürostuhl sitzt. Er überlegte gerade, wie er den von Gerd wiedererkannten Cemal Sarikaya in Verbindung mit den heute sichergestellten 180 Kilogramm Marihuana bekommt.

Er ist sich sicher, dass diese für ihn bestimmt waren. Warum sonst sollte er sich mit dem Hintermann nach der Überprüfung und Festnahme treffen. Warum schmeißt der Hintermann die Telefone weg. Es muss doch einen unmittelbaren Zusammenhang geben, den Dombrowski nur noch erkennen und nachweisen müsste.

Wieder klingelt das Telefon. Dombrowski nimmt seine Füße vom Tisch und beugt sich nach vorne um seinen Telefonhörer zu ergreifen.

«Moin, Dombrowski hier. Ja. Keine Ahnung wie der heißt. Ich frag' mal bei Gerd nach. Der müsste ja seinen Namen kennen.» Dombrowski hält kurz inne und lauscht dem, was der Gesprächspartner ihm noch zu sagen hat. «Ja, dann gleicht seine Fingerabdrücke schon einmal mit der europäischen Datenbank ab. Ich wende mich an Gerd und melde mich, sobald ich mehr zu den Personalien weiß. Ich komme eh gleich runter wegen unserer zweiten Festnahme für Otto. Ja, genau. Der Typ mit dem Zopf. Otto will, dass wir ihm rechtliches Gehör anbieten und wenn er nichts sagen will, dann lassen wir ihn noch einmal mit seinem Anwalt telefonieren. Okay. Bis gleich.»

Dombrowski legt den Hörer auf und erhebt sich aus seinem Stuhl.

«Geeerd. Wo bist Du?», ruft er in den Flur hinein.

«Ich bin hier vorne», erklingt seine Stimme aus einem der vorderen Büros. Dort hat er sich Zugang zu einem Rechner geholt, um seinen Bericht zu schreiben, in dem er seine persönlichen Erlebnisse so deutlich wie möglich zu schildern versucht. «Was'n los, mien Jung? Ich bin noch nich' fertig. Fang nicht wieder an, den alten Mann zu drängeln. Der ist im Ruhestand.».

Dombrowski ist inzwischen an dem Büro, in dem Gerd sitzt, angekommen und lehnt sich gegen den Türrahmen.

«Sag' mal, wie heißt dein Holländer eigentlich?»

«Ruud heißt der», sagt Gerd.

«Ruud. Und weiter?»

«Keine Ahnung. Hab' ich nicht gefragt», antwortet er.

«Wie? Jeder dritte Holländer heißt so. Wieso hast du nicht gefragt wie er mit Nachnamen heißt?», fragt Dombrowski irritiert.

«Hab' ich halt nicht. War erstmal nicht wichtig für mich», ergänzt Gerd seine erste Antwort.

«Ähm, du warst schon Bulle und weißt, dass unsere Kunden immer einen Namen kriegen sollten?», fragt Dombrowski gehässiger, als er wollte.

«Ja, ich war Bulle», brummt Gerd und tippt mit seinem Zeigefinger auf seine Brust. «Jetzt bin ich Zivilist und wenn du mich weiter ärgerst, dann setz' ich mich in die Lobby und warte auf einen von euch. Dann könnt ihr das Ganze aufschreiben», sagt Gerd halb im Spaß, halb im Ernst. «Ich hab' den aus seiner Karre geholt und dann noch die Tasche. Bevor ich nach weiteren Beweismitteln suchen konnte, stand der Transporter schon in Flammen. Und danach hat es sich nicht ergeben. Aber die anderen scheinen ihn ja auch nicht gefragt zu haben.»

«Schon gut, ich frag' ja nur. Kommst mit runter? Du hast doch 'nen guten Draht zu ihm», fragt Dombrowski mit einem Augenzwinkern.

«Schon vergessen? Ich bin pensioniert», spricht Gerd mit betretener Miene, wobei er jeden Vokal künstlich in die Länge zieht.

«Mit wem ich vernehme, das ist immer noch mein Ding. Und wenn ich der Überzeugung bin, dass durch deine Präsenz die Chance auf einen Vernehmungserfolg größer ist, dann nehm' ich dich mit in die Vernehmung. Schließlich hast du einen guten Draht zu Ruud aufgebaut», sagt Dombrowski bestimmend zu Gerd und fixiert ihn dabei mit ernsthaftem Blick.

Gerd weiß, dass er sich dem Willen wohl kaum widersetzen kann, auch wenn er sich einen Kommentar nicht verkneifen will. «Dein Wort in Baakes Ohr. Ich geh' noch mal für kleine Gerds. Könnt' ja noch ein bisschen länger dauern heute. Und du weißt ja, wie das bei alten Männern so ist», sagt er und verlässt den Raum. Dabei klopft er Dombrowski mit einem glücklichen Lächeln auf die Schulter.

Zufrieden blickt Dombrowski ihm nach und geht in sein Zimmer um Stift, Handy und Dienstausweis zu holen sowie die Belehrungsbögen für die Festnahmen auszudrucken.

Nachdem er alles beisammen hat, geht er den Flur hinunter, ruft zurück zum Büro von Otto, dass er mit Gerd zur Vernehmung geht und schlendert auf den Innenring, wo Gerd bereits vor dem Fahrstuhl auf ihn wartet.

«Dann legen wir mal los», sagt Dombrowski, während sie auf den Fahrstuhl warten. «Wie in alten Zeiten.»

«Ich freu mich. Hab' es schon vermisst», ergänzt Gerd und steigt mit Dombrowski in den Fahrstuhl, dessen Türen sich soeben öffnen.

Der Zellentrakt des Polizeipräsidiums liegt in einem Finger im Erdgeschoss des sternförmigen Baus. Mit extra gesicherten Türen wird ein unberechtigtes Verlassen der Räumlichkeiten zusätzlich verhindert. Der Boden im Zellentrakt ist mit grauen Kacheln gefliest, die sich farblich an das Gemüt der meisten Insassen anpassen. Die schweren Stahltüren der vielen Einzelzellen werden mit jeweils zwei breiten Metallriegeln gesichert, die ein unangenehm lautes, quietschendes Geräusch verursachen, wenn sie beiseitegeschoben werden. Durch eine Klappe in der Zellentür, hinter der sich eine dicke Scheibe Plexiglas befindet, kann man in die Zelle schauen, wo sich der Insasse gerade befindet.

Sie liegen oder sitzen auf den harten Holzliegen, die man mit alten, grauen Wolldecken ein wenig polstern kann. In die massiven Wände sind teilweise Schriftzüge gekratzt, die den Freigeistern einfielen, die hier lange Stunden bei stets eingeschaltetem Licht verbringen mussten.

Die Worte und Sätze sind ähnlich geistreich wie in den Fahrstühlen ihrer Wohnblocks in Osdorf oder Steilshoop.

Direkt am Zellentrakt befinden sich auch die Räumlichkeiten des Erkennungsdienstes, dessen Angestellten die Fingerabrücke von den Festnahmen abnehmen, sie messen, wiegen und fotografieren.

Es klingelt an der Tür zum Flur und mit einem deutlichen Summen wird sie von außen aufgedrückt.

Dombrowski und Gerd kommen auf den Flur und gehen direkt in den Raum des Verwahrbuchführers, der gewohnt muffelig auf seinem Platz hockt und ihnen genervt entgegenblickt.

«Na, was wollt Ihr?», schallt Dombrowski und Gerd angespannt entgegen.

«Wir wollen erst einmal zu Steven Winter und im Anschluss zu den beiden Holländern», teilt Dombrowski freundlich mit.

«Wir kriegen noch ein paar Formulare von euch zu dem einen. Da haben wir noch nichts», erwidert der Angestellte ein wenig freundlicher im Tonfall.

«Jo, auch deswegen sind wir hier. Von dem einen fehlen uns noch die Personaldaten, bislang wissen wir lediglich den Vornamen. Wir werden ihn gleich befragen und euch dann die entsprechenden Aufträge ausfüllen und übergeben», erklärt Dombrowski.

«Na gut.» Der Angestellte lässt sich in seinen Bürostuhl fallen, um die Gefangenenliste zu betrachten. «Der Winter ist in Zelle 3, der alte Holländer in der Zelle 7 und der Jan van der Boek in Zelle 17. Viel Spaß mit dem Winter. Der hat keine gute Laune», antwortet der Angestellte schnaufend, während er sein starkes Übergewicht wieder aus dem Stuhl stemmt. «Sagt Bescheid, wenn ihr einen mitnehmen wollt.»

«Okay. Wir gehen dann mal zur Zelle 3», sagt Dombrowski und geht zusammen mit Gerd den Flur entlang bis er im Zellentrakt vor der Zelle mit der großen schwarzen Drei steht.

Gerd öffnet die Klappe und sieht, dass Steven bäuchlings auf der Holzpritsche liegt und eine Wolldecke über sich gelegt hat. Er versucht offenbar zu schlafen. Nach dem klappernden Geräusch scheint er jedoch in Bewegung zu kommen. Gerd zieht die Metallschienen aus ihren Arretierungen, deren schleifendes Geräusch durch den Zellentrakt hallt.

Am Knauf zieht er die Tür auf und lässt Dombrowski den Vortritt zur Ansprache an Steven Winter.

«Moin moin, Herr Winter. Soweit ich weiß, sind sie ja bereits rechtlich belehrt worden, dennoch möchte ich von Ihnen gerne noch einmal wissen, ob sie sich zur Sache und dem Tatvorwurf äußern wollen. Ansonsten hätte ich gerne eine Unterschrift auf dem Belehrungsbogen», trägt Dombrowski vor und hält kurz inne, um eine Reaktion von Steven abzuwarten.

«Wie sind Sie denn auf mich gekommen? Hat Memo mich verpfiffen?» Steven blickt Dombrowski direkt in die Augen, der keine Reaktion auf diese Frage in seinem Gesicht zeigt.

«Sie haben doch den Durchsuchungsbeschluss bekommen. Da steht die Antwort drin», erwidert Dombrowski.

«Da steht was von einem anonymen Hinweis. Wer war das denn?»

«Wenn wir das wüssten, dann würde dort nicht anonym stehen», antwortet Gerd wie ein Geist aus dem Hintergrund, ohne sich zu zeigen.

«Und jetzt behauptet irgendwer, dass ich mit Drogen handele und schon schlagen Sie bei mir die Tür ein. Toll. Sie können doch nicht einfach so bei mir reinstürmen.»

«Doch! Das können wir. Zumindest bei Leuten mit ihrem Lebenslauf. Der Richter hat dem Hinweis ja ebenso Vertrauen geschenkt und im Vorwege den Durchsuchungsbeschluss erlassen», versucht Dombrowski zu erklären.

«Ist alles Quatsch, was da drinsteht», sagt Steven.

«Unsere Ermittlungen und die Durchsuchung bestätigen aber den Verdacht und es gibt noch weitere Beweismittel. Ich glaube Sie können sich gar nicht vorstellen, was wir bereits wissen», ergänzt Dombrowski.

«Mhmm. Wenn Sie das meinen.» Steven blickt nachdenklich in den luftleeren Raum. Seine Gedanken fliegen spürbar durch die Zelle, bis er beginnt mit dem Kopf zu nicken. «Wäre meine Tochter da gewesen und hätte das miterleben müssen…», beginnt Steven völlig aus dem Nichts heraus.

«War sie aber nicht», erwidert Dombrowski.

«Hätte aber..»

«Wir wussten, dass sie im Kindergarten ist, und dass Sie gerade eine Lieferung erhalten haben», unterbricht Dombrowski ihn erneut.

«Was denn für eine Lieferung? Ich weiß von nichts.» Steven hebt seine Hände abwehrend.

«Die Sporttasche mit fünf Kilogramm Marihuana, die in ihrer Wohnung stand vielleicht?»

«Die gehört einem Freund, keine Ahnung was da drin ist», antwortet Steven.

«Wollen Sie jetzt doch eine Aussage machen?», fragt Dombrowski genervt von Stevens unglaubwürdigen Äußerungen.

«Ich sage hier gar nichts aus. Ich unterschreibe auch nicht die scheiß Zettel in Ihren Händen. Ich will jetzt meinen Anwalt sprechen», sagt Steven gereizt und beginnt seine Hände zu kneten und dabei mit dem athletischen Oberkörper vor und zurück zu wippen. Schaut er von unten zu Dombrowski hinauf und fixiert dessen Augen.

«Da spricht nichts gegen. Wie heißt denn ihr Anwalt? Wissen Sie die Nummer?», fragt Dombrowski.

«Es ist Rechtsanwalt Thilo Müller. Ich kenne die Nummer. Ich rufe dort öfter mal an», antwortet Steven mit einem plötzlichen Lächeln auf den Lippen, während er sich aufrichtet. Dombrowski geht vorweg und begleitet ihn in einen kleinen Büroraum ohne Griffen an den Fenstern und zeigt auf ein Telefon, das dort steht.

«Dann wählen Sie mal die Nummer, ich höre kurz, ob der Herr Müller auch am Apparat ist, dann übergebe ich Ihnen den Hörer und lasse Sie in Ruhe mit ihrem Anwalt sprechen. Ich warte dann vor der Tür. Lassen Sie es bitte nicht zu lange werden. Ich habe auch noch anderes vor heute», erklärt Dombrowski mit ruhigem Tonfall.

«Ja. Einverstanden. Ich halte mich kurz», bestätigt Steven mit treuem Blick in den Augen.

Steven wählt die Nummer auf der Tastatur und Dombrowski wartet mehrere Freizeichen ab. Als er gerade wieder auflegen will, erklingt die rauchige Stimme des ihm bereits hinlänglich bekannten Rechtsanwalts für Strafrecht, der fast alle größeren Rauschgifthändler vertritt. «Müller.»

«Dombrowski hier vom Rauschgiftdezernat. Ich habe Herrn Steven Winter vor mir stehen, der sie gerne als Rechtsanwalt verpflichten möchte. Ich würde jetzt übergeben und den Raum verlassen.» Ohne auf eine Antwort des Anwalts zu warten, übergibt Dombrowski den Hörer an Steven und verlässt den Raum.

«Guten Abend, Thilo, ich grüße dich. Ja, er verlässt gerade den Raum.» Sind die letzten verständlichen Worte, die Dombrowski noch hört, bevor er die Tür schließt.

«Ich würde vorschlagen, dass ich hier auf das Ende des Gesprächs warte, so dass er nicht auf dumme Gedanken kommt und noch jemanden anruft. Geh du schon einmal zu deinem Holländer und hol die Personalien von ihm. Dann sollte auch Steven mit seinem Telefonat fertig sein», schlägt Dombrowski vor und lauscht dabei auf die Geräusche aus dem Büro.

«Okay. Das sollte ich hinbekommen. Ruud ist mir auch wesentlich lieber als dieser Lackel hier», antwortet Gerd und geht mit leicht watschelndem Gang zur Zelle 7 wo er die Metallriegel krachend aufschiebt.

Gespenstisch leise schwingt die Zellentür mit der Nummer 7 auf. In der Zelle sitzt der kahlköpfige Ruud. Sein schütterer, grauer Schnurrbart wird allmählich gesäumt von kleinen Bartstoppeln, die ihn noch schwermütiger erscheinen lassen. Lachfalten an den Augen zeigen, dass er eigentlich ein fröhlicher Mensch war oder ist. Gerd blickt auf den vor ihm sitzenden Holländer.

«Da bin ich schon wieder», begrüßt er ihn, um erst einmal ein Gespräch zu beginnen.

«Ah, mein Freund. Hast du etwas Leckeres zu essen dabei? Ich hätte richtig Appetit auf ein Schnitzel mit Pommes. Oder kriege ich hier nur Wasser und Brot?» Ruud spricht mit einem freundlichen Grinsen auf den Lippen. «Ich bin gerade froh, dass nun ein Endpunkt gesetzt wurde, den ich nicht mehr zu erreichen glaubte. Nun besteht keine andere Wahl mehr. Ich muss einen anderen Weg gehen, auch wenn der nun vermutlich schwerer wird, aber ich will auf keinen Fall, dass meine Familie hier mit reingezogen wird. Also gehe ich jetzt lieber als schlechtes und warnendes Beispiel vorweg. Nichts desto trotz knurrt langsam mein Magen. Also hättet ihr etwas für mich?»

«Ich schau mal nach ein paar Scheiben Knäckebrot und Aufstrichkonserven. Mehr gibt es hier nicht», antwortet Gerd.

«Und einen Kaffee bitte», ergänzt Ruud mit einem noch breiteren Grinsen.

«Leitungswasser kommt sofort. Aber weswegen ich eigentlich hier bin: Wie heißt du eigentlich mit Nachnamen?», fragt Gerd den Holländer.

«Ruud van Nistelrooy heiße ich», antwortet er und beginnt schallend zu lachen. «Ein bisschen Spaß muss sein. Ich heiße Ruud van der Boek. Ich bin vor einer Woche und 59 Jahren in Groningen geboren worden und wohne jetzt wohl erst einmal hier», sagt er mit einem ungewohnt ernsten Tonfall, während er die beschrifteten Wände ungläubig anblickt.

Gerd schaut ihn an und schweigt. Er ist kurzzeitig am Überlegen, ob er den Namen soeben richtig verstanden hat und ob das wirklich noch ein Zufall sein kann.

Ruud van der Boek sieht Gerd die Irritation in seinem Gesichtsausdruck an und seine aufgesetzte Freude findet somit ein jähes Ende. Sie weicht einer puren Verunsicherung. Stille entsteht zwischen den beiden praktisch gleich alten Männern, die so unterschiedliche Lebenswege gewählt und durchlebt haben, aber sich dennoch verstehen.

«Okay. Ruud. Wir kommen dann nachher noch einmal vorbei. Gleich werden erst einmal Lichtbilder gemacht und dann sind wir auch schon wieder da. Der zuständige Kollege geht voll in Ordnung. Mit dem kannst du über alles sprechen. Pack weiter so umfassend aus, dann nimmt es vielleicht doch noch alles eine gute Wendung für dich», teilt Gerd mit und beginnt die Tür wieder zu schließen.

«Bis später dann. Wir sehen uns aber noch, oder?»

«Davon ist auszugehen. Dauert nicht mehr lange. Bis später», spricht Gerd bis die Tür geschlossen ist und er wieder unter metallischem Klirren die Bügel zuschlägt.

Gerd schlendert wie gewohnt über den Flur und dem Büro entgegen, aus dem Steven Winter mit seinem Anwalt telefonierte. Die Tür steht bereits offen. Dombrowski steht im Türrahmen und verneint mehrfach Fragen des Winter, die Gerd nicht richtig verstehen kann.

Mit jedem Schritt den Gerd näher kommt, versteht er Steven Winter besser.

«Ich will doch nur einmal kurz Bescheid geben und mit meiner Kleinen telefonieren. Sie können gerne dabei sein. Ich will ihr nur gute Nacht sagen. Ich bin ja praktisch aus ihrem Leben gerissen. Wollen Sie wirklich, dass ein kleines Mädchen traurig ohne ihren Papa zu Hause sitzt und dort weint?», diskutiert Steven mit Dombrowski.

«Als wenn wir die Schuld an ihrer Situation tragen. Sie haben die Ursache gesetzt. Vielleicht hätten Sie sich diese Gedanken früher machen sollen. Bevor wir kommen und Betäubungsmittel und die Waffe bei Ihnen finden. Und jetzt ist das Gejammer wieder groß. Und ich habe Ihnen bereits gesagt, dass ich das mit ihrem Hauptsachbearbeiter abstimme. Wenn der keine Einwände hat, dann können Sie gerne auch noch kurz mit ihrer Tochter telefonieren. Dagegen habe ich überhaupt nichts einzuwenden. Haben Sie das jetzt verstanden?», erwidert Dombrowski genervt und verärgert zugleich.

«Das wäre echt super korrekt von Ihnen. Ich wäre Ihnen wirklich dankbar. Fragen Sie bitte nach», zeigt sich Winter einsichtiger und strahlt Dombrowski mit Hoffnung in den Augen an.

«Wird schon. Wir sind ja keine Unmenschen hier. Aber jetzt bitte einmal in Zimmer drei und dann sprechen wir später noch einmal miteinander», sagt Dombrowski und zeigt mit der Hand in Richtung der offenstehenden Zellentür am anderen Ende des Gangs.

Ohne weitere Worte geht er direkt zu seiner Zelle, entledigt sich seiner Schnürschuhe vor der Tür und geht auf Socken in den kahlen Raum, wo er sich erwartungsfroh auf die Holzbank setzt.

«Bis später», verabschiedet sich Dombrowski und schließt die Tür.

«Du bist viel zu nett zu diesen Arschlöchern. Dem müsste man eigentlich mal ordentlich eine reinhauen», sagt Gerd mit Zorn in den Augen, als Dombrowski auf ihn zukommt. «Draußen den dicken Macker machen und hier auf einmal rumheulen. Datt kann ich echt haben. Meine Fresse, was für'n Arschloch. Die Lütte kann froh sein, dass der weg ist.»

«Mein Bauch sagt mir, dass wir den noch knacken können. Der kann noch wichtig werden. Wir nehmen den nachher hoch in den Vernehmungsraum und lassen ihn von dort aus mit der Lütten telefonieren. Die wird ihn brechen», sagt Dombrowski mit einem hoffnungsvollen Grinsen auf den Lippen und geht langsam in Richtung der Zelle 17.

«Du und dein Bauch. Du hast doch nicht einmal 'nen richtigen Bauch, was soll der schon so verstehen von der weiten Welt. Willst du jetzt mal was hören, was wirklich spannend ist und nicht nur so'n Bauchgefühl?», fragt Gerd und schaut Dombrowski gespannt in die Augen, während er mit beiden Händen seine Hose leicht hochzieht.

Dombrowski hält vor der Zelle 12 an und wendet sich Gerd zu. «Da bin ich jetzt aber mal gespannt.»

«Ruud dürfte der Vater von deinem Kurier sein. Er heißt ebenfalls van der Boek wie Jan. Und bei den ganzen anderen Parallelen würde ich mal kühn behaupten, dass das kein Zufall sein kann», berichtet Gerd und erfreut sich an dem überraschten Gesichtsausdruck von Dombrowski, den er selten so sprachlos erlebte wie in diesem Moment.

51

«Und wie lange wartet man jetzt so?», fragt die Empfangsdame wissbegierig bei Pascho nach, kurz bevor sie einen Schluck aus ihrem frisch geholten Latte Macchiato nimmt.

«Bis was passiert», antwortet Pascho wortkarg. «Das Gras wächst auch nicht schneller, wenn man daran zieht. Wir verbringen häufig viel Zeit mit dem Warten auf den richtigen Moment, aber die Geduld zahlt sich meistens aus. Das Drehbuch schreibt leider unser Gegenüber.»

«Da haben wir ja etwas gemeinsam. Gestern stand ich acht Stunden am Empfang und wartete darauf, dass nichts passiert. Das waren lange acht Stunden, kann ich Ihnen sagen. Und für den Fall, dass doch jemand hereinkommt, muss man natürlich immer bereitstehen. Da kann es manchmal um große Aufträge gehen und da muss der erste Eindruck von unserer Firma stimmen. Also sind wir eigentlich die wichtigsten Leute, oder?», schüttet die Empfangsdame ihr Herz aus. «Ich bin übrigens Magdalena», erzählt sie freudig weiter und streckt ihre Hand aus.

Pascho blickt abwechselnd zwischen der Werkstatt und der jungen Dame hin und her. Je mehr er sie wahrnimmt, umso mehr merkt er, dass sie gar nicht mal unattraktiv ist. Eigentlich ist sie sogar richtig hübsch mit ihren großen, braunen Rehaugen, der kleinen Nase und ihren dunkelblonden Haaren, die in einer eleganten Hochsteckfrisur verarbeitet sind. «Ich heiße Pascal, aber alle nennen mich nur Pascho», antwortet er mit einem freundlichen Lächeln, bei dem sich tiefe Grübchen in seinen Wangen bilden und ergreift ihre Hand. «Freut mich, dich kennenzulernen, Magdalena.»

«Schön. Dann schauen wir mal, ob wir noch Besuch bekommen», sagt sie freudig, während ihre Wangen leicht erröten und ihre Augen mit leichtem Glanz vom hereinfallenden Licht zu leuchten beginnen.

Hektisch streift Faruk über seine Nase, während er mit dem Gaspedal seine Limousine beschleunigt und auf die linke Spur der Autobahn in Richtung Stapelfeld fährt. Die Bässe seiner Rapmusik dröhnen durch den Innenraum. In der Mittelkonsole steht eine neue Dose mit einem nach künstlichen Gummibären riechenden Energy-Getränk.

Faruk drückt energisch auf die Hupe, als ihm ein Kombi in die Fahrspur wechselt und zum Abbremsen zwingt. Er gibt gleich wieder Gas und fährt von der linken auf die Standspur, um dort die vor ihm liegenden Fahrzeuge zu überholen, weiter Gas zu geben und sich direkt wieder vor sie zu setzen.

Der vorgegebene Treffpunkt stresst ihn. Er hasst es, wenn er so kommandiert wird, aber immerhin wird er an dieser Fahrt fast zweieinhalb Tausend Euro verdienen.

Für 200 Euro pro Kilogramm liefert er aus. Dafür muss er allerdings auch jederzeit für Cemal erreichbar sein. Egal, ob tagsüber oder in der Nacht. Manchmal fährt er bis zu 16 Stunden am Stück durch die Stadt. Ohne dieses teuflische, weiße Pulver würde er wohl kaum noch durchhalten können. Er genießt den Rausch, der ihm Selbstvertrauen für den Moment schenkt. Er ist zufrieden mit seinem Leben. Er sucht in seinen Kontakten nach der Nummer von Piotr, einem engen Freund aus Kindertagen und beginnt sie zu wählen.

Nachdem das Freizeichen zweimal erklingt, ertönt eine freundliche und gut gelaunte Stimme. «Faruk. Lebst Du noch? Lange nichts mehr gehört von dir. Was geht ab, Bro?»

«Digger, Piotr. Was machst du, digger. Ich dachte, digger, dass wir mal wieder losgehen. Was machst du heute Abend, digger? Ich dachte, wir bestellen einen Tisch, ein zwei Flaschen und vielleicht hast du ja noch ein, zwei Frauen, die du mitbringen magst», schlägt Faruk freudig vor.

«Bro, ich muss morgen früh arbeiten. Ich chill mit meiner Frau heute», erwidert Piotr.

«Digger, was los mit dir? Hast Angst vor deinem Chef, digger? Chillen mit der Frau, digger», fragt Faruk leicht gereizt, schnalzt abwertend mit Zunge und Zähnen. Zeitgleich zeigt er dem vor ihm fahrenden Auto mit seiner Lichthupe, dass dieser auf seiner Spur im Weg ist.

«Man wird halt älter, Faruk. Was soll ich feiern, Bro. Ich habe meine Frau, einen guten Job, dadurch sicheres Gehalt, jeden Monat zwei Scheine, keine Kopfschmerzen mehr wegen irgend solchen Typen, denen man nur hinterherläuft oder die einem Ärger machen. Ich bin zufrieden, Bro. Aber ruf doch mal Deniz und Cem an, die wollten heute auch losziehen», antwortet Piotr.

«Machst jetzt krass auf seriös, digger. Ich wollte mit dir feiern, meinem Bruder, digger. Zwei Scheine mach ich in einer Stunde. Aber dann sei mal zufrieden, digger. Ich hab' jetzt auch zu tun, digger. Dann chill' mal, bleiben mehr Weiber für mich über, digger. Hade, tschüss», verabschiedet sich Faruk und beendet das Telefonat.

Er setzt den Blinker rechts und fährt auf der Autobahnabfahrt von Stapelfeld von der Autobahn runter. Am Ende der Abfahrt ordnet er sich im linken Fahrstreifen ein und rollt vor bis zur Haltelinie der rot leuchtenden Ampel. Auf dem Rechtsabbieger befindet sich ein alter Kleinwagen aus den 90er-Jahren.

Faruk lässt sein Auto über die Haltelinie rollen und schaut nach links, um die Distanz zum Verkehr abzuschätzen. Die Landstraße ist gut befahren. Ungeduldig spielt Faruk am Gas. Er fährt sich mit beiden Händen durch die Haare und beginnt seinen Bart zu zwirbeln. Die ältere Fahrerin des Kleinwagens schaut irritiert zu ihm hinüber. Faruk spürt den mit Furcht erfüllten Blick. Ruckartig dreht er sich zu ihr um und schaut sie böse an. Blitzschnell guckt die grau-blonde Frau über ihr Lenkrad auf die vor ihr liegende Straße und wagt es nicht, den Blicken von Faruk standzuhalten.

Er blickt wiederum auf den kommenden Verkehr und nutzt den Moment, um mit Vollgas auf die Fahrbahn Richtung Hamburg zu ziehen und die Fahrerin in ihrer Angst an der weiterhin roten Ampel zurückzulassen.

Faruk schaut in den Spiegel, ob ihm jemand von der Ampel her folgt, jedoch kein Fahrzeug wagt ein ähnlich riskantes Fahrmanöver.

Immer wieder schert er leicht aus dem Verkehr aus, so dass er ein Überholmanöver andeutet. Aufgrund der vielen entgegenkommenden Fahrzeuge geht er jedoch kein weiteres Risiko ein und bleibt auf seiner Spur.

Er kann bereits das Schnellrestaurant und die Einfahrt zum Merkurring erblicken. Faruk zieht die Nase hoch und fährt sich wieder mit einer Hand durch seine Haare.

Er ergreift seinen Energydrink und nimmt einen tiefen Schluck aus der Dose, bis ihr letzter Tropfen in seinen Mund fällt. Er zerknüllt die Dose und wirft sie zu den anderen Dosen in den Fußraum der Rückbank. Ein metallisches Klirren lässt die inzwischen erhöhte Anzahl erahnen.

Ohne den Blinker zu setzen, biegt Faruk in den Merkurring ab

In der vorderen Ecke des Schnellrestaurants sitzt Jayjay mit einem Milchshake in der Hand und beobachtet jedes Fahrzeug, das in den Merkurring einbiegt. Keinen Augenblick wendet er seine Aufmerksamkeit von der Straße. Er will Pascho rechtzeitig in Kenntnis setzen, wenn ihr Zielfahrzeug in die Straße einbiegt. Pascho wird sich auf ihn verlassen und Jayjay will zeigen, dass auf ihn Verlass ist.

Er nimmt einen kräftigen Zug am Strohhalm und blickt dabei auf die von der Autobahn ankommenden Fahrzeuge.

In diesem Moment zieht sich sein ganzer Magen zusammen, bevor sein Verstand begreift, was seine Augen soeben erblickt haben. Adrenalin strömt sofort durch den Körper und er richtet sich unbewusst auf. Eine matt-schwarze Limousine gleicher Bauart wie beim Kampfzopf vor der Wohnung kommt um die Ecke und reduziert die Geschwindigkeit.

«Pascho für Jayjay», ruft er lauter als eigentlich nötig in sein Mikrofon.

«Nun sind wir wieder wach», antwortet Pascho unverzüglich.

«Wieso wir? Egal. Unser Fahrzeug ist soeben in den Merkurring gebogen. Er dürfte also bald bei dir auftauchen», erklärt Jayjay.

«Okay. Ruf bei Dumbo an. Wir brauchen zeitnah Verstärkung. Die sollen sich beeilen. Ich schaue, was hier passiert. Setz dich schon einmal auf deinen Wagen, falls unser Freund hier abfährt, bevor die Kräfte eintreffen», sagt Pascho und beugt sich vor.

«Augen auf, Magdalena. Jetzt wird es spannend.» Pascho greift zu seiner Einsatztasche und holt eine große Kamera mit Teleobjektiv hervor.

«Also, ich sehe nichts», erwidert sie völlig irritiert, weil sie den Funk im Ohr von Pascho nicht hören konnte.

«Glaub' mir. Gleich passiert etwas. Das spüre ich», erhält Pascho den Zauber und aktiviert die Kamera. Dabei richtet er das Objektiv auf den Werkstattbereich aus.

Kurze Zeit später fährt die bereits bei Steven gesehene matt-schwarze Limousine die Straße entlang und kommt direkt auf die Werkstatt zugefahren.

«Da ist er», sagt Pascho.

Magdalena steht auf vor Anspannung und Nervosität. Sie widmet Pascho einen kurzen, bewundernden Blick für dessen wahrsagerischen Fähigkeiten.

Das Fahrzeug fährt die Straße entlang und passiert die Zufahrt zur Werkstatt ohne die Geschwindigkeit zu reduzieren. Die Kamera von Pascho klickt mehrfach, dann blickt er über das Gehäuse hinweg und beobachtet das Fahrzeug, das nun wieder Richtung Hauptstraße zu fahren scheint.

«Jayjay, er kommt wieder zu Dir. Augen auf», ruft Pascho hektisch, während er den Taster seines Funkgeräts betätigt.

«Ja. Ich sehe ihn. Er bleibt aber im Ring. Er fährt nicht wieder ab. Der scheint sich abzusichern. Eine Ehrenrunde für Steven würde ich mal sagen», antwortet Jayjay.

«Okay. Dann wird er wohl bald hier aufschlagen», sagt Pascho. Er steht auf und versucht die Straße hinab zu blicken, in die Richtung, aus der eben noch der Wagen angefahren kam.

Faruk fährt noch eine weitere Runde durch die gesamte Ringstraße. Am gegenüber der Werkstatt liegenden Ende der Ringstraße hält er kurz an und steigt aus seinem Fahrzeug aus.

Faruk zieht eine Zigarette aus seiner Schachtel, die er aus seiner Jacke herauszieht und steckt sie sich in den Mund.

Aus der rechten Hosentasche nimmt er ein Feuerzeug und entzündet die Zigarette an ihrer Spitze. Hierbei nimmt er drei kräftige Züge, die er tief inhaliert. Er hält kurzzeitig die Luft an und atmet durch die Nase aus.

Faruk streicht sich über den Bart und blickt in beide Richtungen. Kein Fahrzeug fährt durch die Straße. Keine Passanten laufen auf den Gehwegen.

Faruk hasst es, wenn er so einen engen Zeitrahmen gesteckt bekommt und nicht seinen Routinen folgen kann. Er riskiert seine persönliche Sicherheit und die der Firma, wenn er hektisch werden muss. Er zieht erneut an seiner Zigarette und schaut in die in der Nähe stehenden Fahrzeuge. Faruk traut dem Frieden nicht. Dennoch wirft er den Rest der Zigarette in den Rinnstein der Straße und steigt wieder in seinen Wagen ein, dessen Motor er weiterlaufen ließ.

Er schaut noch einmal in den Spiegel und fährt dann hinüber zur Werkstatt, wo er ohne zu blinken auf den Hof fährt und unmittelbar vor der Halle zum Stehen kommt. Faruk steigt aus seinem Fahrzeug aus, blickt sich einmal um und betritt im Anschluss die Halle.

52

Langsam wischt eine raue Hand über die glatte Oberfläche des Tresens. Sie wird mit bangen Blicken des Personals beobachtet. Sie streicht immer wieder vor und zurück, gleitet von links nach rechts, vom Anfang des Tresens bis zu dessen Ende.

Cemal blickt in die Innenfläche und streicht mit den Fingerkuppen aneinander. Er schaut in die Augen seiner Kellnerinnen, die mit ihren dunklen Schürzen vor ihm stehen und auf sein Urteil warten.

Er hebt den Daumen und nickt ihnen sanft mit anerkennendem Gesichtsausdruck zu. «So muss das sich jeden Tag anfühlen. So und nicht anders. Das ist der Anspruch», lobt er und geht durch den Laden. «Auch der Boden ist endlich wunderbar sauber. Nirgendwo hat man mehr das Gefühl, dass er einem die Schuhe im nächsten Moment ausziehen könnte. Wir sind hier ja keine Kneipe von dreckigem Pack und Gesindel. Wir sind ein Café für Gentlemen und Geschäftsleute. Es soll sich anfühlen wie in einer Lounge in einem edlen Hotel. Cemal zieht aus seiner Hosentaschen ein Bündel 200-Euro-Scheine und zählt fünf Scheine hiervon ab. Seine beiden bulgarischen Kellnerinnen bekommen langsam große Augen. Ein Lächeln huscht ihnen über das Gesicht. Ihnen hängen dunkle Haarsträhnen vor den Augen, die ihnen bei der Arbeit aus den Zöpfen gerutscht sind.

«Hier habt ihr eintausend Euro.» Beide strecken sofort ihre Hände nach dem ersehnten Bargeld aus. «Ah.» Cemal zieht das Geld wieder zurück und erlangt sofort wieder die Aufmerksamkeit der gierenden Bardamen. «Von dem Geld geht ihr jetzt Spirituosen einkaufen. Rum, Whiskey, Gin, alles was ihr so braucht. Aber nur die guten und teuren Marken. Nicht mehr diesen Billigfusel. Verstanden?» Beide nicken und strecken wieder die Hände nach dem Bargeld aus. «Die Belege für den Einkauf bringt ihr mit. Genauso wie das Wechselgeld. Verstanden?» Beide nicken deutlich weniger euphorisch. Ilana greift nach dem Bargeld und steckt es in ihr breites Louis Vuitton-Portemonnaie, das ihr Cemal vor kurzem geschenkt hatte. Cemals Handy beginnt zu klingeln. Es liegt klingelnd und vibrierend auf seinem Tisch. Cemal geht zu dem Telefon, während die beiden Bardamen gemeinsam das Café International verlassen.

«Thilo, mein Freund. Was gibt es?», begrüßt Cemal den Anrufer. «Ja, ich bin im Café. Kannst gerne kommen, dann sprechen wir.» Cemal drückt auf den roten Hörer und steckt sein Smartphone in die Hosentasche.

Er setzt sich an seinen Tisch und blickt zur Tür. Er nimmt einen Schluck aus seinem abgekühlten Tee und schiebt ihn anschließend mit verzogenem Gesicht von sich weg.

Cemal zieht eine Zigarette aus seiner auf dem Tisch liegenden Schachtel und zündet sie sich genüsslich an. Er pustet den Rauch sinnlich aus und beobachtet, wie er sich im Raum langsam auflöst.

Die zur Hälfte aufgerauchte Zigarette steckt er in den Aschenbecher, geht hinter den Tresen und entnimmt dem Kühlschrank eine Colaflasche, die er mit zum Tisch nimmt und mit seinem Feuerzeug öffnet. Der Kronkorken fliegt im hohen Bogen auf das andere Ende des Tisches und im Anschluss auf den Boden, wo er ein Stückchen weiter rollt und letzten Endes unter einem Stuhl zum Liegen kommt.

Cemal trinkt ein wenig aus der Flasche, nimmt seine Zigarette aus dem Aschenbecher und raucht genüsslich weiter.

Durch das Milchglas am Schaufenster kann er den Schatten einer Person erkennen, die am Laden entlanggeht und scheinbar im Begriff ist, den Laden zu betreten. Er fokussiert seinen Blick auf den Schatten und verfolgt ihn bis die Person durch die Eingangstür in den Laden tritt.

Es handelt sich um einen mittelgroßen Deutschen mit dunkelblonden Haaren, die er nach hinten gekämmt hat. Er trägt einen edlen Anzug und schwarze Lederschuhe. In seiner Hand trägt er eine braune Aktentasche. Eine teure Armbanduhr ziert sein Handgelenk und schimmert mit jedem Schritt unter dem linken Ärmel hervor. Ein schwarzer Siegelring steckt auf dem rechten Ringfinger und hebt sich deutlich von den blassen Fingern und der braunen Ledertasche ab.

Das braungebrannte Gesicht trägt einige Falten um die Augen herum, dennoch wirkt er jünger, als er ist.

Mit schnellen, gestochenen Schritten tritt er an den Tisch von Cemal heran und setzt sich zu ihm, ohne auf eine Aufforderung hierfür zu warten.

«Moin», spricht er eine kurze und knappe Begrüßung aus.

«Thilo, mein Bester, darf ich dir etwas zu trinken anbieten. Ich habe eine neue Kaffeemaschine erworben. Oder vielleicht eine Coke?» ,fragt Cemal höflich mit einem breiten Lächeln.

«Lass gut sein. Ich habe schlechte Nachrichten», beginnt Thilo zu berichten, wodurch das Lächeln von Cemal entschwindet.

«Steven wurde festgenommen. Direkt nachdem Faruk geliefert hat. Die Bullen haben sich verplappert oder wollten sich vielleicht einfach aufspielen, als sie ihn in der Zelle aufsuchten. Sie wissen wohl deutlich mehr. Das haben sie ihm zumindest so gesagt. Eventuell haben sie Faruk auf dem Schirm. Vielleicht auch schon länger. Ihr solltet aufpassen. Ich gebe das Mandat an meine Partnerin. Ich melde mich bei dir, sobald wir Akteneinsicht haben. Der Durchsuchungsbeschluss ist bereits zwei Monate alt gewesen. In der Zeit können die einiges ermittelt haben. Haltet also die Augen offen, checkt eure Autos und haltet erst einmal die Füße still bis wir mehr wissen. Ich muss wieder los. Ich melde mich dann bei euch.» Cemals Stirn wirft sich in Falten. Er streicht sich mit der Hand über seine Glatze.

«Das sind wirklich schlechte Neuigkeiten. Aber danke, dass du so schnell gekommen bist.» Thilo bleibt ruhig vor Cemal sitzen. Beide schweigen und schauen sich wortlos an. Thilo lehnt sich vor und zieht unmerklich die Augenbrauen hoch.

«Du bist ein Geier, aber du bist es auch wert», stöhnt Cemal auf und zieht sein Geldbündel aus der Hosentasche. Er zupft fünf gelbe Zweihundert-Euro-Scheine aus seinem Bündel und schiebt sie zu Thilo rüber. «Die weiteren Fünf gibt es nach Akteneinsicht. Und gebt euch Mühe bei Steven. Er ist ein langer Freund von mir.»

«Der steht schnell wieder zur Verfügung. Macht euch keine Sorgen. Dem organisieren wir jetzt schnell einen Job zum Anschein und dann kann er wieder zu seiner Frau und Tochter. Seine Alte arbeitet ja von morgens bis abends. Der Gute wird zu Hause gebraucht. Die Fluchtgefahr soll das Gericht mal begründen und dann kann er auch wieder für dich verkaufen», sagt Thilo, steckt das Bargeld in seine Innentasche und erhebt sich von seinem Stuhl. Er ergreift seine Aktentasche, die er neben sich auf einem Stuhl abgelegt hatte und geht in Richtung Ausgang. «Wir sehen uns», ruft er aus und verlässt den Laden, ohne auf eine Antwort zu warten oder sich noch einmal umzudrehen.

Cemal widmet sich seiner sowieso nicht mehr, sondern hält bereits sein Smartphone in der Hand.

53

Die dunklen Riegel der Stahltür schlagen mit einem metallischen Krachen in ihre Verankerung. Aus den hinteren Räumlichkeiten ist das Gebrüll eines Betrunkenen zu hören, der sich in einer Kneipe nicht mehr benehmen konnte und um sich schlug.

Dombrowski blickt durch die Klappe in die Zelle und sieht Jan van der Boek auf der Holzpritsche sitzen. Eine Wolldecke hat er über die angewinkelten Knie gelegt. Auf einer weiteren Decke sitzt er am Kopfende und schaut starr gegen die Wand.

Die Geräusche der Riegel haben ihn nicht aus seinen Gedanken gerissen. Sein Blick bleibt starr auf der hellen Wand. Seine Pupillen beobachten oder lesen nicht die Schriften, die andere Insassen in die Wände geritzt haben. Sie stehen ausdruckslos da und verschaffen keinerlei Eindruck über seinen inneren Gemütszustand.

Dombrowski öffnet die Tür und stellt sich in ihren Rahmen. Er blickt auf Jan van der Boek nieder und wartet auf dessen Aufmerksamkeit. Diese erhält er jedoch nicht.

«Herr van der Boek? Mein Name ist Tim Dombrowski. Ich bin für ihr Strafverfahren zuständig und würde Ihnen nun gerne rechtliches Gehör gewähren. Sie werden beschuldigt in ihrem Transporter 180 Kilogramm Marihuana befördert zu haben. Sie sind von meinen Kollegen bereits belehrt worden. Ich würde dies trotzdem noch einmal schriftlich mit Ihnen durchgehen.» Dombrowski hält inne mit seiner Ansprache, denn noch immer erkennt er keinerlei Aufmerksamkeit bei van der Boek. Er wirkt nicht anwesend, nicht wütend oder traurig. Eigentlich in keinster Form emotional. Er sitzt auf seiner Decke wie eine Schaufensterpuppe und starrt vor sich her.

«Gut. Ich würde ihr Verhalten dann schriftlich in der Akte fixieren. Es ist durchaus ihr Recht die Kommunikation zu verweigern. Damit habe ich kein Problem. Dann bleibt es an mir, ihnen eine gute Reise zu wünschen. Der Richter wird morgen sicherlich einen Haftbefehl für sie erlassen.» Dombrowski bleibt in der Tür stehen und wartet. Er starrt Jan van der Boek ebenso starr an, wie dieser die Wand betrachtet.

Dombrowski selber verfällt dabei seinen Überlegungen darüber, warum van der Boek jegliche Reaktion verhindert.

In diesem Moment beginnt das Handy von Dombrowski zu klingeln. Er blickt zu Gerd, der ihm beschwichtigend zunickt. «Ich kümmere mich. Geh du mal an dein Telefon. Könnte ja wichtig sein.» Dombrowski nickt Gerd dankend zu und verlässt den Flur.

«Jayjay, ich grüße Dich! Wie schaut es bei Euch aus?», begrüßt Dombrowski ihn und verlässt den Flur.

«So. Nun pass mal auf, du Friseur. Der Dumbo ist ein feiner Kerl, den schweigt man nicht einfach so an. Aber wenn du es so willst, dann schnack ich jetzt halt mit deinem Vater. Der ist ein bisschen Redseliger, als du Zapfen und der sitzt nur ein paar Türen weiter», erklärt Gerd, der sich zwischenzeitlich an die ursprüngliche Position von Dombrowski stellt.

Im Gesicht des van der Boek ist in diesem Moment eine Regung zu erkennen. Er saugt seine Wangen zwischen die Zähne. Seine Augen beginnen zu flackern. Er atmet tief durch Mund und Nase ein und blickt zu Gerd, der sich inzwischen an das andere Ende der Pritsche gestellt hat.

«Du erlaubst mir doch mich zu setzen, oder?», stellt er eine rein rhetorisch gemeinte Frage und lässt sich auf das Holz der Bank fallen.

Jan van der Boek atmet noch einmal tief und beginnt leicht mit dem Kopf zustimmend zu nicken.

«Was hat mein Vater mit Ihnen zu tun?», fragt er, ohne hierbei Gerd in die Augen zu schauen.

«Der Appel fällt nich' weit vom Stamm, sagt man hier so», antwortet Gerd kryptisch ohne tiefer ins Detail zu gehen.

«Ich verstehe nicht», antwortet Jan van der Boek irritiert.

«Wie heißt dein Vadder mit Vornamen, mien Jung?», erfragt Gerd den deutlich verunsichert wirkenden Holländer.

«Ruud», antwortet er.

«Siehste. Der sitzt hier ein paar Türen weiter und hat genau das Gleiche gemacht wie du. Immerhin habt ihr nach der Verhandlung ordentlich Zeit mal wieder eine gute Bindung zueinander aufzubauen», sagt Gerd und zieht seine Augenbrauen hoch. «Vielleicht solltet ihr euch mal 'nen Kopp machen, ob ihr beide nicht ein wenig mehr wisst, als ihr bislang erzählt habt und uns daran teilhaben lasst. Das würde dem Richter sicherlich gefallen. Aber keine Märchen!», ergänzt Gerd zum Schluss und erhebt den Zeigefinger.

Jan van der Boek schweigt zunächst. Er betrachtet Gerd und begutachtet dessen Gesicht. Seine warmen und treuen Augen und den freundlichen Gesichtsausdruck in dem aber auch die Sorge über die Zukunft der Familie van der Boek geschrieben steht.

Jan van der Boek presst zunächst seine Lippen aufeinander, während ihm die Gedanken durch die Augen schießen. «Okay, Chef. Kann ich dabei eine rauchen?», fragt Jan van der Boek.

«Wenn der Dombrowski die Fenstergriffe findet, dann lässt er dich vielleicht auch mal rauchen. Da sollte nu' aber auch Butter bei die Fische gegeben werden», sagt Gerd und fixiert den Blick von van der Boek in dessen Zelle.

«Ich kann nicht viel sagen, aber ich werde berichten, was ich dazu aussagen kann.»

«So soll es sein. Wir warten auf den andern' und dann geht datt los.»

In diesem Moment tritt Dombrowski wieder auf den Flur und schreitet auf die beiden zu. «Hat ein wenig länger gedauert, aber Sie haben ja Zeit mitgebracht, Herr van der Boek. Und weggelaufen sind Sie ja zum Glück ebenfalls nicht», spricht Dombrowski süffisant zu Jan van der Boek.

«Der gute Mann will nun doch mit uns sprechen, Dumbo. Wollen wir ihn direkt mitnehmen?», fragt Gerd und blickt in Dumbos verdutztes Gesicht.

«Der gute Herr kann sprechen?» Dombrowski schaut Jan van der Boek an und schweigt nachdenklich. «Gehst Du schon einmal mit ihm hoch, Gerd? Ich muss dringend Beschlüsse für die Lagerhalle und das Auto besorgen. Unser Lieferant ist soeben dort vorgefahren. Das geht hier Knall auf Fall. Ich muss mich jetzt darum kümmern. Aber Herr van der Boek sollte jetzt ebenfalls schnellstmöglich sein Recht auf freie Rede bekommen.»

«Du weißt schon, dass ich kein Bulle mehr bin?», antwortet Gerd mit gehörigem Respekt vor der angedachten Aufgabe und deren Konsequenz.

«Einmal Bulle, immer Bulle, mein Dickerchen! Das kann man nicht so einfach ablegen und dir wird doch immer alles erzählt wie man gerade wieder sieht. Nun bring den Jungen nach oben. Wir organisieren dir noch einen offiziellen Kriminalbeamten als Verstärkung und zum Tippen. Einverstanden?», fragt Dombrowski, während er Gerd flehend in die Augen blickt.

«Einverstanden. Aber dann ist auch Schluss. Dörte macht mir sowieso schon die Hölle heiß. Die hockt da jetzt ganz alleine zu Hause und räumt auf. Das kriege ich noch Wochen zu hören», erzählt Gerd besorgt, während Dombrowski schon wieder aufmerksam in seinem Handy herumtippt.

«Dann genieß' deinen letzten Arbeitstag in vollen Zügen. Die nächsten Wochen wirst Du Aufgaben anderer Art erhalten.» Dombrowski blickt auf. «Wir können heute nicht auf deine Unterstützung verzichten.» Aus dem Lautsprecher von Dombrowski ertönt kurz darauf ein Freizeichen. Ein Knacken ist in der Leitung zu hören und schon beginnt Dombrowski ungefragt zu berichten. «Hallo Herr Schmidt, ich habe da ein Anliegen, wir bräuchten Durchsuchungsbeschlüsse…»

Dombrowski entfernt sich schnellen Schrittes vom Zellentrakt «Nein. Wir werden zeitnah keine Berichtslage schaffen können, Herr Schmidt. Passen Sie auf, es ist wie folgt», sind die letzten Worte, die von Dombrowski noch zu hören sind, bevor die Sicherheitstür am Ausgang des Zellentrakts ins Schloss fällt.

«Tjo. Da stehen wir wieder alleine da. Wir beide werden uns dann gleich mal ordentlich unterhalten. Freut mich. Dumbo schaut oben nach 'nem zweiten Kollegen, der bringt sicherlich eine Kanne Kaffee samt drei Bechern mit und dann setzen wir uns gescheit zusammen. Einverstanden?», schlägt Gerd vor, mit einem Gesichtsausdruck aus Freude und Erwartung.

Jan van der Boek beginnt leicht zu nicken. «Dann komm mal mit. Wir müssen in den dritten Stock in unsere Vernehmungsräume fahren. Die sind auch mit Fenster, Tageslicht und frischer Luft. Tut ja mal ganz gut zwischendurch, oder?»

Wieder nickt van der Boek stumm, tritt aus der Zelle heraus und schlüpft in seine Turnschuhe, die er wegen der Schnürsenkel vor der Zelle abstellen musste.

Die beiden gehen am Zimmer des Wachhabenden vorbei. «Ich nehme ihn mit nach oben zur Vernehmung», teilt Gerd ihm mit, wartet kurz auf dessen Bestätigung und verlässt dann mit Jan van der Boek den Flur.

Gemeinsam gehen sie zum Fahrstuhl und fahren in den dritten Stock. Während van der Boek die stecknadelkopfgroßen Vertiefungen in der grauen Metallwand betrachtet, beobachtet Gerd ihn über den großen Spiegel in der Rückwand der Fahrstuhlkabine.

Der flaumige Schnurrbart verleiht dem Gesicht des Holländers etwas Kindliches. Der hagere Mann wirkt gebrochen. Er lässt seine Schultern und den Kopf hängen. Auch der Rücken bildet einen kleinen Buckel und unterstreicht die niedergeschlagene Körpersprache. Seine Jeans sitzt locker an den Beinen und fällt faltig auf die schwarzen Turnschuhe, die gemütlich, aber auch dreckig und ausgetragen wirken.

Auf dem Display des Fahrstuhls zählen die Zahlen nacheinander nach oben bis dort die Drei stehen bleibt. Es ist ein leichtes Ruckeln zu spüren und die Türen öffnen sich und legen den Flurbereich des dritten Obergeschosses frei.

«Einmal bitte rechts herum. Willst du vorher noch einmal auf die Toilette? Könnte jetzt ein bisschen länger dauern. Das wäre dann gleich hier vorne», erklärt Gerd, doch der Holländer schüttelt seinen Kopf und signalisiert, dass sie weitergehen können.

Gerd geht an ihm vorbei und weiter voran in Richtung der Vernehmungsräume.

In diesem Moment umgreift eine Geisterhand seinen Magen, presst kräftig zu und sein Herz gefriert. Frau Baake kommt um die Ecke und erblickt die beiden Personen, wovon eine ihr wohl bekannt ist.

Sie geht schnellen Schrittes auf sie zu, so dass eine Konfrontation unausweichlich ist. Gerd spürt bereits Wut in seinen Adern aufsteigen. Das hat ihm jetzt gerade noch gefehlt.

Ihre Mimik ist kaum zu lesen. Regungslos steuert sie auf Gerd und Jan van der Boek zu.

«Guten Tag. Ich glaube wir kennen uns noch gar nicht. Schön, dass Sie sich hier gleich einbringen. Wir sind dringend auf ihre Unterstützung angewiesen, um hier alles in die richtigen Bahnen zu steuern. Ich erwarte eine hohe Qualität von meinen Mitarbeitern. Nichts ist schlimmer, als wenn ich ihre Fehler später verantworten muss. Ich werde nun zum Senator fahren. Dort habe ich einen Termin, um mich für notwendigen Zukunftsprojekte der Polizei einzusetzen, damit hier wirklich mal etwas bewegt wird. Ich denke Sie haben jetzt auch zu tun und sollten an die Arbeit gehen. Die Aussage muss vollumfänglich und detailliert sein. Verstanden?» Van der Boek fühlt sich beinahe erschlagen von der Wortgewalt dieser Dame im Hosenanzug und bleibt ratlos mit offenem Mund vor ihr stehen, während sie auf ihn einredet und er leicht mit dem Kopf zu nicken beginnt. Ohne eine weitere Antwort abzuwarten, geht sie an ihnen vorbei, besteigt den offenen Fahrstuhl, dreht sich um und starrt Gerd an. «Und Sie geben jetzt bitte eine konzentrierte und detaillierte Aussage ab, Herr Dehling.» In diesem Moment schließen sich die Türen des Fahrstuhls. Beide bleiben für einen Moment wortlos vor dem Fahrstuhl stehen. «Ich heiße Sehling. Sehling!», grollt Gerd ihr nach.

«Wer war das denn?», fragt der Holländer stockend und völlig irritiert.

«Die kleine Schwester des Teufels höchstpersönlich. Zum Glück erkennt die kaum einen in der Abteilung, ansonsten wären wir wohl aufgeplatzt», antwortet Gerd.

«Ich glaube, ich verstehe gerade gar nichts mehr.»

«Du musst auch nicht alles verstehen. So, hier müssen wir rein», erwidert Gerd und öffnet die Eingangstür zum Flur mit den Vernehmungsräumen.

54

Mehrfach blinkt das Neonlicht des Lagerraums auf, bevor es endgültig seinen kalten Lichtschein in den fensterlosen Raum wirft. Die Metallregale stehen wie gewohnt an ihren Wänden und tragen auf ihren Brettern Kartons mit einkaufstütengroßen, schwarzen oder durchsichtigen Vakuumbeuteln vollgefüllt mit Marihuana. Faruk ergreift aus dem Regal neben der Eingangstür eine große schwarze Sporttasche, in der ein Eishockeyprofi seine gesamte Ausrüstung unterbringen könnte und schmeißt sie vor sich in den staubigen Boden. Der trockene Estrichboden hinterlässt einen kleinen grauen Schleier an der dunklen Tasche.

Die roten Trageriemen fallen zur Seite und auch die Wände der leeren Tasche fallen in sich zusammen.

Auf den Wänden stehen die Namen der Großstädte New York, London und Paris in weißen Buchstaben geschrieben.

Mit dem Fuß tritt er gegen die Tasche, so dass sie über den Boden ans Ende des Raums rutscht und vor einem dort stehenden Regal liegen bleibt.

Faruk folgt nicht gleich der Tasche, sondern geht zunächst zu der Arbeitsplatte, die er auch zum Verpacken der Betäubungsmittel nutzt und zieht aus einer dort stehenden Pappverpackung zwei blaue Einweghandschuhe, die er sich sogleich über die Hände streift.

Nachdem er die Handschuhe übergezogen hat, geht er zu der Tasche und dem dahinterliegenden Regal. Mit einem knatschenden Ratschen in der Stille des Raums, zieht er den Reißverschluss der Tasche auf. Faruk entnimmt aus dem Umzugskarton auf dem untersten Regalboden einen durchsichtigen Vakuumbeutel.

Auf dem Beutel steht mit großen schwarzen Buchstaben handschriftlich *Amnesia* geschrieben.

Faruk steckt das Paket in die Tasche und nimmt das nächste Paket an sich, welches er in die Tasche steckt. Es folgen weitere sechs Pakete, bis der Karton auf dem untersten Regalboden leer ist.

Faruk richtet sich ein wenig auf und entnimmt dem darüber befindlichen Karton weitere vier Pakete. Alle haben dieselbe Beschriftung. Durch die durchsichtige Folie kann man die großen, getrockneten Blütenstämme der Cannabispflanze erkennen. Immer wieder betrachtet er die Pakete, schaut, ob die Qualität den Ansprüchen des Abnehmers genügen wird. Aber er ist zufrieden. Keine Marihuanabrösel sind am Boden der Beutel zu erkennen, die immer wieder zu Unfrieden mit den Kunden führen. Seit Monaten genießen sie die gleichbleibende Qualität, die ihnen ihr Lieferant garantiert und die Vertriebskreise zunehmend erweitert. Immer mehr Abnehmer wollen ihr Marihuana haben und daher sind die Umsätze beträchtlich angestiegen in den letzten Wochen.

Auch ihre Stammkundschaft hat den eigenen Umsatz und somit auch die Größe und Häufigkeit der Abnahmen bei Faruk und Cemal erhöht.

Nachdem die Tasche prall gefüllt ist, stellt Faruk sie direkt vor der Tür ab. Er zieht seine Einweghandschuhe mit einem Klatschen von den Händen und wirft sie in die Ecke des Raums. Er öffnet die Tür und geht aus dem Lagerraum hinaus. Vor der Tür zieht er seine Zigarettenschachtel aus der Jackentasche und entnimmt ihr eine Zigarette. Er zündet sie zügig an und streicht sich die langen Haare mit beiden Händen nach hinten, während er an der Zigarette zwischen seinen Lippen kräftig zieht und den beißenden Rauch tief in seine Lungen saugt.

«Da. Da. Die Tür öffnet sich. Da. Er kommt wieder raus», schreit Magdalena fast hysterisch, als sie den langhaarigen Südländer aus der Werkstatt treten sieht. «Na, der hat ja die Ruhe weg. Raucht jetzt erst einmal. Die Ruhe möchte ich auch mal haben.»

«Er weiß ja nicht, dass wir wissen, wo er ist und was dort liegt. Wahrscheinlich macht er das hier seit Wochen oder gar Monaten. Er soll sich ruhig noch ein wenig Zeit lassen, bis die anderen Kollegen hier sind. Wäre unglücklich, wenn er jetzt in Bewegung geraten würde», erklärt Pascho mit ruhigem Tonfall. Als er erkennt, dass Magdalena sich nicht recht beruhigen mag, fängt er an sie eindringlich zu betrachten. «Ich weiß, es ist spannend, aber magst du dich bitte wieder setzen und hier nicht wie Rumpelstilzchen herumhüpfen. Auch wenn er uns hinter dem verspiegelten Glas nicht sieht, so machst du mich irgendwie nervös.»

«Ja, klar. Natürlich. Entschuldigung», antwortet Magdalena kleinlaut und setzt sich wieder kerzengerade auf ihren Stuhl, wobei sie den Südländer keine Sekunde aus den Augen verliert.

«Jayjay für Pascho.»

«Jayjay hört.»

«Unser Mann steht vor der Werkstatt und raucht. Aktuell aber keine Anzeichen für eine Abfahrt.»

«Verstanden. Ich stehe bereit. Dumbo organisiert gerade die Beschlüsse. Die anderen sind auch in ein paar Minuten hier», antwortet Jayjay per Funk.

«Da. Da. Er hat ein Handy in der Hand. Ich glaube er telefoniert gleich», ruft Magdalena lauter als ihr eigentlich lieb ist, springt dabei wieder halb auf und setzt sich gleich wieder hin. «'Tschuldigung», sagt sie kleinlaut und schaut Pascho verstohlen an. Hierbei kann sie sich ein kleines Lächeln über die eigene Aufregung nicht verkneifen und auch Pascho erfreut sich an ihrem Enthusiasmus, den sie an den Tag legt. Zumal sich in ihrer Aufregung immer mehr leichte rote Flecken auf ihren Wangenknochen niederschlagen, die ihr eine besondere Natürlichkeit verleihen. Die strenge Steckfrisur hatte sie längst gelockert, wodurch Haarsträhnen beim Aufspringen vereinzelt ins Gesicht fallen.

Pascho entreißt seine Aufmerksamkeit ihrer anziehenden Ausstrahlung und blickt zurück auf den Südländer, der offenbar gerade angerufen wird und das Gespräch umgehend annimmt.

«Wieso rufst Du mich an?», fragt Faruk sichtlich irritiert. «Es ist dringend. Fahr alles nach Winterhude. Der Anwalt von Wikinger war hier. Er ist gefallen. Bring alles zu denen, dort ist es sicher», sagt Cemal mit ungewohnter Nervosität in der Stimme.

«Alles?», wundert sich Faruk.

«Ja. Alles!», erwidert Cemal mit bestimmendem Unterton.

«Hier ist alles ruhig. Niemand kennt diesen Ort», widerspricht Faruk genervt dem gefühlten Befehl von Cemal.

«Faruk. Mach es einfach. Die Holländer sind nicht mehr da und der Wikinger auch nicht. Beides an einem Tag. Schalte einmal deinen Kopf ein oder überlass lieber mir das Denken», antwortet Cemal mit aggressivem Ton in seiner ruhigen Stimme.

«Okay, digger. Scheiße man, digger. Ich melde mich, wenn ich dort weg bin», bestätigt Faruk und beendet das Gespräch. Er steckt das Telefon in seine Hosentasche und zieht mehrfach hektisch an seiner Zigarette, bis die Glut fast auf den Filter trifft.

Faruk schnippt die Zigarette mit den Fingern in hohem Bogen auf die Vorfläche der Werkstatt und dreht sich wieder zur Eingangstür des Lagerraums.

Innen verschafft er sich zunächst einen Überblick über die vorrätige Restmenge in den Kartons. Aus dem Regal mit den Taschen entnimmt er zwei weitere große Sporttaschen und wirft sie auf den Boden vor den beiden gefüllten Regalen.

Aus den insgesamt vier verbliebenen Kartons entnimmt er neunzehn weitere Pakete mit Marihuana und verstaut sie hektisch in beiden Taschen. Er verschließt die Reißverschlüsse der Taschen und stellt sie zu der neben dem Eingang stehenden Tasche.

Von dem Schrank neben der Tür öffnet er dann die unterste Schublade, die er mit einem kräftigen Ruck aufzieht. Sie klemmt und ist daher nur schwer zu öffnen. Ein widerspenstiges, metallisches Quietschen durchdringt den Raum.

In der Schublade liegen zwei große Pakete, welche wie ein bisschen größere, dafür flachere Zuckerpakete aussehen. Ein chemischer Geruch steigt in seine Nase.

Er greift nach beiden Paketen und verstaut sie in einer der beiden Taschen.

Faruk stellt sich an die Tür der Werkstatt und blickt noch einmal hektisch in alle Richtungen. Er überlegt, ob er noch weitere Dinge mitnimmt, entschließt sich jedoch dazu, es bei den Sporttaschen zu belassen. Das Verpackungsmaterial, die Taschen und die Waagen will er zurücklassen. Er will keine weitere Zeit verlieren und der Aufforderung von Cemal Folge leisten.

Faruk greift nach der Türklinke und öffnet die Tür. Das Licht der zwischen den Wolken durchscheinenden Sonne strahlt ihm ins Gesicht. Er blinzelt leicht, schaut die Auffahrt hinab und lauscht nach auffälligen Geräuschen.

Noch einmal geht er fußläufig die Auffahrt hinab und beobachtet ihre Umgebung. Er schaut nach verdächtigen Fahrzeugen, jedoch kann er weder besetzte Autos noch Passanten sehen, die ihm unbekannt vorkommen könnten.

Mit zügigen Schritten geht er zurück zu seinem Lagerraum. Er öffnet mit seinem Schlüssel die Kofferraumklappe von seinem Fahrzeug. Langsam öffnet sich die Klappe bis sie senkrecht in die Luft ragt.

Faruk geht in den Lagerraum und lässt die Zugangstür offenstehen.

«Was macht der denn da. Der Kofferraum geht auf. Der packt da doch gleich was rein.» Magdalena ist wieder aufgesprungen und kommentiert jede Bewegung des Südländers, der die Werkstatt verlassen hat. «Er war kurzzeitig an die Straße herangetreten. Ganz offensichtlich. Eben hat er geschaut, ob die Luft rein ist und jetzt geht es los», frohlockt Magdalena mit trockener Stimme vor Aufregung.

«Da dürftest du wohl Recht behalten», bestätigt Pascho knapp.

«Jayjay, er hat kurzzeitig verlassen. Jetzt ist der Kofferraum offen und er ist wieder in das Lager reingegangen. Es wird gleich losgehen. Wo bleiben die anderen?», spricht Pascho in sein Funkgerät.

«Die müssten jeden Moment hier eintreffen. Ich bin bereit. Bleibt es bei dem Plan mit ihm mitzufahren oder wollen wir hier zugreifen?», fragt Jayjay.

«Kommt darauf an, wann die anderen hier sind. Zu zweit ist das Risiko zu hoch. Und aktuell kann ich nicht zu meinem Auto. Der checkt die gesamte Umgebung ab», erwidert Pascho.

«Wir sind gleich da. Fahren bereits über die Brücke Höltigbaum», ertönt Freds Stimme im Funk, während im Hintergrund das Martinshorn erklingt.

«Dann schaltet das Horn ab. Der ist total aufgeregt. Das könnte ihn nervös machen, wenn er das hört», fügt Pascho hinzu.

«Die Tür öffnet sich. Er kommt mit einer großen Tasche raus. Die ist ja riesig. Was ist da bloß drin?», brüllt Magdalena und ergreift Paschos Fernglas, um die Tasche genauer zu betrachten.

Pascho schießt mehrere Fotos, wie der Südländer die Tasche in seinen Kofferraum legt und ergreift wieder sein Funkgerät.

«Achtung. Der Kofferraum wurde soeben mit einer großen, schwarzen Sporttasche beladen. Der Kofferraum bleibt offen. Er scheint weitere Gegenstände aus der Halle zu holen. Ja, das kann ich bestätigen. Eine weitere große Sporttasche. Auch sehr gut gefüllt. Er legt sie ebenfalls in den Kofferraum.» Pascho unterbricht seinen Funkspruch, weil das unerwartete Klicken seiner Kamera ihn vom weiteren Funken ablenkt. Neben ihm steht Magdalena mit der Kamera in der Hand und schießt ein Foto nach dem anderen von dem Geschehen, das sich unmittelbar vor ihnen ereignet. Er beobachtet sie kurzzeitig und blickt dann wieder zurück zur Werkstatt.

«Der Kofferraum wird geschlossen. Der Südländer betritt erneut die Halle. Er hat lange Haare, einen Vollbart und trägt einen roten Trainingsanzug. Er verlässt mit einer weiteren Tasche die Halle und öffnet die hintere Tür auf der Beifahrerseite. Er legt die Tasche auf die Rückbank. Wieder ungefähr gleiche Größe. Jetzt steigt er auf der Fahrerseite ein. Es geht los. Er wird gleich abfahren. Lichter des Fahrzeugs gehen an. Er fährt ab.»

Pascho steht auf und dreht sich zu Magdalena, um ihr seine Kameraausrüstung abzunehmen und in seiner Einsatztasche zu verstauen, doch die steht ihm bereits mit der fertig gepackten Tasche gegenüber. «Viel Erfolg», wünscht sie, während sie ihm die Tasche überreicht mit einem unvergleichbaren Lächeln auf den Lippen. Ihre Augen strahlen Pascho erwartungsfroh an.

«Danke», antwortet er überrascht, nimmt die Tasche und läuft zur Treppe.

«Sehen wir uns wieder?», ruft sie ihm hinterher, während er die Treppen hinab läuft.

«Bestimmt!», kommt aus dem Foyer gerufen und schon sieht Magdalena ihn hinausstürmen und die Straße hinab zu seinem Fahrzeug laufen.

«Wir sind gleich da. Jayjay, mach du eine Ansage ob er rechts in Richtung Autobahn oder links in Richtung Stadt abbiegt. Wir müssen ihn dann zur erstbesten Möglichkeit aus dem Verkehr ziehen», ordnet Fred an. «Mogli, du bitte in Richtung Stadt aufstellen. Ich ziehe vorbei in Richtung Autobahn. Patsche, du ziehst mit mir. Lemming und Kuno, ihr stellt euch abgesetzt von Mogli in Richtung Innenstadt auf. Jayjay fährt hinterher und gibt die ersten Ansagen.»

Faruk fährt aus der Auffahrt raus und biegt auf den kürzesten Weg zur Sieker Landstraße in den Merkurring. Er zieht aus seiner Hosentasche seine Gebetskette aus Holzperlen, gibt ihr einen Kuss und hängt sie um den Rückspiegel herum. Dort schwankt sie leicht im Takt der Rapmusik in kleiner werdenden Schwingungen von links nach rechts. Faruk achtet auf die vorgegebene Geschwindigkeit. Er will nicht sonderlich auffallen und vor allem in Ruhe seine begleitenden Fahrzeuge beobachten, die eine Verfolgung von ihm aufnehmen könnten. Bislang fällt ihm kein Fahrzeug auf, dass er heute oder in den letzten Tagen bereits gesehen hatte. Er ärgert sich über das Risiko, dass er nun mit sich trägt, nur weil Cemal mal wieder Gespenster sieht. Niemand wird auf seine Werkstatt kommen. Viel zu gut passt er immer auf, wenn er sich hierher begibt. Auch die Lieferanten kennen die Werkstatt nicht. Niemand außer Cemal weiß von diesem Ort. Dennoch hat Cemal häufig Recht behalten, also fügt er sich der Entscheidung. Und die Verantwortung will er am Ende auf keinen Fall tragen müssen.

Faruk fährt an seinen geliebten Luxuskarossen des ansässigen Autohändlers vorbei und sogleich fällt ihm auf der anderen Seite ein besetztes Fahrzeug auf, dessen Fahrer ihn aufmerksam beobachtet. Hat er gar seine Lippen bewegt und gesprochen oder hat sich Faruk nur getäuscht. Das Gesicht war aufgrund der reflektierenden Sonnenstrahlen nur schwer zu erkennen. Dennoch beobachtet er das Fahrzeug im Rückspiegel, während er auf die rote Ampel zurollt.

Faruk erkennt wie das Fahrzeug anrollt und von dem Parkplatz hinunterfährt. Er fühlt sich in seinem ersten Verdacht bestätigt.

Mit beiden Händen streift er sich durch die Haare und kämmt mit seinen Fingern seinen Bart nach vorne. Immer abwechselnd blickt er auf die Straße, die Ampel und das im Rückspiegel befindliche Auto. Er beobachtet den jungen Fahrer, der momentan nicht spricht und umgreift mit beiden Händen fest sein Lederlenkrad. Doch. Jetzt bewegt er kurz seine Lippen. Faruk ordnet sich rechts an der Ampel ein, der Fahrer des Mittelklassewagens tut es ihm gleich und steht nun mit ihm an der Ampel.

Faruk versucht die Ruhe zu bewahren. Immer wieder blickt er durch den Rückspiegel und merkt, dass der Fahrer auch zu ihm schaut. Kein weiteres Fahrzeug steht mit ihnen an der Ampel. Sie sind alleine und warten auf das grüne Licht. Der passierende Verkehr der Landstraße ist auch auf Grund des langsam aufkommenden Feierabendverkehrs zu stark, um einfach bei Rot auf die Straße zu biegen. Er will kein unnötiges Risiko eingehen. Außerdem sieht er häufig Leute, die neidvoll auf sein Fahrzeug blicken und dabei beginnen Selbstgespräche zu führen. Natürlich vor Neid. Grundsätzlich genießt Faruk diese Augenblicke, doch heute machen sie ihn nervös.

Die Ampel schlägt auf Gelb, dann auf Grün. Faruk drückt auf das Gaspedal, doch entgegen seinem Blinker biegt er nicht nach rechts in Richtung Autobahn ab, sondern nach links, kreuzt die leere Linksabbiegerspur und fährt mit starker Beschleunigung in die Sieker Landstraße ein.

Im Rückspiegel betrachtet er das soeben noch hinter ihm stehende Fahrzeug. Es biegt gemächlich in Richtung Autobahn ab, beschleunigt und wird immer kleiner in Faruks Rückspiegel. Noch einmal streicht er sich mit einer Hand durch die Haare und den Bart und zwirbelt ihn an der Spitze zusammen. Dabei atmet er die soeben noch angehaltene Luft schwer aus und spürt ein Fünkchen Erleichterung in sich aufkeimen.

«Das Zielfahrzeug setzt den Blinker rechts für die Straße Höltigbaum. Er fährt mit knapp über fünfzig. Aktuell hält er sich an die Verkehrsregeln.» Moglis Stimme erklingt aus den Lautsprechern der weiteren Observationskräfte und beschreibt die Fahrt der matt-schwarzen Limousine, die soeben in Richtung Hamburger Innenstadt abgebogen ist.

«Kuno befindet sich im Vorlauf. Er dürfte gute 500 Meter hinter mir sein», erwidert Kuno.

«Lemming kann dies bestätigen. Ich fahr genau in eurer Mitte. Zwischen mir und dem Zielfahrzeug sind zwei fremde Fahrzeuge.

Er fährt weiterhin bei normaler Geschwindigkeit, macht keine Anstalten zu überholen.»

«Fred, Patsche und Jayjay schließen auch gleich auf. Sobald wir auf eurer Höhe sind, suchen wir uns einen passenden Ort und ziehen den Typen aus dem Fahrzeug», teilt Fred mit.

Alle weiteren Kräfte bestätigen einsilbig die Anordnung von Fred. In der Folge beschreibt Mogli jede Bewegung, die er von dem matt-schwarzen Fahrzeug zwei Autos vor sich beobachten kann. Lemming und Kuno versuchen langsamer zu fahren, um dichter an das Zielfahrzeug zu gelangen, ohne jedoch dabei aufzufallen.

Ein genervter Autofahrer zwischen Lemming und der matt-schwarzen Limousine hat inzwischen die Nerven verloren und zieht mit aufbrausendem Motor an Lemming vorbei. Er schaut noch einmal offensiv in das Fahrzeug von Lemming und schüttelt genervt mit dem Kopf, bevor er weiter das Gaspedal durchdrückt und meckernd und motzend über diese Verkehrsbremse davon saust. Lemming schenkt ihm keine Aufmerksamkeit. Seine Augen gelten der Limousine, die nur noch durch einen alten Kleinwagen von ihm getrennt wird.

Über den Rückspiegel beobachtet er nicht nur das Zielfahrzeug, sondern auch die herannahenden Fahrzeuge von Fred, Patsche und Jayjay.

«Wir passieren die August-Krogmann-Straße und fahren auf dem Pezolddamm weiter in Richtung Bramfelder Chaussee. Ich bin nun in direkter Position hinter ihm. Von mir aus könnte es losgehen», teilt Mogli mit.

«Lemming ist auch direkt vor ihm. Er sieht gerade ganz entspannt aus.»

«Wir warten bis zur Bramfelder Chaussee. Dort nehmen wir ihn dann an einer passenden Ampel aus dem Rennen. Mogli, du hast uns alle drei direkt hinter dir. Auf der Bramfelder ziehen wir dann neben ihn. An der nächsten zweispurigen Ampel keilen wir ihn ein.» Fred ordnet seine Kräfte in der Folge weiter ein und behält durch die Scheiben der trennenden Fahrzeuge die matt-schwarze Limousine im Blick, die sie sogleich anhalten wollen.

Faruk fährt auf der Berner Allee entlang. Auf seinem Smartphone tippt er herum, während er mit halbem Auge das vor ihm fahrende Fahrzeug im Auge behält. Es fährt entsprechend der vorgegebenen Höchstgeschwindigkeit. Normalerweise würde er jetzt bereits die Lücke im Gegenverkehr suchen, um das Fahrzeug zu überholen, aber ein Blick auf seine Rückbank erinnert ihn daran, dass er mit so viel Ware im Auto keine riskanten Fahrmanöver fahren sollte.

Er passt sich der Geschwindigkeit des Vordermanns an und sucht währenddessen in seinen Kontakten die Rufnummer von Charleen heraus. Er drückt auf den grünen Hörer und wartet auf das Freizeichen. Leichte Sonnenstrahlen fallen in das Fahrzeug von Faruk. Sie blenden ihn im Gesicht, doch er genießt die warmen Strahlen auf der Haut. Ein wohliges Gefühl in dieser Zeit der Anspannung.

Das Klingeln seines Anwählversuchs, das bis eben noch erklungen war, erlischt plötzlich. Irritiert blickt Faruk auf sein Display und drückt mit dem rechten Daumen auf das Symbol zur Wahlwiederholung. Nach nur zwei Freizeichen wird das Gespräch erneut beendet.

«Scheiße, digger. Was ist da los?», meckert er mit sich und seinem Handy. Wieder drückt er auf die Wahlwiederholung und behält nun das Display im Blick, während er an der Kreuzung zur Bramfelder Chaussee zum Stehen kommt.

Wieder erlischt der Anwählversuch. Dieses Mal sogar nach dem ersten Freizeichen. «Du kleine Hure, was fällt Dir ein», schimpft Faruk durch seine krampfhaft vor Wut zusammengebissenen Zähne. Wieder drückt er auf die Wahlwiederholung. «*Diese Rufnummer ist vorübergehend nicht erreichbar. This number is..*» Wutentbrannt wirft Faruk sein Telefon in den Fußraum des Beifahrersitzes. «Diese kleine Schlampe. Der werde ich es zeigen. Niemand drückt mich weg, digger.» Lauthals brüllt Faruk auf und schreit durch sein Fahrzeug. Die Passanten an der Ampel, die vor seinem Fahrzeug gerade passieren, schauen verwundert von dem Geschrei in seine Richtung. Vielleicht auch wegen der laut dröhnenden Rapmusik und der matt-schwarzen Folierung des Fahrzeugs, aber auch wegen dem übertönenden Gebrüll, das aus dem Fahrzeuginneren nach außen dringt. Er schlägt mehrfach auf sein Lenkrad. Die Wut steigt in ihm auf. Die Adern an seiner Schläfe pulsieren und treiben restliches Kokain in sein Gehirn, das sein Wutempfinden nur noch zusätzlich schürt.

In diesem Moment hasst Faruk alles. Alle Menschen, das was er tut. Die vor ihm stehenden Fahrzeuge fahren an und biegen links in die Bramfelder Chaussee.

Noch in der Abbiegespur fährt er unvermittelt von der rechten in die linke Abbiegespur. Das vor ihm fahrende Fahrzeug scheucht er mit der Lichthupe vor sich her. Ungeduldig fährt er so dicht auf, dass sich die Fahrzeuge jeden Moment drohen zu berühren.

Die Fahrbahn ist eingefasst von einem hohen Zaungitter in der Mitte der vierspurigen Straße, bis sie die nächste Ampel passieren und die Bramfelder Chaussee in Richtung Hamburger Innenstadt weiterfahren.

Nochmals versucht Faruk auf der Rufnummer von Charleen anzurufen, doch es meldet sich lediglich die elektronische Sprachansage, dass sie derzeit nicht erreichbar ist. «Dir werd' ich's zeigen, digger. Dir werd' ich's zeigen, du kleine Schlampe.» Faruks Augen verfinstern sich. Vergessen sind die Taschen im Kofferraum und Fahrzeugfond. Faruk gibt Gas und wechselt, nachdem die Bezäunung auf der Mittelspur endet, in seinem Wahn und unbeachtet des Gegenverkehrs in die Gegenspur, um das vor ihm fahrende Fahrzeug schnellstmöglich zu überholen. Er beschleunigt dabei seine Geschwindigkeit und wird durch die Beschleunigung der über fünfhundert Pferdestärken in die Polster seines Ledersitzes gedrückt.

Wild hupende, entgegenkommende Fahrzeuge wechseln panisch in den rechten Fahrstreifen, um der dunklen Sportlimousine und einem frontalen Zusammenstoß noch ausweichen zu können. Faruk beschleunigt weiter sein Fahrzeug und wechselt zurück in die eigene Fahrspur. Eine vor ihm auf Rot stehende Ampel sowie zwei Mütter mit ihren Kindern, die gerade die Ampel queren wollen, beachtet er nicht. Faruk drückt auf die Hupe, so dass sie auf ihn aufmerksam werden und aus dem Weg laufen, während er durchbeschleunigt und die Bramfelder Chaussee weiter in Richtung Innenstadt rast.

Vor ihm aufkommender Verkehr wird mit kreuzenden, schnellen Überholmanövern überholt. Faruk kämpft um jede Position, die er weiter nach vorne dringt.

Vor der Steilshooper Allee fügt er sich einer kurzen Rückstauung und besinnt sich ein wenig. Er blickt in seinen Spiegel und dreht sich kurz um. Im Fahrzeugfond sieht er die große, dunkle Sporttasche. «Fuck. Scheiße Digger.» Er setzt sich aufrecht hin und blickt panisch in seine Spiegel, schaut nach links und rechts in die Steilshooper Allee. Er dreht die Musik leise und lauscht in die Umgebung. Um besser hören zu können, lässt er die Fenster leicht hinunter, so dass sie weit genug offen sind, um ein mögliches Geräusch von herannahenden Sirenen ins Fahrzeuginnere hineinzulassen.

Die Ampel springt wieder auf grün und Faruk ist sogleich bemüht, zügig anzufahren und weiter weg zu kommen von dem Ort, an dem er seine ganze Existenz soeben riskiert hat. Mit zwei weiteren kreuzenden Überholmanövern hat er die vor sich liegenden Fahrzeuge zunächst einmal hinter sich gelassen und wieder freie Fahrt vor sich.

Doch seine Ohren hören das, was er befürchtete. Ein quäkendes Geräusch. Ein leises, langsam lauter werdendes Geräusch, dass in seiner Herkunft noch nicht richtig einzuschätzen ist.

Faruk blickt nach vorne und zur Seite. Er kann von nirgendwo einen Streifenwagen heraneilen sehen. Auch keinen Rettungswagen oder gar ein Auto der Feuerwehr.

Aufgeregt blickt Faruk umher und in seine Spiegel. Das Geräusch kommt spürbar näher. Immer näher an ihn heran. Wie in einem Albtraum blickt er um sich und hinter sich. Er greift sich in die Haare und streift sie zurück.

«Scheiße, Scheiße, Scheiße. Fuck Alter, wo seid ihr drecks Hurensöhne», schreit er vor sich her, während seine Augen auch weiterhin die Umgebung absuchen

In diesem Moment erblickt er zwei Fahrzeuge, die sich mühsam durch eine Rettungsgasse auf der Fahrbahn mühen. Sie haben kleine, blaue Lampen auf ihren Dächern und ihr schräges Ertönen der Sirene, lässt sich noch immer kaum zuordnen, auch wenn Faruk ihre Lichter immer näherkommen sieht.

Faruk erkennt keinen Ausweg. Er ist sich sicher, dass sie seiner Person gelten. Er muss sich in diesem Moment entscheiden. Er kann nur flüchten und hoffen, dass er es schafft ihnen zu entkommen oder aber ausharren und hoffen, dass das Blaulicht gar nicht seiner Person gilt.

Faruk war schon immer ein Mann der Tat und auch heute will er sich nicht nachsagen lassen, dass er es nicht einmal versucht hat. Er drückt sein Gaspedal durch und folgt der Bramfelder Chaussee in Richtung Innenstadt. Die zivilen Streifenwagen befinden sich nur noch wenige Autolängen hinter ihm. Wie von Zauberhand öffnet sich ihnen die Gasse auf der Straße. Manchmal schneller, manchmal langsamer. Was würde Faruk nun für ein solches Fahrzeug geben. Aber er hat diese Option nicht und biegt direkt rechts in die Habichtstraße sowie unmittelbar danach in die Hellbrookstraße ab. Mit starrem Blick verfolgt er die zivilen Streifenwagen, aber auch sie legen denselben Weg zurück, wie er ihn gewählt hat. Das kann kein Zufall mehr sein. Sie haben sich seiner gewidmet. Nur, weil er wieder einmal nicht an sich halten konnte und dann offenbar noch einen Bullenwagen gekreuzt hat. Der feine Herr wird sich auf den Schlips getreten fühlen und nun will er sich seiner annehmen. Damit ist Faruk nicht einverstanden. Er wird kämpfen bis er in Sicherheit ist.

Verlieren ist keine Option. Das hat er bereits in jungen Jahren auf den Schulhöfen von Wilhelmsburg und Kirchdorf-Süd gelernt. Wer nicht kämpft, sondern aufgibt, der hat verloren und steht nicht wieder auf vor den anderen.

Blindlings fährt er die Hellbrookstraße hinab. Ohne Rücksicht auf kreuzende Fahrzeuge. Er durchfährt die aufkommenden Kreuzungen bis er an den Rand des Stadtparks gelangt. Durch die vom Fahrtwind rauschenden Fensteröffnungen drängen immer mehr Sirenen in seine Ohren.

Faruk tritt in die Bremse, um die Geschwindigkeit ausreichend zu reduzieren und somit nicht in die Bepflanzung des östlichen Eingangs zum Stadtpark hineinzufahren, sondern in Richtung Innenstadt abzubiegen.

Während er die Kreuzung passiert, sieht er von rechts zwei blausilberne Streifenwagen auf sich zurauschen.

«Scheiße, digger. Fuck. So'ne Scheiße», jammert er fast hysterisch rum, während sich seine flache Stirn in tiefe Falten wirft und die pomadigen Haare ihm ins Gesicht rutschen.

Auch aus anderen Richtungen kann er Streifenwagen hören und sehen. Immer mehr kommen auf seinen Wagen zu. Die zivilen Streifenwagen in seinem Rücken haben praktisch zu ihm aufgeschlossen. Sie werden von einem weiteren uniformierten Wagen begleitet.

Die Wolken ziehen sich immer mehr zu und hüllen die Umgebung in eine unangenehm dunkle und grau erscheinende Umwelt.

Faruk erkennt eine Lücke im Verkehr, die sich offenbar für ihn öffnet und stößt hindurch. Die sich auftuende Lücke wird zugleich auch von den Streifenwagen genutzt, denen sich kein Fahrzeug behindernd in den Weg stellt, um Faruk zu retten.

An der Hamburger Straße angelangt fährt er über die Geradeausspur in die vierspurige Fahrbahn der stark befahrenen Hauptstraße hinein, um den Rückstau der Abbiegespur zu vermeiden. An der großen Kreuzung kommen aus gleich drei Richtungen Streifenwagen hinzu, die zu ihm aufschließen und ihm mit ihren blauen Blinklichtern in sein bärtiges Gesicht leuchten.

Ein Streifenwagen überholt ihn und aktiviert die "Stopp-Polizei"-Beschriftung, doch Faruk denkt gar nicht erst daran der Aufforderung Folge zu leisten. Er versucht nach links auszubrechen, doch im letzten Moment erkennt er, dass auch hier bereits ein Streifenwagen zu ihm aufgeschlossen hat. Auch rechts von ihm setzt sich der eine der beiden zivilen Streifenwagen und versperrt ihm die Möglichkeit der Flucht.

Faruk schaut nach rechts und blickt unvermittelt in die Augen von Mogli, der sich neben ihn gesetzt hat und mit der rechten Hand gestikulierend zur Aufgabe auffordert.

Faruk nimmt seine linke Hand vom Lenkrad und streift sich durch seinen Bart. Er umfasst wieder das Lenkrad und tritt beherzt in seine Bremse. Er löst sich aus der Umklammerung der Polizeifahrzeuge, doch auch von hinten fahren weitere Streifenwagen heran. Faruk verzieht das Lenkrad im Bremsmanöver, wodurch sich sein Fahrzeug quer stellt auf der Hamburger Straße.

Vor und hinter sein Auto setzen sich zwei weitere zivile Streifenwagen. Auch von der Fahrerseite rauscht ein Streifenwagen herbei und bleibt unmittelbar vor der Tür stehen. Faruk drückt seine Tür auf, er versucht es zumindest, doch nach wenigen Zentimetern schlägt sie gegen die Stoßstange des blockierenden Polizeifahrzeugs und lässt sich nicht weiter öffnen.

Zwischenzeitlich sind die Beamten aus den übrigen Fahrzeugen herausgesprungen und bedrohen Faruk aus mehreren Pistolenläufen. Direkt vor ihm steht ein großer, muskulöser Deutscher, der ihn mit bösem Blick anschreit. «...Hände, Hände...Ich will die Hände am Fenster sehen, aber langsam....», ertönt aus seinem Munde. Gedankenlos folgt Faruk den Aufforderungen des Mannes unter dem Eindruck der Geschehnisse.

«*Klirrsschhh!*» Zerberstende Glassplitter fliegen durch den Raum und legen sich auf die Joggingjacke und seine rote Hose nieder. Faruk weiß gar nicht, ob er zur Scheibe oder dem bedrohlichen Mann hinter seiner Frontscheibe schauen soll. Noch immer kleben seine Hände an der Scheibe und er blickt starr zu dem Mann mit der Waffe in der Hand.

Die Fahrertür wird durch das eingeschlagene Fenster geöffnet und aufgerissen. Das blockierende Fahrzeug hat hierfür offenbar zurückgesetzt. Kräftige Hände ergreifen den willenlosen Kopf von Faruk in Höhe beider Ohren und ziehen ihn und den daran hängenden Körper aus der dunklen Limousine. Noch bevor er realisiert was mit ihm gerade geschieht, liegt er bereits auf dem Asphalt der Hamburger Straße und seine verdrehten Arme sind von Handschellen gefesselt.

55

Aus den Bürofenstern des Vernehmungsraums blickt Jan van der Boek über die Mehrfamilienhäuser der Umgebung hinweg zum Flughafen, wo er gelegentlich ein Flugzeug in die Luft abheben sieht. Sie starten direkt in Richtung der Sonne, die sich immer wieder zwischen den auflockernden Wolken zeigt und dem Horizont entgegenstrebt.

Gerd Sehling hat auf einem altmodischen, grau gepolsterten Stuhl an der Seite des Vernehmungsraums Platz genommen und verschränkt seine Hände vor seinem Bauch. Er fühlt sich ein wenig müde, von der Feier, der kurzen Nacht und den aufregenden Erlebnissen des Tages. Dennoch ist er voller Energie für die anstehende Vernehmung und beobachtet seine Kollegin Juliane, wie sie ihren Arbeitsplatz am Computer einrichtet, die Formulare für die Vernehmung vorbereitet und ausdruckt.

«Zunächst einmal will ich Sie noch einmal auf ihre Rechte in einem Strafverfahren hinweisen. Sie können sich hier und jetzt äußern, müssen es aber nicht. Sie können zunächst einen Anwalt befragen, aber gerne nehmen wir jetzt auch eine Aussage von Ihnen auf. Falls Sie über ihre eigene Tat hinaus aussagen, dann kann sich das strafmildernd für sie auswirken, kann ich Ihnen aber nicht versprechen. Haben Sie das soweit verstanden?», belehrt Juliane im monotonen Tonfall und tippt ihre gesprochenen Worte in die Tastatur. Jan van der Boek beginnt leicht zu nicken. «Toll. Dann hätte ich gerne hier und dort eine Unterschrift von Ihnen. Außerdem dürfen sie noch die unteren Kästchen alle ankreuzen», erklärt Juliane das Belehrungsprotokoll und tippt dabei an die entsprechenden Stellen auf den ausgedruckten Formularen. Sie weiß, dass die wenigsten ein Interesse daran haben, sich den komplizierten und klein gedruckten Text durchzulesen. Jan van der Boek ergreift sofort den Stift und unterschreibt erwartungsgemäß an jedweder Stelle, die ihm gezeigt wurde. Er setzt die entsprechenden Kreuze, dass er alles verstanden hat und eine Aussage machen möchte.

«Dann legen Sie doch mal los», sagt Juliane und setzt sich aufrecht hin, um mit der Protokollierung parallel beginnen zu können.

«Was soll ich denn jetzt genau erzählen?», fragt Jan van der Boek verunsichert.

«Pass mal auf. Du sagst uns jetzt wie du in den ganzen Schlamassel reingekommen bist und fängst am besten am Anfang an und beendest die Aussage mit deiner Festnahme durch die Kollegen», sagt Gerd zu dem Holländer und lehnt sich dabei zu ihm vor. Jan van der Boek nickt Gerd zu und hält noch einmal kurz inne, bevor er zu erzählen beginnt.

«Also. Ich bin heute Morgen in einem Schnellrestaurant in Groningen gewesen. Da frühstücke ich immer bevor ich zur Arbeit fahre. Es setzte sich ein Marokkaner vor mich mit einem Kaffeebecher in der Hand. Er begrüßte mich freundlich. Er sagte mir, dass ich so aussehen würde, als wenn ich auf der Suche nach einem gut bezahlten Job wäre. Ich sagte ihm, dass man immer einen gut bezahlten Job gebrauchen könnte.

Er fragte mich, ob ich heute Zeit haben würde, was ich jedoch zunächst ablehnte. Ich wusste nicht, was er von mir so kurzfristig verlangen würde und wollte den Vormittag nutzen, um in meinem Laden für Ordnung zu sorgen. Ich besitze einen Club in Groningen. Einen gut laufenden Laden. Da muss man immer hinterher sein, dass es auch so bleibt.» Jan van der Boek legt eine kurze Pause ein, während Juliane eifrig mitschreibt. «Er sagte mir, dass ich an einem Tag eintausend Euro verdienen könnte. Ich habe momentan ein wenig Geldsorgen. Ich musste ein paar Umbauten finanzieren. Da war ich nicht abgeneigt das Angebot anzunehmen. Ich fragte, was das für ein Job sei, der mir einen solchen Verdienst einbringen würde. Der Marokkaner erklärte mir, dass ich nur ein paar Taschen für ihn nach Lübeck fahren soll. In den Taschen sollten Blumen sein. Tulpen oder Rosen für den Verkauf an Touristen. Er sagte mir, dass sein Fahrer ausgefallen sei und er hohe Strafen zahlen müsste, wenn er der Lieferung nicht nachkommen würde. Er wirkte sehr sympathisch und ich glaubte ihm. Also habe ich eingewilligt und mich darauf eingelassen. Hätte ich gewusst, was in den Taschen drin ist, dann hätte ich das niemals gemacht.» Jan van der Boek reist die Augenbrauen nach oben, bis sich seine gesamte Stirn in Falten geworfen hat und beginnt nach Zustimmung suchend zu nicken.

«Und wie sah der Marokkaner aus?», fragt Gerd.

«Ungefähr 175 Zentimeter groß. Dunkle Haare», beginnt Jan van der Boek.

«Vielleicht dunkle Augen?», unterbricht Gerd.

«Ja», antwortet van der Boek unsicher.

«Braune Haut?», fragt er weiter.

«Ja.»

«20 bis 30 Jahre alt?», führt er fort.

«Ja. Genau.»

«Und du solltest die Blumen nach Lübeck zum Hauptbahnhof bringen?»

«Glaube schon, ja.»

«Oder doch zum Hafen vielleicht?»

«Ja. Vielleicht auch dorthin.»

«Was denn nun? Hafen oder Hauptbahnhof?»

«Ich glaube zum Hafen sollte ich», erwidert van der Boek mit zittriger Stimme.

«Glaubst du wirklich, dass wir dir diese Scheiße glauben? Das ist hier ja die totale Zeitverschwendung. Selten so einen Mist erzählt bekommen. Du hast hier die absolute Chance für dich Punkte zu sammeln und erzählst uns so eine Räuberpistole. Die kannst du vielleicht deinen Kindern erzählen, aber doch keinem Bullen. Meine Fresse nochmal. Geh' mal in dich und dann fangen wir noch einmal von vorne an. Und nicht wieder solche Märchen. Ich hab' dir vorhin schon gesagt, dass dein Vadder hier auch bei uns sitzt. Der hat mir schon einiges erzählt. Wir wissen wesentlich mehr, als wie du dir vorstellen kannst. Also ganz oder gar nicht», schimpft Gerd mit grollender Stimme, beugt sich dabei vor und starrt dem wegblickenden Jan van der Boek durchweg in die Augen. Auch nachdem er fertig gesprochen hat, durchdringt er ihn weiterhin mit seinem Blick.

Die Augen von van der Boek zucken hin und her. Schauen kurzzeitig zu Gerd und hektisch wieder weg.

Juliane hat die Mitschrift eingestellt und wartet geduldig auf das Ergebnis von Gerds Ansprache.

Stille kehrt in dem Raum ein. Weder Gerd noch Juliane wenden ihre Blicke von Jan van der Boek ab. Dieser sitzt nachdenklich in seinen Stuhl gesunken, schüttelt gelegentlich seinen Kopf und schnauft tief durch. Tränen sammeln sich in seinen Augen. Erdrückend steht die Stille im Raum. Verloren sitzt er dort und versucht klare Gedanken zu fassen, doch die Situation, das Wissen um die persönliche Zukunft und die eigene Unerfahrenheit lassen ihn nicht klar denken.

«Ich weiß' nicht.»

Gerd schweigt weiter und betrachtet den nachdenklichen Holländer. Juliane orientiert sich an Gerd und überlässt ihm das Heft des Handelns. Sie schweigt und wagt es nicht, sich zu bewegen.

Stumm, als würden alle die Luft anhalten, sitzen sie für gefühlte Minuten dort.

«Ich kann' nicht», sagt van der Boek und schüttelt den Kopf. Eine einzelne Träne fällt aus einem Lid und rollt über seine rechte Wange hinab zum Kinn.

«Was soll ich bloß tun?», fragt er sich selber und die Kriminalbeamten zugleich und kommt in seiner Sprache wieder ins Stocken.

Gerd fällt ihm nicht ins Wort. Nicht in die Gedanken. Er wartet geduldig ab. Er wendet seinen Blick nicht ab. Schaut weder zu seiner Kollegin, noch aus dem Fenster. Immerzu behält er den verunsicherten Holländer im Blick.

«Okay. Ich werde Ihnen alles sagen, was ich weiß. Aber ich bitte Sie, dass sie sich um meine Familie kümmern. Sie dürfen nicht alleine gelassen werden. Sie müssen dort weggeholt werden. Wenn ich aussage, werden wir dort sowieso keine Zukunft mehr haben», erklärt Jan van der Boek.

«Unser Zeugenschutz wird sich der Sache annehmen. Dafür brauche ich aber eine vollumfängliche Aussage. Nichts weglassen. Keine Märchen. Alles auf den Tisch packen. Auch wenn es weh tut. Nur so wird der Zeugenschutz mit Ihnen und ihrer Familie arbeiten.» erklärt Gerd mit ernster Stimme und wirft dabei seine Stirn in Falten.

Jan van der Boek beginnt zustimmend zu nicken, reibt sich sein Gesicht und schaut Gerd überzeugt in die Augen. «Okay. Dann löschen Sie bitte meine erste Aussage. Das stimmt alles nicht. Diese Geschichte hatte ich mir vor meiner ersten Fahrt zurechtgelegt. Das Ganze begann für mich vor ungefähr eineinhalb Jahren…», beginnt Jan van der Boek zu erzählen, während im Hintergrund Juliane anfängt stakkatoartig mitzuschreiben.

56

Eine Etage tiefer sitzt Tim Dombrowski an seinem Platz. Ihm gegenüber sitzt Otto und beide schauen abwartend durch den Raum. Sie warten darauf, dass ihr Telefon klingelt. Der erlösende Anruf soll Auskunft darüber geben, ob der Zugriff auf den Südländer erfolgreich lief.

«Na, ich bin ja mal gespannt, was in den Taschen ist», wirft Otto ein und durchbricht die Ruhe. Dadurch holt er Dombrowski aus seinen Gedanken.

«Mmh», brummt er bestätigend und schaut immer wieder auf seinen Bildschirm. Er drückt das Rädchen zur Aktualisierung der Telefonüberwachung.

Plötzlich richtet er sich auf und setzt sich gerade auf seinen Stuhl. Er beginnt wild zu klicken und schaut zu Otto auf. «Die anderen beiden Handys sind geschaltet. Die Provider sind endlich mal in Wallung gekommen.»

«Welche Handys?», fragt Otto.

«Na, die Kontaktnummern von den Billigtelefonen aus der Mülltonne. Du hast die doch selber ausgelesen vorhin», erklärt Dombrowski.

«Ach, die Dinger meinst du. Und? Wo sind sie?», fragt Otto, erhebt sich aus seinem Stuhl und kommt langsam um den Tisch herum, um auf den Monitor von Dombrowski blicken zu können.

«Auf einer Autobahn», antwortet Dombrowski knapp.

«Davon haben wir ja ein paar. Auf welcher Autobahn?»

«Auf der A38 in Höhe von Sangerhausen ist der eine. Der andere Nutzer ist auf der A143. Muss ich selber gucken, wo das ist. Warte kurz», bittet Dombrowski und klickt mehrfach auf seine Maus. «Okay. Die A143 führt nach Halle an der Saale. Die A38 führt ebenfalls in dieselbe Richtung. Beide Handys sind also noch an. Schauen wir gleich nochmal nach, in welche Richtung sie sich bewegen.»

«Ich könnte mal in Sachsen-Anhalt anrufen und nach Kräften fragen. Vielleicht kriegen wir die beiden ja auch noch», erwidert Otto und beginnt sich aufgeregt über die Lippen zu lecken.

«Einen Versuch ist es wert. Hast du einen Kontakt oder musst du dich durchwählen?», fragt Dombrowski.

«Ich kenn' einen, der jemanden kennt», sagt Otto mit dem Rücken zu Dombrowski, weil er sich ohne auf die Antwort zu warten bereits auf den Weg in sein Büro gemacht hat.

Dombrowskis Telefon beginnt zu klingeln. Er greift sofort nach dem Hörer und reißt ihn an sein Ohr. «Fred! Wie schaut es aus?» ,brüllt er angespannt in den Hörer.

«Gut. Der Herr liegt in Ketten und im Auto liegen drei Taschen voll mit Marihuana. Ich schätze mal 25 bis 30 Kilogramm. Er hat mehrere Handys an seiner Person. Die müsst ihr im Präsidium auslesen. Alle haben eine Tastensperre. Der Kerl will weder sagen wie er heißt noch wo er wohnt. Den bringen wir mit zum Präsidium, aber mach dir keine großen Hoffnungen. Der wird dich nicht viel weiterbringen. Aber einsperren darfst du ihn trotzdem gerne», berichtet Fred. «Wir schicken ihn mit einem Streifenwagen ins Präsidium. Sonst müssten wir einen Wagen stehen lassen. Und genug Streifenwagen hat er ja angelockt mit seiner Irrfahrt durch Hamburg.»

«Geht los. Und einen Abschlepper für das Fahrzeug?», fragt Dombrowski.

«Eigentlich könnten wir den ausräumen und hier irgendwo abparken. Der gehört ihm ja nicht», antwortet Fred.

«Geil! Fred, schau mal her», ertönt es bei ihm aus dem Hintergrund «Warte mal Dumbo, da ist noch was.» Dombrowski hört die leicht schlurfenden Schritte von Fred, dessen Sohlen lautstark über den Asphalt gezogen werden.

«Das ist ja mal eine kleine Überraschung», frohlockt er. «In der Seitentasche sind noch zwei Kilogrammblöcke Kokain. Die würden wir dann auch mitbringen. Wir machen jetzt ein paar Fotos und dann kommen wir zu dir.»

«Super. Was für ein Tag. Okay. Streifenwagen kommt gleich mit ihm hierher. Ich sage den Kollegen des Erkennungsdienstes Bescheid, dass noch ein Gast ohne Namen zur Betreuung kommt. Die werden Luftsprünge machen. Meldet euch, wenn ihr noch etwas benötigt», sagt Dombrowski und legt den Hörer euphorisch auf.

Dombrowski lehnt sich grinsend in seinem Stuhl zurück und schaut aus dem Fenster. Auf seinem Monitor aktualisiert sich der Bildschirm. Automatisch erscheint eine SMS-Nachricht auf Niederländisch im Display, die sich Dombrowski sogleich im Internet übersetzen lässt.

«*Neue Nummer. Beschaff dir ebenfalls eine neue Nummer. Aaa.*»

Hinter der SMS-Nachricht steht eine noch nicht weiter bekannte Rufnummer. Dombrowski ruft den Anschlussinhaber der Rufnummer auf. Als Name erscheint jedoch ein Buchstabensalat, der offensichtlich keinen realen Namen darstellt. «War ja klar», spricht Dombrowski zu sich selber.

Und wieder erscheint die gleiche SMS-Nachricht auf dem Bildschirm, die Dombrowski noch einmal mit der Onlineübersetzung abgleicht. «*Neue Nummer. Beschaff dir ebenfalls eine neue Nummer. Aaa.*» Auch hinter dieser SMS-Nachricht taucht eine neue Rufnummer auf. Sie weicht nur in den letzten zwei Stellen von der vorangegangenen Kontaktnummer ab. Dombrowski verzichtet darauf den Anschlussinhaber abzufragen und beginnt sogleich auf seinem Telefon zu wählen.

«Dombrowski. Sie geben heute wohl gar keine Ruhe mehr? Was gibt's denn nun schon wieder?», wird er sarkastisch von Staatsanwalt Schmidt begrüßt.

«Es nimmt kein Ende, Herr Schmidt. Immerhin haben wir den Südländer mit mehr als 25 Kilogramm Marihuana und 2 Kilogramm Kokain festnehmen können. Den sperren wir dann heute Nacht ein. Aber deswegen rufe ich eigentlich gar nicht an. Die weiteren potentiellen Kuriernummern sind endlich von den Providern aufgeschaltet worden. Sie sind offenbar auf dem Weg nach Halle. Zumindest in Richtung Osten. Wir versuchen sie aufzunehmen. Aber auch deswegen rufe ich nicht an. Die Rufnummern haben jeweils von einer unterschiedlichen Rufnummer fast zeitgleich eine identische SMS-Nachricht erhalten. Sie sollen die Rufnummern wechseln. Der Sender unterschreibt mit "Aaa". Genau unter dem Kontaktnamen war die Rufnummer von unserem ursprünglichen Hintermann in dem Handy von Jan van der Boek abgespeichert. Ich sende Ihnen gleich die Daten rüber. Wir brauchen die Nummern schnellstmöglich aufgeschaltet. Das ist unsere Chance ihm habhaft zu werden und ihn zu identifizieren.»

«Dann hör'n Sie mal auf zu sabbeln' und schicken mir lieber den Kram rüber», antwortet ein hörbar gut gelaunter Staatsanwalt und legt den Hörer auf.

Dombrowski wendet sich seinem Monitor zu, öffnet sein Emailprogramm und beginnt zu schreiben.

«Gut, mein Freund. Dann melde dich bei mir, sobald ihr auf der Autobahn seid», ruft Otto in sein Telefon, als müsste seine Stimmkraft auch ohne Telefon bis Halle reichen. «Wir werden euch dann versuchen heranzuführen. Die ersten Beiden hatten silberne Transporter. Vielleicht fährt euch ja ein passender holländischer Transporter bei der Anfahrt bereits über die Füße. Der Teufel ist ja manchmal ein Eichhörnchen. Jo. Bis gleich.» Otto springt euphorisch aus seinem Stuhl und kommt in das Büro von Dombrowski gelaufen. «Wir haben eine Gruppe zur Verfügung.

Wollen wir mal hoffen, dass der Betäubungsmittelgott weiterhin auf unserer Seite bleibt», freut sich Otto und reibt sich dabei grinsend die Hände.

«Und die neue Nummer des Hintermanns haben wir auch. Was für ein verrückter Tag», antwortet Dombrowski und klickt auf "senden".

57

In der Georg-Wilhelm-Straße in Wilhelmsburg steht an einer zweispurigen Straße ein rotes Backsteinhaus. Auf der Straße stehen noch tiefe Pfützen an den Bordsteinen, die nur langsam ablaufen. Die Regenfälle der letzten Tage und der Sturm haben viel Laub von den Bäumen gerissen und die Wege zu den Sielen verstopft.

Immer wieder rauschen Autos durch die Pfützen und lassen das Wasser auf die Gehwege spritzen, wo kaum ein Passant entlang spaziert.

Vor dem Backsteingebäude stehen mehrere Streifenwagen nebeneinander in Parkbuchten abgestellt. Sie gehören zu der dahinter befindlichen Polizeiwache in Wilhelmsburg, wo gerade der Wachwechsel zwischen dem Tagesdienst zur Spätschicht stattfindet.

Im Wachraum herrscht lautes Treiben. Viele uniformierte Polizisten begrüßen sich mit Handschlag, wünschen sich eine ruhige Schicht oder einen schönen Feierabend. Sie sprechen über die Geschehnisse des Tages oder die Pläne für die Abendstunden. Es wird sich über Politik, Fernsehsendungen oder die Familie gesellig unterhalten.

Die frisch angekommenen Kollegen suchen die Kaffeemaschine auf und befüllen ihre teilweise überdimensional großen Kaffeebecher mit dem frisch gebrühten Lieblingsgetränk.

Neben der Kaffeestation stehen eine Pappschachtel mit Zuckerstückchen und eine Packung haltbarer Milch, um sich den eigenen Kaffee verfeinern zu können.

An der Brücke des Wachdienstes herrscht Ruhe. Alle Streifenwagen sind am Polizeikommissariat und in der Umgebung finden aktuell keine Einsätze statt. Nur wenige Funksprüche schallen aus den Lautsprechern des Pults, an dem als erstes die Kollegen der Spätschicht ihren Platz eingenommen haben, um die Kollegen aus dem Tagesdienst zu lösen und für einen reibungslosen Übergang zu sorgen.

Oben auf dem Tresen hat eine Polizistin ein Backblech mit einem frisch gebackenen Apfelstreuselkuchen abgestellt, der zur freien Verkostung zur Verfügung steht. Sie feiert ihren Geburtstag, den sie in der kommenden Schicht ausklingen lassen will.

Ein Beamter nach dem nächsten beglückwünscht sie zunächst und macht sich dann mit Serviette bewaffnet an den saftigen Kuchen, der stückweise aufgeschnitten und auf die Serviette genommen wird. Vereinzelt wird aus einer Dose noch Sahne auf die Kuchenstücke gesprüht.

Im Warteraum der Wache herrscht Ruhe. Momentan verweilt dort keine Person, die eine Anzeige aufgeben will. Der Wachdienst hatte vor einer guten halben Stunde die letzte Anzeige wegen einer Sachbeschädigung aufgenommen und an die Kriminalpolizei übersandt.

Nach und nach verlassen die Polizeibeamten der Vorschicht den Wachraum und begeben sich in die Umkleideräume, um in die private Kleidung zu wechseln und den eigenen Feierabend einzuläuten.

Die Geräuschkulisse aus Gesprächen, rutschenden Bürostühlen und klackernden Tastaturen nimmt ab. Ruhe und Konzentration tritt ein und so verlassen auch die Beamten der Spätschicht den Wachraum und besteigen die vor der Wache stehenden Streifenwagen, um sich auf die erste Streife des späten Nachmittags zu begeben.

Schon nach kurzer Zeit sitzen nur noch drei Beamte auf ihren Plätzen im Wachraum, um den Arbeitsalltag im Innendienst zu bewältigen.

In diesem Moment öffnet sich die Eingangstür der Wache. Ein junges Mädchen mit blondierten, zum geflochtenen Zopf gebundenen Haaren, deren Ansatz dunkel nachgewachsen ist, tritt in den Eingang. Sie trägt eine hautenge Jeanshose mit vielen Löchern und Flicken an den Beinen. Ihre Jacke mit Fellkragen ragt bis zu den Knien. Quer über die Jacke verläuft der rot-grüne Trageriemen ihrer Designerhandtasche. Ihre dunkel geschminkten Augen sind untermalt von dunkelblauen, angeschwollenen Wangenknochen, über die Teile der dunklen Wimperntusche durch Tränen gelaufen sind. Sie geht leicht gekrümmt, als habe sie noch Schmerzen im Unterleib. In der Hand hält sie eine dünne Leine, deren Ende noch außerhalb der Wache zu stehen scheint. «Shakira, komm jetzt», erklingt eine spitze, brüchige Stimme aus ihrem Mund.

Durch die Tür kommt ein übergewichtiger Mops gelaufen, der leicht hechelnd in Richtung Empfangstresen läuft. Dort angekommen bleibt er stehen und blickt zu seiner Halterin hinauf, nachdem er sich auf den Boden gesetzt hat.

Charleen lehnt sich auf den Tresen und blickt gequält in den Wachraum, wo man ihre Ankunft wahrgenommen hat und sich aus den Bürostühlen erhebt, um ihr Anliegen anzuhören.

«Guten Tag», begrüßt sie der uniformierte Beamte mit zwei silbernen Sternen auf seiner Schulter. Auf seinem Namensschild an der Brust steht der Name Schulze geschrieben. Er ist mittleren Alters und hat einen freundlichen Gesichtsausdruck mit Lachfalten an den Augen, einen Dreitagebart, der im Begriff ist, seine Farbe von braun in grau zu wechseln und eine frisch geschnittene Kurzhaarfrisur, deren Haare mit ein wenig Haargel aufgestellt sind. «Wie darf ich Ihnen helfen?»

«Sie könnten meinen Freund einsperren, das dumme Drecksschwein», erwidert Charleen mit leidender und gedrückter Stimme.

«Das machen wir sehr gerne, aber dafür müssten Sie mir zunächst erzählen, was er denn getan hat», antwortet der Polizeibeamte Schulze mit fürsorglicher Stimme.

«Das sieht man doch wohl, oder nicht?», erwidert Charleen genervt und schaut dem Beamten mit vorwurfsvollem Blick in dessen Augen.

«Okay. Das ist schwer zu übersehen. Dann kommen Sie gerne mit mir in den Vernehmungsraum, dort werde ich ihre Aussage soweit aufnehmen», antwortet Herr Schulze freundlich.

«Außerdem handelt er mit Drogen. Mit sehr vielen Drogen. Ich weiß alles, was er gemacht hat. Wo sie ihr Geld lagern, wo sie die Drogen lagern und mit wem er arbeitet. Ich werde Ihnen alles erzählen, aber bitte sperren sie ihn ein. Ich will ihn nie mehr wiedersehen», erzählt Charleen schluchzend und wieder rollen ihr dunkle Tränen über die Wangen, die gräulich, schwarze Rinnsale hinterlassen.

«Einverstanden. Wie heißt denn der gute Mann, den wir einsperren dürfen?», fragt der Beamte Schulze neugierig und setzt sich an seinen Rechner, während er Charleen einen Stuhl zuweist, auf dem sie Platz nehmen soll.

«Sein Name ist Faruk Simsek und er ist ein dummes Arschloch», antwortet Charleen mit Feuer in den Augen und setzt sich dabei auf dem zugewiesenen Stuhl nieder.

58

Leichte Rauchschwaden liegen im Vernehmungsraum des Rauschgiftdezernats. Jan van der Boek hat das Angebot einer Vernehmungszigarette gleich mehrfach genutzt und genießt den Anstieg des Nikotinspiegels, während er gerade die Erlebnisse seiner jüngeren Vergangenheit erzählt.

Den zur Verhinderung von Fluchtversuchen abgenommenen Fenstergriff um wenigstens ein Fenster auf Kipp zu stellen, hat Juliane nicht gefunden und so sitzt sie im unbewegten Qualm der Zigaretten von Gerd und Jan van der Boek, die sich scheinbar gegenseitig im Konsum anstacheln.

Juliane brennen die Augen hinter den Brillengläsern, doch sie mag nicht intervenieren. Die Zigaretten scheinen ihr Übriges geleistet zu haben, so dass Jan van der Boek Fahrt um Fahrt in ihrem Zeitpunkt und ihrem Umfang schildert. Als Unterstützung für die eigene Erinnerung hat er sein Smartphone mittels mehrstelliger PIN und die darin befindlichen, eigenen Notizen geöffnet. Dort stehen untereinander aufgereiht mit Datum versehen die Anzahl an Kartons, die er für seine Hinterleute nach Hamburg gefahren hat.

Nacheinander wird jede Fahrt so detailliert aufgeschrieben, wie es dank der Notizen und der Erinnerung von van der Boek möglich ist. Durch Geburtstage der Familie und Feiertage, Urlaube oder anderweitiger Erlebnisse gelingt es dem Holländer immer wieder kleinere Details zu erinnern und zu kommunizieren.

«Okay. Das war doch schon einmal ordentlich. Ich denke, dass wir die Fahrten und die Mengen jetzt sehr gut niedergeschrieben haben. Super, dass Sie das alles so gut notiert haben», lobt Gerd anerkennend.

«Man darf sich halt nicht über den Tisch ziehen lassen. Ich habe das seit Jahren bei meinem Vater beobachtet. Er glaubt, dass wir nichts von seinem eigentlichen Job wissen würden, aber natürlich war uns klar, woher das Geld für den Lebenswandel stammte. Mit einem derart schlecht laufenden Club konnte man sich nicht solche Reisen, die Markenkleidung und andere Statussymbole leisten. Aber mein Vater konnte noch nie mit Geld umgehen. Das hat meine Mutter schon immer gesagt und in unserer Erziehung darauf geachtet, dass wir vorsichtiger mit dem Geld umgehen. Und die Albaner ziehen einen sofort über den Tisch, wenn man ihnen eine Möglichkeit lässt. Aber wenn sie merken, dass man nicht alles mit sich machen lässt, dann akzeptieren sie einen als Geschäftsmann auf Augenhöhe. Ich konnte sehr gut von dem Job leben», berichtet Jan van der Boek mit einem gewissen Stolz in der Stimme.

Gerd wendet sich kurzzeitig Juliane zu, die ihm mit rot durchzogenen Bindehäuten zunickt. «Aber nun müssen wir langsam mal zu den Übergaben in Hamburg kommen, wir wollen hier ja auch nicht ewig sitzen. Du hast vorhin einmal gesagt, dass es in Hamburg immer gleich abgelaufen sei. Ich will hier jetzt mal wissen, was denn immer genau passierte. Wen hast du wann und wo getroffen und wie ist es genau zu den Übergaben gekommen.»

«Das Beste kommt zum Schluss», antwortet Jan van der Boek und lächelt Gerd selbstbewusst an. «Wollen wir vorher noch einmal eine zu uns nehmen? Das lockert die Zunge», fügt van der Boek mit einem verschmitzten Grinsen an und deutet auf die vor ihm liegende Zigarettenschachtel.

«Eine geht noch», antwortet Gerd zufrieden mit der vorweggenommenen Entscheidung, öffnet die Schachtel und hält sie dem Holländer entgegen. Juliane hustet kurz aber auffällig an, wird jedoch in ihrem zarten Widerstand nicht beachtet. Gerd gibt van der Boek Feuer und zündet sich im Anschluss auch die eigene Zigarette an.

Beide ziehen den Rauch tief in sich hinein und während Gerd ihn durch seine knollige Nase langgezogen hinauspustet, beginnt van der Boek kunstvolle Ringe in die Luft zu hauchen. Er schaut zu Juliane, lupft mehrfach die Augenbrauen an und erwartet eine gewisse Bewunderung für die eigene Leistung, die sich nach und nach im Dunst des Raumes auflöst.

Trotz der fehlenden Anerkennung beginnt Jan van der Boek nach einer halben Zigarette zu erzählen. Er scheint gar Gefallen daran zu finden, dass sich andere Leute so sehr für ihn und seine Erfahrungen interessieren.

«Ich bin immer auf der Autobahn gefahren. Auf der Autobahn in Richtung Ostsee bin ich bis Stapelfeld gefahren und habe dort die Autobahn verlassen. Von der Ausfahrt fuhr ich in Richtung Hamburg-Rahlstedt ab und war zunächst auf einer Landstraße unterwegs. Am Ende der Landstraße kommt ein Industriegebiet auf der linken Seite. Dort stellte ich den Transporter immer auf dem Parkplatz des dortigen Autohauses ab. Genau so, wie es mir durch die

Albaner angewiesen wurde. In dem Moment wo ich ankam, schrieb ich an den Kontakt Aaa mit meinem Billigtelefon ein Ausrufezeichen und ging in die Verkaufsräume des Autohauses. Dort standen nur teure Schlitten. Solche, die man sich eigentlich nicht leisten kann oder nur aus amerikanischen Kinofilmen kennt. Ich habe die Zeit vor Ort immer genossen. Natürlich wussten die Verkäufer, dass sie mir keines ihrer Fahrzeuge verkaufen könnten. Das sehen diese Leute einem ja an der Nasenspitze an, aber ich war immer höflich und zurückhaltend. Habe mich ordentlich benommen, so dass sie mich schauen und genießen ließen. Manchmal wurde mir sogar ein Cappuccino oder ein Espresso angeboten. Wir kamen häufiger mal ins Gespräch und verquatschten uns auch gerne mal, wenn am Vormittag nichts los war im Laden. Die Verkäufer sind ziemlich nett gewesen, aber ich war ja auch immer freundlich.» Jan van der Boek hält kurz inne und bleibt in Gedanken in seiner Erinnerung hängen, nimmt einen weiteren Zug und pustet den Qualm direkt nach oben gen Zimmerdecke.

«Du schweifst langsam aber sicher vom Thema ab», spricht Gerd dazwischen und reißt damit auch van der Boek wieder aus seinen Gedanken.

«Nein, auf gar keinen Fall. Ich erkläre gerade den Grund, warum ich mehr weiß, als es den Hamburgern oder den Albanern vielleicht lieb sein dürfte», antwortet Jan van der Boek mit einer Mischung aus Gehässigkeit und Selbstherrlichkeit in der Stimme.

«Na, da bin ich jetzt aber mal gespannt», erwidert Gerd, lehnt sich nach vorne und steckt seine glimmende Zigarette in den inzwischen gut gefüllten Aschenbecher auf dem Tisch.

«Wie gesagt. Ich habe mich gerne mal verquatscht. Und das tat ich meistens vorne am Schaufenster vor meinen liebsten Autos, einem gelben Ferrari Testarossa sowie einem Aston Martin. So ein richtiges James Bond Auto war das. Nun gut», fährt van der Boek gleich fort, als er die hochgezogenen, fordernden Augenbrauen von Gerd erblickt. «Als ich dort immer stand und mich unterhielt, fiel mir ein Fahrzeug auf, dass dort aus der Ringstraße hinausfuhr. Beim ersten Mal dachte ich mir noch nichts dabei. Aber immer wieder konnte ich sehen, dass dieses Fahrzeug die Ringstraße verlässt. Eine gute Viertelstunde oder halbe Stunde nachdem ich meinen Transporter auf dem Parkplatz abgestellt hatte.

Dazu muss ich vielleicht erklären, dass ich meinen Transporter nach der Ausrufezeichen-Nachricht immer auf dem Parkplatz abstellen und den Fahrzeugschlüssel einfach stecken lassen sollte.

Ich erhielt immer eine Antwort-SMS, sobald ich wieder losfahren konnte. Ich spürte zwar das Brummen des Handys, aber aus netten Gesprächen kann ich mich immer nur schwer lösen. Ich bin ein geselliger Typ müsst ihr wissen», erklärt Jan van der Boek und nimmt einen letzten Zug von seiner Zigarette, die er anschließend im Aschenbecher ausdrückt.

«In jedem Fall ist mir aufgefallen, dass dieses Fahrzeug immer kurze Zeit nach dem Brummen die Ringstraße verließ. Egal an welchem Tag oder um welche Uhrzeit ich geliefert habe. Das war völlig egal. Immerzu dieses Fahrzeug. Das hat mich neugierig gemacht. Und so bin ich bei den folgenden Lieferungen immer auch mal spazieren gegangen, statt in das Autohaus zu gehen. Dabei konnte ich mal entdecken, wie mein Transporter vom Gelände einer Autowerkstatt heruntergefahren ist. Ich kann euch sagen, mein Herz schlug mir bis zum Hals in diesem Moment. Ich hatte ja keine Ahnung mit wem ich es zu tun bekomme, wenn man mich entdeckt. Der Transporter ist zum Glück in die andere Richtung gefahren, während ich kopfüber in ein Gebüsch gesprungen bin.

Überall steckten die Dornen in meiner Kleidung, aber ich hatte in diesem Moment keine andere Möglichkeit gesehen. Total unnötig. Egal. Auf jeden Fall wusste ich von diesem Moment an, wo die Lieferungen enden. Während ich dort spazieren ging, fiel mir auch auf, dass diese matt-schwarze Mercedes Limousine ein paar hundert Meter entfernt von der Werkstatt geparkt stand.» Jan van der Boek ergreift einen Zettel und einen Stift, die auf dem Schreibtisch im Vernehmungsraum liegen und beginnt darauf zu schreiben. «Das hier ist das Kennzeichen von dem Fahrzeug. Ich habe es mir gemerkt. Bei den nächsten Lieferungen habe ich dieses Fahrzeug aus der Entfernung beobachtet. Ich wollte einfach wissen, wer die Person ist, an die ich immerzu auslieferte. In jedem Fall ist immer derselbe Türke in das Fahrzeug eingestiegen. Der hat einen langen Vollbart und lange Haare, die mit Pomade nach hinten geschmiert sind. Er hatte immer Jogginganzüge an. Mehr kann ich nicht zu ihm sagen. Ich konnte ihn auch nicht aus der Nähe beobachten, denn der hat schon immer wie ein Leuchtturm in alle Richtungen geschaut. Manchmal dachte ich, dass er mich gesehen hat, aber dann hat er doch weiter in alle Richtungen geschaut, ist in sein Fahrzeug eingestiegen und davongefahren. Ich denke, dass euch das bestimmt weiterhelfen wird, oder?», frohlockt Jan van der Boek und lehnt sich mit einem zufriedenen Grinsen über seine vorgetragenen Beobachtungen zurück.

Nach kurzer Zeit verstummen die angeschlagenen Tasten auf der Tastatur und Juliane blickt zunächst zu van der Boek und anschließend zu Gerd auf.

«Jo. Das nenn' ich mal 'ne gescheite Aussage. Wenn du soweit bist, Juliana, dann schreib mal noch dazu, dass es ihm ganz dolle leidtut und er den Fehler bereut. Rückwirkend wünscht er sich, dass er es nicht getan hätte, aber in Zukunft will er sich einen vernünftigen

Job fernab seiner Hinterleute suchen und sich in Zukunft nur noch seiner Familie widmen.» Nachdem sie die Sätze mit wildem Klackern in die Tastatur eingegeben hat, blickt Juliane nickend zu Gerd auf, der sich wiederum Jan van der Boek zuwendet. «Stimmt doch so, oder?», fragt Gerd mit Nachdruck und der Holländer beginnt sofort zu nicken. «Das hätte ich nicht besser sagen können.»

«Siehste wohl. Wusst' ich doch. Dann Juliana, mach mal bitte die Namen unter die Vernehmung und druck das Ding aus, damit der gute Mann sich das noch einmal alles durchlesen kann, nicht, dass wir hier Quatsch aufschreiben», führt Gerd seine Gedanken fort.

«Och, ich vertrau euch eigentlich», erwidert Jan van der Boek.

«Du schaust das jetzt noch einmal durch und schreibst auf jede Seite deinen Namen. So viel Zeit muss sein», antwortet Gerd auf die Widerworte, während im Hintergrund der Laserdrucker bereits die ersten Seiten auswirft.

Juliane entnimmt das bedruckte Papier und legt sie dem Holländer mit einem Kugelschreiber direkt vor die Nase.

«Na gut, dann lese ich mir das Ganze noch einmal durch. Eine Letzte würde ich aber gerne noch», gibt sich Jan van der Boek geschlagen und tippt auf die Schachtel auf dem Tisch ohne hinzuschauen. Gerd öffnet sie ihm. «Eine Letzte noch, dann geht es aber erst einmal wieder auf dein Zimmer, mien Jung», sagt Gerd und steckt sich ebenfalls eine Zigarette in den Mund.

59

Die scharfe Rechtskurve am Dreieck Halle-Süd nimmt Henk Joost mit weniger als sechzig Stundenkilometern. Sein heller Kastenwagen neigt dazu, sich bei zu hoher Geschwindigkeit nach außen treiben zu lassen. Immer wieder ärgert er sich über diese Eigenheit seines Fahrzeugs. Vielleicht sollte er es doch einmal in der Werkstatt überprüfen lassen. Ein Freund hatte ihm zuletzt noch von der Möglichkeit einer verzogenen Spur erzählt. Vor allem bei Rechtskurven empfindet er dieses Problem. Durch seine Rückspiegel beobachtet er den auffahrenden Verkehr hinter sich, doch er lässt sich hiervon nicht beunruhigen. Bevor er die ungeliebte Nervosität entwickelt, schaut er lieber nicht weiter in den Rückspiegel. Wegen des geschlossenen Laderaums seines Transporters hat er wenigstens keinen Rückspiegel an der Decke seiner Fahrerkabine, über den ihn die Autos hinter sich noch mehr ins Auge fallen würden.

Henk freut sich bereits darauf, endlich wieder in Halle anzukommen. Durch seine häufigen Besuche hat er sich in die Stadt verliebt. Eigentlich nicht in die Stadt, sondern eher in seine frische Liebe namens Gisela. Er hatte sie auf einem Onlineportal kennengelernt. In seinem Heimatdorf fand er keine rechte Liebe und so dachte er sich, dass er es durchaus mal in Halle probieren könnte, wo er sich doch so häufig hier aufhält. Als er Gisela das erste Mal auf dem Marktplatz von Halle erblickte, war es gleich um ihn geschehen. Ihre dunklen Haare hingen ihr bis zu den Schultern, während sie von der Stirn bis zum Hinterkopf beidseitig schmale Zöpfe geflochten hatte, die hinten zu einem Pferdeschwanz verbunden waren.

Sie hatte nur wenig Schminke aufgetragen, aber nach Henks Geschmack bräuchte sie sich gar nicht zu schminken, denn er liebt ihre natürlich gegebene Schönheit. Strahlend weiße Zähne glänzen zwischen ihren vollen Lippen, wenn sie ihm entgegen lächelt und kleine Grübchen sammeln sich in ihren Wangen.

Ihre klaren blauen Augen wirken so tief und klar, dass er sich so sehr in ihnen verlieren kann, wenn er ihr in die Augen blickt.

Inzwischen ist Henk auf die A143 gelangt und fährt immer mehr seiner großen Liebe entgegen. Sein Handy auf der Mittelkonsole brummt einfach, doch er schaut nicht drauf, was ihm dort geschrieben wird. Während der Fahrt greift er niemals zum Handy, denn er will kein Risiko eingehen, angehalten zu werden. Immer wenn er angerufen oder angeschrieben wird, dann sucht er sich den nächsten Rastplatz, fährt von der Autobahn ab und widmet sich dem Mobiltelefon in Ruhe in einer Parklücke. Sein Chef kennt diese Eigenart von Henk und er respektiert sie, auch wenn er so ein Verhalten von seinen übrigen Mitarbeitern eher nicht gewohnt ist.

Auf der rechten Spur der Autobahn fährt Henk so langsam, dass bereits der Laster hinter ihm auffährt und im Begriff ist, ihn zu überholen. Henk blickt in seinen Spiegel und gibt ein wenig mehr Gas, um den Lasterfahrer nicht noch mehr zu provozieren. «*Ruhig bleiben, Henk, ruhig bleiben*», denkt er sich.

Seine innere Stimme drängt ihn dazu einen Schluck zu trinken, doch er versucht in diesem Moment das aufkommende Gefühl zu unterdrücken. Nicht immer will er seiner lästigen Gewohnheit nachgeben, die ihn immerzu einfängt, wenn er ungeduldig oder unruhig wird. Dann beginnt es überall zu kribbeln und seine Gedanken treiben nur noch um die silberne Flasche in seiner Mittelkonsole. Bislang konnte er ihr heute widerstehen, was ihn auch mit

Stolz erfüllt. Vielleicht belohnt er sich am Abend für seine Disziplin, doch eigentlich hat er sich geschworen, auch weiterhin stark zu bleiben. Henk versucht seine Gedanken wieder zu Gisela und weg von der Flasche zu treiben, die ihn seine ganze Existenz kosten könnte. Zu oft wurde er bereits kontrolliert, wenn er wieder zu viel an ihr genippt hatte. Die letzten paar Kilometer wird er nun ebenfalls standhalten. Doch je öfter er an sie denkt, desto mehr zieht sie seine Blicke auf sich.

Um nicht mehr hinschauen zu müssen, umgreift er sie mit seiner rechten Hand und versucht seinen Blick auf der dunkel asphaltierten Autobahn zu halten. Das kühle Metall, das leicht angeraut ist, fühlt sich an den Fingerkuppen schön an. Er streift über sie mit seinen Fingern. «*Nur einen Schluck nehmen*», dringt immer wieder in seine Gedanken. Die Finger drehen wie ferngesteuert an dem Deckel der Flasche. Immer wieder bemüht, den Deckel nicht zu öffnen, drehen sie unbewusst den Deckel mehr auf, als zu und so springt er plötzlich auf. Der Geruch des Gebrannten steigt in den Fahrerraum und lässt ihn tief aufatmen. «*Nur ein kleiner Schluck, nur einen und nicht mehr*», denkt sich Henk erneut und blickt zu dem Flachmann in seiner Hand. Noch einmal fokussiert er seinen Blick auf die vor ihm liegende Strecke, doch der Sog des geliebten Getränks zieht ihn stärker an, als dass er sich davon noch lösen könnte. «Nur ein Schluck», sagt Henk in den Raum hinein, umgreift die Flasche noch fester und führt sie an seinen Mund. Der brennende Alkohol umspült seinen Mundraum und beruhigt kurzzeitig die Gelüste. Ein zweiter und ein dritter Schluck lassen das Verlangen ein wenig ruhiger werden. Schuldgefühle kommen in ihm auf. So hatte er Gisela doch geschworen sich fern hiervon zu halten. Vor allem solange er sich am Steuer befindet und nicht an ihrer Seite. Er bewundert sie für ihre Stärke. Sie greift nie zum Glas. Sie steht mitten im Leben und braucht nicht diesen Ausgleich. Gisela hat ihm bereits gut geholfen Abstand herzustellen. Bevor er sie kannte, trank er auf der gesamten Fahrt und riskierte sowohl den Job, als auch das Leben auf seinen langen Fahrten nach Halle.

Henk stellt die Flasche wieder in die Mittelkonsole und dreht den Deckel auf die Flasche. «*Nein. Es muss Schluss sein damit.*» Er spürt den Alkohol in seinem Atem, der ihn nun bei jeder Kontrolle verraten würde. Er ärgert sich über seine Schwäche, die ihn wieder dazu treibt zur Flasche zu greifen. «Scheiße, scheiße, scheiße», ärgert er sich und brüllt seinen Frust darüber in den Fahrgastraum. «Das muss aufhören. Ich muss es endlich beenden.» Voller Wut und Frust über sich selbst blickt Henk abwechselnd auf die Straße und auf die Flasche. Er umgreift mit der rechten Hand das Lenkrad, während er mit der linken das Fenster auf der Beifahrerseite mit dem Fensterheber öffnet. Kühler Wind schlägt lautstark durch den größer werdenden Spalt. Henk umgreift die silber-matte Flasche, die ihn seit so vielen Jahren durch sein Leben begleitet. Er nimmt all seinen Mut und seine Stärke zusammen, umfasst die Flasche in seiner Hand noch stärker und mit einer Bewegung aus Verzweiflung und Wut wirft er den edlen Flachmann durch das Seitenfenster, so dass er mit einem metallischen Scheppern auf der Standspur landet. Das Scheppern hört er nicht mehr, denn zu weit ist er bereits gefahren, doch er blickt der Flasche nach, die er im rechten Seitenspiegel auf den Boden schlagen sieht. Als kleiner Punkt bleibt sie auf dem Streifen liegen und wird immer kleiner und kleiner. Sie verschwindet aus seinem Leben. Sie hat ihn verlassen. Henk blickt auf und schaut auf die Autobahn, die vor ihm liegt und ihn direkt zu seiner geliebten Gisela führen soll. Kurzzeitig hat er sie mit ihrem schönen Lächeln vor den Augen bis das Signalhorn eines Streifenwagens ihn aus den Gedanken reißt. Henk blickt in den linken Rückspiegel und dort kommt ein ziviler

Streifenwagen angefahren. «Scheiße. So eine Scheiße», schreit Henk vor sich her. Nun werden sie ihn aus dem Verkehr ziehen. Sie werden seinen Alkohol im Atem wahrnehmen und ihn nicht weiterfahren lassen. Sie werden ihn erwischen und wegen seiner Sucht werden sie seinen ganzen Wagen kontrollieren. Henk umgreift sein Lenkrad mit beiden Händen. Er überlegt kurzzeitig mutiger zu fahren als gewohnt, doch das würde ihn vielleicht noch verdächtiger in dieser Situation machen. Er erblickt einen weiteren zivilen Wagen in seinem Rückspiegel. Es wird keine Chance geben, ihnen zu entkommen. Sein Fahrzeug ist zu langsam, zu behäbig und jedes hektische Fahrmanöver gefährdet ihn und seine Ware. Das Fahrwerk verzeiht keine Fahrfehler oder hektischen Bewegungen.

Die Streifenwagen kommen immer näher an ihn heran. Henk sieht, wie sich die Seitenscheibe des ersten Fahrzeugs nach unten fährt. Der Beifahrer hat bereits die Kelle in der Hand und ist im Begriff diese auch einzusetzen. Henk entnimmt aus der Mittelkonsole ein Minzkaugummi, wickelt es schnellstmöglich aus, steckt es in seinen Mund und beginnt darauf hektisch zu kauen. Den Blick kann er hierbei nicht mehr von den herannahenden, blinkenden Blaulichtern lösen.

Mit hoher Geschwindigkeit hat der erste Wagen bereits fast seine Höhe erreicht. Henk kann den Beifahrer mit der Kelle in der Hand bereits erkennen. Er sieht seinen strengen und konzentrierten Blick. Er kennt diese Situation. Häufig genug wurde er aus dem Verkehr gezogen und sein Führerschein ist nun ernsthaft gefährdet. Somit auch seine Fahrten zu seiner geliebten Gisela.

Der zivile Streifenwagen zieht an ihm vorbei. Henk schließt kurz die Augen und hört, wie sich das Signal des Martinshorns von ihm entfernt. Er schlägt seine Augen auf und schaut zu, wie sich die

Kelle langsam aus der Seitenscheibe herausschiebt. Der zivile Streifenwagen fährt an dem vor ihm fahrenden silbernen Transportfahrzeug vorbei und fängt wild an mit der Kelle zu winken. Auch der zweite Wagen setzt sich neben den Transporter mit gelben Kennzeichen und lässt dabei seine Sirene fortlaufend läuten. Der Transporter setzt seinen Blinker und fährt auf den Seitenstreifen, wo er nach und nach abbremst. Mit ihm ziehen auch die Streifenwagen auf den Seitenstreifen und bleiben vor dem Transporter stehen. Aus den Fahrzeugen springen zivile Polizeibeamte heraus, ziehen ihre Waffen aus den Holstern und beginnen den Fahrer des Transporters hiermit zu bedrohen.

So sehr Henk auch interessieren würde, was dort jetzt gerade passiert, umso erleichterter ist er, dass ihm die Chance gewahrt bleibt. Langsam beginnt er zu kichern. Das Kichern steigert sich nach und nach in ein lautes Lachen, das seinen Körper so sehr beben lässt, dass er freudig beginnt auf sein Lenkrad zu klopfen und schreiend vor Glück der Ausfahrt in Richtung Halle entgegenzufahren.

60

Der Metallrahmen der gläsernen Eingangstür zum Rauschgiftdezernat fällt zu und lässt sein leises Knallen über den Flur schallen. Gerd folgt Juliane, der er soeben noch die Tür wie ein Gentleman aufgehalten hat. Sie trägt, erfreut über die galante Geste, ein Lächeln auf den Lippen.

In den Händen vor ihrem Körper trägt sie die ausgedruckte und unterschriebene Vernehmung des jungen van der Boek. Das leichte Klackern ihrer Schuhe verrät Otto und Tim Dombrowski, dass sie zurück sind von der Vernehmung und schon erscheinen ihre Köpfe aus den Türrahmen ihrer Büros.

Nachdem sie beide Gewissheit haben, dass es Juliane und Gerd sind, die dort auf dem Flur erscheinen, schreiten sie, von der Neugier getrieben, aus ihren Büros und gehen unvermittelt auf die beiden zu.

«Und? Wie ist es gelaufen?», fragt Dombrowski, bevor sie überhaupt eine Chance haben, von sich aus zu erzählen.

«Super. Also erstmal wollte er Märchen erzählen, aber dann hat Gerd ihn auf den Pott gesetzt und auf einmal fraß er ihm aus der Hand. Der hat uns alles erzählt. Wirklich alles», berichtet Juliane begeistert.

«Juliane hat das aber auch super gemacht. Wir waren ein ganz tolles Team. Da gehören immer zwei zu», ergänzt Gerd charmant und übt sich in Zurückhaltung. «Der Jan hat uns bestätigt, dass die Werkstatt im Merkurring das Ziel für die Lieferung gewesen wäre. Er selber hat seinen Wagen immer beim Autohändler abgestellt, aber der war neugierig und hat mit der Zeit beobachtet, wer das Ding abholt und wohin er es bringt. Außerdem hat er sich notiert, wieviel Kartons er an welchen Tagen transportiert hat. Und wenn ihr ihm nun noch Lichtbilder von Faruk vorlegt, dann wird er euch den auch noch anerkennen», erzählt Juliane voller Aufregung in ihrer dünnen Stimme.

«Super. Wirklich Klasse. Das bringt uns ein ganzes Stück für Faruk nach vorne», bedankt sich Tim Dombrowski. «Den werden wir so schnell nicht wieder auf unseren Straßen sehen. Ich hol' jetzt mal den guten Steven rauf. Vielleicht packt der ja auch noch aus, wenn der erst einmal mit seiner kleinen Tochter gesprochen hat.»

«Die Mühe kannst' dir sparen», antwortet Gerd unvermittelt. «Der ist sein Leben lang Verbrecher. Der sagt niemals aus.»

«Wer weiß. Ich hol' den hoch und dann schauen wir weiter», sagt Dombrowski.

«Wenn du den gebrochen bekommst, dann zieh' ich meinen Hut und geb'ne Runde Döner aus», erwidert Gerd. «Ich hab' sowieso Hunger.»

«Einverstanden, Dickerchen. Zähl schon mal dein Geld. Ich ruf' dann an, wenn wir durch sind. Nicht vorher abhauen», antwortet Dombrowski gehässig und zwinkert dabei Gerd mit einem Auge zu.

«Bis gleich», sagt Gerd und zieht sich einen Bürostuhl heran, auf dem er Platz nimmt.

Tim Dombrowski geht den Flur hinab und aus der Eingangstür des Dezernats hinaus in das anliegende Treppenhaus. Juliane legt schnell die Vernehmung auf dem Bürotisch ab und folgt ihm. Mit schnellen Schritten schreiten beide die Treppen hinab, gehen einen Finger weiter im Präsidium und in den Bereich des Erkennungsdienstes, um den Beschuldigten aus dem Zellentrakt abzuholen.

Dombrowski gibt beim Wachhabenden kurz Bescheid, dass sie Steven mit nach oben nehmen würden und schon schiebt er die Metallriegel seiner Zelle auf.

Steven schreckt kurz auf, als diese sich knallend öffnen. Er schaut von seiner Holzbank, auf der er vorgebeugt sitzt, zu den beiden Kriminalbeamten auf und erhebt sich von ihr. «Lassen Sie mich jetzt mit meiner Familie telefonieren?», fragt er reumütig und schaut beiden abwechselnd bittend in die Augen.

«Kommen Sie mit. Wir sprechen oben miteinander», antwortet Juliane gefühlvoll. Dombrowski geht voran. Steven läuft in ihrer

Mitte und sie gehen direkt zum Fahrstuhl, um zu den Vernehmungsräumlichkeiten zu gelangen.

Den ganzen Weg über spricht Steven kein Wort. Er geht mit gesenktem Kopf hinter Dombrowski her. Sein ausladender Gang wirkt überheblich und selbstbewusst, ganz entgegen seiner unterwürfigen Körperhaltung. Gelegentlich zieht er die Nase hoch und reibt sich überlegt seinen Bart.

Im Vernehmungsraum angekommen nimmt er Platz auf dem Stuhl gegenüber vom Monitor und schaut Juliane und Dombrowski freundlich und erwartungsfroh an.

«Wollen wir erst einmal sprechen und im Anschluss in Ruhe telefonieren?», fragt Dombrowski suggestiv.

«Meine Tochter wird bald ins Bett gehen müssen. Ich wäre froh, wenn ich erst einmal mit meiner Tochter telefonieren könnte.» Steven blickt Juliane tief in die Augen und auch Dombrowski zeigt sich von der Begründung überzeugt.

«Okay. Ich wähle die Nummer. Wir werden das Telefon auf Lautsprecher schalten, damit wir sichergehen können, dass dort nicht noch dritte Personen mit Ihnen sprechen», erklärt Dombrowski.

«Klar. Kein Problem. Ich werde mich korrekt verhalten. Bitte nehmen Sie aber Rücksicht. Ich möchte nicht, dass meine Tochter so von dieser Situation erfährt», antwortet Steven mit ruhiger Stimme.

Dombrowski beginnt zu wählen und das Freizeichen erklingt.

«Hallo?», erklingt eine weibliche Stimme im Raum.

«Hey Schatz. Ich bin es», begrüßt Steven seine Freundin. Sie beginnt sofort am Telefon zu weinen. Ihr stockt die Stimme. «Wie geht es dir?», antwortet sie mit zitternder Stimme.

«Alles gut, Schatz. Die Polizisten sind gut zu mir. Sie lassen mich sogar kurz mit euch telefonieren. Das wird sich alles aufklären, Schatz. Aber bis dahin muss ich jetzt erst einmal hierbleiben. Okay? Du musst jetzt stark sein und für unsere Prinzessin da sein», sagt Steven mit sanfter Stimme.

«Ja. Das bin ich. Wir wollen nicht ohne Dich sein, Schatz. Wie soll das gehen? Wir hatten doch ein schönes Leben. Warum passiert uns das? Ich verstehe das alles nicht», erwidert sie mit aufgewühlter Stimme.

«Ist Emilia da? Ich würde gerne mit ihr sprechen. Weiß sie wo ich bin?», fragt Steven.

«Ich habe ihr gesagt, dass du einem Freund für ein paar Tage helfen musst, dem es schlecht geht. Sie hat es verstanden. Ich hoffe, dass du bald wieder da bist, ansonsten können wir sie nicht weiter anlügen, Schatz. Du bist ihr ein und alles», erwidert Stevens Freundin. Worauf er unmerklich seinen Kopf fallen lässt. Doch die herbeilaufenden Schritte seiner Tochter richten ihn wieder auf.

«Hallo Papa. Wo bist Du?», fragt sie mit freudig quietschiger Stimme in den Hörer hinein.

«Ich bin hier in einer Art Hotel, Prinzessin. Ich habe mein Handy gerade nicht, aber jetzt können wir doch noch vom Zimmer aus telefonieren. Ich wollte dir nur schnell sagen, dass ich dich liebe, mein Kleines. Ich versuche so schnell wie möglich wieder bei euch zu sein, okay?»

«Ja, Papa. Bitte beeil dich, Papa. Ich vermisse dich. Mama, kann doch keine Pfannkuchen machen so wie du. Und außerdem kannst du viel schöner die Geschichten vorlesen», sagt Emilia mit ein wenig schmollender Traurigkeit in ihren Worten.

«Hey», ertönt es aus dem Hintergrund. «Ich höre auch was du sagst. Ich werde mir allergrößte Mühe geben, auch wenn ich natürlich an Papas Stimmen nicht herankommen werde.»

«Okay, ihr beiden. Ich versuche mich so schnell wie möglich bei euch zu melden. Ich liebe euch über alles. Bis bald. Schlaft schön und träumt was Schönes», spricht Steven, während ihm Tränen in die Augen steigen.

«Gute Nacht, Papa. Tschüss.»

«Tschüss.» Steven legt den Hörer auf, Tränen fallen aus seinen Augen und rollen in seinen Bart hinein. Er wischt das feuchte Rinnsal auf seiner Wange mit dem Unterarm weg und richtet sich auf.

«Okay», spricht Dombrowski ihn an, nachdem er noch einen Moment der Besinnung gewährte. «Dann wollen wir mal zusehen, dass wir mit einer gescheiten Aussage den Haftrichter besänftigen, damit sie schnell wieder nach Hause können.»

«Ich mache keine Aussage», antwortet Steven mit abrupt harter Stimme.

«Wie jetzt? Und ihre Tochter?», erwidert Dombrowski. «Ich dachte, Sie wollen alles tun, um schnell wieder bei ihr zu sein.»

«Das lassen Sie mal meine Sorge sein. Ich habe hier nichts zu sagen. Den Rest erledigt mein Anwalt. Aber korrekt von Ihnen, dass Sie mich mit meiner Familie sprechen lassen haben. Können wir dann?», fragt Steven und erhebt sich von seinem Stuhl.

Irritiert erhebt sich auch Dombrowski. Von der Wendung völlig überrascht unternimmt er keinen weiteren Versuch Steven moralisch zu kippen. Vielmehr kommt ihm die Prognose von Gerd in den Kopf, der genau diese Reaktion erwartet hat.

«Okay. Dann bringen wir Sie jetzt nach unten.» Dombrowski verlässt den Raum und Steven sowie Juliane folgen ihm.

Wortlos bringen sie Steven zurück in seine Zelle und ebenso wortlos fahren sie mit dem Fahrstuhl wieder zwei Stockwerke nach oben. Auf dem Flur stehen Otto, Harry und Gerd witzelnd beieinander.

«Na, Dumbo. Hast' Lust auf 'nen Döner?», kichert Harry ihm gehässig entgegen.

«Ich geb' trotzdem 'ne Runde aus. Den habt ihr euch heute alle verdient und es wird bestimmt noch eine lange Nacht», sagt Gerd mit knurrendem Magen und klopft Dombrowski mitfühlend auf die Schulter.

«Ja, gerne», antwortet Dombrowski wortkarg mit gedankenverlorenem Blick auf den Boden und geht emotionslos weiter in sein Büro, wo sein Telefon ihn bereits läutend empfängt.

61

Im Industriegebiet des Merkurrings treffen auf dem Hof der dortigen Werkstatt mehrere Fahrzeuge ein, die allesamt vor dem Gebäude anhalten. Aus den Fahrzeugen steigen mehrere Männer aus, die zunächst das Umfeld der Werkstatt inspizieren.

Eine der Personen zieht einen Schlüssel aus einem Plastikbeutel und öffnet mit dem Schlüssel die Tür zum Lagerraum. Die Zugangstür wird mit einem kleinen metallischen Haken arretiert, so dass sie nicht mehr von alleine zufällt. Nach und nach treten die Männer in die dunkle Räumlichkeit ein. Ein Flackern künstlichen

Lichts ist zu erkennen und schimmert leicht aus der Tür des fensterlosen Raums heraus. Zwei Personen bleiben vor dem Objekt stehen und schauen in Richtung Zufahrt zum Grundstück, während die übrigen drei in der Werkstatt verbleiben.

Unweit der Werkstatt steht eine junge Frau in der ersten Etage ihres Firmengebäudes. Sie kann keinen Blick von dem Treiben auf dem Werkstattgelände lösen und beobachtet genau was dort vor sich geht. In der Firma ist niemand außer ihr. Sie ist ganz allein in den Räumlichkeiten, weil ihre Kollegen ohne sie auf eine Messe gefahren sind und sie lediglich für den Fall zurückbleiben musste, dass sich ein Kunde an diesen Messetagen versehentlich in die Firma verläuft.

Diese Aufgabe ist ebenso unsinnig wie langweilig und so verblieb die junge Magdalena lieber im ersten Stockwerk der Firma und wartete, ob sich noch etwas tut auf dem Gelände der Werkstatt. Zunächst hatte sie die Hoffnung bereits aufgegeben, aber nun steht sie wieder kerzengerade am Fenster und beobachtet die Männer, die dort ein- und ausgehen. Aufgeregt schlägt ihr Herz in der Brust, während nach und nach Sporttaschen und Verpackungsmaterialien aus dem Gebäude getragen und in den Fahrzeugen verstaut werden.

Nach einer kurzen Weile spaziert ein Mann die Auffahrt hinab, der ihr sehr bekannt vorkommt. Er ist gute zehn Jahre älter, aber er wirkt jung und athletisch. Seine anthrazitfarbene Lederjacke geht ihm bis zur Hüfte. Seine halblangen, blonden Haare fallen zur Seite und haben eine leichte Naturkrause in sich. Der spitzbübische Gesichtsausdruck verleiht ihm etwas Knabenhaftes, das ihn immerzu fröhlich wirken lässt.

Als Magdalena ihn erblickt, macht ihr Herz gleich einen Sprung. Sie richtet schnellstmöglich ihre Frisur, blickt zur Kontrolle in eine verspiegelte Tür und läuft schnell die Treppe hinab.

Sie will nicht im Konferenzraum von ihm gesehen werden, falls er noch einmal zu ihr rüberkommen sollte.

Er könnte ja sonst denken, dass sie zu neugierig ist, was ja auch stimmt, aber ihn vorerst nicht verschrecken soll.

Durch die Fensterfront im Erdgeschoss kann sie sehen, dass er sich tatsächlich zu ihr begibt, was die Anspannung noch ein wenig vergrößert. Magdalena atmet einmal tief ein und wieder aus und kann ihr Lächeln kaum verbergen, dass sich immer wieder auf ihren Wangen niederschlägt.

Ruhigen Schrittes tritt Pascho erneut in das Foyer der Firma ein. Und wie schon einmal begrüßt er sie mit einem freundlichen Lächeln.

«Moin.»

«Moin.»

«Wie kann ich dir helfen?», fragt Magdalena distanzierter als sie eigentlich wollte.

«Ich wollte nicht stören», antwortet Pascho direkt.

«Nein, nein. Tust du nicht. Überhaupt nicht», sagt Magdalena wie aus der Pistole geschossen und nickt Pascho energisch zu.

«Ist was passiert, während ich weg war?», fragt Pascho.

«Wie meinst du das?», erwidert Magdalena irritiert und betrachtet sich selbst von oben bis unten und fühlt nach dem Sitz ihrer Frisur.

«Ähm. Ich meinte bei der Werkstatt. Du hast doch sicherlich aufgepasst, oder etwa nicht? Hätte ich jetzt gedacht», antwortet Pascho.

«Doch, klar. Selbstverständlich. Nein. Es ist nichts passiert bis ihr angekommen seid», sagt Magdalena, ohne sich weiterhin für ihre Neugier zu schämen. Schließlich wurde ihre Aufmerksamkeit offenbar gewünscht.

«Okay. Dann haben wir alles sicherstellen können, was noch da war. Der gute Mann wollte wohl alles in Sicherheit bringen, aber das hat nicht geklappt», verkündet Pascho erfreut. «Drüben sind nur noch eine Waage, leere Sporttaschen und Plastikbeutel mit Marihuanaresten.»

«Gut. Das klingt sehr gut. Freut mich für euch», sagt Magdalena und lächelt Pascho verlegen an.

«Dann ist auch eine Zeugenaussage von dir nicht mehr von Nöten, wenn nichts mehr passiert ist.»

«Ja. Schade. Also, gut, meine ich natürlich. Muss ja nicht sein.» Magdalena schaut betrübt zur Seite.

«Falls dir noch einmal was einfallen sollte, was du mir mitteilen magst.» Pascho winkt mit einer kleinen Pappkarte zwischen den Fingern und legt sie auf den Tresen. «Dann kannst du mich gerne anrufen. Egal wann. Tag oder Nacht. Ich werde erreichbar sein für dich.»

«Ja. Schön. Klar. Ich melde mich, sobald mir noch etwas einfällt», antwortet Magdalena erfreut und ihre dunklen Rehaugen glimmen auf vor Freude. «Mir fällt bestimmt noch was ein.»

«Ich würde mich freuen. Ich muss weiter. Der Tag ist noch lang. Bis bald.» Pascho schenkt Magdalena noch ein letztes zwinkerndes Lächeln und verlässt das Foyer. Magdalena schaut ihm nach durch die breite Glasfront und ergreift die vor ihr liegende Karte.

«Bis bald, Kommissar Haase.»

62

Das Telefon in Dombrowskis Büro klingelt unwiderstehlich in seiner einprogrammierten Klingelmelodie. Dombrowski blickt auf das Display und versucht die darauf erscheinende Rufnummer jemandem bekannten zuzuordnen, was ihm jedoch nicht gelingt.

Er greift nach dem Hörer und reißt ihn zu seinem Ohr. «Das Rauschgiftdezernat in Hamburg, Tim Dombrowski, wie kann ich helfen?», fragt er freundlich in die Sprachmuschel hinein.

«Einen wunderschönen Tag aus dem wunderschönen Sachsen-Anhalt. Hier spricht der Thomas Schneider aus Halle», wird Dombrowski von einer freudigen Stimme begrüßt.

«Moin moin, was gibt es Neues bei euch?», fragt Dombrowski neugierig und streicht dabei ein paar Haarsträhnen, die ihm in die Stirn fallen, nach hinten.

«Der Otto Kuhnert hat mich vor kurzem angerufen und mir einen Hinweis auf niederländische Transporter gegeben, die sich unserer wunderschönen Stadt genähert haben», berichtet Thomas Schneider.

«Braucht ihr einen aktuellen Standort? Ich kann schnell Nachschau halten», erwidert Dombrowski und beginnt im Hintergrund bereits auf seiner Maus herumzuklicken.

«Nein, brauchen wir nicht. Das erste Fahrzeug war wohl leider zu dicht an unserer Stadt und bereits im Bereich des Stadtzentrums, als wir auf die Autobahn kamen. Der hat heute Glück gehabt. Es gibt aber auch eine gute Nachricht, denn das zweite Fahrzeug konnten wir tatsächlich ausfindig machen und von der Autobahn ziehen. Wie beschrieben war es ein silberner Transporter mit niederländischen Kennzeichen. Wir haben ihn angehalten und überprüft», führt Thomas Schneider seine Erzählung nach der kurzen Unterbrechung fort.

«Und? Positiv?», fragt Dombrowski, als ihm die rhetorische Pause des Kollegen zu langwierig wird.

«Ja. Äußerst positiv. Ehrlich gesagt, waren wir ein wenig überrascht, ob der Menge, die uns da aus dem Laderaum entgegen purzelte», antwortet der Kriminalbeamte aus Halle und legt erneut eine zermürbende Pause ein. «Du willst sicherlich von mir wissen, wieviel wir gefunden haben, oder?»

«Das wäre schön zu wissen», antwortet Dombrowski. «Spann' mich bitte nicht noch länger auf die Folter.»

«Wir haben hier vierundzwanzig Kartons mit jeweils 10 Kilogramm Marihuana. Nach ersten Angaben des Fahrers wären Teile davon in Halle, in Leipzig und in Dresden ausgeliefert worden. Wenn aus eurer Sicht nichts entgegen spricht, versuchen wir nun kontrolliert auszuliefern und uns die Abnehmer zu schnappen. Der Fahrer hat uns den geplanten Ablauf geschildert», berichtet Thomas Schneider.

«Keine Einwände. Das hat sich ja mal gelohnt. Wahnsinn, was heute bereits sichergestellt wurde. Man mag sich gar nicht ausmalen, wie viele solcher Transporte gerade noch unterwegs sind», wähnt Dombrowski und pustet dabei tief durch. Sein breites Grinsen kann dabei kaum den Wangen entweichen und lässt die vorangegangene Vernehmung von Steven sofort vergessen. Gerd und Otto stehen bereits wieder in seinem Büro und versuchen gespannt aus den Worten von Dombrowski zu erschließen, was ihm soeben mitgeteilt wurde.

«Okay. Dann danke für die erste Meldung. Ich hoffe mal, dass ihr noch weitere Erkenntnisse im Verlauf des Abends und der nächsten Tage erlangen könnt. Und viel Glück bei den weiteren Maßnahmen. Falls ihr etwas von uns braucht, dann gebt uns ruhig Bescheid. Ansonsten sollten wir noch einmal in Ruhe sprechen, sobald alles durch ist», schlägt Dombrowski vor.

«So machen wir es. Gerade, wenn der andere noch einmal in unsere Richtung kommen sollte. Tschüss Hamburg und vielen Dank für den Hinweis.» Mit diesen Worten legt der Beamte aus Sachsen-Anhalt auf.

Auch Dombrowski legt den Hörer auf sein Telefon und tippt anschließend mit den Fingern beider Hände gegeneinander. Er kann den Blicken von Otto und Gerd jedoch kaum standhalten.

«Wenn du jetzt nicht sofort das Maul aufmachst, dann hau' ich dir eine rein», bepöbelt ihn Gerd halb im Spaß, halb im Ernst und geht ein paar bedrohliche Schritte auf ihn zu.

«Okay, okay. Ist ja schon gut», antwortet Dombrowski und erhebt seine Hände abwehrend von sich. «Wir haben weitere 240 Kilogramm Marihuana sichergestellt auf dem Weg nach Halle. Das erste Fahrzeug ist durchgerauscht, aber man kann auch nicht alles haben.»

«Dann war im ersten das Koks, oder was?», fragt Gerd. «Das scheinen sie ja getrennt zu fahr'n.»

«Das werden wir heute nicht mehr rauskriegen. Vielleicht kommt das Handy in den nächsten Tagen ja wieder nach Deutschland. Dann schauen wir noch einmal hin. Jetzt ist er bereits mitten in Halle und nicht mehr zu lokalisieren. Außerdem ist er sicherlich bereits seine Ladung losgeworden. Wir könnten also nur noch etwas kaputt machen», sagt Dombrowski.

«Jo. Der van der Boek hat auch nie Geld erhalten von den Empfängern. Hätte sie auch nie zu Gesicht bekommen, wenn er nicht so verdammt neugierig gewesen wäre. Das werden die Holländer in Halle nicht anders machen», antwortet Gerd.

«Schau mal, was der Hintermann macht. Der dürfte inzwischen aufgeschaltet sein», bringt Otto sich ein.

«Jo. Gute Idee. Ich schaue nach», sagt Dombrowski und öffnet die neu aufgeschaltete Rufnummer des Holländers. «Der ist auf jeden Fall auf der A1 kurz hinter Bremen. Wahrscheinlich sucht der das Weite.»

Und wieder klingelt das Telefon von Dombrowski und unterbricht ihn in der Auswertung der Telefondaten.

«Moin Fred, wie schaut es bei euch aus», begrüßt Dombrowski den Leiter der operativen Einheit und stellt sein Telefon gleich auf Lautsprecher, damit auch Otto und Gerd mithören können.

«Der Schlüssel passte. Wir haben keine Betäubungsmittel mehr gefunden. Nur Taschen, eine Geldzählmaschine, Plastikbeutel und Waagen. Wir haben alles fotografiert und eingepackt. Der Tag war lang, ich denke wir kommen langsam mal wieder rein», schlägt Fred abschließend vor. «Das muss ja auch noch alles geschrieben werden.»

Dombrowski brummt immer mal wieder zustimmend, allerdings hat er nicht mehr richtig zugehört, seitdem er erfahren hat, dass keine größeren Mengen Betäubungsmittel mehr aufgefunden worden sind. Dabei klickt er weiter herum und beobachtet das Bild der geografischen Daten des Mobiltelefons auf seinem Monitor.

«Ich muss dich enttäuschen, Fred. Unser Hintermann, der sich gerade in der Höhe von Bremen befindet, der fährt nicht in Richtung Niederlande, sondern er kommt wieder nach Hamburg. Zumindest in unsere Richtung.

Ich würde euch bitten, dass ihr bei dem Schnellrestaurant und einzelne Kräfte leicht im Vorlauf aufziehen. Ist das möglich für Euch?», bittet Dombrowski fast bettelnd, weil er auch weiß, wie lang die Kräfte bereits auf der Straße unterwegs sind.

«Ich kläre das mit den anderen, aber ich denke, dass wir die Chance zum erfolgreichen Abschluss auf jeden Fall versuchen wahrzunehmen. Ich kann aber nicht garantieren, dass wirklich alle noch mitmachen wollen.» antwortet Fred.

«Leute, der Hintermann ist auf dem Rückweg nach Hamburg. Dumbo bittet nochmals um unsere Unterstützung. Es ist in Ordnung, wenn ihr abbrechen und reinfahren mögt, aber ich würde mit aufziehen», funkt Fred an die eingesetzten Kräfte.

«Jayjay ist dabei.»

«Pascho dabei.»

«Patsche auch.»

«Lemming ist am Start.»

«Mogli ebenfalls.»

«Donald dabei.»

«Kuno natürlich ebenso.»

«Dann sind wir schon einmal acht Leute. Danke, Jungs!», antwortet Fred. «Wir treffen uns in Heimfeld am Schnellrestaurant. Dort besprechen wir uns. Sonderrechte sind freigegeben.»

Alle bestätigen die Anordnung von Fred mit einer kurzen Namensnennung sowie einem "*Check*" und schon kehrt wieder Ruhe auf dem Funkkanal ein.

«Ich denke du hast mitgehört, mein Freund. Hier wird das Unmögliche möglich gemacht. Kommen von euch ebenfalls welche raus?», fragt Fred fordernd.

«Ich bin dabei, Fred», brüllt Gerd aus dem Hintergrund.

«Und ich pass auf ihn auf. Praktisch als Betreuer», ruft Harry Goldutt hinterher und kann sich sein gehässiges Grinsen nicht verkneifen.

«Dann kann ja nichts mehr schiefgehen. Auf die guten alten Zeiten, mein lieber Gerd», antwortet Fred freudig.

«Dörte wird mich umbringen, aber heute ist ein besonderer Tag, das muss sie noch ein letztes Mal einsehen», sagt Gerd mit purer Freude in der Stimme. Seine ganze Körpersprache wirkt plötzlich wieder wesentlich dynamischer, als wäre er in einen Jungbrunnen gefallen.

Schnellen Schrittes wandert er in Richtung Ausgang, wobei sein Gang auf Grund von ein paar körperlichen Gebrechen, die sich mit den Jahren eingeschlichen haben, eher wie eine schnelles Gehumpel wirkt.

Dennoch hat Harry seine Schwierigkeiten ihm zu folgen. Er holt auf dem Weg zum Dienstwagen noch schnell seine Waffe aus dem gesondert gesicherten Waffenraum und schnallt sie sich um die Hüfte.

Mit dem Fahrstuhl fahren sie bis in das Tiefgeschoss, wo die Dienstwagen zur Abfahrt bereitstehen.

Als sie die Metalltür zu den Dienstwagen öffnen und zu ihnen hinausgehen, fallen ihre Blicke sogleich auf die neue E-Klasse, die soeben in eine Parklücke eingeparkt wird und aus der Frau Baake sogleich entsteigt.

Mit verbissener Miene blickt sie zu Gerd und schreitet mit stechendem Blick auf ihn zu.

«Was machen Sie denn hier unten, Herr Dehling? Ich dachte, dass der junge Kollege Sie bereits vernommen hat? Was soll das hier werden, Herr Goldutt?», fragt sie mit spitzem Tonfall.

«Wir müssen noch einmal mit dem Zeugen eine wichtige Örtlichkeit aufsuchen. Wir machen hier doch keine halben Sachen, Frau Baake. Der Zeuge Sehling hat sich hierzu bereit erklärt, daher werde ich mich dieser Sache nun selber annehmen», erklärt Harry mit schnellen und ebenso unpräzisen Erklärungen.

«Einverstanden. Ich werde jetzt das Arbeitstreffen mit dem Senator aufarbeiten. Sie können sich bereits auf die Führungsrunde am Ende der Woche freuen. Ich habe wichtige Meilensteine bei dem Treffen erreicht, diese werden sicherlich mittelfristig zu einer erfolgreicheren Arbeit führen.» Frau Baake dreht sich mit ihren letzten Worten von Harry Goldutt ab und geht ohne weitere Verabschiedung durch die Eingangstür ins Präsidium hinein.

«Hat die eigentlich eine Ahnung, was heute alles passiert ist?», fragt Gerd.

«Interessiert sie nicht», antwortet Harry und öffnet mit seinem Schlüssel eine große Limousine. «Steig ein. Wir haben zu tun», ergänzt er und stellt dabei das Blaulicht auf das dunkle Dach des Fahrzeugs.

63

Im Café International beginnt langsam das Geschäft. Die ersten Gäste treten in den Laden, setzen sich an einen der blinkenden Spielautomaten oder bestellen sich am Tresen einen Tee und setzen sich an Tischen zusammen, um Karten zu spielen. Der Geräuschpegel im Gastraum steigt deutlich an und dem einen oder anderen ist bereits aufgefallen, dass es sauberer im Laden aussieht, als man es gewohnt ist.

Die ersten Zigaretten glimmen jedoch schon wieder an einzelnen Tischen und lassen ihren blauen Dunst zur Decke des Raums steigen.

Auch Cemal sitzt wieder an seinem Tisch und blickt durch sein Café, wo er die Gäste beobachtet und gelegentlich mit einem Kopfnicken oder durch ein Heben der rechten Hand begrüßt.

An seinem Tisch sitzt sein Fahrer, der gerade dabei ist den vierten Zuckerwürfel in seinen Tee einzurühren. Der metallische Löffel schlägt dabei an den gläsernen Rand des Teeglases und dringt mit seinem hellen Klimpern durch die rauen und tiefen Stimmen der sprechenden Gäste.

Cemal reibt sich mit beiden Händen über die eigene Glatze, auf der sich langsam dunkle Haarstoppeln zeigen und eine fortgeschrittene Halbglatze andeuten.

Er kratzt sich an seinem Bart und schaut immer wieder auf sein Handy, dass er vor sich auf dem Tisch abgelegt hat. Aus Anspannung dreht er es immer wieder abwechselnd im Uhrzeigersinn und entgegengesetzt. Jedes zehnte Mal hält er das Handy an, drückt auf die Taste unterhalb des Displays und beobachtet, die Digitalanzeige, ob er eine Nachricht oder einen Anruf erhalten hat.

Er ist sich sicher, dass er längst eine Bestätigung aus der Werkstatt in Winterhude hätte erhalten müssen. Faruk ist immer verlässlich. Es besorgt ihn, dass er nichts mehr von ihm gehört hat.

Cemal öffnet sein Handy mittels Pin-Eingabe und beginnt eine Nachricht einzugeben. «*Was is los. Ruf an*», schreibt er und schickt sie an die Rufnummer von Faruk. Er kann seine Augen kaum von dem Haken hinter der Nachricht lösen und wartet, ob sich der Haken hinter der Nachricht in ein Auge verwandelt. Doch nichts passiert. Er aktiviert die Tastensperre und blickt durch den Raum.

Er steht kurz von seinem Platz auf, holt sich hinter dem Tresen aus dem Kühlschrank eine Cola und setzt sich zurück an den Tisch. Er öffnet die Flasche mit einem Feuerzeug und nimmt einen kräftigen Schluck der süßlich braunen Flüssigkeit.

Wieder gibt Cemal den Pin ein, um den Sperrbildschirm zu öffnen und schaut in seinen Messenger. Noch immer steht dort der Haken für den erfolgreichen Versand, aber kein Auge dafür, dass Faruk die Nachricht auch gelesen hat.

Cemal blickt zur Decke, kratzt sich an seinem gepflegten Bart und zieht dabei seine Mundwinkel nach unten. Er schaut durch seinen Laden und wieder auf das Telefon, wo sich am Status der Nachricht noch immer nichts geändert hat.

Er beginnt wieder auf seinem Telefon zu schreiben und schickt die Nachricht *«f da»* an den Kontakt "Eddie". Die Nachricht erhält einen Haken, der sich schon kurze Zeit später in ein Auge wandelt.

Das Handy brummt und in dem Messenger geht die Nachricht "*Nein. Ich warte.*" ein.

Cemal wechselt noch einmal in den Chat von Faruk und sieht, dass der Haken sich noch immer nicht verändert hat.

Er zieht die Augenbrauen nach oben und schaut nachdenklich auf das unveränderte Display.

In diesem Moment wird er von einer niederländischen Rufnummer angerufen. Er greift nach dem Telefon und nimmt das Telefonat an.

«Ja», begrüßt er den Anrufer knapp.

«Ich bin auf dem Weg zu dir. Haltet euch bereit», sagt eine vertraute Stimme zu ihm.

«Es gibt Probleme. Komm alleine. Wir müssen sprechen», antwortet Cemal.

«Wo?», fragt der Anrufer.

«Wie vorhin», antwortet Cemal, beendet das Gespräch und steckt sein Telefon ein.

Er erhebt sich von seinem Platz, nickt seinem Fahrer zu, der einen kurzen Schluck von seinem Tee nimmt und sich ebenfalls erhebt. Beide verlassen das Café International und besteigen ihre Geländelimousine, die direkt vor dem Café geparkt im Parkstreifen steht.

Cemal setzt sich auf den Beifahrersitz, zieht die Tür zu und nimmt sein Handy wieder aus der Jackentasche.

Noch einmal schaut er in den Chatverlauf mit Faruk, wo noch immer der Haken hinter seiner Nachricht steht.

«Scheiße, digger», brüllt er und schlägt mit der flachen Hand gegen die Decke des Fahrzeugs. Der Fahrer zuckt zusammen und schaut aufgeschreckt zu ihm herüber. «Guck nicht so blöd, fahr los!», brüllt Cemal ihn an und zeigt mit flacher Hand energisch nach vorne, während er sich in seinen Sitz fallen lässt und wütend zum Seitenfenster hinausschaut. Sogleich startet der Motor und das Fahrzeug setzt sich in Bewegung.

64

«Mit Alles?», fragt der junge Angestellte des Dönergrills am Alsterdorfer Bahnhof, nachdem er von der Grillplatte zwei aufgewärmte türkische Pizzen auf den Tresen geworfen bekommen hat. Während er auf eine Reaktion wartet und gelegentlich aufblickt, verteilt er das bestellte Kalbfleisch auf den Fladen, das er zuvor noch von den großen, brutzelnden Grillspießen geschnitten hat. Der Kunde nickt ihm wortlos zu und schon befüllt der Verkäufer wie gewohnt eine Plastikschüssel mit Zwiebeln, Tomaten, Gurken, Sauerkraut und frischem Eisbergsalat. Er vermischt das unterschiedliche Gemüse und verteilt es über dem Fleisch, das er zuvor noch mit verschiedenen Soßen beträufelt hat. Nochmals nimmt er den Soßenlöffel und lässt ein wenig Soße auf die Zutaten tröpfeln, bevor er die belegten Pizzen in Alufolie stramm zusammenrollt. Beide Rollen packt er mit zwei Servietten in eine kleine, weiße Plastiktüte, die er sogleich Dombrowski in die Hand drückt.

«Danke dir und bis zum nächsten Mal», sagt Dombrowski artig, legt das Geld passend in die Schale auf dem Tresen und reißt die Ausgangstür auf, wodurch eine kleine Klingel zum Läuten gebracht wird.

«Alles gut, mein Freund», antwortet der kurdische Dönerverkäufer und lächelt ihm dabei zu.

Der Duft des Essens entschwindet abrupt aus der Nase von Dombrowski und er atmet tief und genussvoll ein, als er an der frischen Luft wieder zum Präsidium geht. Die Tüte in seiner Hand schwingt vor und zurück und Dombrowski genießt den kurzen Weg auf dem er sich endlich die Beine ein wenig vertreten kann.

Der Verkehr rauscht auf der Hindenburgstraße an ihm vorbei und vereinzelt kommen ihm Kollegen entgegen, die einen schönen Feierabend wünschen oder sich einfach verabschieden.

An einen Feierabend ist für Dombrowski noch lange nicht zu denken. Es gibt noch viel zu tun. Bei diesem Gedanken erhöht er gleich seine Geschwindigkeit, um schnellstmöglich wieder zurück im Büro zu sein. Der Hunger trieb ihn vor einer guten Viertelstunde zum Grillimbiss, auch Ottos Magen knurrte lautstark und so hat er die Chance ergriffen, einfach mal für eine kurze Zeit vor die Tür zu kommen.

An der Treppe zum Polizeipräsidium nimmt er immer wieder zwei Stufen auf einmal und hüpft geradezu die Treppe hinauf.

Mit seinem Dienstausweis gelangt er durch die elektronisch gesicherte Schleuse und geht weiter zum Fahrstuhl, der bereits im Erdgeschoss auf ihn zu warten scheint.

Auf dem Flur des Rauschgiftdezernats angekommen erhöht er noch einmal seine Schrittgeschwindigkeit und legt die Tüte auf dem Tisch in Ottos Büro ab.

«Und? Wie schaut es aus?», fragt er Otto, der entspannt auf seinem Bürostuhl sitzt.

«Tjo, was soll ich sagen. Der Holländer ist gerade in Höhe Buchholz. Er hat eine Rufnummer kontaktiert, mit der er ein Treffen an derselben Stelle vereinbart hat und ich würde mein Essen darauf wetten, dass diese Stimme zu Cemal gehört. Kuno und seine Leute sind auf dem Weg zum Schnellrestaurant an der Abfahrt in Heimfeld. Sie sind mit Sonderrechten unterwegs und versuchen rechtzeitig einzutreffen. Auch der Chef und Gerd fahren dorthin. Den Holländer können wir direkt festnehmen, wenn er dort eintrifft. Ich habe das Bild aus der Videoüberwachung bereits an alle Kräfte übermittelt. Sie werden Ausschau nach ihm halten», berichtet Otto die Entwicklung der Lage während Dombrowskis Abwesenheit. Dann zieht er eine Rolle aus der Tüte sowie eine Serviette und lehnt sich in seinem Bürostuhl zurück, während er genüsslich die Alufolie an der Spitze der Rolle abwickelt.

«Cemal können wir doch genauso festnehmen», erwidert Dombrowski irritiert.

«Und was willst du ihm genau vorwerfen?», hinterfragt Otto direkt. Offenbar hat er mit diesem Einwurf von Dombrowski bereits gerechnet.

«Er ist der Strippenzieher in Hamburg. Er trifft sich mit dem Lieferanten. Er steuert Faruk, das wissen wir doch», sagt Dombrowski und zieht ebenfalls eine Rolle aus der Tüte.

«Wir ahnen es, mein Lieber. Beweisen können wir es nicht.»

«Noch nicht. Das ergibt sich dann schon. Wir nehmen ihn auf jeden Fall fest. Der einfache Tatverdacht ist da und dann schauen wir am Ende der Nacht, ob es auch für einen dringenden Tatverdacht reicht, wenn wir bei ihm alles auf den Kopf gestellt haben», erwidert Dombrowski und beißt genüsslich in seine Teigrolle, die er zwischenzeitlich ebenfalls von der Aluminiumfolie befreit hat.

Am Anfang des Flurs klingelt das Telefon von Harry Goldutt. Nach und nach beginnt ein Telefon nach dem anderen zu klingeln.

«Da scheint es aber jemand ernst zu meinen», sagt Otto mit halbvollem Mund und ein wenig Soße läuft ihm dabei über die Lippen.

Das Mobiltelefon erstummt in diesem Moment wieder. «Mal schauen, wo es als nächstes klingelt», sagt Dombrowski und schon beginnt hinter ihm die Melodie seines Bürotelefons.

«Anruf für dich», sagt Otto mit einem breiten Grinsen und wischt sich mit einer Serviette die helle Soße aus den Mundwinkeln.

Dombrowski stöhnt auf, legt die Teigtasche auf der Tüte vor sich ab und geht schnellen Schrittes in sein Büro, um den Hörer des läutenden Telefons abzunehmen.

«Das Rauschgiftdezernat, Tim Dombrowski, was kann ich tun?», begrüßt er freundlich den unbekannten Anrufer und zerkaut dabei die letzten Bissen in seinem Mund. Dombrowski hält kurz inne und lauscht den Worten des Anrufers.

«Ja, da seid ihr hier richtig. Oh ja, da seid ihr hier sehr richtig… Wirklich? Das ist ja unglaublich. Ja, das scannst du mir bitte unterschrieben ein und schickst es mir per Mail zu….Nein, nicht morgen. Jetzt. Sehr schön. Danke. Okay, könnt ihr gerne machen, aber vorher bitte übersenden und dann noch einen schönen Abend. Tschüss», hört Otto seinen Kollegen in den Hörer mit sich zunehmend steigender Zuversicht und Freude in der Stimme sprechen.

Das Grinsen weicht Dombrowski nicht mehr aus dem Gesicht, als er zurück in das Büro von Otto kommt, sich wieder auf den Stuhl setzt und seine Teigrolle ergreift, aus der ein wenig Soße in die Tüte und auf die darin liegende Serviette gelaufen ist.

«Wer war denn was? Gibt es was Neues?», fragt Otto irritiert von der spontanen Freude.

«Weißt du, Otto. Manchmal muss man nur geduldig warten und dann ergibt sich der Rest ganz von alleine», antwortet Dombrowski kryptisch, während er die Teigrolle weiterentwickelt und genüsslich in den Fladen hineinbeißt.

65

Die Sonne nähert sich zunehmend dem Horizont und der Himmel beginnt in orange-roten Tönen zu schimmern. Die Wolkendecke hat sich weitestgehend auseinandergerissen und lässt ein Spektakel am Himmel entstehen.

In dem Schnellrestaurant an der Autobahnausfahrt in Heimfeld hat zwischenzeitlich der Abendbetrieb Fahrt aufgenommen. Immer mehr Personen strömen in das Geschäft, bestellen sich etwas zu essen oder zu trinken und versammeln sich an den unterschiedlichen Tischen im Restaurant. Ihre Fahrzeuge haben sie zuvor auf dem Parkplatz abgestellt und verschlossen.

Die Unterhaltungen an den verschiedenen Tischen Sorgen für einen fortwährenden Geräuschpegel aus verschiedenen Sprachen.

Vor der Eingangstür stehen zwei Männer die noch eine Zigarette rauchen und bislang keine Anstalten machen, ihren Begleitern ins Restaurant zu folgen.

Von der Autobahn fahren immer mehr Fahrzeuge ab, kommen die Abfahrt hinuntergefahren und bleiben vor der roten Ampel stehen.

Eines hiervon ist eine dunkle Limousine mit niederländischen Kennzeichen. Der Fahrer ordnet sich auf dem rechten Abbiegestreifen ein und setzt den Blinker.

Nachdem die Ampel auf Grün springt biegt sie ab und fährt gleich wieder links, um auf den Parkplatz des Schnellrestaurants zu gelangen.

Die Limousine wird rückwärts eingeparkt und ihr Motor abgeschaltet. Die Lichter erlöschen, als der Fahrer seinen Schlüssel aus dem Schloss zieht.

Dann passiert erst einmal nichts. Der Fahrer bleibt sitzen und blickt über den Parkplatz zu den beiden Rauchern vor dem Restaurant.

Sie haben in diesem Moment aufgeraucht, drücken die Zigaretten in dem dafür vorgesehenen Aschenbecher vor dem Restaurant aus und betreten das Schnellrestaurant.

«Fred für Dumbo», spricht Dombrowski in sein Funkgerät, dass er wieder auf seinem Schreibtisch aufgestellt hat.

«Fred hört.»

«Das Telefon von unserem Hintermann ist nun vor Ort. Wenn ihr ihn sehen könnt, dann wartet noch bis es zu einem Treffen mit Cemal kommt. Beim Zusammentreffen ist der Zugriff freigegeben», erläutert Dombrowski seinen Plan.

«Verstanden.»

«Wir sind auch gleich da, Dumbo», meldet sich Gerd mit seiner kräftigen Stimme auf dem Funkkanal.

«Ja, verstanden», antwortet Dombrowski.

Der Fahrer der niederländischen Limousine entsteigt seinem Fahrzeug und geht, sich gelegentlich umschauend, auf den Eingang des Schnellrestaurants zu. Bevor er hineingeht, dreht er sich noch einmal um und blickt auf jedes Fahrzeug, das auf dem Parkplatz steht. Als er sieht, dass keines von Personen besetzt ist, dreht er sich zurück zur Eingangstür und geht in das Restaurant hinein.

Am Kassenbereich stellt er sich zunächst in die Schlange und wartet bis er an die Reihe kommt. Während die zwei Personen vor ihm bedient werden, schaut er erneut in den Raum und betrachtet jede Person einzeln, die sich mit ihm im Laden befindet. Die Gäste essen und trinken, unterhalten sich angeregt und lachen teilweise übertrieben über schlechte Witze und alberne Geschichten.

Nach einer kurzen Weile kommt er an die Reihe und bestellt einen Kaffee. Mit dem Becher in der Hand geht er direkt auf den Tisch vom Vormittag zu und nimmt dort Platz. Er nippt an dem Plastikrand des Bechers und schaut aus dem Fenster, wo er eine weiße Geländelimousine sieht, die gerade auf den Parkplatz biegt.

«Park gleich hier vorne ein. Du beobachtest die Umgebung. Sobald dir etwas auffällt, rufst du mich an. Weitere Überraschungen können wir hier echt nicht gebrauchen», sagt Cemal zu seinem Fahrer und beobachtet die Umgebung, während dieser in der vordersten Parklücke des Parkplatzes rückwärts einparkt. Noch bevor der Motor gestoppt ist, öffnet Cemal hastig die Beifahrertür und steigt aus dem Geländewagen. Er geht direkt auf das Schnellrestaurant zu, in dessen Schaufenster er bereits den Holländer entdeckt hat.

Auch der Holländer hat ihn gesehen, lässt es sich jedoch nicht anmerken. Cemal will nur so kurz wie möglich mit ihm sprechen. Er wird nur mit ihm Absprachen treffen. Die Bezahlung der Lieferungen wird er nicht vornehmen. Keine der Lieferungen kam bei ihm an. Er sieht gar nicht ein, warum er dann bezahlen sollte. Schließlich wird ihm für den erhöhten Kilogrammpreis eine Liefergarantie geboten.

In seinem Rücken drückt die Umhängetasche, die er noch immer an seinem Körper trägt. Niemand kann sie erkennen. Auch der Holländer kann das wertvolle Gut nicht erblicken.

Schritt für Schritt kommt Cemal an die Eingangstür heran und beobachtet die verschiedenen Personengruppen, die sich an den Tischen am Fenster versammelt haben. Keine der Personen kommt ihm bekannt vor und so schreitet er durch die Eingangstür in den Gastraum des Schnellrestaurants. Hinter ihm fährt ein Mittelklassewagen auf den Parkplatz und parkt direkt vor dem Eingang in eine soeben freigewordene Parklücke ein.

Am Bedientresen kann er direkt an eine Kasse herantreten und sich eine Portion Pommes Frites und eine kleine Cola bestellen.

Auf dem Tablett wird die Tüte mit heißen Pommes Frites abgelegt deren fettiger Geruch Cemal in die Nase steigt. Den gefüllten Becher stellt er neben die Tüte auf das Tablett, das sogleich von Cemal mit einer Hand aufgenommen wird. Wortlos schmeißt er einen Fünf-Euro-Schein auf den Tresen und wendet sich von der Kasse ab. Irritiert schaut der Verkäufer ihm mit dem automatisch aus der Kasse entnommenen Wechselgeld nach und steckt es sogleich in eine Sammeldose für bedürftige Kinder.

Cemal geht mit dem Tablett in der Hand eine Runde durch das Restaurant, bis er an dem Tisch des Holländers ankommt. Er setzt sich gegenüber vom kahlköpfigen Kontaktmann an den Tisch und schaut ihm direkt in die Augen. Dabei schiebt er sich den ersten Pommes Frites in den Mund.

Gerd und Harry steigen aus ihrem Mittelklassekombi aus und gehen direkt in den Laden, den soeben noch Cemal betreten hatte, als sie mit ihrem Fahrzeug auf dem Parkplatz ankamen. Sie gehen durch die Eingangstür in den Gastraum hinein. Gerd macht keine Anstalten sich etwas zu essen zum Anschein zu holen. Er schreitet direkt auf den Tisch von Cemal und dem Holländer zu, ungeachtet der zischenden und warnenden Worte, die Harry Goldutt ihm hinterherruft.

Hadernd folgt Harry ihm, bis sie direkt vor dem Tisch zum Stehen kommen.

«Hier ist doch noch Platz, oder?», fragt Gerd aufgesetzt aufdringlich und setzt sich direkt neben Cemal auf die Bank. «Na, ich bin Gerd. Nen' Kumpel von Cemal. Mit wem hab' ich denn die Ehre?», fragt Gerd aufgesetzt freundlich und streckt dem irritiert dreinblickenden Holländer die Hand entgegen. Dieser schweigt und nimmt auch nicht den aufgedrängten Handschlag an.

Gerd schaut einmal in seine eigene Hand, als wäre sie dreckig, zuckt mit den Schultern und zieht sie wieder zu sich heran. Das aufgesetzte Lächeln entschwindet ihm ein wenig. Auf dem Rückweg entnimmt seine Hand jedoch noch einen Pommes aus der Tüte von Cemal und steckt ihn direkt in seinen Mund.

«Schön dich wiederzusehen, mein Freund. Hab' schon länger nichts mehr von dir gehört. Wie geht es dir? Was machst du so? Man hört, dass du jetzt unter die Gastronomen gegangen sein sollst. Ist aber schon eine harte Arbeit, so ganz ohne Nebenerwerb, oder?» Gerd blickt beide mit breitem Grinsen abwechselnd an.

«Stör' ich etwa? Ihr beide wirkt so wortkarg. Mensch, Cemal. Du wirst mir doch wohl irgendwas zu erzählen haben», führt Gerd seinen Monolog fort.

«Alles gut, Herr Sehling. Und? Wie geht es Ihnen so?», antwortet Cemal aufgesetzt freundlich.

«Toll. Du kennst sogar noch meinen Namen. Nicht einmal meine Abteilungsleiterin konnte sich den Namen merken. Mir geht es soweit ganz gut. Ich bin gestern in Pension gegangen. Mich brauchst du also nicht mehr fürchten. Ich sperr' dich nicht mehr ein», sagt Gerd zu Cemal und erkennt in dessen Gesicht ein wenig eintretende Entspannung bei diesen Worten.

«Warum sollten Sie mich auch einsperren, Herr Sehling? Ich mache nichts mehr. Ich habe ein Café, achte auf gesitteten Umgang miteinander und zahle meine Steuern», antwortet Cemal bemüht höflich.

«Das finde ich gut, Cemal. Du kannst dir gar nicht vorstellen, was mir heute Morgen an meinem ersten Tag im Ruhestand passiert ist. Da ist doch glatt so ein bekloppter Holländer über das Ortsschild bei mir im Dorf genagelt. Und nicht nur das. Dann fing auch noch sein Auto an zu brennen. Ich konnte ihn noch aus seinem Auto bergen und ihm so sein Leben retten. Sein Auto hat auf einmal angefangen zu brennen. Aber weißt du was? Der wollte auch noch das Wichtigste aus dem Wagen gerettet haben. Eine Sporttasche. Das musst du dir mal vorstellen. Der wäre fast verbrannt und denkt an nichts anderes als an eine blöde Sporttasche. Verrückt, oder?», erzählt Gerd nachdrücklich und ohne Pause.

«Ja. Verrückt», antwortet Cemal und versucht möglichst desinteressiert dabei zu wirken.

«Na ja. Hab' ich trotzdem gemacht. Da war der aber froh, als ich sie neben ihm abgestellt habe. Ich habe den dann erst einmal mit zu mir genommen. Aber jetzt kommt es. Der hat mir nach dem einen oder anderen Schnäpschen nicht nur sein ganzes Leben erzählt, sondern auch, was es so mit dieser Tasche auf sich hat. Und mein lieber Scholli, als ich in die Tasche reingeschaut habe, da hab' ich aber Augen gemacht. Da lagen zehn Kilogrammklötze Kokain drin. Einfach so. In meinem Dorf. Das erlebt man nicht alle Tage», sagt Gerd vor sich her und schüttelt leicht ungläubig den Kopf. Dabei entnimmt er einen weiteren Pommes aus der Tüte von Cemal und steckt ihn sich in den Mund.

«Wirklich verrückt, Herr Sehling», erwidert Cemal, noch immer ohne offenkundigem Interesse an der Geschichte.

«Aber jetzt kommt es. Der Dombrowski, den kennst du doch auch, oder?»

Cemal zieht die Munwinkel nach unten und schüttelt den Kopf.

«Nee? Den musst du unbedingt zeitnah mal kennenlernen. Der hat auf jeden Fall zeitgleich den Sohn von dem Holländer angehalten. Mit einhundertachtzig Kilogramm Marihuana im Transporter. Im Gegensatz zum Vater hat der sich nicht einmal Mühe gegeben es in einem Schmuggelversteck vor unerwünschten Polizeikontrollen zu verbergen. Jetzt kommt aber das Gute an der Geschichte. Beide wollten sowohl das Kokain, als auch das Marihuana in dieselbe Straße in Hamburg liefern. Und nicht nur, dass der eine von dem Vater-und-Sohn-Fuhrbetrieb sogar wusste, wohin das Zeug immer ging, die Zielwerkstatt ist auch noch der Ausgangspunkt gewesen für eine Lieferung an deinen guten Freund Steven. Den hatte bis heute nämlich auch der Kuhnert im Auge behalten», erzählt Gerd fröhlich daher.

«Ich weiß nicht, warum mich Ihre Geschichten interessieren sollten, Herr Sehling», zeigt sich Cemal langsam genervt von dem Vortrag, dessen Inhalt ihm ein ungutes Gefühl verleiht.

«Kommt gleich noch, mein Junge. Wo war ich noch einmal stehen geblieben?», fragt sich Gerd selbst und blickt nachdenklich in den Raum hinein. «Ach ja, bei Steven. Ja, der Arme sitzt jetzt bei uns und wird morgen vor dem Haftrichter stehen. Genauso wie dein guter Freund Faruk, den wir auf dem Weg vom Merkurring nach Mundsburg festnehmen konnten. Stell' dir mal vor. Der hat Steven beliefert und ist vorhin noch einmal in die Werkstatt gekommen. Er hat dort alles rausgeholt, was noch vorhanden war. Mehrere Sporttaschen mit Marihuana und sogar zwei Kilogrammklötze Kokain. Der wird wohl längere Zeit ein neues zu Hause haben.»

«Mit Faruk habe ich schon lange nichts mehr zu tun gehabt. Ich habe leider auch keine Zeit mehr, Herr Sehling», erwidert Cemal und versucht aufzustehen, jedoch zieht Gerd ihn gleich wieder an der Schulter zurück auf ihre gemeinsame Sitzbank.

«Das wäre jetzt aber unhöflich gewesen einfach aufzustehen, Cemal. Die Geschichte ist noch gar nicht zu Ende. Das solltest du mir doch gönnen können, dass ich die noch einmal bis zum Ende erzählen darf, oder?», fragt Gerd, lässt Cemal jedoch keine Zeit zum Antworten. «Nun gut. Der gute Faruk hat natürlich nichts gesagt. Der ist ja auch schon lange dabei, ebenso wie euer Kumpel

Steven. Das hast du eigentlich schon ganz gut hinbekommen. Nichts mehr anfassen, fast nur noch persönlich kommunizieren und die Drecksarbeit von den anderen machen lassen. Das muss man dir lassen.»

Er blickt Cemal direkt in die Augen und nickt ihm anerkennend zu. «Dein Kumpel hier ist nicht so vorsichtig. Der telefoniert noch mit Billigtelefonen. Na ja, er schreibt Nachrichten per SMS. So richtig wie du damals, als wir dich das letzte Mal eingesperrt haben. Immerhin hört man seine Stimme dabei nicht. Blöd ist allerdings, wenn man alle Telefone in dieselbe Tonne wirft, nachdem etwas schiefgelaufen ist, oder?», fragt Gerd und blickt nun zu dem stumm und grimmig dasitzenden Holländer.

«Der hat nicht nur die Kontakthandys bei sich gehabt für den Vater und dessen Sohn, sondern auch noch den telefonischen Kontakt zu einem Kurier auf dem Weg nach Halle gehalten. Noch einmal 240 Kilogramm Marihuana, die wir abfangen konnten. Das ist wirklich nicht wenig, oder was meinen Sie dazu?», fragt Gerd und schaut dem Holländer unvermittelt in die Augen. Abrupt will der Holländer aufspringen, um aus dem Restaurant hinaus zu laufen und die Flucht zu ergreifen, doch die tellergroßen Hände von Mogli, der direkt auf der Bank hinter ihm sitzt, drücken ihn an seinen Schultern wieder auf seine Sitzbank. Ehrfürchtig versucht der Holländer einen kurzen Blick auf den hinter ihm inzwischen stehenden Menschen zu erlangen. Die Ausmaße der Person kann er jedoch nur aus dem Augenwinkel heraus erfassen und er lässt die soeben noch gefasste Körperspannung wieder entweichen.

«Haben Sie es eilig? Das ist aber nicht die feine holländische Art, hier überstürzt und mitten im Wort das Restaurant fluchtartig zu verlassen.»

Beschwichtigend und wortlos hebt der Holländer seine Hände und wirft dabei die eigene Stirn in Falten.

«Kommen wir wieder zu dir, Cemal. Du hast tatsächlich alles richtig gemacht. Aber zu deinem Pech hat der gute Faruk bei seiner Freundin das Fass mit ein paar Schlägen und Tritten zum Überlaufen gebracht. Wir haben daher eine umfassende Aussage gegen euch beide vorliegen. Diese Aussage zusammen mit euren Treffen hier und den ganzen weiteren Zusammenhängen werden gar dem mildesten Richter reichen, um dich in Untersuchungshaft zu nehmen. Ich würde hiermit das Wort an meinen werten ehemaligen Kollegen Herrn Goldutt übergeben, denn ich befinde mich seit heute ja, wie bereits zu Beginn unseres netten Gesprächs erwähnt, in meinem wohlverdienten Ruhestand», beendet Gerd seinen Vortrag, zeigt auf den Schriftzug auf seinem T-Shirt und nickt Harry dabei zu.

«Herr Sarikaya, Herr...Moment mal, wie heißen Sie eigentlich?», fragt Harry den bedrückt zum Tisch schauenden Holländer.

«Ronald van der Meer», antwortet dieser missmutig mit zusammengebissenen Zähnen.

«Gut, dann auf ein Neues. Herr Sarikaya, Herr van der Meer, hiermit sind Sie beide vorläufig festgenommen. Ihnen wird der Handel mit nicht geringen Mengen Betäubungsmitteln vorgeworfen. In ihrem Fall, Herr van der Meer, sogar die Einfuhr der Betäubungsmittel aus den Niederlanden. Sie können sich zum Sachverhalt äußern oder zunächst einen Anwalt befragen. Ich bitte Sie sich nun ruhig zu verhalten und keinen Widerstand zu leisten.» In diesem Moment erheben sich im Schnellrestaurant sieben weitere Beamte um den Tisch herum und ergreifen sowohl Cemal als auch Ronald van der Meer an ihren Armen und legen ihnen Handfesseln an. Sie tasten beide Personen auf Waffen und gefährliche Gegenstände ab und legen gefundene Mobiltelefone auf dem Tisch zwischen den beiden Festnahmen ab.

«Was haben wir denn hier», sagt Jayjay, während er Cemal Sarikaya durchsucht und löst die Trageriemen der auf dem Rücken befindlichen Umhängetasche. Er zieht die Tasche unter der Jacke hervor und öffnet den Reißverschluss.

«Na, das nenn' ich mal 'ne Portokasse. Dafür muss aber viel Tee in dem Café ausgeschenkt werden», ruft Gerd so laut aus, dass die restlichen Gäste des Restaurants zu ihnen aufblicken.

«Das sind die Ersparnisse meiner Mutter. Ich passe nur darauf auf», erwidert Cemal im ernsten, arroganten Tonfall.

«Das kannst' ja gerne deiner Mutter erklären, wenn Sie der Steuer- und der Sozialbehörde diese Ersparnisse erklären soll», antwortet Gerd. «Schließlich bezieht sie seit jeher Sozialleistungen, wenn ich mich recht entsinne.»

«Okay, okay. Es gehört nicht ihr. Ich sage jetzt gar nichts mehr», antwortet Cemal mit Groll in der Stimme.

«Siehste. Dann wünsche ich alles Gute für die nächsten Jahre. Wir werden uns wohl so schnell nicht wiedersehen.» Gerd wendet sich nickend Harry Goldutt zu und schaut den Kollegen wehmütig nach, wie sie die beiden Festnahmen aus dem Restaurant abführen.

Während Harry die Umhängetasche mit dem Bargeld ergreift, geht Gerd vorweg aus dem Schnellrestaurant hinaus. Vor der Tür wartet er auf den ihm folgenden Harry.

«Soll ich dich jetzt nach Hause fahren?», fragt Harry neben Gerd stehend.

«Jo. Es wird Zeit», antwortet Gerd mit einem Anflug von Melancholie in seiner Stimme.

Nach der Entriegelung des Dienstfahrzeugs geht Gerd auf die Beifahrerseite, öffnet die Tür und lässt sich mit leichtem Ächzen in den Sitz fallen.

Harry tut es ihm gleich und startet den Motor, nachdem er sich sorgsam angeschnallt hat.

«Es ist wohl auch an der Zeit den anderen Tschüss zu sagen», gibt Gerd mit Blick auf das Funkgerät von sich, ergreift das Handgerät und drückt die Sprechtaste, bevor Harry überhaupt etwas erwidern kann.

«Liebe Kollegen, liebe Freunde, ich möchte euch meinen Dank aussprechen. Meinen Dank für die tolle Zeit, die ich mit euch im Dienst verbringen durfte. Ich will euch danken für die vielen Abenteuer, die wir gemeinsam auf Hamburgs Straßen und in seinen Wohnungen durchlebt haben, wo wir zum Glück immer wieder heil rausgekommen sind. Ich habe jeden Augenblick an eurer Seite genossen. Selbst wenn ich mal nicht mit der besten Laune zur Arbeit kam, so konnte ich mir dessen sicher sein, dass ihr das aushaltet, mir nicht nachtragt und mich akzeptiert, so wie ich halt bin.

Es wird mir schwerfallen ohne euch, ohne unser gemeinsames Miteinander, das die letzten Jahrzehnte täglich auf mich wartete, doch der heutige Tag gibt mir auch die Zuversicht, dass es immer wieder einmal zu einem Wiedersehen kommen kann. Manchmal vielleicht sogar schneller als man glaubt.

Eines ist sicher. Auf alles kann ich mehr oder weniger verzichten. Auf die Arbeit, auf die Bürokratie, auf die Besserwisser aus der Teppichetage, den Papierkram, das frühe Aufstehen und auf nächtliche Alarmierungen, aber euch, meine Freunde, euch werde ich vermissen!»

Betretene Stille tritt auf dem Funkkanal ein. Niemand wagt es den Nachhall des letzten Funkspruchs von Gerd zu durchbrechen. Er liegt wie ein Schatten über allen, die ihm lauschten.

Eine Dreiviertelstunde später erreicht Gerd mit Harry sein zu Hause. Mit traurigen Augen blickt er zu Harry. Das Wasser steht ihm in seinen Lidern, die unter dem Gewicht zu zittern beginnen.

«Okay. Es war mir mal wieder eine Freude. Mach's gut. Und lasst euch nicht unterkriegen», sagt Gerd zu seinem ehemaligen Chef. Beide schlagen die Hände ineinander und nehmen sich noch einmal kräftig in den Arm. Dann steigt Gerd so schnell er kann aus dem Fahrzeug aus und geht ohne ein weiteres Wort in Richtung Hauseingang. Harry meint zu erkennen, dass Gerd heimlich mit dem Unterarm die Tränen aus den Augen zu wischen versucht.

Während er ihm nachschaut, ergreift er das Handfunkgerät und drückt die Sprechtaste.

«Leute, er hat das Auto verlassen. Eure Wetten werden ab heute also wieder angenommen.»

ISBN 978-3-7541-2690-5
9 783754 126905 00006
www.epubli.de

Printed in Poland
by Amazon Fulfillment
Poland Sp. z o.o., Wrocław

85418990R00216